# Le cercle écarlate

M.J. ROSE

# Le cercle écarlate

BestSellers

*Titre original :* THE DELILAH COMPLEX

*Traduction française de* BARBARA VERSINI

HARLEQUIN®
est une marque déposée par le Groupe Harlequin

BEST-SELLERS®
est une marque déposée par Harlequin S.A.

*Photo de couverture*
*Conception graphique :* VIVIANE ROCH



83/85 boulevard Vincent-Auriol 75646 PARIS CEDEX 13.
Service Lectrices — Tél. : 01 45 82 47 47

ISBN 978-2-2808-4471-0 — ISSN 1248-511X

*A Loretta Barnett, mon agent et amie*

**Dalila** : Nom de la femme qui livra Samson aux Philistins et dont le personnage symbolise depuis la traîtrise des femmes.

« Elle endormit Samson sur ses genoux, puis appela un homme pour lui couper les sept tresses de sa tête. Ainsi elle commença à le maîtriser, car il perdit sa force. » (Juges, 16 :19).

**Complexe**, n.m, psychan. : ensemble de traits personnels, de désirs, d'émotions et d'attitudes affectives généralement inconscients et intégrés à la personnalité depuis l'enfance (complexe d'Œdipe, complexe de supériorité, etc.).

Ce terme a été utilisé pour la première fois par Neisser en 1906 (*Individualität und Psychose*) et repris par C.G. Jung en 1907 (*Ueber die Psychologie der Dementia Praecox*).

Ce n’est pas seulement des étoiles
Pas seulement de la fleur en bourgeon
Du doux timbre du rouge-gorge
De l’arc-en-ciel sous la pluie
Mais aussi de la boue et de la fange
Que s’élève un chant, toujours, toujours.

RALPH WALDO EMERSON

# 1

Il baignait dans la délicieuse tiédeur d'une pièce sombre. Une peau douce frôlait sa peau, des jambes nues enroulées autour de lui le serraient comme dans un étau pour le bercer — le bercer jusqu'au vertige. Des épaules et un torse lui masquaient la lumière. Un souffle chaud coulait sur son cou. Des cheveux soyeux lui effleuraient le visage et les pointes trempaient dans ses larmes.

Dans ses larmes ?

Un sanglot lui échappa. Oui, il pleurait.

*Non. Pas encore. Attends. Laisse-moi retourner en arrière, juste avant, au seuil du plaisir.*

*Laisse-moi me perdre en toi.*

*Je t'en prie.*

Mais il n'était pas maître de son plaisir. Les sensations l'emportaient malgré lui, elles l'engloutissaient. Il ne contrôlait rien.

Il se demanda quelle heure il était. Combien de temps il avait dormi. S'il avait dormi. Ou s'il dormait encore.

Il n'avait jamais tant pleuré. Et jamais en faisant l'amour. Il chialait comme un gosse, parce que…

Il ne savait pas.

Pourquoi toutes ces larmes ?

Sur ses lèvres, il avait le goût d'une autre bouche. Une

odeur étrangère emplissait ses narines. Une odeur acide. Une odeur de transpiration. Pas très agréable. Ça puait le sexe. Mais il en voulait encore.

*Je t'en prie, reviens.*

Plus rien. Quelques minutes s'écoulèrent. Une heure, peut-être… Il eut l'impression de s'endormir vaguement par intermittence, en émergeant seulement de temps en temps. Il se débattait dans les filets du sommeil, comme un insecte pris dans une toile d'araignée. Mais peut-être était-il simplement dans un état second. Comment savoir ?

Il était allongé sur un lit. Le sien ? Il se concentra pour tâcher de discerner sous ses doigts la douceur d'un drap, mais il ne rencontra que sa propre peau, humide et glacée. Il tenta de décoller ses mains de sa poitrine. Impossible.

Mais que lui arrivait-il ?

*Essaye de te souvenir…*

Il fouilla dans sa mémoire. Rien. Pas une seule image de la nuit précédente.

S'il dormait, il fallait qu'il s'éveille, qu'il ouvre les yeux. Ensuite, il n'aurait plus qu'à s'asseoir, s'étirer, repousser les draps, poser les pieds sur le tapis et filer sous la douche pour dissiper la brume qui obscurcissait son esprit.

Mais ce corps… Celui de l'autre… Ce n'était pas celui de sa femme. Il n'était donc pas chez lui ?

Il lutta de nouveau, cette fois pour soulever les paupières, sans se préoccuper de ses larmes qui coulaient toujours. Il devait absolument vaincre ce brouillard bleuté qui l'enveloppait. Une petite partie de son cerveau fonctionnait encore correctement, celle qui provoquait ses larmes, celle qui lui criait qu'il n'était pas simplement en train de faire l'amour, qu'il se passait quelque chose d'anormal. Les pleurs ruisselaient sur ses joues, sa cage thoracique était endolorie par les sanglots qui la secouaient.

Il ouvrit la bouche pour avaler une goulée d'air en espérant que ça l'aiderait à s'éclaircir les idées. Une vague glacée pénétra ses poumons. Il faisait très froid.

Il se sentit faible, impuissant, perdu. Il ne bougea plus.

Mais pourquoi ce torrent de larmes ?

Parce que…

Parce que…

Des mains caressèrent ses cheveux et son crâne et cela fit durcir son sexe. Il pleurait et il avait une érection. Mais que lui arrivait-il ? Les doigts s'enroulaient maintenant autour de ses boucles et tiraient, un peu, pas trop fort. Il sentit battre son sang à la racine de ses cheveux et de petits frissons de plaisir coururent le long de sa nuque et de sa colonne vertébrale, jusqu'à son plexus.

*Je t'en prie, je t'en supplie, laisse-moi encore entrer en toi.*

Il tenta d'allonger le bras pour essuyer son visage trempé, mais sa main refusa de se soulever et un bracelet de métal dur et froid lui entailla le poignet.

Des menottes argentées brillèrent dans la pénombre de la pièce.

Quand l'avait-on enchaîné ?

Cette fois, il essaya de soulever la tête et les épaules, mais, là aussi, quelque chose limitait ses mouvements. Une courroie, une courroie placée en travers de son torse… Il se laissa retomber et son crâne heurta avec un bruit mou la mince épaisseur qui le séparait de sa couche. Il ne reconnut pas son douillet oreiller. Il n'était sûrement pas dans son lit.

Est-ce que tout ça faisait aussi partie de son rêve ?

Aucune importance, du moment que les doigts continuaient à jouer si délicieusement avec ses cheveux. Il tenta de replier les jambes, pour se repousser, mais il se sentit retenu au niveau des hanches et un son métallique tinta de nouveau à ses oreilles.

Il se mit à trembler et renonça à comprendre.

A présent, la caresse des doigts devenait torture. Ils tiraient par petits coups secs, plus vite, plus fort. Il ouvrit la bouche pour lécher cette peau dont l'odeur parvenait jusqu'à lui.

Mais sa langue refusa de lui obéir. Il voulut parler, mais sa bouche était encombrée d'une masse chaude et épaisse. Comment pouvait-on avoir la langue aussi enflée ?

Il essaya encore. Et il comprit. Ce n'était pas sa langue, mais un bâillon.

Les doigts cessèrent brutalement leur petit jeu.

Il vit briller un éclair argenté. Un éclat presque aveuglant dans cette pièce sombre. Puis il entendit le raclement d'une lame qui effleurait sur son crâne, précise et efficace.

Il eut un nouveau sanglot.

Il se sentait faible et démuni comme une femme. Il hoquetait.

Il s'appelait Philip Maur et il pleurait comme un bébé parce qu'il avait peur. Vraiment peur. Pour la première fois de sa vie.

# 2

Les lumières du wagon de métro se sont éteintes, puis rallumées. En face de moi, une femme a poussé un soupir d'angoisse, comme si elle redoutait une catastrophe.

— Boum ! Boum ! Boum ! a beuglé un homme au fond de la voiture.

On s'est retournés, mais il n'y avait rien à voir. Ce n'était qu'un cri poussé par un anonyme qui s'était déjà fondu dans la foule.

Depuis l'attaque terroriste du 11 septembre, tout le monde se méfiait de tout le monde. Nous savions que n'importe lequel d'entre nous pouvait représenter une menace…

Moi, en plus du 11 septembre, j'avais eu mon cataclysme personnel, l'été précédent, avec cette série de meurtres et cet assassin que j'avais côtoyé sans le savoir. Depuis, j'avais perdu confiance en ma capacité de juger les gens.

Jusqu'aux terribles évènements de cet été, je m'étais crue capable de distinguer un malade d'un être sain. J'avais eu la certitude, ô combien vaine et fausse, que ma formation de psychothérapeute me permettrait de reconnaître à coup sûr les symptômes de la folie. Mais je m'étais trompée.

Un vrai psychopathe pouvait me donner le change aussi

bien qu'à vous, je l'avais appris au péril de ma vie. Je crois que cette découverte m'avait profondément ébranlée. Depuis, je souffrais d'une angoisse diffuse. Je craignais sans cesse qu'il arrive malheur à ceux que j'aimais. La nuit, je dormais mal. Je restais dans mon lit, les yeux ouverts, à me demander si je serais dorénavant capable d'identifier un dangereux pervers. Ensuite je pensais à Dulcie, ma fille, si jeune, si innocente.

Ma fille Dulcie... Elle était assise près de moi, insouciante, indifférente aux dangers de la vie. Une paire de coûteux écouteurs sur les oreilles — un cadeau de son père —, elle marquait de la tête un rythme qu'elle était seule à entendre. Ses lèvres formaient en silence les paroles de la comédie musicale qu'elle devait jouer à Broadway, à partir du 5 janvier. Elle avait décroché le rôle de Mary Lennox dans une reprise de la comédie musicale *The Secret Garden*. Chaque jour, elle profitait du temps de trajet jusqu'au studio de répétition pour s'imprégner de son rôle.

Une enfant de treize ans ne devrait pas monter sur les planches. C'est trop dur. Même une enfant qui a le théâtre dans le sang et possède un talent précoce. Mais je n'avais pas eu le courage de m'opposer à Dulcie en lui interdisant de vivre son rêve. Elle ne me l'aurait jamais pardonné et je n'étais pas prête à payer un prix aussi élevé. J'avais accepté à contrecœur qu'elle joue en professionnelle. Mais je la surveillais de près. Plus encore que les étrangers dans le métro, plus encore que mes patients. Je guettais la moindre de ses réactions. Sans doute était-ce exagéré, mais je voulais être sûre de ne pas rater le moment où la pression deviendrait trop forte et où elle aurait besoin de moi.

Je n'avais pourtant aucune raison de me ronger les sangs. Depuis qu'elle avait été retenue à cette audition, c'est-à-dire depuis le mois de juin, Dulcie me paraissait plus épanouie et heureuse que jamais. Bien plus que lorsqu'elle fréquentait ce cours privé où ses camarades ne parlaient que du dernier sac Prada. Il s'agissait d'une école axée sur l'enseignement de l'art et qui acceptait les boursières, mais la plupart des élèves possédaient déjà une carte de crédit à débit illimité et circulaient en limousine avec chauffeur.

Les portes du wagon se sont ouvertes. Un homme en costume est entré. Il devait avoir la trentaine. Il est venu s'asseoir à côté de moi. Pourquoi moi ? Il y avait d'autres sièges vides. J'ai farfouillé dans mon sac et j'en ai sorti un bonbon à la menthe que j'ai fourré dans ma bouche sitôt le papier d'emballage défait.

Je suis affreusement sensible aux odeurs et les lieux publics me plongent généralement dans un véritable cauchemar sensoriel. J'ai croqué mon bonbon. Une puissante saveur fraîche et mentholée s'est déployée dans ma bouche, m'isolant des effluves nauséabonds de l'extérieur.

J'ai senti le regard de l'homme sur moi.

Pourquoi nous observait-il ainsi ? Une femme brune vêtue d'un pantalon noir cigarette, d'une chemise blanche à manches longues et d'une veste en cuir noir… Une adolescente de treize ans, en jean, veste de jean, T-shirt rose, les poignets ornés de bracelets de perles mauves et vertes, avec des écouteurs sur les oreilles… Nous ne devions pas avoir l'air bien dangereuses…

Au bout d'une minute, je me suis tournée vers lui et il a soutenu mon regard. Je n'ai pas cherché à l'éviter. Je n'évite pas. Jamais. Je suis plutôt de celles qui affrontent.

Enfin, pas toujours… Pas quand il s'agit de moi. A cette période surtout, j'évitais soigneusement de réfléchir à mes problèmes. J'avais divorcé depuis bientôt quatre mois et je m'efforçais de ne pas penser au désert de ma vie affective. Je passais mes journées à aider les autres, à les pousser à me parler de leurs sentiments et de leur sexualité, mais, moi, le Dr Morgan Snow, sexologue, je niais mes problèmes. Je n'en suis pas fière, mais je n'arrivais pas à faire autrement.

Les lumières se sont éteintes de nouveau et cette fois le train s'est complètement arrêté. Je n'étais pas inquiète, mais j'ai ressenti le besoin de rassurer Dulcie. Ma main n'a pas tâtonné en cherchant la sienne dans le noir. Elle l'a trouvée tout de suite, d'instinct.

— Ça va ? ai-je demandé.

— Oui, mais ce n'est pas très agréable. Tu crois qu'on va rester coincés longtemps ?

— J'espère que non, ai-je répondu en refermant un peu plus fort mes doigts sur elle.

Elle m'a pressé la main elle aussi, pour me remercier, et puis elle l'a retirée pour remettre son lecteur de CD en marche.

Les lumières sont revenues, mais le train n'a pas redémarré. Un peu plus loin, un homme portant une veste déchirée et maculée de crasse s'est tourné vers nous. Il a reluqué les jambes de Dulcie. Elle ne s'est aperçue de rien, mais moi oui. Je l'ai regardé fixement.

Je me suis demandée pourquoi sa veste était sale, pourquoi il avait perdu courage, abandonné le minimum d'auto-estime que nous devons à nous-mêmes.

Cette manie d'interpréter le langage des corps, c'est ma déformation professionnelle numéro un. Ça revient à peu près à juger un livre d'après sa couverture, mais il est tentant de poser un diagnostic, même quand on sait qu'on ne possède pas les données nécessaires pour le faire correctement.

En face de moi, une femme gardait les yeux baissés tout en pliant et dépliant ses doigts… Tendances compulsives ?

Lesquelles ? Il aurait fallu qu'elle s'allonge pendant des heures sur mon divan pour que je puisse répondre à cette question, mais je pouvais déjà dire que son esprit était ficelé avec du fil barbelé.

Les lumières se sont éteintes une troisième fois et le wagon a de nouveau été plongé dans les ténèbres.

*Je marche dans une rue sombre et un homme surgit brusquement en travers de ma route, la lame de son couteau brille sous le lampadaire.*

*J'avance le long d'un immeuble de quarante étages, le bruit de l'explosion me fait sursauter, je n'ai pas le temps d'éviter cette pluie de verre qui tombe du ciel.*

*Le malheur peut survenir n'importe où, n'importe quand. Le danger est partout. Au point que rester en vie relève du miracle.*

*Ma fille a besoin de moi. Je n'ai pas le droit de disparaître.*

Le train est reparti, les lumières sont revenues. Nous sommes entrés dans une station, j'ai touché la main de Dulcie.

— Chérie ?

Dulcie a appuyé sur le bouton de son appareil et elle a posé sur moi un regard interrogateur. Dulcie a des yeux immenses et du même bleu que les bleuets.

— Oui ?

— On descend à la prochaine.

— Déjà ?

Le trajet entre notre appartement sur Upper East Side et le studio de répétition situé dans le bas de Manhattan paraissait toujours incroyablement court à Dulcie. Absorbée par sa musique, elle perdait la notion du temps.

Elle a jeté un coup d'œil à travers la vitre sale pour vérifier les pancartes.

— Maman, ça t'angoisse de te trouver brusquement plongée dans le noir quand tu ne t'y attends pas ? a-t-elle demandé en gardant les yeux rivés au tunnel.

— Un peu. Comme tout le monde, je suppose.

— Tu crois que je vais avoir le trac, sur scène, quand je serai face au trou noir de la salle ? J'ai peur de perdre mes moyens… Si j'oubliais mon texte…

— Tu auras sans doute le trac, oui, mais ça n'est pas forcément négatif. Nous pouvons en parler. Il existe des techniques pour le surmonter. On peut même en faire un atout.

Ce n'est pas le rôle d'une mère de protéger sa fille du noir. Pas plus que de lui montrer où se trouvent les interrupteurs pour qu'elle ne soit jamais perdue dans les ténèbres.

Mais moi je voulais abolument mettre Dulcie à l'abri de tout. Comme quand elle était petite et qu'il fallait la tenir éloignée des fenêtres ouvertes, la couvrir quand il faisait froid, conserver les produits dangereux hors de sa portée.

# 3

Quand nous avons ouvert la porte de notre appartement, le téléphone sonnait.

— Tu veux que je réponde ? a proposé Dulcie en se précipitant dans le couloir.

— Non, je m'en occupe.

Pendant que j'allais décrocher, elle a négligemment jeté son sac à dos dans l'entrée et a filé tout droit au réfrigérateur dont elle a sorti une bouteille de jus de carottes et de pommes. Elle en a bu la moitié d'une traite.

Pendant qu'elle déglutissait, je suivais du regard le mouvement délicat de sa gorge. Il était 20 heures et elle mourait probablement de faim. Entre les répétitions, les cours d'enseignement général dispensés par des professeurs particuliers et les devoirs, elle dépensait énormément d'énergie. A cette heure-ci, elle avait épuisé sa réserve de calories. Ça me déplaisait qu'elle dîne si tard.

— Je voudrais parler au Dr Morgan Snow, s'il vous plaît.

— Dr Morgan Snow à l'appareil.

Je ne connaissais pas mon interlocutrice et j'avais hâte de m'en débarrasser. Dulcie avait faim, je ne voulais pas la faire attendre.

— Désolée de vous déranger chez vous, docteur. J'ai

eu vos coordonnées par le Dr Butterfield. Je m'appelle Gail Danzig et je suis la productrice de *Today*. Je voulais vous proposer d'intervenir vendredi matin dans notre émission.

En juin dernier, j'avais été impliquée dans une affaire de meurtres en série liés à la disparition d'une de mes patientes. Mon nom avait été abondamment cité par les médias, mais j'avais refusé les interviews. Le Dr Nina Butterfield, mon mentor, ma meilleure amie, la directrice du Butterfly Institute — l'institut de sexothérapie dans lequel je travaille —, avait approuvé ma décision de me tenir éloignée des médias. Mais depuis peu elle m'encourageait à me mettre en avant dans la communauté psychanalytique. Ce coup de fil devait être encore une de ses manœuvres, comme l'article sur les femmes dominatrices qu'elle me poussait à écrire et que je devais présenter à une conférence. Nina voulait m'obliger à sortir de ma réserve. J'avais toujours accordé de l'importance à mes résultats en tant que thérapeute. Mais la notoriété, non, je ne l'avais jamais recherchée. Ça ne figurait pas sur la liste de mes préoccupations.

— Le Dr Butterfield ne m'en a pas parlé, ai-je répondu sèchement.

— Zut… Elle m'avait pourtant promis de le faire. Elle m'a dit que vous seriez d'accord. Laissez-moi d'abord vous rassurer. Nous ne recherchons pas le sensationnel. Nous sommes réellement intéressés par votre approche.

Tout en gardant le récepteur collé à l'oreille, j'ai sorti des placards et du réfrigérateur ce dont j'avais besoin pour préparer le dîner et j'ai tout déposé sur le comptoir de la cuisine.

— *Today* est une émission largement suivie et je suis certaine que la plupart de mes confrères seraient ravis d'y participer, mais je ne crois vraiment pas que la télévision corresponde à ce que je…

Dulcie était en train de passer le courrier en revue. Quand elle a entendu les mots « *Today* » et « émission », elle s'est précipitée sur moi. J'ai senti son haleine tiède dans mon cou quand elle a murmuré :

— On te propose de passer à la télévision ? Dans l'émission *Today* ?

J'ai acquiescé en silence.

— Pourquoi ?

J'ai secoué la tête. Je ne pouvais pas répondre à Dulcie et écouter en même temps ce que cette femme me racontait.

— Excusez-moi, mademoiselle Danzig… Je suis à vous dans une minute.

J'ai couvert le combiné avec ma main.

— Dulcie, attends que j'aie raccroché pour me poser des questions ? D'accord.

Mais elle trépignait d'excitation.

— Il faut que tu acceptes, maman. Il le faut. Maman… *Today*… On ne refuse pas *Today*…, a-t-elle débité d'une traite.

Je crois bien que c'était la première fois que je voyais briller les yeux de ma fille quand on évoquait mon métier. Avoir une mère sexologue la dérange. Elle me surnomme Dr Péché pour se moquer de moi et préfère me présenter à ses amies ou à leurs parents en usant d'une périphrase. Je suis pour elle un « médecin spécialiste des problèmes de cœur ».

Et là, pour une fois, elle n'avait pas honte de ma profession. Elle me demandait d'accepter. Et moi je ferais n'importe quoi pour que ma fille soit fière de moi. Quand il s'agit de lui arracher un sourire, j'ai tendance à oublier les règles que je me suis fixées.

— Et quel serait le sujet de vendredi matin, mademoiselle Danzig ? ai-je demandé.

Pendant qu'elle m'expliquait qu'ils prévoyaient une série d'émissions sur le thème de la frustration sexuelle des femmes dans les relations de couple, j'ai rempli une casserole et je l'ai posée sur une plaque.

— Les femmes se plaignent plus souvent que leurs partenaires masculins d'être insatisfaites. En particulier celles qui travaillent et ont une vie sociale enrichissante. Une femme qui réussit professionnellement voit son intérêt pour le sexe augmenter, alors que ce serait le contraire pour les hommes.

J'ai mis du sel dans l'eau de ma casserole. Avec du sel, l'eau parvient plus vite à ébullition. En plus ça donne du goût aux pâtes. C'est du moins ce qu'ils prétendent à l'émission culinaire *Martha,* et je n'oublie jamais un petit truc susceptible d'améliorer mes résultats en cuisine. Je n'ai pas hérité du gène du cordon-bleu et il m'arrive même de saccager un plat tout préparé qu'il suffit prétendument de réchauffer.

— Les laboratoires médicaux dépensent des sommes ahurissantes en publicité pour de nouveaux produits censés réguler les perturbations sexuelles chez la femme, ai-je répondu. Ils ont mis le sujet à la mode.

J'avais essayé de ne pas prendre un ton trop condescendant, mais je ne sais pas si c'était réussi.

— Ah oui ? s'est exclamée mon interlocutrice. Très intéressant. Je vais transmettre l'information au groupe qui écrit les sujets de notre émission.

J'ai déchiré le plastique d'un paquet contenant des escalopes de poulets précuites que j'ai entrepris de découper en lamelles. Je ne devais pas utiliser le couteau adéquat, parce que ça donnait plutôt des lambeaux.

— Vous voulez donc que je m'exprime sur ce sujet ? ai-je enchaîné.

— Pas exactement. Vendredi est le dernier jour de la série, ensuite nous changeons de thème. Vous interviendriez uniquement pour expliquer aux téléspectateurs quand et pourquoi il convient de consulter un sexologue.

L'eau de ma casserole ne frémissait même pas. Je me suis demandé ce qui se passait.

— Il faudrait vous présenter au studio à 7 h 30 pour la coiffure et le maquillage. Vous passeriez en direct à l'antenne entre 8 h 30 et 9 heures. C'est faisable ? Nous pouvons vous envoyer une voiture si vous le désirez.

Le visage de Dulcie s'est éclairé d'un grand sourire quand j'ai dicté mon adresse à la productrice. Mais l'eau n'était toujours pas à ébullition. J'ai soulevé la casserole. Pas de flammes. Je n'avais pas allumé le gaz. J'ai poussé un soupir.

— Un problème ? a demandé Mlle Danzig.

Après avoir raccroché, j'ai pu me concentrer sur la préparation du dîner : pâtes au poulet et sauce pesto.

Quand les pâtes m'ont paru cuites, je les ai transvasées dans un autre récipient. Avec leur eau, pour qu'elles ne refroidissent pas. J'ai jeté dans ma casserole mes lambeaux de poulet avec ma sauce — en sachet —, et j'ai tourné deux ou trois fois. Ensuite j'ai laissé le tout à feu doux et je suis allée prévenir Dulcie que nous allions passer à table.

Je ne l'ai pas trouvée dans sa chambre. Pas non plus dans sa salle de bains. Ni dans la mienne, en train de farfouiller dans ma trousse de maquillage, là où je la surprenais un peu trop régulièrement à mon goût.

Nous habitons un trois pièces, au cinquième étage d'un

immeuble de la 8e Rue et de Madison Avenue. Spacieux, mais tout de même pas au point de s'y perdre. Il ne restait plus que le salon.

J'avais fait abattre le mur entre le salon et la salle à manger pour créer une vaste pièce avec des étagères couvertes de livres, de confortables canapés, une petite scène et un ersatz d'atelier de sculpture.

Dulcie était bien là, debout dans le noir. Elle regardait par une des fenêtres donnant sur la rue. Les épaules voûtées, le front collé à la vitre, elle était plongée dans ses pensées. Elle ne m'a pas entendue arriver et elle n'a pas non plus senti ma présence.

Quand il s'agit de ma fille, je possède un sixième sens. Je souffre moralement quand elle souffre moralement, j'ai mal quand elle a mal. Je ne suis pas médium, je ne prétends pas lire dans ses pensées. Nous sommes tout simplement sur la même longueur d'onde. Et là, j'ai su tout de suite qu'elle était triste parce que j'ai moi-même été submergée par une immense tristesse.

Je l'ai regardée. Je me sentais démunie, impuissante à la soulager. J'ai pensé que le monde est plein d'écueils pour une adolescente de treize ans. Surtout pour une adolescente qui rêve de devenir une actrice célèbre, dont les parents sont divorcés, dont la mère travaille à plein temps. Un rien suffit à la plonger dans une profonde mélancolie. Comme un rien suffit à lui faire oublier ses soucis.

— Chérie ?

Elle s'est retournée. Son visage était dans la pénombre, je n'ai pas pu déchiffrer son expression.

— Le dîner est prêt.

— D'accord. J'arrive tout de suite.

Il y avait de l'angoisse dans sa voix. Je mourais d'envie de lui demander ce qui n'allait pas, mais je me suis retenue. Une approche trop directe ne donne rien avec elle, pas plus qu'avec son père ou avec mes patients. La plupart des gens sont incapables de répondre à des questions simples tant qu'ils n'ont pas appris au cours d'une thérapie à mettre des mots sur ce qu'ils ressentent.

Dulcie avait été élevée par une thérapeute et elle gérait mieux ses états d'âmes que la plupart des filles de son âge. Mais elle préférait tout de même éviter d'aborder les problèmes. Elle se décidait à les affronter quand ils avaient pris des proportions telles qu'il devenait impossible de les ignorer.

Je suis donc retournée dans la cuisine pour touiller une dernière fois l'entêtante sauce au basilic et à l'ail, puis j'ai versé les pâtes dans une passoire. Ensuite je me suis dépêchée de les transvaser dans un grand saladier en céramique — d'habitude, je les laisse égoutter trop longtemps et elles refroidissent —, j'ai ajouté la sauce et le poulet, j'ai mélangé le tout et j'ai servi nos assiettes.

Je les posais sur la table — nous avons plus de chances que la plupart des New-Yorkais, nous pouvons manger dans notre cuisine —, quand Dulcie est entrée.

J'ai rempli son verre de lait et le mien de vin, puis je me suis assise à table. A la première bouchée, Dulcie a légèrement froncé le nez. Ça ne m'a pas étonnée. J'avais dû brûler la sauce, ou alors elle n'était pas assez chaude, ou bien il restait de l'eau dans les pâtes. Plutôt que de lui demander ce qui clochait, j'ai préféré juger par moi-même et j'ai goûté.

C'était franchement infect, d'un goût indéfinissable. La viande m'a paru acide et trop salée, ça n'allait pas du tout avec le pesto. J'ai baissé le nez dans mon assiette. Je ne comprenais pas ce qui s'était passé.

Qu'est-ce que j'avais encore raté ? J'avais pratiquement réduit le poulet en charpie en le coupant d'une main tout en parlant au téléphone… Comme si je défoulais une rage secrète. Etait-ce parce que je parlais de la frustration sexuelle des femmes ou parce que je songeais à l'insistance que Nina mettait à me pousser en avant ? Nina nourrissait pour moi de grandes ambitions. Pourquoi ? Mon père, lui, se satisfaisait de savoir que mon travail marchait bien et me permettait de gagner ma vie. Peut-être avait-il su prendre ses distances parce qu'il vivait loin, à Palm Strings, avec sa deuxième femme.

— Maman ? a demandé Dulcie. Mais qu'est-ce que c'est ?

— Je parlais au téléphone…, ai-je commencé.

Dulcie essayait de ne pas rire. Elle était vraiment adorable, elle faisait toujours de son mieux pour prendre les choses du bon côté.

— Ce n'est vraiment pas mangeable, a-t-elle poursuivi.

— Je crois bien que j'ai confondu les escalopes de poulet avec la sole à la sauce de soja.

— De la sauce de soja avec du pesto ?

Dulcie n'a pas pu se retenir. Elle a éclaté de rire et moi aussi. Je crois bien que je serais capable de rater un plat rien que pour entendre ce rire. Quand Dulcie est heureuse, je suis heureuse.

— Bon… Beurre de cacahuètes et confiture ? ai-je proposé.

— D'accord, mais je vais superviser les opérations. Tu serais capable de confondre la moutarde avec la confiture.

On a jeté le contenu de nos assiettes dans la poubelle. Pendant que nous préparions les sandwichs, j'ai regardé Dulcie au travers de mes cils baissés pour voir si je découvrais encore des ombres sur son visage. Non. Pour ce soir, le danger était écarté.

# 4

En arrivant ce jour-là dans la salle de rédaction du *New York Times,* Betty Young trouva comme d'habitude une pile d'enveloppes entassées sur son bureau. Elle jeta sa vieille veste en daim sur le dossier de son fauteuil, ouvrit sa canette de Coca light, en but une longue rasade et commença à passer son courrier en revue.

Son grand corps mince et sec reflétait le dynamisme de sa personne, mais à quarante-six ans elle luttait déjà contre les ravages du temps. Elle portait désormais ses cheveux méchés mi-longs pour dissimuler le relâchement de la peau de son visage, et de grandes lunettes aux verres bleutés pour cacher les ridules du contour de l'œil.

Elle abandonna son courrier quelques minutes pour suivre un flash d'information sur l'écran installé près de son bureau. Un présentateur annonça que le jury avait rendu son verdict dans une affaire de meurtres qui faisait la une depuis des semaines.

« Après de longues heures de délibérations, les jurés ont déclaré Mary Woods coupable de l'assassinat de son frère, Daniel Woods. C'est la fin d'un procès qui aura duré près de six semaines. Les femmes sont plus rarement reconnues coupables de meurtre que les hommes… »

— Bla-bla-bla, commenta Betsy pour elle-même.

Le bureau de Robby — un jeune journaliste qui avait tout juste trente ans — se trouvait tout près de celui de Betsy. Il se tourna vers elle. Leurs regards se croisèrent et ils éclatèrent de rire. Puis elle se remit à son courrier et s'intéressa à la grande enveloppe kraft — la suivante de sa pile.

Robby avait toujours les yeux posés sur elle. Betsy avait déjà reçu plusieurs prix Pulitzer et ses jeunes confrères l'admiraient sans réserve. Elle les surprenait souvent en train de la dévorer du regard, comme s'ils essayaient de percer le secret de son talent. Elle était parfois tentée de leur dire qu'elle devait son succès à la chance. Elle s'était trouvée au bon endroit au bon moment, voilà tout. Mais au fond ce n'était pas si simple. Elle avait eu de la chance, certes. Mais cette chance, elle l'avait provoquée et elle avait su en tirer parti.

Quand elle découvrit le contenu de l'enveloppe kraft, Betsy Young crut rester de marbre. Mais quelque chose avait dû la trahir parce que Robby se leva aussitôt pour venir regarder par-dessus son épaule.

Elle n'avait pas l'habitude de laisser les hommes renifler son parfum de si près, mais, là, c'est à peine si elle fit attention au jeune homme.

Elle contemplait, hypnotisée, le morceau de papier luisant de vingt centimètres sur vingt-cinq qu'elle tenait entre les mains.

Il s'agissait d'une photographie représentant un corps nu allongé sur une civière de métal. Il était d'un blanc verdâtre et un savant effet halo mettait en évidence son pénis ratatiné et ses poils pubiens.

Mais ce n'était pas seulement l'éclairage qui forçait le regard à s'arrêter sur le sexe de l'homme. L'angle sous lequel était pris le cliché en magnifiait les proportions. On regardait le corps comme un observateur qui se serait placé au niveau des pieds. Les bourses se trouvaient donc au premier plan, tandis que le torse et le visage s'éloignaient en une perspective fuyante et paraissaient ridiculement petits, par rapport aux organes génitaux.

— Seigneur, murmura Robby.

— Ça me rappelle un célèbre tableau de Mantegna représentant le Christ, commenta lentement Betsy. Il est allongé sur un lit et les pieds se trouvent au premier plan, exactement comme sur cette photographie.

Elle la tint encore un moment à bout de bras en la contemplant attentivement, les yeux plissés.

Puis elle la reposa doucement et passa à la suivante.

Cette fois, la prise de vue était plus conventionnelle. On voyait l'homme du dessus, mais le pénis se trouvait très exactement au centre de l'image et c'est donc sur lui que les yeux se posaient en premier. Les proportions étaient respectées et on distinguait parfaitement le visage au teint cireux de l'homme.

Il devait avoir dans les trente-cinq ans, avec un corps tout en muscle et sans une once de graisse. On lui avait croisé les bras sur la poitrine et fermé les yeux. Sans son extrême pâleur et cette pose de gisant, on aurait pu le croire endormi.

Un troisième cliché montrait un gros plan des plantes de pieds du cadavre sur lesquelles on avait tracé le chiffre un, en rouge vif, probablement avec un marqueur.

— J'ai déjà vu pas mal d'atrocités, mais ça c'est vraiment…

A court de qualificatifs, Robby secoua la tête. Il possédait un certain talent pour écrire et ne manquait pas de vocabulaire, mais, là, il était sous le choc. Les mots lui manquaient pour exprimer ce qu'il ressentait.

— Je sais. Il y a quelque chose de pathétique et d'irrévocable dans une photographie de cadavre… On ne s'y habitue pas.

Robby baissa les yeux vers l'enveloppe kraft. Betsy vit qu'il s'assurait qu'elle lui était bien adressée et cela la fit sourire. Robby aurait volontiers revendiqué le droit de couvrir l'affaire avec elle.

Mais il ne pouvait pas. Le courrier était bel et bien adressé à Betsy Young et à personne d'autre.

— Avec un peu de chance, railla-t-elle, ce sera une très grosse affaire et j'aurai besoin d'un coup de main. Il y aura peut-être de petits articles à écrire, des à-côtés.

— Oui, mais tu es une acharnée et tu n'en laisseras à personne, répondit-il tristement.

Elle savait qu'on la surnommait dans son dos « le Samouraï », à cause de sa ténacité. En douze ans de journalisme au *Times*, elle avait gagné deux Pulitzer. Ça en imposait. Même si le dernier remontait déjà à cinq ans.

— Le visage de ce type te dit quelque chose ? demanda-t-elle à Robby.

Il se pencha sur la photographie.

— Oui, mais je n'arrive pas à mettre un nom dessus.

Betsy prit une loupe.

— Tu vas prévenir la police ? voulut savoir Robby.

— Bien sûr… Mais pas tout de suite.

— Tu n'as pas peur que l'assassin se serve de toi si tu ne…

— Robby, je t'ai dit que je préviendrai la police. Mais je tiens d'abord à faire quelques recherches pour préparer mon article. Histoire de m'assurer que personne ne me piquera le scoop.

Ils baissèrent tous deux les yeux sur les trois clichés étalés sur le bureau. Le visage de l'homme possédait cette mollesse caractéristique des cadavres, mais il avait un nez proéminent et une moustache fournie et brillante.

— Il me paraît vaguement familier, marmonna Betsy d'un air songeur.

Puis elle fit claquer ses doigts.

— Je sais ! s'exclama-t-elle d'une voix bizarre et dont la légèreté paraissait forcée. Philip Maur… Chef d'exploitation de la société Grimly et Maur, de Wall Street. Il a disparu depuis une semaine. Nous avons publié sa photo jeudi dernier.

Elle reprit l'enveloppe vide, examina de nouveau l'adresse, puis le cachet. Puis, brusquement, prise d'une impulsion, elle glissa la main à l'intérieur.

Quand elle la ressortit, elle tenait un sac plastique, de ceux qui servent à envelopper les sandwiches. Il n'était pas vide.

Quelques secondes s'écoulèrent.

Betsy poussa un soupir écœuré et laissa tomber le sac sur son bureau.

— Seigneur… ! s'exclama Robby d'un ton horrifié. Des cheveux… On dirait des cheveux…

Betsy acquiesça d'un signe de tête.

# 5

Les inspecteurs Noah Jordain et Mark Perez étaient installés au comptoir d'un restaurant japonais devant une assiette de sushis. Jordain trempa un morceau d'*uni* dans de la sauce soja, puis le barbouilla de *wasabi*.

— Comment fais-tu pour avaler ça sans te bousiller les sinus ? s'étonna Perez.

— Tu es une petite nature..., rétorqua Jordain avec son accent traînant de La Nouvelle-Orléans.

Perez ne put s'empêcher de rire. Son partenaire était un fin gourmet qui ne se lassait pas de lui faire découvrir les inépuisables ressources de New York en matière de cuisine exotique. Perez avait beaucoup d'admiration pour lui. Jordain était une personnalité complexe, un homme aux dons et aux intérêts multiples. Il cuisinait, jouait du piano, écrivait du jazz et collectionnait des antiquités. Mais ses collègues ne songeaient pas à se moquer de son tempérament d'artiste.

Jordain inspirait le respect et il y avait une bonne raison à cela.

Dans le travail d'un policier, tout le monde le savait, c'était le détail qui comptait.

Tout le monde le savait.

Mais Jordain, lui, le mettait en pratique.

Le téléphone cellulaire de Jordain sonna. Il le sortit de sa poche et le contempla comme s'il s'agissait d'un insecte dont le bourdonnement l'aurait prodigieusement agacé. Puis il le posa près de sa tasse de thé vert et prit le temps de piquer un sushi, de le tremper dans la sauce, de verser dessus une bonne dose de *wasabi*, de le fourrer dans sa bouche et de le mâcher tranquillement.

Perez, n'était pas d'un tempérament aussi posé que son partenaire. Ils faisaient équipe depuis deux ans, mais la patience de Jordain n'avait pas déteint sur Perez. Pas même un petit peu.

— Tu veux que je réponde ? demanda Perez.

Jordain avala lentement sa bouchée, sourit, secoua la tête et prit enfin le téléphone.

Tout en écoutant, il passa la main dans son épaisse toison argentée. Puis il recommença. Le geste n'échappa pas à Perez. La gravité d'une nouvelle était proportionnelle au nombre de fois où Jordain caressait la mèche ondulée qui lui retombait sur le front.

— Très bien, donnez-le moi, fit Jordain en sortant son calepin.

On lui dicta un numéro de téléphone qu'il nota, puis relut tout haut. Jordain souffrait de dyslexie et il lui arrivait d'inverser les chiffres quand on lui dictait un nombre. Il avait pris l'habitude de vérifier pour éviter les erreurs.

Ce handicap l'avait perturbé autrefois, notamment pour l'apprentissage de la lecture qui avait été plus laborieux pour lui que pour la plupart des enfants de son âge. A présent, il n'y pensait même plus. Bien sûr, il n'était pas un champion d'orthographe, mais quelle importance… Il se consolait en se disant que sa dyslexie lui avait aussi permis de développer des qualités. Pour s'en sortir, il avait dû se montrer plus attentif et plus observateur que la moyenne. Il était capable de remarquer d'infimes détails.

— Je te préviens, il s'agit encore d'une horreur, dit-il en refermant d'un coup sec son téléphone.

— C'est-à-dire ?

— Un meurtre et un cadavre à rechercher. Le tout saupoudré d'une petite dose de perversion.

— Tu avais qui, au bout du fil ?

— Devine…

Jordain piqua son dernier morceau de sushi et le prépara soigneusement — sauce, plus *wasabi* —, puis il le plaça au milieu de son assiette et posa sa baguette à côté.

— Betsy Young, lâcha-t-il.

— La journaliste du *New York Times* ?

— Nous connaissons une autre charmante Betsy Young ?

— Elle a des informations ?

— Des photos du cadavre. Elle les a trouvées ce matin dans son courrier.

— Et la perversion, là-dedans ?

— Un truc que je ne connaissais pas encore. L'enveloppe contenait aussi une mèche de cheveux de la victime. Et ce n'est pas tout…

Jordain but une longue gorgée de son thé vert, lequel était déjà froid.

— Oui ? J'attends…

— Sur les plantes de pieds du cadavre, il y avait le chiffre un.

— Le chiffre un ?

Jordain hocha la tête.

— Et j'imagine que tu comprends la même chose que moi…

— Un peu, que je comprends… S'il y a un numéro un, ça veut dire qu'on peut s'attendre à entendre bientôt parler du numéro deux.

# 6

— Betsy est prête à collaborer en répondant à vos questions, déclara Harry Hastings. Mais attention, c'est notre affaire. Que ce soit parfaitement clair. Nous avons l'intention de couvrir ce meurtre et nous voulons l'exclusivité en échange des éléments que nous vous apportons.

Il sortit une cigarette d'un paquet tout froissé. L'immeuble du *Times* était en principe non fumeurs, mais Hastings ne se gênait pas pour enfreindre la règle. Personne n'avait jamais osé l'empêcher d'en griller une. Surtout pas dans son bureau.

— C'est clair ? insista-t-il en s'adressant aux deux inspecteurs.

Jordain lui jeta un mauvais regard. Le ton de ce nabot trapu lui déplaisait profondément. Mais il se garda bien de lui répondre. C'était à Perez d'entrer en jeu. Ils étaient sur le mode du tandem bon flic, mauvais flic. Perez était le bon flic. A lui de calmer le jeu.

— Clair comme de l'eau de roche, répondit Perez sur un ton légèrement affecté.

Les deux inspecteurs s'étaient installés autour de la table ronde du bureau de Hastings. En face d'eux, Betsy Young buvait un Coca light, à même la canette. Elle n'avait pas encore ouvert la bouche. Elle laissait son patron dicter les règles. Des règles que Jordain et Perez n'étaient certainement pas disposés à suivre.

— Pourquoi vous ? demanda Jordain à Betsy.

Il avait déjà eu affaire à cette femme et savait à quoi s'en tenir à son sujet. Bien sûr, on ne pouvait pas s'attendre à ce qu'une journaliste facilite le travail d'un flic, mais Betsy Young était une véritable plaie. Elle ne pensait qu'à se mettre en valeur et peu lui importait que ses articles gênent le bon déroulement d'une enquête.

— Je ne comprends pas où vous voulez en venir, inspecteur, susurra-t-elle.

Elle répondait à la question de Jordain, mais elle parlait en regardant Perez.

Elle ne comprenait pas… Bien entendu… Jordain, lui, comprenait parfaitement où cette emmerdeuse voulait en venir. Il décida d'ignorer son petit jeu. Perez et lui sauraient l'obliger à rester à sa place. Il soupira… Mais bon sang, pourquoi fallait-il toujours que quelqu'un vienne leur compliquer la tâche ?

— Pourquoi, d'après vous, a-t-on écrit votre nom sur l'enveloppe ? reprit patiemment Perez. Il y a bien d'autres journalistes… Au *Times* et dans cette grande ville qu'est New York.

Elle eut un petit sourire narquois.

— Et pourquoi pas moi ? répondit-elle. Après tout, j'ai déjà couvert pas mal d'affaires criminelles.

Jordain la coupa net.

— Connaissez-vous Philip Maur ? L'avez-vous déjà rencontré ? Avez-vous eu affaire à sa société ? Fréquentez-vous quelqu'un de sa société ? Avez-vous écrit un article sur sa disparition ?

Il voulut intercepter son regard, mais elle l'évita ostensiblement et baissa les yeux vers les photos étalées sur la table, entre elle et les inspecteurs. Derrière son bureau,

Hastings se raidit dans son fauteuil, mais il n'intervint pas. Depuis le temps qu'il dirigeait ce journal, il connaissait la chanson. Cette avalanche de questions n'avait rien d'agréable, mais il fallait en passer par là. La police avait besoin de s'assurer que Betsy Young n'était pas impliquée dans le meurtre, de près ou de loin.

— S'il te plaît, Betsy…, dit-il enfin. Pendant que tu fais de la résistance passive, tu ne travailles pas à ton article. Ton temps est précieux. Connaissais-tu Philip Maur, oui ou non ?

— Non, répondit-elle sèchement.

Après une autre série de questions qui ne leur apprirent rien, Jordain se tourna vers Hastings.

— Il faudra nous montrer cet article avant de le publier, dit-il.

— Vous n'avez pas à exercer de censure sur notre journal, inspecteur, rétorqua Hastings d'un ton solennel.

— Vous vous trompez, cher monsieur. Certains détails ne doivent pas être mentionnés. Je pense que vous comprenez, Hastings, que nous avons une affaire de meurtre sur les bras. Vous ne voudriez pas entraver la bonne marche de l'enquête, n'est-ce pas ?

Hastings parut soupeser l'argument. Il n'aimait pas lâcher prise, mais il avait hâte que Betsy se remette au travail.

— Pourquoi ne pas décider tout de suite de ce qui peut et ne peut pas être publié ? proposa-t-il.

Betsy serrait si fort son stylo qu'elle en avait les articulations exsangues.

— Je préfère révéler au lecteur tout ce que je sais, Harry, protesta-t-elle.

— Moi aussi, je préférerais. Mais écoutons tout de même ce que ces messieurs ont à nous dire. Inspecteurs…

Quels seraient selon vous les éléments qui ne devraient pas figurer dans l'article ?

— Vous pouvez publier ça, fit Jordain en poussant devant eux la photo des plantes de pieds de Philip Maur. Mais pas ça…, ajouta-t-il en posant son regard sur le sac plastique contenant les mèches de cheveux.

— Interdiction de mentionner les cheveux…, traduisit Perez.

— Non !

Betty Young venait de protester, sans même lui laisser le temps de terminer sa phrase.

— Non, reprit-elle d'un ton véhément. Nous ne pouvons pas publier les photos sur lesquelles le cadavre apparaît nu, il ne nous en reste donc plus qu'une. Et les cheveux posent une série de questions essentielles. Pourquoi le tueur a-t-il éprouvé le besoin de glisser une mèche dans l'enveloppe ? Qu'est-ce que ça signifie ? Est-ce que c'est un symbole ? Avons-nous affaire à un fou ou à un pervers ?

Jordain se leva. Perez l'imita et ils rassemblèrent les éléments apportés par Betsy dans des sacs Ziplog. Quand ils eurent terminé, Jordain s'adressa à Hastings.

— Je ne veux pas engager un bras de fer avec vous. Ne m'obligez pas à faire intervenir mes supérieurs.

Hastings alluma sa cigarette, en tira une bouffée, et souffla lentement la fumée.

— Nous ne voulons pas non plus d'un bras de fer, inspecteur…

— Parfait. Je suis ravi de l'entendre. Donc, quand je lirai l'article de Mlle Young, je n'y trouverai pas d'allusion à cette mèche de cheveux ?

— Non. Vous n'en trouverez pas. En échange, je vous rappelle que vous vous engagez à nous réserver la primeur des informations que vous communiquerez à la presse.

Jordain fronça les sourcils. Il n'avait pas l'intention

de marchander avec ce type. Il était fatigué de l'attitude agressive de ces deux-là. Il avait déjà connu ça. Voilà que ça recommençait.

— Je n'ai pas à vous promettre quoi que ce soit, fit-il sèchement. Nous ferons de notre mieux pour vous tenir informés, mais je ne peux rien vous assurer de plus.

Il se tourna vers Betsy.

— Ces photos sont couvertes de traces de doigts, dit-il. Vos empreintes sont-elles répertoriées dans nos fichiers ?

Elle hocha la tête sans un mot, en jetant un regard condescendant à Jordain. Mais il n'eut pas l'air impressionné.

Ils en avaient fini et se dirigèrent vers la porte. Avant de sortir, Perez se retourna une dernière fois pour s'adresser à Hastings.

— Il y a de fortes chances pour qu'un numéro deux suive le numéro un. Nous allons vous envoyer un spécialiste pour expliquer à la personne qui trie votre courrier comment manipuler les enveloppes sans effacer d'éventuelles empreintes. Bien entendu, Betsy, il viendra aussi vous donner des consignes et j'espère que vous le recevrez comme il se doit.

Puis ils sortirent et traversèrent sans un mot la salle de rédaction. Ils ne firent aucun commentaire dans l'ascenseur non plus. Ils n'étaient pas seuls. Mieux valait se méfier des oreilles indiscrètes. Mieux valait se montrer prudent… Surtout dans les bureaux du *New York Times*.

— Il faudra surveiller cette Mlle Young, annonça Jordain dès qu'ils furent dans la rue. Je préfère ne rien négliger.

Perez acquiesça.

— En admettant que Betsy Young n'ait rien à voir avec

ce meurtre, pourquoi l'assassin s'adresse-t-il à la presse plutôt qu'à la police ?

— Pour s'assurer que son exploit sera commenté comme il se doit. Pour nous empêcher de garder ça pour nous. Pour rester maître de la situation. Nous n'avons que l'embarras du choix… Les hypothèses ne manquent pas.

— Tu choisirais laquelle ?

— Je mets une option sur les trois.

# 7

En ce vendredi du début du mois d'octobre, je me suis donc retrouvée dans les loges de l'émission *Today*, une tasse de café bien fort et bien noir dans les mains. Au-dessus de moi, une jeune femme s'occupait à rehausser la pâleur de mon visage avec une éponge imbibée de fond de teint. Il était déjà 7 h 30 et il fallait ensuite s'occuper de mes cheveux. On ne m'attendait pas sur le plateau avant quarante minutes, aussi n'était-ce pas le problème de la coiffure qui me rendait nerveuse.

On m'avait informée du thème que nous allions aborder, mais les questions n'étaient pas préparées à l'avance. Je savais seulement que je devais expliquer quand et pourquoi il fallait consulter un sexologue. J'avais moins de cinq minutes pour faire passer le message.

J'ai bu une gorgée de café et j'ai continué à suivre dans le miroir les gestes sûrs et précis de la maquilleuse qui me métamorphosaient peu à peu.

On a beau connaître les mécanismes du stress, savoir comment l'adrénaline est libérée dans le sang et les symptômes qu'elle déclenche, on se sent tout de même terriblement angoissé quand on s'apprête à apparaître sur une chaîne nationale, dans une émission suivie par huit mille personnes.

J'aurais préféré me trouver n'importe où ailleurs, mais j'étais là. J'étais là pour l'un de ces huit mille téléspectateurs. Et surtout pour une adolescente de treize ans qui attendait en ce moment même dans l'appartement de son père, les yeux rivés à l'écran de télévision.

Dulcie me questionnait régulièrement à propos du stress. La première de sa pièce n'aurait lieu que dans plusieurs mois, à Broadway, mais une avant-première était prévue dans quelques semaines à Boston. Je lui avais parlé des substances chimiques libérées dans l'organisme. J'avais tenté de lui enseigner des techniques pour vaincre le trac — la respiration par exemple. Aujourd'hui, je me devais de lui prouver qu'une personne qui n'avait pas le moindre désir de se montrer à l'écran était capable de surmonter sa peur.

« Si tu y arrives, m'avait-elle dit, j'y arriverai aussi. Parce que moi, je suis portée par ma passion. »

La maquilleuse m'a demandé de fermer les yeux et j'ai senti son pinceau suivre le rebord de ma paupière.

J'ai pensé à ma mère qui s'était abandonnée tant de fois aux mains d'une professionnelle comme celle qui se penchait sur moi aujourd'hui. Je me suis souvenue à quel point elle avait aimé jouer, monopoliser l'attention, être entourée, applaudie… Elle avait débuté à seize ans dans une série télévisée, *Les filles perdues,* dont elle tenait un des rôles principaux. *Les filles perdues* racontait l'histoire de deux adolescentes orphelines recueillies par un couple de professeurs qui enseignaient dans une école renommée de Boston.

Les deux gamines se fourraient sans cesse dans des situations compliquées et elles avaient l'épisode pour s'en dépêtrer. Tout cela sans que le charmant vieux couple se doute le moins du monde que leurs adorables protégées faisaient les quatre cents coups.

Malheureusement, la carrière de ma mère s'était arrêtée en même temps que la série, au bout de trois ans. Elle s'était d'abord consolée en se mariant et en ayant un enfant, puis, incapable de se satisfaire de cette vie terne et de se passer des feux de la rampe, elle avait essayé de renouer avec le succès. Mais ça n'avait pas marché. Elle avait tout juste réussi à décrocher quelques petits rôles au cinéma. Pour tenter de combler le vide de son existence, elle s'était réfugiée dans l'alcool, la drogue et les liaisons extraconjugales.

Elle était morte d'une overdose quand j'avais huit ans. Son étoile avait brillé trop vite, puis elle s'était brutalement éteinte pour toujours. Son déclin avait causé de terribles ravages autour d'elle, notamment auprès de ceux qu'elle aimait.

« Où vas-tu ? Quand reviens-tu ? »

Je le lui demandais chaque fois que je comprenais qu'elle allait sortir. Elle sentait bon la rose, le citron et la lavande, et elle avait mis ses talons aiguilles et une jupe courte. Elle était si belle, alors. Triste et malade, mais toujours incroyablement belle. Et tellement perdue…

*Une fille perdue…*

La première que j'avais tenté de sauver.

Mais j'avais échoué.

Et j'échouerai sûrement encore à en sauver d'autres.

A présent sa petite-fille voulait monter sur les planches et moi je craignais que l'histoire se répète. Mais j'avais bien l'intention d'aider Dulcie à garder les pieds sur terre, même si son étoile s'envolait très haut dans le firmament. Je n'allais pas laisser ma fille quitter la stratosphère.

La maquilleuse a ajouté du blush sur mes pommettes, une dernière couche de mascara sur mes cils et une touche de rouge à lèvres abricot sur mes lèvres. L'odeur et la douceur des cosmétiques m'ont apaisée. Elle avait fini. La coiffeuse l'a relayée pour achever de me rendre présentable.

Dans le miroir, j'ai vu une petite femme apprêtée qui me ressemblait. Mon double, en plus sophistiqué. Je n'avais jamais été aussi belle.

On m'a ensuite escortée jusqu'au foyer des artistes où grouillaient déjà une demi-douzaine d'invités qui trompaient leur attente en piochant allègrement dans l'assortiment de fruits, de fromages et de gâteaux, qu'on avait mis à leur disposition. Je me suis resservi du café.

La productrice est venue chercher une romancière élancée répondant au nom de Lisa Tucker. C'était son tour de passer à l'antenne. Elle en a profité pour vérifier que nous étions tous là et pour nous demander si nous n'avions besoin de rien.

J'ai suivi l'émission sur un écran de contrôle pendant quelques minutes, puis il y a eu une page de publicité et j'ai pris le journal que la romancière avait laissé sur son siège. Je ne l'ai pas déplié et j'ai parcouru la première page.

Il y avait une photographie d'un politicien qui avait fait un discours remarqué à l'ONU, une autre d'une vedette du sport qui avait battu un record et celle d'un paysage du New Jersey dévasté par un violent et soudain orage. Mais mon attention a été attirée par un petit encadré et un étrange cliché montrant des plantes de pieds d'hommes marquées du chiffre un. La légende disait : « Mort supposée d'une figure de la finance. »

J'ai soupiré et j'ai lu l'article.

*Notre journal a reçu hier matin des photos du cadavre de Philip Maur, quarante et un ans, l'un des plus jeunes présidents de Grimly et Maur, la prestigieuse société d'investissements rattachées à Wall Street.*

*Maur a passé la journée de vendredi à son bureau. Il l'a quitté à 18 heures en annonçant à sa secrétaire qu'il rentrait chez lui.*

*Mais il n'est pas rentré chez lui et sa femme a donc contacté la police dès samedi matin pour signaler sa disparition. « Il est parti travailler vendredi matin en me prévenant qu'il reviendrait tard à cause d'un dîner d'affaires, a-t-elle déclaré. » Mme Maur avait essayé de joindre son mari sur son téléphone portable, mais il n'avait pas répondu, ni rappelé, ce qui n'était pas dans ses habitudes. Elle le décrit comme un époux et un père responsable. « Il ne restait jamais injoignable plus d'une heure ou deux, a-t-elle précisé à la police. Notre fille souffre de diabète et il tenait à être prévenu en cas de problème. Cela ne lui ressemblait pas du tout de disparaître sans même me prévenir. Il n'avait jamais découché. Je savais qu'il s'était passé quelque chose de grave. »*

*Mme Maur ne s'était pas trompée… Notre journal a reçu ce matin la photo publiée ci-dessus et deux autres qui se trouvent en ce moment entre les mains de la police. Sur l'une d'elles, Philip Maur est aisément identifiable. On l'aurait donc assassiné. Les photographies que nous avons reçues laisseraient supposer que le crime comporterait une dimension sexuelle.*

*L'inspecteur Noah Jordain de la criminelle a été chargé de l'enquête. Noah Jordain s'est refusé à tout commentaire et invite toute personne ayant aperçu Philip Maur après vendredi 18 heures à venir témoigner spontanément.*

*Il nous a également demandé de ne pas publier l'intégralité des documents que nous avons reçus et de passer certains éléments sous silence pour ne pas entraver la bonne marche de l'enquête.*

Mon pouls battait à cent à l'heure, j'avais les mains moites et j'ai éprouvé le besoin de me racler la gorge. J'ai tenté quelques exercices respiratoires pour ralentir mon rythme cardiaque, mais le nom de Jordain m'avait fait l'effet d'un électrochoc.

Je m'en suis voulue, mais je n'y pouvais rien. C'était incontrôlable.

Je n'avais pas vu Noah depuis quatre mois. Depuis que je l'avais appelé à une heure où je le savais absent pour lui laisser un message lui expliquant que je venais de divorcer et que je ne me sentais pas prête à m'engager dans une nouvelle relation.

Un mensonge…

Je n'avais pas fui parce que c'était trop tôt.

J'avais fui parce que j'avais peur de Noah et de ce que je ressentais pour lui.

Le jour où Noah Jordain était entré dans mon bureau, mon cœur avait fait un bond. Ses yeux bleus inquisiteurs avaient plongé dans mes prunelles noires, comme pour voir si j'allais soutenir son regard. A l'époque j'avais interprété ça comme un truc de policier. A présent, je n'en suis plus si sûre. Je me demande s'il avait vraiment conscience de ce qu'il faisait. Je n'avais pas baissé les yeux, bien sûr. Un truc de thérapeute… Et nous étions restés un long moment à nous défier avant de nous rendre compte que nous étions de force égale. En serrant la main qu'il me tendait, j'avais senti sa puissance, mais aussi sa douceur. Il aurait pu me broyer les os, mais il avait fait attention de ne pas me faire mal. Et puis quelque chose m'avait envahie. Comme une rafale tiède. J'avais perdu contenance. Cela ne m'était jamais arrivé et j'en avais été profondément ébranlée.

Noah avait tout de suite lu en moi, plus vite qu'aucun psy ne l'aurait fait. Et cela m'avait terriblement effrayée. Je n'aime pas ce qui me dépasse, ce que je ne peux expliquer par la théorie ou la logique. Nous aurions pu former un couple heureux… Ou nous déchirer. C'était arrivé trop vite… J'avais pris la fuite.

Ensuite, je m'étais empressée de l'oublier, sans trop de difficultés.

Du moins je l'avais cru. Et pourtant je me sentais remuée jusqu'aux tréfonds de mon âme, rien qu'à lire son nom dans le journal, ce matin-là, dans ce foyer d'artistes. Je me suis dit qu'il avait laissé en moi une empreinte plus tenace que je ne l'avais soupçonné.

Mais non, je l'avais soupçonné. Et même plus que ça.

Et j'avais pris mes jambes à mon cou. Noah était dominateur. Sûr de lui. Un peu arrogant, mais très doux, très tendre. Et… Exceptionnel au lit. Quand je pensais à Noah Jordain, je pensais aussi à ma peau nue contre la sienne, à nos lèvres qui se joignaient, à ses baisers, sa langue, partout, sur mes seins, entre mes jambes. Je m'étais allongée sur lui, j'avais respiré son odeur, je voyais mes mains se glisser sous sa chemise. Je le déshabillais. Je faisais tout ce qu'il me demandait. Je capitulais. Je me laissais emporter, prête à aller au bout, jusqu'au bout, avec lui. Pour la première fois.

Avant Noah, je n'avais connu cette expérience qu'à travers les confidences de mes patients. Il m'était arrivé de les envier, mais, au fond, j'étais plutôt soulagée de ne pas vivre une relation passionnelle avec mon mari. La passion, je la refusais. Il s'agissait pour moi d'une émotion archaïque et dangereuse. J'en avais peur.

Jordain avait trop d'intuition en ce qui me concernait. Il me devinait trop aisément. Il savait trop bien me caresser, assujettir mon corps au sien. Il avait trouvé un point, entre mon cou et mes clavicules et il l'avait réchauffé de son haleine tiède pendant que je fermais les yeux et m'agrippais à lui…

Il m'aurait réveillée.

Et peut-être pire…

J'ai senti une vague de chaleur envahir ma nuque. Mon chemisier crème en soie me collait à la peau et ma veste de gabardine olive m'a paru soudain étriquée. J'étouffais littéralement.

J'ai reposé le journal et j'ai pris une gorgée de café. Il avait eu le temps de refroidir, il était à peine tiède. J'ai tout de même vidé ma tasse. Mes yeux se sont posés sur la bague que je portais à la main droite — un papillon en or blanc, serti de minuscules pierres précieuses sur les ailes et d'éclats de diamants sur le thorax. Elle me venait de Dulcie et de sa marraine, Nina, ma mère de substitution. J'ai effleuré les pierres du bout des doigts. Elles piquaient un peu, mais sans faire mal. Dulcie et Nina m'avaient fait la surprise de ce cadeau quelques jours après l'arrestation de celui que les journaux avaient appelé l'assassin des Marie-Madeleine.

Quelques jours à peine après que j'aie échappé de justesse à la mort, avec une de mes patientes.

Quelques jours après que j'aie parlé pour la dernière fois à l'inspecteur Noah Jordain.

— Docteur Snow ? Ce sera à vous après ce flash d'information. Voulez-vous me suivre, je vous prie ?

L'air était glacial dans le studio 1A et j'ai frissonné en traversant le long couloir, consciente d'avoir froid en dépit d'une haleine tiède qui, comme un souvenir, soufflait à la surface de ma peau.

Je m'en suis voulu de penser à un truc pareil avant d'affronter les caméras…

— Vous avez besoin de quelque chose avant de commencer ? murmura la femme.

— Non, rien, merci, ai-je répondu. Ça va.

Mais c'était faux. Ça n'allait pas du tout.

# 8

— Je ne viens pas consulter pour une thérapie individuelle, a dit Shelby Rush. Je suis là au nom d'un groupe de femmes qui veulent entreprendre des séances collectives.

Après ma participation à l'émission *Today*, la réceptionniste du Butterfly Institute avait reçu pour moi près d'une trentaine de coups de fil rien que dans l'après-midi du vendredi. La plupart des femmes avaient appelé pour des renseignements sur mes honoraires et sur les prises en charge possibles. Cinq d'entre elles allaient vérifier auprès de leur mutuelle qu'elles pouvaient se faire rembourser les séances. Mon agenda était déjà plein, il n'était pas question que je prenne cinq personnes en plus en thérapie. Mais je pouvais tout de même les recevoir et les adresser ensuite à l'un de mes confrères de l'institut.

Une seule femme avait insisté pour prendre tout de suite rendez-vous. Elle était assise en ce moment même en face de moi, dans la pièce jaune pâle qui me servait de cabinet, de l'autre côté de mon bureau.

Shelby avait trente-cinq ans. Elle était séduisante et plutôt communicative, comme la plupart des femmes de Manhattan. Elle portait des vêtements chers et élégants. Un pantalon gris taupe, un chemisier coquille d'œuf en soie et une veste noire, des chaussures Chanel à talons hauts et un sac Gucci — en tissu, gris lui aussi, avec les initiales GS entrelacées.

Je m'habillais comme elle en moins huppé. Chic et classique, l'uniforme new-yorkais des femmes qui ont dépassé la trentaine et décident de ne plus sacrifier à la dictature des modes éphémères dont elles commencent à se lasser à partir d'un certain âge.

Contrairement à ce que croient la plupart des gens, les vêtements ne reflètent pas la personnalité. Une paire de chaussures, un sac, un pantalon, une robe, une jupe… Tout cela ne signifie rien. L'âme d'un être humain ne transparaît pas à travers sa tenue vestimentaire, pas plus qu'elle ne se lit sur son visage.

Certains thérapeutes prétendent entrevoir le moi profond de leurs patients dans leur regard. Moi je n'oserais plus me vanter d'une chose pareille. Une majorité de ceux qui me consultent évoluent dans le dur milieu des affaires ou dans le monde de l'entreprise. Ils ont appris l'art de la dissimulation, indispensable dans leur travail. Et puis je considère qu'un bon médecin doit amener les gens à se livrer. Et ils ne se livrent pas quand on les juge et quand on les enferme d'office dans des cases. Je ne crois pas à la psychologie de pacotille, je ne me fie pas à mes premières impressions.

— Je suppose que vous appartenez à ce groupe, Shelby… Pourriez-vous m'en parler ? Et aussi me dire pourquoi vous pensez que je conviendrais ?

Elle a décroisé ses mains et a fixé ses ongles, comme si la réponse se trouvait inscrite sur ses griffes rose pâle.

J'en ai profité pour l'observer. Elle n'a pas remué sur son siège, mais elle a mordillé sa lèvre inférieure, longuement, très longuement, comme si elle voulait s'empêcher de parler.

— Shelby ?

— C'est un peu complexe, docteur Snow.

J'ai hoché la tête, pour l'encourager à poursuivre. Elle s'est de nouveau mordu la lèvre. J'avais de la patience à revendre, je pouvais attendre aussi longtemps qu'il le fallait, jusqu'à ce qu'elle soit prête à s'expliquer. J'ai jeté un coup d'œil vers les grandes portes-fenêtres voûtées du mur sud de la pièce. De l'autre côté, il y avait un rebord d'un mètre de profondeur… A Manhattan, on appelle ça un balcon… Il était à peine assez large pour une personne et on pouvait se pencher à la balustrade pour observer le trottoir ou lever le nez vers le ciel. J'y avais planté des fleurs qui attirent les papillons.

Quand j'avais installé ce jardin miniature, tout le monde s'était moqué de moi. Des papillons en ville… A New York, pour voir des papillons, il fallait se rendre au Muséum d'histoire naturelle.

Mais je ne m'étais pas découragée. Il y avait à Central Park, à deux rues du Butterfly Institute, des monarques qui butinaient le Shakespeare Garden du conservatoire et s'égaraient dans les allées. J'étais sûre que les papillons viendraient jusqu'à moi.

La première année, ils ne s'étaient pas montrés. Mais au bout d'un an ils avaient trouvé le chemin et depuis ils profitaient de mon jardin. De magnifiques monarques rouge orangé, des piérides du chou et des machaons me faisaient l'honneur de passer leur éphémère existence sur mon balcon. J'éprouve une véritable fascination pour ces créatures ailées qui ne vivent que le temps de s'accoupler et de procréer, et jouent un rôle essentiel dans la reproduction des fleurs.

Habituellement, les papillons disparaissaient à la fin du mois de septembre, mais il faisait chaud cette année-là et ils n'avaient pas encore entamé leur migration. Pendant que Shelby cherchait désespérément ses mots, je suivais des yeux un insecte aux ailes d'un orange aussi vif que celui des feuilles d'érable.

Aristote appelait les papillons « psyché », le mot grec pour âme. Je comprenais pourquoi. Leur métamorphose rappelait le processus qui amène un patient à se libérer des entraves du passé pour gagner sa liberté.

Shelby a fini par cesser de mordiller sa lèvre inférieure.

— Scarlet[1]… C'est le nom de notre société… Scarlet est une société secrète. Clandestine… On peut trouver ça surfait et penser que ça dénote un certain goût pour l'exagération, mais c'est comme ça. Personne n'en connaît l'existence en dehors de ses membres. Nous ne faisons rien d'illégal ou de dangereux, bien entendu. Mais cela fait près de quarante ans que nous restons dans l'ombre.

J'ai fait un rapide calcul mental. Cette société existait donc depuis le début des années soixante.

Shelby ne disait plus rien et se mordait de nouveau la lèvre.

— Vous pouvez préciser ? ai-je demandé.

— Oui, bien entendu. Nos membres sont exclusivement des femmes. Célibataires, mariées, divorcées, peu importe… Elles travaillent et occupent en général des postes à responsabilité. La cotisation est élevée, elles gagnent bien leur vie.

Elle s'est tue, j'ai attendu, elle n'a pas poursuivi.

— Tout ça ne me renseigne pas vraiment, ai-je fait remarquer. Il y a sûrement encore beaucoup à dire…

— Oh, oui, beaucoup. Mais avant d'aller plus loin, j'ai besoin d'être certaine que vous acceptez de prendre le groupe en charge. Nous avons toujours été très prudentes. Même entre nous. Nous ne dévoilons pas nos noms de famille, par exemple. Je prends déjà un risque en vous donnant le mien et vous pouvez considérer cela comme une première marque de confiance. Mais je ne peux pas aller plus loin tant que je ne suis pas sûre que vous êtes d'accord pour nous aider.

— Il m'est impossible de vous répondre si je ne sais pas ce que vous voulez et pourquoi.

Shelby a froncé les sourcils et baissé les yeux vers ses mains.

— O.K. Nous sommes un groupe de femmes. Nous avons un intérêt commun que je ne peux pas vous révéler pour l'instant. Je précise que nous ne faisons rien d'illégal ou de dangereux.

C'était la deuxième fois qu'elle insistait sur ces points. Je savais donc déjà que l'activité de cette société était probablement dangereuse et parfois à la limite de la légalité.

Tout le monde ment. On nous apprend depuis tout petit à dissimuler. Lorsqu'un enfant s'exclame en voyant une obèse, « Maman, regarde la grosse femme ! », on le gronde et on lui explique qu'il ne doit pas dire tout ce qu'il pense pour ne pas blesser les autres. On lui empoisonne l'esprit au nom de la délicatesse. Et le jour où, adulte, il se trouve à un tournant de sa vie où la vérité serait l'unique moyen d'avancer, il s'obstine à dissimuler, par habitude. Comme Shelby Rush aujourd'hui.

— Très bien, ai-je dit. Puisque vous ne pouvez rien me révéler de plus, expliquez-moi au moins pourquoi vous m'avez choisie.

— Parce que vous êtes sexologue.

J'ai hoché la tête, mais cette réponse ne me suffisait pas et Shelby l'a senti.

— Je vous expliquerai tout si vous acceptez, a-t-elle insisté.

Je me suis penchée en avant.

— Shelby… Ici, dans cet institut, nous travaillons en

équipe et nous adressons chaque patient au thérapeute qui lui convient. Nous sommes des professionnels. Je ne peux pas me lancer dans un travail avec votre groupe à l'aveuglette, sans rien savoir de vous, en espérant que ça marchera.

— Nous avons pratiquement toutes voté pour vous.

— Pratiquement ? L'une de vous, au moins, n'était donc pas d'accord.

— Deux, en fait. Une de nos membres ne pense pas que nous ayons besoin de l'aide d'un psy. Une autre voulait que nous fassions appel à son thérapeute personnel, mais ce n'était pas une bonne idée.

— Mais pourquoi moi ? Je ne suis pas la seule sexologue de New York.

— Une amie qui n'appartient pas à notre société m'a conseillé de m'adresser à vous. Elle a été en thérapie avec vous, il y a quatre ans. Elle s'appelle Ellen Kenneth. Vous vous souvenez d'elle ?

Je m'en souvenais. J'ai acquiescé en silence. Shelby a poursuivi.

— Elle m'a assuré que vous ne jugez pas, que vous écoutez vos patients parler de leurs préférences sexuelles sans leur faire la morale.

Elle commençait à entrer dans le vif du sujet. Ainsi, il s'agissait d'une société où les femmes se livraient à des pratiques sexuelles particulières. J'ai ressenti le petit frisson d'excitation qui me secoue quand une séance démarre.

— Qu'est-ce qu'un thérapeute pourrait bien avoir à juger ? ai-je demandé.

Shelby s'est redressée, elle a lissé le pli de son pantalon et rejeté ses cheveux en arrière. Elle se préparait à la bataille.

— Comment définiriez-vous une sexualité normale, docteur Snow ?

— Je n'utilise pas cet adjectif quand il s'agit de sexe. Nous avons chacun nos limites. Ce qui vous paraît acceptable peut ne pas l'être pour quelqu'un d'autre. Ce n'est pas l'acte lui-même qui compte, mais la façon dont vous le percevez.

— Donc, il n'y a rien que vous jugeriez anormal ?

— Vous êtes en train de me demander où je situe la limite entre le sain et le pathologique ?

Elle a hoché la tête.

— Quand vos désirs sexuels ou vos actes vous mettent en danger, mettent les autres en danger, ou les font souffrir, nous entrons dans le domaine du pathologique.

Shelby se tenait toute droite. Elle a de nouveau acquiescé en silence, comme pour elle-même.

— Nous avons besoin de quelqu'un de fiable, a-t-elle enfin murmuré. Bien sûr, tous les thérapeutes sont tenus par le secret professionnel, mais nous ne voulons pas prendre de risque et nous préférons une personne qui a fait ses preuves. Vous, docteur Snow, vous avez fait vos preuves. Vous n'avez pas trahi votre patiente, dans l'affaire des Marie-Madeleine.

C'était vrai, j'ai hoché la tête pour lui signifier que je comprenais. Elle a poursuivi.

— Nous avons besoin d'une personne capable de comprendre ce que c'est que d'être une femme et de vouloir faire son chemin dans un monde dominé par les hommes. Qui ne sera ni choquée ni perturbée par ce que nous avons à dire. Et cette femme doit être sexologue parce que nous allons aborder des problèmes touchant à la sexualité. Le sexe et le social sont si intimement liés que personne d'autre qu'une sexologue ne pourrait comprendre notre fonctionnement.

Shelby s'était présentée comme une avocate spécialisée dans les affaires de divorce. Jusque-là, ses arguments m'avaient paru limpides et je n'y avais pas retrouvé les raisonnements alambiqués des gens de lois. Mais j'avoue que cette dernière salve m'a semblé bien compliquée. Je ne voyais plus où elle voulait en venir. Je me suis demandée si elle cherchait à m'embrouiller l'esprit ou si elle avait de réelles difficultés à s'expliquer.

— J'ai suivi l'émission *Today*, a-t-elle repris. Vous avez dit que les femmes ont de plus en plus de place dans le monde du travail. On commence à les reconnaître, à leur confier des postes importants… Vous avez dit également que leur réussite professionnelle bousculait l'équilibre des couples et générait souvent des problèmes, notamment sur le plan sexuel.

Je n'ai pu qu'acquiescer en silence, une fois de plus. Je connaissais parfaitement le sujet. C'était celui que je devais présenter au fameux colloque où Nina voulait à tout prix que j'intervienne. Shelby m'intéressait de plus en plus. Elle m'offrait un exemple clinique pour illustrer et appuyer ma théorie.

— Nous, membres de Scarlet, nous considérons que les femmes ont appris à laisser de côté leurs tendances sexuelles dominatrices pour protéger la suprématie des mâles. Ensuite les institutions, l'organisation du travail, les religions et les philosophies, ont perpétué le mythe de la pauvre femme faible et sans défense. Mais certaines d'entre nous aspirent à autre chose, elles refusent de se soumettre, d'être choisies. Elles ne croient pas à toutes ces fadaises.

Je me suis encore penchée vers elle. Elle a souri. Elle comprenait qu'elle m'avait séduite, convaincue.

— Docteur Snow, notre section de New York est en ce moment confrontée à un grave problème que nous ne savons comment résoudre. Je crains… Beaucoup d'entre nous craignent de faire un faux pas. Si nous ne réagissons pas très vite de façon adéquate, notre groupe risque de disparaître. Et ce serait épouvantable, parce que ça signifierait refuser à des femmes l'existence d'un lieu où elles peuvent vivre comme bon leur semble. Nous refusons d'être réduites à de simples denrées consommables, de même que nous refusons d'être uniquement des mères ou des reproductrices. Nous revendiquons le droit de vivre librement notre sexualité et d'utiliser les hommes si tel est notre bon vouloir.

— Et que craignez-vous exactement ? ai-je demandé à Shelby.

— Nous craignons pour nos vies, docteur Snow.

# 9

Le jeudi suivant, à 16 heures précises, Betsy Young sortait en courant de l'immeuble du *New York Times*. On l'attendait pour une interview dans le quartier chic et elle ne voulait pas être en retard. Un vent violent secouait les arbres et les feuilles mortes jonchaient les trottoirs. Il pleuvait dru. Autour d'elle, les gens remontaient leur col de veste et ouvraient leur parapluie. Mais Betsy était trop pressée pour perdre du temps à ouvrir son parapluie ou à remonter son col. Elle ne prêta pas la moindre attention aux gouttes et aux feuilles, mais elle remarqua tout de même du coin de l'œil la berline bleue qui stationnait devant l'immeuble.

Elle courut héler un taxi, s'engouffra à l'intérieur, donna au chauffeur l'adresse d'un appartement sur Park Avenue et claqua la porte.

Pendant que le chauffeur démarrait en trombe, elle sortit une liasse de papiers de son sac fourre-tout. Elle avait fait des recherches sur le Net. Sur la femme de Philip Maur et sur sa famille. Avant de lire, elle se tourna pour regarder par le pare-brise. La berline bleue roulait derrière eux.

On la suivait ?

Possible. La police, par exemple, avait de bonnes

raisons de s'intéresser à la journaliste qui recevait le courrier de l'assassin de Philip Maur. Betsy décida d'ignorer la berline. Peu lui importait. Elle s'inquiéterait de ça plus tard. Pour l'instant, elle devait se concentrer sur l'interview exclusive qu'elle venait de décrocher.

Un peu plus tôt dans la matinée, elle avait décidé de tenter sa chance et de joindre la femme de Philip Maur, laquelle était aussi la fille d'un politicien en vue de New York. Cyn Maur lui avait paru confuse et absente, au point qu'elle se demandait si la pauvre femme avait bien compris qu'elle avait accepté un rendez-vous avec une journaliste. Si oui, Betsy ne comprenait pas pourquoi la veuve de Philip avait cédé si aisément. Betsy réclamait les confidences des gens pour écrire ses articles, mais elle était toujours surprise quand quelqu'un lui ouvrait la porte de son enfer personnel.

Betsy n'aurait jamais confié ses petits secrets à qui que ce soit. Et surtout pas à une journaliste.

L'appartement qui se trouvait 1235 Park Avenue n'était pas le domicile de Cyn, mais celui de ses parents. Et c'est pourquoi l'agent Tana Butler ne reconnut pas l'adresse quand le taxi de la journaliste s'arrêta devant l'immeuble.

Betsy entra d'un pas assuré dans le hall de marbre, épela son nom au gardien et lui annonça qu'elle était attendue par Mme Maur. Le gardien donna un coup de fil pour prévenir de l'arrivée de la visiteuse. Il écouta les consignes et raccrocha.

— Appartement 15 E, mademoiselle Young. Premier ascenseur sur la droite.

Betsy passa de l'autre côté de la porte. L'agent Butler attendit qu'elle s'engouffre dans l'ascenseur pour sortir de sa berline bleue et pénétrer à son tour dans le hall de l'immeuble. Elle montra son badge au gardien, lui demanda où se rendait la femme qu'il venait de laisser entrer, et ouvrit son calepin pour y noter le nom des parents de Cyn.

Puis elle rejoignit sa voiture banalisée.

Là-haut, Cyn venait de s'asseoir dans un canapé jaune clair. Elle attendait les questions de Betsy avec l'air de quelqu'un qui s'apprête à affronter son bourreau.

— C'est la première fois que vous accordez une interview ? demanda Betsy.

Elle aurait bien voulu que Cyn reconnaisse que cet entretien l'angoissait. Cet aveu aurait déjà représenté un premier pas vers les confidences.

— Je m'étais juré de ne pas m'adresser aux journalistes, répondit Cyn. Mais cela fait plus d'une semaine que mon mari a disparu et la police n'a toujours pas la moindre idée de l'endroit où pourrait se trouver son corps. Pas la moindre piste non plus au sujet de son assassin et du mobile du crime. J'ai besoin de savoir. Il le faut. Je n'en peux plus de rester dans l'ignorance.

— Donc, vous vous tournez vers la presse.

Cyn hocha la tête. Puis sa bouche se tordit en un rictus que Betsy interpréta comme une grimace de dédain.

— Vous n'êtes que des vipères, murmura Cyn. Des enquêteurs sauvages qui n'obéissent à aucune règle. Vous vous fichez des lois. Mais ça vous donne plus de latitudes. Je me moque de savoir qui trouvera le corps de mon mari ou qui démasquera son meurtrier. La police ou la presse… Peu m'importe. Tout ce que je veux, c'est des réponses. Je suis lasse de pleurer parce que j'imagine le pire et que je ne sais rien.

Ses larmes se mirent à couler. Même devant une journaliste, elle n'arrivait pas à se retenir.

— C'est affreux. Je vois sans cesse ces atroces photos, ces images de son corps raide et sans vie. J'ai d'abord essayé de nier l'évidence, de dire que ce n'était pas lui, que je ne le reconnaissais pas, qu'il s'agissait d'un autre homme. J'ai hurlé, j'ai crié aux inspecteurs qu'ils faisaient erreur, qu'ils se trompaient de personne. J'ai voulu les mettre à la porte, mais ils sont restés et ils m'ont laissée pleurer un moment. Ensuite je leur ai dit que oui, c'était bien Phil.

Elle joignit les mains.

— Il paraissait si froid, sur ces clichés…, poursuivit-elle. J'ai le cœur qui éclate chaque fois que j'y pense. Mais je dois me coucher tous les soirs, fermer les yeux, m'efforcer de dormir, me lever le matin pour préparer le jus d'orange et les gaufres de mes enfants. Il m'est impossible de me concentrer sur quoi que ce soit. Mon mari a été attaché et brutalisé. On l'a photographié sous des angles obscènes. Pourquoi ? La pâleur de sa peau me hante. Son visage sans expression et ses mains molles m'obsèdent. Et cette pose… Ces bras croisés, comme un gisant. Il paraissait tellement démuni.

Ses mains se dénouèrent.

— Phil n'était pas un être démuni, fit-elle d'un ton véhément, comme si elle répondait à une question. C'était un homme fort, solide.

Betsy lui adressa un gentil sourire et se pencha en avant, le stylo posé sur l'une des pages de son calepin.

— Un homme solide ? Moralement ou physiquement ?

Cyn Maur perçut vaguement une intonation étrange dans la voix de Betsy. Une pointe de doute. Ou de cynisme.

Si Mme Maur avait eu derrière elle quelques heures de sommeil supplémentaire, une petite sonnette d'alarme intérieure l'aurait alertée. Elle se serait doutée que cette journaliste savait quelque chose qu'elle n'était pas censée savoir.

# 10

Ma fille dînait avec son père et je passais une soirée plutôt morne à lire le courrier que j'avais apporté du Butterfly Institute. J'en étais à l'enveloppe kraft envoyée par Shelby Rush qui était arrivée dans l'après-midi. Je l'ai ouverte. Elle contenait une cassette vidéo et une lettre rédigée sur un papier couleur crème.

*Chère Docteur Snow,*

*J'ai été ravie de vous rencontrer. Je suis de plus en plus persuadée que vous êtes bien celle qu'il nous faut et que vous nous aiderez à traverser ce passage délicat. J'ai glissé dans l'enveloppe une lettre d'accord entre vous et Scarlet. Vous vous y engagez à respecter la confidentialité de nos entretiens. Je pense que ça n'est pas la première fois que l'on vous demande de signer un tel document. Comme je vous l'ai expliqué lors de notre entrevue, Scarlet tient au secret…*

J'ai reposé la lettre et je me suis levée pour aller dans la cuisine. J'étais furieuse.

*Eh bien non, Shelby… Voilà six ans que j'exerce mon métier de sexologue au Butterfly Institute, et personne ne m'a jamais demandé de signer un accord de confidentialité.*

La conduite de ces femmes me paraissait d'une inqualifiable grossièreté. Shelby m'avait dit que plusieurs d'entre elles avaient déjà suivi une thérapie. Elles n'ignoraient donc pas que la parole du patient était sacrée pour un médecin. De plus, j'avais pris la peine de lui rappeler que je respectais le secret professionnel. Zut… Au mois de juin, une de mes patientes avait disparu et je l'avais secourue en menant ma propre enquête, au péril de ma vie, pour éviter de m'en remettre à la police. Shelby le savait et elle mettait quand même mon intégrité en doute. C'était inadmissible.

Je me suis servi un verre de vin rouge. Ma main tremblait. J'ai respiré avec délice l'arôme fruité du breuvage tout en buvant ma première gorgée. Puis je suis retournée dans le salon, avec mon verre, pour m'installer dans le canapé et terminer cette fichue lettre.

*Nous vous sommes très reconnaissantes d'accepter de nous aider et nous attendons avec impatience notre première séance avec vous, la semaine prochaine. Vous trouverez avec cette lettre une vidéo qui vous aidera à comprendre qui nous sommes. Bien entendu, nous vous demandons de la visionner seule, en privé.*

*J'ai en vous une confiance absolue, docteur Snow. Je ne vous ai rencontrée qu'une fois, mais je sais d'ores et déjà que nous avons bien choisi.*

*Sincèrement vôtre,*

*Shelby Rush.*

Il restait encore une feuille dans l'enveloppe. Le fameux accord de confidentialité… Je n'y ai même pas jeté un coup d'œil. J'étais intriguée par Scarlet, par Shelby Rush. Je mourais d'envie de relever le défi qu'on me proposait, mais il n'était pas question que je signe un papier de ce genre avec des patientes. Je trouvais cela dégradant et insultant.

J'ai fait de mon mieux pour me calmer... Cette extravagante exigence aurait dû me faire rire et pourtant elle me mettait en rage. J'ai pris la cassette et je l'ai violemment enfoncée dans le lecteur. Je dois reconnaître que j'étais submergée par la colère et l'amertume.

Au bout de quelques secondes, l'image d'un salon luxueux est venue remplacer l'écran noir et j'ai vu apparaître une pièce jonchée de cossus canapés en velours, de fauteuils immenses et de magnifiques tapis aux délicates teintes bleues et jaunes. Des appliques de cristal scintillaient et faisaient étinceler la dorure des cadres. D'opulents bouquets de roses et de lys avaient été disposés sur les tables basses. Je sentais presque leur subtile odeur vanillée.

En fond, une musique rock hurlait. Le rythme endiablé de la chanson des Rolling Stones, *You can't always get what you want*, tranchait curieusement avec la préciosité de la pièce.

La caméra est restée un moment en plan fixe d'ensemble, puis une porte à double battant s'est ouverte pour laisser passer un groupe.

J'ai vu tout de suite qu'il s'agissait d'un bal costumé. Ce n'était pas bien malin à deviner, les participantes portaient un masque qui dissimulait la partie supérieure de leur visage. Elles arboraient des tenues habillées, de belles coiffures et des bijoux scintillants — vraies ou fausses pierres, je l'ignore. Le rouge des rubis, le vert des émeraudes et l'éclat laiteux des diamants brillaient à leurs oreilles, autour de leur cou, à leurs doigts, à leurs poignets.

J'ai eu vaguement conscience d'une anomalie, mais il m'a fallu quelques secondes pour me rendre compte que leurs robes n'étaient pas seulement très décolletées, mais qu'elles dénudaient entièrement leur poitrine. Les tétons étaient peints en rouge, la chair laiteuse des seins poudrée et constellée de paillettes.

La caméra a suivi le mouvement du groupe qui avançait dans la pièce. La plupart des robes étaient fendues devant et j'ai remarqué que les femmes ne portaient pas de sous-vêtements.

L'ambiance paraissait joyeuse et amicale. Les membres de Scarlet se saluaient en s'envoyant des baisers du bout des doigts. Elles parlaient, elles riaient beaucoup.

La chanson des Beatles, *Love, love me do*, a pris le relais de celle des Rolling Stones et des serveurs ont commencé à circuler avec des plateaux chargés de petits-fours et de flûtes de champagne.

Deux femmes — l'une avec un masque de chat et l'autre un masque décoré de plumes de paon — ont pris un verre et se sont éloignées bras dessus, bras dessous. Celui qui leur avait tendu un plateau portait une veste de smoking, une chemise blanche, une large ceinture et un nœud papillon. Mais il était nu à partir de la ceinture et son sexe était à moitié en érection.

Aucun des serveurs n'avait de pantalon. La caméra a fait un gros plan sur l'un deux, un homme d'une trentaine d'années, sportif, avec des cheveux noirs et un visage très masculin, mais plutôt ordinaire. Une femme affublée d'un masque argenté et incrusté de saphirs qui soulignaient le pourtour de ses yeux est venue lui prendre une flûte. Elle en a profité pour allonger le bras et lui soupeser les testicules en riant.

J'ai attrapé mon verre de vin sans quitter l'écran des yeux.

De quoi s'agissait-il exactement ?

Comme si elle avait anticipé ma question, une voix

off de femme s'est mise à commenter l'image, en même temps qu'un titre apparaissait en haut de l'écran.

*Quarantième gala annuel de* Scarlet
*10 février 2002*

« Depuis 1962, la section de New York de Scarlet organise tous les ans un gala pour récolter des fonds. Les membres de toutes les sections du pays y sont les bienvenues, ainsi que les hommes que nous invitons depuis des années pour notre bon plaisir.

Celles d'entre nous qui n'assistent plus aux soirées régulières apprécient dans ce gala une occasion de revoir de vieilles amies et de renouer l'espace d'une nuit avec leur vieux rêve.

Le 10 février 2002, plus de 130 membres et de 150 mâles invités étaient présents. Les dons — d'un montant de deux millions de dollars — nous ont beaucoup aidés dans la poursuite de nos activités. Bien entendu, ils sont restés anonymes.

Cette cassette vous est envoyée en remerciement de votre participation et aussi en mémoire de la délicieuse soirée que nous avons partagée. Comme vous le savez, il est exceptionnel qu'une caméra filme nos rencontres, mais votre anonymat étant protégé par les masques, notre équipe a pensé que vous apprécieriez ce souvenir des délicieux moments passés ensemble. »

La voix s'est tue et la musique est revenue à son volume initial. Le commentaire avait parlé de cent cinquante hommes invités, mais, à part les quinze serveurs, je n'avais pas vu un seul représentant de la gent masculine au milieu de ces femmes qui se pavanaient.

Trente secondes se sont écoulées, puis la caméra s'est

focalisée sur un petit groupe qui est passé sous une voûte donnant sur une vaste salle de bal.

J'ai aussitôt pensé aux cours de danse de salon que j'avais pris enfant, vers l'âge de douze ans. Krista, la seconde femme de mon père, avait tenu à m'y inscrire. Elle était sculpteur et exposait dans une galerie de SoHo, mais elle prétendait qu'une jeune fille devait apprendre à danser. Elle considérait cela comme un rite de passage. Un reste de valeurs bourgeoises, sans doute…

« Si tu ne sais pas valser, avait-elle coutume de dire, tu seras bien embarrassée quand un beau jeune homme viendra t'inviter à danser. »

Je l'aimais et j'avais confiance en elle — sans doute parce qu'elle était suffisamment intelligente pour ne pas essayer de prendre la place de ma mère — et j'avais accepté de me rendre une fois par semaine dans un hôtel huppé, le Pierre, sur la Ve Avenue, en face de Central Park.

Les filles portaient une robe, les garçons une veste et une cravate. Les séances commençaient toujours par le même rituel. Les filles alignées d'un côté de la piste de danse attendaient que les garçons placés en face traversent le parquet pour choisir une cavalière. Le contenu de nos leçons ne se réduisait donc pas à la valse ou au fox-trot. Tous les jeudis, à 16 h 30, on nous rappelait que les hommes détenaient le pouvoir et que les femmes devaient se soumettre.

Le gala de Scarlet reproduisait un cérémonial que je connaissais par cœur. Les hommes d'un côté, les femmes de l'autre. Mais cette fois, les femelles étaient les assaillantes. C'étaient elles qui traversaient le parquet dans leurs longues robes, d'un pas de conquérantes, pour piocher un partenaire.

La caméra s'est arrêtée sur une grande blonde. Avec son masque, il était impossible de se faire une idée de son âge, mais elle était habillée d'une incroyable robe de soirée couleur lavande, très décolletée, avec une grande fente sur le devant qui laissait voir ses longues jambes. Un verre de champagne à la main, elle souriait aux anges en se déhanchant gracieusement au rythme de la musique, sans cesser d'avancer.

Une fois devant les hommes, elle s'est mise à déambuler le long de la file, tout en sirotant son champagne, comme un général passant ses troupes en revue.

Finalement, elle s'est arrêtée devant l'élu.

Il était plus grand qu'elle, avec des cheveux ondulés et presque aussi blonds que les siens. Il portait un costume complet, noir. Comme elle le dévisageait, il a baissé humblement la tête. Elle a avancé jusqu'à se trouver à quelques centimètres de lui et lui a pris le menton pour l'obliger à lever les yeux. Lui aussi portait un masque, mais sobre, noir et sans fioritures. On ne voyait pas ses yeux, on devinait à peine la forme de son nez et de ses pommettes, mais il avait la mâchoire carrée et un cou puissant.

Elle a hoché la tête et il a commencé à se déshabiller.

Je n'avais jamais vu un homme enlever ses vêtements si lentement, avec une telle sensualité. Il y avait quelque chose d'incroyablement féminin dans la façon dont il a défait sa cravate et sa veste pour les laisser négligemment tomber sur le sol. Sa chemise, ses chaussures et ses chaussettes ont suivi de près.

Là, il a marqué une pause et, torse nu, comme s'il défiait la femme, il l'a regardée droit dans les yeux en guettant sa réaction. Pour toute réponse, elle a défait posément la boucle de la ceinture du pantalon, puis, toujours sans se presser, les boutons et la fermeture Eclair. Ensuite elle a reculé d'un pas pour l'observer. Il a pris le relais et il a achevé de se déshabiller jusqu'à ce que ses vêtements ne soient plus qu'un tas dérisoire à ses pieds.

Il est resté immobile, complètement nu, les paupières à demi baissées, comme un esclave attendant les ordres de sa maîtresse.

Sans se préoccuper de son érection, la femme a suivi du bout des ongles la courbe de ses puissants biceps. Puis elle a laissé retomber sa main, elle a fait volte-face et elle s'est éloignée.

Elle avait dû lui dire quelque chose que je n'avais pas entendu à cause de la musique, ou bien elle lui avait fait un signe que je n'avais pas perçu ou pas reconnu, ou bien encore ils suivaient tous deux des règles que j'ignorais, car l'homme lui a emboîté le pas comme un chien fidèle. Elle s'est arrêtée au milieu de la piste de danse et il a pris pour la deuxième fois l'initiative en l'enveloppant dans ses bras pour danser avec elle.

J'ai arrêté la cassette et je me suis recroquevillée dans mon canapé. J'avais besoin de réfléchir.

Comme tout le monde, j'avais déjà regardé des films pornographiques. Ils sont de plus en plus nombreux et accessibles... De nos jours, des couples se filment en train de faire l'amour et visionnent ensuite les images pour s'exciter. Elles sont parfois même diffusées sur internet et des milliers de personnes s'intéressent à ces nouvelles versions du X, tournées par des particuliers, chez eux. En tant que sexologue, je suis amenée à explorer le côté sombre des fantasmes de mes patients. Ce que certains trouvent excitant, d'autres le jugent écœurant. Il est rare qu'une personne sache expliquer pourquoi tel scénario la stimule alors que tel autre la dérange profondément. Rien n'est normal ou anormal. Dans les recoins obscurs de notre cerveau, quand nous sommes à demi éveillés et que nos fantaisies sexuelles remontent à la surface, les symboles, les actes, les préférences viennent de lieux qui n'ont pas de noms et n'obéissent à aucune règle. Je connais ces lieux pour les avoir souvent visités avec ceux qui s'allongent sur mon divan.

Il m'arrive d'être surprise par ce que j'entends — parfois même choquée —, mais je trouve toujours quelque chose à répondre, je ne suis jamais désarçonnée. Le désir n'a pas de lois, il emprunte des chemins de traverse. Ces chemins, je les parcours avec mes patients, je les étudie avec eux, ils me les décrivent depuis plus de six ans.

Mais dans le vaste lexique de mon savoir, rien ne correspondait à la scène à laquelle je venais d'assister. J'avais cru jusque-là que seuls les hommes étaient capables de mettre collectivement leurs fantasmes en scène. Pas les femmes. Leur désir ne passait pas par là. C'était un comportement réservé aux mâles, comme le viol.

La science nous a apporté la preuve que des différences hormonales entre les hommes et les femmes expliquent en grande partie les comportements passifs et actifs. Dans les années soixante, certaines féministes ont tenté d'élever des garçons jouant à la poupée et ne développant pas de tendances agressives, ou des filles s'amusant avec des tracteurs et plutôt combatives. Mais ça n'a pas fonctionné. Au niveau individuel, il y a eu des résultats. On peut toujours façonner un individu. Mais la tendance générale n'a pas changé.

Nous sommes assujettis à nos hormones.

Et pourtant je venais d'observer des femmes qui agissaient selon un modèle comportemental masculin. En tant que sexologue, cela m'intriguait plus que tout ce que j'avais vu ou entendu en six ans de pratique.

J'ai remis la cassette en marche et j'ai suivi le manège des autres participantes qui choisissaient leurs partenaires selon un rituel similaire. Elles paraissaient épanouies et à l'aise. Les hommes, par contre, attendaient que l'une de ces dames daigne poser les yeux sur eux, raides et contrits.

Si je n'avais pas rencontré Shelby Rush, je n'aurais pas cru que j'assistais à un évènement réel, plutôt à une fiction écrite par des femmes, pour des femmes.

Ce renversement de situation avait quelque chose de stupéfiant. Les participantes endossaient sans difficulté un rôle actif. Et elles étaient plus d'une centaine — des grandes, des minces, des petites boulottes, des jeunes, des vieilles. Elles n'étaient pas toutes belles et désirables, loin de là, mais leur assurance conférait à chacun de leurs gestes une sorte de grâce naturelle.

Pour assumer ainsi leur désir et aller jusqu'au bout de leur fantasme il leur fallait du courage et de l'assurance. Jamais je n'aurais été capable de traverser cette salle de bal pour choisir un homme et lui dire que j'avais envie de lui.

J'étais réellement subjuguée par ces femmes qui ne s'inquiétaient pas de ce que vivait leur partenaire, de ce qu'il pensait, de ce qu'il espérait. Elles partaient probablement du principe que le mâle devait s'estimer heureux d'avoir été choisi, que le plaisir de les servir suffirait à déclencher son érection.

Je ne crois pas que j'aurais pu prendre la place de l'une d'elles, mais je les ai vaguement enviées.

Le film n'était pas terminé, mais j'ai arrêté la cassette et j'ai pris à la main l'accord de confidentialité. Je l'ai lu. Puis j'ai longuement contemplé l'espace vide réservé à ma signature. J'avais d'abord été furieuse que l'on questionne mon professionnalisme. A présent, je n'étais plus très sûre de ce que je ressentais. Et je n'arrivais pas à décider si je devais tracer mon nom au bas de ce papier.

# 11

Paul Lessor suivait distraitement les nouvelles. Il avait coupé le son du poste de télévision et n'avait pas allumé la lumière. La lueur de l'écran éclairait faiblement la porcherie qui lui servait de salon. La table basse devant lui était jonchée de piles de journaux et d'assiettes remplies d'aliments auxquels il avait à peine touché — des muffins rassis, du beurre ranci, les trois quarts d'une banane noircie et malodorante.

Il n'avait plus d'appétit. Sans doute un des effets secondaires de son traitement. Et ce n'était pas le pire. Loin de là.

Il songea avec amertume que sa vie était en train de devenir un affreux gâchis. A trente-trois ans, il était l'un des graphistes et directeurs artistiques les plus appréciés de la maison d'édition de New York pour laquelle il travaillait. Ses couvertures lui avaient valu plus de récompenses que n'importe qui d'autre dans le métier. Après le lycée, il avait obtenu une bourse pour étudier à la prestigieuse université de Cooper Union, dans East Village, puis une autre pour la Yale School of Art. Son travail était régulièrement exposé. De grandes sociétés lui proposaient chaque année de quitter la prestigieuse petite maison d'édition qui avait la première reconnu son talent. Mais il refusait toutes les offres. Il ne pouvait pas partir. Sa patronne, Maria Diesen, la rédactrice en chef, le lui interdisait. Elle ne manquait jamais une occasion de lui rappeler qu'il devait rester près d'elle. Il aimait Maria. Il aimait sa force et sa dureté. Il aimait jusqu'aux colères qu'elle piquait quand il ne comprenait pas ce qu'elle demandait.

Jamais il n'aurait désobéi à Maria. Elle l'avait embauché trois ans plus tôt, après avoir éclusé avant lui vingt-quatre directeurs artistiques plus expérimentés. Il détenait donc un record de longévité. Tout le monde à Pigeonhole savait que Maria était une harpie agressive, exigeante, et complètement cinglée. Mais Paul l'aimait. Il la vénérait. Il aurait fait n'importe quoi pour lui plaire. Lorsqu'une femme de cette trempe daignait vous sourire et poser les yeux sur vous, cela valait tous les trésors du monde.

Il n'était jamais aussi heureux que lorsqu'ils déjeunaient ensemble et se promenaient ensuite dans le très bruyant et fréquenté grand magasin Barnes & Nobles, entre la V^e^ Avenue et la 48^e^ Rue, près de leur bureau, pour admirer l'une de ses couvertures, là où l'on exposait les romans qui venaient de sortir. Il était fou de joie lorsqu'il apprenait que le service des ventes de B&N, celui de Borders, celui d'Amazon, et d'autres, passaient de nouvelles commandes, parce que, disaient-ils, « Avec une couverture comme celle-ci, le livre sortira tout seul du magasin. »

Et c'était effectivement ce qui se produisait la plupart du temps.

Il adorait son travail, il excellait dans ce qui le passionnait, il gagnait extrêmement bien sa vie… Mais il était tout de même en train de perdre les pédales.

Il avait consulté un psychiatre six mois plus tôt, pour des troubles de l'humeur. Il se sentait tantôt survolté, tantôt déprimé. Il oscillait entre la sensation d'être tout-puissant et celle d'être un pauvre type.

Le psychiatre lui avait fait tester des médicaments — cocktails sur cocktails — pour tenter de rétablir l'équilibre entre ces deux pôles. Seule la Thorazine s'était révélée efficace. Mais il y avait un petit problème avec les effets secondaires.

Paul s'efforçait de les supporter. Il se consolait en se disant qu'une fois que ses troubles maniaco-dépressifs seraient tassés, le médecin lui prescrirait une autre substance chimique qui ne le rendrait pas impuissant. Il se raccrochait à cette idée. Il n'avait pas le choix.

Il jeta un coup d'œil à la pendule avant de fermer les yeux. Un an plus tôt, il n'aurait pas été seul chez lui un jeudi soir à 20 heures, assis sur son canapé, en train de s'abrutir devant cette télévision insipide. Il aurait été nu, en train de faire l'amour à une amazone qui lui aurait crié des ordres, qui lui aurait dit comment et où il devait utiliser sa bite, comment il devait la caresser, ce qu'il devait lui faire avec sa langue.

Merde et merde.

Repenser aux nuits torrides qu'il avait passées à Scarlet ne provoquait même plus chez lui un semblant d'érection. Tout ça à cause de cette saloperie de Thorazine qu'il avalait pour calmer les ardeurs de son cerveau et qui, malheureusement, éteignaient aussi celles de son sexe.

Il aurait voulu se souvenir uniquement de ses prouesses du début, quand il venait d'être admis à Scarlet. Mais il n'y arrivait pas. Les deux dernières semaines d'humiliation qu'il y avait vécues ne cessaient de le tourmenter.

Et il déprimait de nouveau…

Cette idée le soulagea presque. S'il déprimait, cela signifiait que la Thorazine ne marchait pas si bien que ça et qu'il serait obligé de passer à autre chose. Et là…

Peut-être… Peut-être que… Peut-être que ses attributs de mâle recommenceraient à fonctionner normalement.

Il n'en pouvait plus d'être impuissant. Il mourait de honte.

La première fois, il n'en avait pas fait une affaire. La femme qui était avec lui — une blonde nommée Anne — s'était donné un mal fou pour le faire durcir. Elle avait crié des ordres, elle l'avait insulté et bousculé. Sans résultats…

Le bruit avait circulé dans la société qu'il n'arrivait plus à bander, mais les femmes ne l'avaient pas rejeté pour autant. Beaucoup d'entre elles ne cherchaient pas forcément à être pénétrées et se contentaient volontiers de se faire sucer ou bouffer la chatte. Donc, il s'était cru capable de continuer avec son petit handicap. Surtout si l'on considérait que cette impuissance n'était que passagère et que tout rentrerait dans l'ordre lorsque son médecin trouverait une alternative à la Thorazine.

Non, les femmes ne l'avaient pas rejeté… C'était la réaction des hommes qui l'avait blessé. Quand il passait, ces salauds ricanaient en jetant des regards torves vers son pénis flasque. Ils ne le considéraient plus comme un mâle. Il n'était plus rien. De nouveau. Comme au lycée. Il était redevenu l'adolescent maigrichon qui s'intéressait à la photographie, qui voulait peindre, créer de la beauté. Celui que tout le monde traitait de pédé. A New York, sa sensibilité artistique aurait été considérée comme une qualité, mais dans l'école publique de la banlieue de Détroit où il avait passé toute sa scolarité, on l'avait tourné en ridicule.

En sentant sur lui les regards des autres hommes qui se posaient sur cette chose morte entre ses jambes, il avait compris que les soirées de Scarlet lui faisaient plus de mal que de bien. Mais il n'avait pas pu y renoncer tout de suite. Il avait espéré que ça s'arrangerait, qu'une femme parviendrait à l'exciter suffisamment pour le faire bander. Mais ça n'avait pas marché.

Chaque fois qu'il était rentré chez lui, humilié et vaincu, il avait pensé à mille façons de prendre sa revanche, de rendre à ses salauds la monnaie de leur pièce. Il ne manquait pas d'idées. Il était créatif. Ça oui. Il en avait bavé parce qu'il avait de l'imagination à revendre. Maintenant cette imagination allait lui servir à quelque chose.

Il avait songé à toutes sortes de représailles — violentes et absurdes. Comme de leur couper la bite avec un couteau de cuisine pour qu'ils en passent par où il était passé, pour qu'ils se sentent aussi ridicules que lui. Comme de les prendre en photo avec son portable, dans des poses compromettantes et ridicules, pour diffuser ensuite les clichés sur internet.

Mais il n'avait rien fait de tout ça, et, à la fin, l'attitude des autres hommes l'avait dissuadé d'apparaître aux soirées. Au début, cela l'avait presque soulagé, il s'était senti libéré d'un poids. Enfin débarrassé de ce groupe de malades. Mais tout de même… Les autres parlaient sûrement encore de lui en se tenant les côtes. Il ne se montrait plus, mais il resterait dans la légende comme celui qui n'arrivait pas à bander. Celui dont le sexe pendait mollement. Il était encore la risée de tout le groupe, il en était sûr.

Paul prit l'un des journaux qui traînaient sur la table basse. Il n'eut pas à chercher les gros titres. Ses yeux tombèrent aussitôt sur le coin en haut à droite, celui qui l'intéressait. Là où il y avait le petit encadré avec la photo et l'article.

Il l'avait lu plusieurs fois ces derniers jours.

Philip Maur était mort.

Ils devaient commencer à comprendre que c'était à son tour de rigoler. Non ?

# 12

— Travailler avec Scarlet t'aiderait à étoffer l'article sur lequel tu planches en ce moment, a énoncé sentencieusement Nina tout en rassemblant quelques livres.

Trois des murs de son bureau disparaissaient derrière des étagères datant des années trente. L'ambiance art déco était renforcée par le grand bureau en noyer, deux fauteuils éléphant Ruhlmann et un profond et large canapé. Un tapis chinois datant de la même époque recouvrait le sol — il était dans des tons bleu vif et vert qui dessinaient un voilier. Chaque fois que je le contemplais, je le voyais comme une métaphore du long et périlleux voyage intérieur entrepris par ceux qui s'enfermaient avec elle dans cette pièce.

Cet après-midi-là, le voilier était caché sous des piles de livres que Nina triait pour les distribuer au personnel de l'institut. Elle sacrifiait à ce rituel deux fois par an pour faire de la place et partager ses connaissances avec ses collaborateurs. Personne ne dévorait autant d'ouvrages que Nina sur la thérapie, la psychopharmacologie et la médecine.

— Avec un cas clinique aussi original pour illustrer ta théorie, tu vas damner le pion à tous les intervenants du colloque, a-t-elle poursuivi. Des femmes mettant collectivement leurs fantasmes en scène, c'est exceptionnel... Elles t'apprendront beaucoup sur la domination, l'inversion des rôles, la prise de pouvoir dans les jeux sexuels. Autant de sujets qui n'ont jamais été étudiés de façon systématique. Et tu te demandes si tu dois accepter la proposition de Scarlet ? Morgan... Ces femmes t'apportent sur un plateau des éléments qui vont faire sensation. Tu seras enfin au premier plan, comme tu le mérites.

— Je ne suis pas sûre d'avoir envie de me trouver au premier plan. Ni de le mériter, ai-je ajouté.

J'ai décidé d'en profiter pour lui sortir tout ce que j'avais sur le cœur. Je n'avais jamais osé lui dire à quel point cela me déplaisait qu'elle me talonne pour que je me mette en avant. Je me posais des questions sur ses motivations profondes. C'était le moment ou jamais de vider mon sac.

— Depuis l'affaire des Marie-Madeleine, tu veux à tout prix faire de moi une thérapeute de renom. Tu as été jusqu'à suggérer à la productrice de *Today* de m'inviter. Qu'est-ce que tu mijotes, exactement ?

Elle s'est tournée vers moi, a haussé un de ses sourcils roux et m'a regardée comme si elle me voyait pour la première fois. Elle me connaissait depuis toujours. Elle avait rencontré ma mère quand elles étaient encore toutes deux étudiantes à l'université de New York. Elles avaient été voisines de chambre dans la cité universitaire de Greenwich Village. Ma mère n'avait suivi les cours que pendant un an — elle n'avait pas pu mener de front les études et le théâtre —, mais elle n'avait jamais perdu le contact avec Nina.

Après la mort de ma mère, Nina avait été très présente dans ma vie. Elle avait secondé mon père dans mon éducation. Il s'était remarié, mais Nina était restée la femme la plus importante de ma vie.

— Tu n'es pas sûre de mériter qu'on parle de ton travail ? Mais comment oses-tu dire une chose pareille ? Ta compétence et ton courage ont sauvé la vie d'une de tes patientes, l'aurais-tu oublié ? C'est de la fausse modestie. Ou alors tu n'as réellement pas conscience de ta valeur, et, dans ce cas, il serait bon que je te consacre une ou deux séances pour aborder le problème.

Nina considérait qu'un thérapeute devait s'allonger de temps en temps sur le divan d'un collègue pour ce qu'elle appelait un réajustement. En particulier quand il traverse une période difficile de sa vie. Mon récent divorce et mon aventure avec le tueur en série me mettaient sur la liste, mais je n'avais pas ressenti le besoin de me faire aider.

— Tu songes à un réajustement ? ai-je demandé.

— Je te le suggère, mais c'est à toi de décider.

— Non, j'ai dit.

Cela m'agaçait qu'elle joue à me renvoyer les questions. Je savais qu'elle ne cherchait qu'à m'aider, comme elle l'avait toujours fait, mais cette fois, cela m'a dérangée. J'ai eu le sentiment confus que j'aurais pu accepter sa suggestion parce que quelque chose me posait effectivement problème, mais je me suis empressée de repousser cette idée. Décidément, je pratiquais le déni mieux que tous les patients que j'avais reçus dans mon cabinet. Je savais parfaitement me couper de ce que je ressentais.

— Je vais très bien, Nina, ai-je affirmé. Je mange bien, je dors bien, je n'ai plus de crises d'angoisse.

— Tu ne te sens pas seule ?

— Je te rappelle que je viens de divorcer. Il est normal que je me sente seule.

Elle a hoché la tête.

— Et tes peurs au sujet de Dulcie ?

— Nina… Dulcie a treize ans. Toute mère normalement constituée se fait du souci pour sa fille de treize ans. Il faut remettre les choses à leur place. Je n'ai rien à cacher, crois-moi. Je ne me mens pas. Simplement, je ne recherche pas la notoriété. Ça n'est pas dans mon tempérament.

— Voilà qui ne me console pas du tout. J'aurais préféré découvrir que tu restais dans l'ombre pour quelque raison obscure. Tous les thérapeutes ne méritent pas de devenir des personnages publics, mais, toi, bon sang, Morgan, toi, oui. Je veux attirer l'attention sur toi parce que tu es exceptionnelle et que tu pourrais apporter beaucoup à la profession.

A la petite moue qui lui déformait la bouche, j'ai compris qu'elle ne me disait pas tout. Qu'elle taisait le plus important. Et j'avais envie de l'entendre.

— Et ? ai-je insisté.

Elle a eu un sourire entendu.

— Et ça ferait une excellente publicité pour le Butterfly Institute.

— Si j'avais voulu devenir un personnage public, je serais montée sur les planches. J'aurais…

— Morgan… Je ne te demande pas de jouer la comédie… Dieu m'en préserve…, ajouta-t-elle avec une grimace théâtrale et un petit rire.

Quand le visage de Nina s'illuminait de cette façon, on oubliait aisément qu'elle avait soixante-deux ans et qu'elle avait eu le temps de traverser de nombreuses épreuves — deux divorces, le scandale qui avait éclaboussé son institut dans les années quatre-vingt-dix, la mort de Sam Butterfield, son troisième mari. On se rendait compte qu'elle était restée une femme incroyablement sensuelle, belle, intelligente. Pleine d'amour pour la vie, pour elle-même, pour son entourage.

— Pourrions-nous revenir à la question qui me préoccupe ? ai-je demandé.

Elle a posé sur le tapis les trois livres qu'elle avait sous le bras, puis elle s'est étirée et elle a repoussé la masse de ses cheveux cuivrés avant d'aller s'asseoir sur son divan. Je me suis installée dans un fauteuil, en face d'elle, et j'ai commencé à lui raconter le bal de Scarlet.

Nina était une femme aux tons chauds. Elle avait la peau mate, des yeux couleur d'ambre. Ce jour-là, elle portait un pantalon noisette, un pull café et un collier de perles d'ambre à deux rangs. Elle était stricte, très professionnelle, mais douce et chaleureuse. Nina aurait fait une très bonne mère, mais elle n'avait jamais eu d'enfants. Elle prétendait ne pas le regretter. Elle disait qu'elle nous avait, Dulcie et moi, que nous étions sa famille. Mais elle était aussi mon employeur. A l'intérieur des murs du Butterfly Institute nous étions censées oublier les liens qui nous unissaient dans la vie privée. Nous n'y parvenions pas toujours.

Quand j'ai eu fini de parler de la cassette, je lui ai tendu la lettre d'accord de confidentialité. Elle l'a lu attentivement. Puis elle s'est penchée en avant et m'a regardée droit dans les yeux.

— Je suis de plus en plus persuadée qu'il faut absolument que tu travailles avec Scarlet, a-t-elle commencé. Je te connais. Je sais que tu seras ravie de venir en aide à ces femmes. Et si cela te conduit à identifier une tendance, un syndrome ou un complexe dont personne n'a encore parlé, ce sera pour toi une gratification supplémentaire. Tu as besoin que ça bouge autour de toi, Morgan. Tu ne peux pas te contenter de la routine.

J'ai hoché la tête. Elle me connaissait bien.

— Mais cette lettre qu'elles veulent me faire signer, ai-je objecté. Tu ne trouves pas ça insultant ?

— Insultant ? Non. Naïf, plutôt.

— Tout de même… Elles veulent entreprendre une thérapie avec moi et elles sont incapables de me faire confiance.

— C'est compréhensible. On ne peut pas leur en vouloir. D'après ce que tu m'as dit de leur société, tu vas détenir des informations explosives. Elles ne veulent pas que leurs pratiques s'ébruitent. Rush est légiste, c'est bien ça ?

Elle a jeté un coup d'œil vers les bouquins étalés sur le tapis.

— Tu ne veux pas en choisir quelques-uns ? a-t-elle proposé.

J'ai secoué la tête.

— Non. J'ai encore une pile à lire. Trop de livres, pas assez de temps.

Nina s'est penchée un peu plus et a posé ses deux mains sur mes genoux. J'ai senti les effluves épicés de son parfum oriental. Certains l'auraient jugé entêtant, moi je le trouvais familier et rassurant.

— Est-ce que tu as peur de t'engager avec ces femmes, Morgan ?

J'ai acquiescé.

— Mais j'ignore pourquoi, ai-je murmuré.

J'ai été moi-même surprise de cet aveu.

— Tu n'as pas besoin de savoir pourquoi. Du moins pas tout de suite. J'ai pu constater que la peur te pousse à faire de l'excellent boulot. Signe ce papier.

# 13

Le lundi suivant avait été éreintant. Les patients s'étaient succédé sans interruption dans mon cabinet. Même avec les quinze minutes de battement que je m'accorde entre chaque rendez-vous — pour boire une tasse de café, avaler un yaourt liquide, ou donner un coup de fil —, j'étais bouleversée par un trop-plein d'informations et de sentiments. Je tiens beaucoup à ces pauses entre deux séances. J'en profite pour me lever, me dégourdir les jambes, marcher jusqu'aux portes-fenêtres de mon bureau et contempler le spectacle de la rue. J'essaye de me changer les idées.

Mais le plus souvent j'entends encore la voix de mon dernier patient me décrire sa déception après un amour qui s'est mué en haine, sa colère de s'être laissé abîmer par la jalousie, sa peur devant ses pulsions fétichistes, son obsession de faire mal ou d'avoir mal, son dégoût des relations sexuelles, son questionnement face à des désirs immodérés ou, au contraire, à une absence totale de désir.

Je tourne et retourne dans ma tête ce qui s'est dit pendant la séance et cela me permet de réfléchir à des solutions, aux questions que je dois aborder la prochaine fois, aux recoins sombres qui méritent un peu plus d'éclairage.

Je m'épanouis dans mon travail et je suis heureuse de communiquer avec des gens qui ont besoin de mon aide pour avancer. Pourtant, même si j'évite d'y penser, je sais qu'à ressasser ce que me confient les âmes qui souffrent, je pourrais facilement sombrer dans le morbide, me laisser gagner par leur souffrance, inhiber mes capacités à communiquer, ne plus croire en l'amour.

J'ai été heureuse avec le père de Dulcie, mais je ne suis pas sûre que je pourrais m'engager de nouveau. J'en sais trop. J'ai perdu mes illusions. J'ai une conscience trop aiguë de la fragilité d'une relation, de la difficulté à la faire évoluer quand elle a pris une mauvaise pente.

Il était 18 h 45, j'étais épuisée et je commençais presque à regretter d'avoir accepté de recevoir les membres de Scarlet pour clore ma journée. Durant mes quinze minutes de pause, avant leur arrivée, j'ai bu une tasse de café et j'ai appelé Dulcie.

Elle venait de quitter le studio de répétition, elle était avec son père.

« Papa m'emmène dîner dehors et ensuite voir *An Hour Before Dark* dont c'est la première aujourd'hui. »

Le programme avait l'air de l'emballer. Elle m'a donné le nom du réalisateur et celui des vedettes du film.

Je venais à peine de raccrocher quand mon Interphone a sonné. C'était la réceptionniste qui me demandait si elle pouvait faire monter mon groupe.

Shelby est entrée la première et elle a voulu me présenter les autres. Je l'ai interrompue.

— C'est inutile, ai-je dit. Nous ferons les présentations quand tout le monde sera installé.

A partir du moment où un patient entre dans mon

espace, j'observe tout ce qu'il fait et dit. Tout a du sens pour moi.

Pour les rendez-vous individuels, mon cabinet est plutôt spacieux. Mon grand bureau est devant la bibliothèque. En face, contre le mur, se trouve le divan, en cuir, d'un marron crème. Trois personnes peuvent s'y asseoir ou une s'y allonger. A côté, j'ai placé le grand fauteuil dans lequel je m'installe pendant les séances.

Mais quand je reçois un groupe, je dois mettre des chaises pliantes en demi-cercle, de chaque côté de mon fauteuil. La pièce paraît plus petite, mais pas exiguë.

La femme vêtue de rouge a été la première à s'asseoir et elle a choisi la place la plus proche de moi. Elle portait un tailleur chic, et certainement très cher, dont le tissu moulait son corps svelte, des chaussures à talons noires en imitation crocodile, un sac en cuir que j'ai identifié tout de suite comme un Chanel — on ne pouvait pas s'y tromper, la chaîne en or et le logo se voyaient de loin.

Shelby Rush, en costume pantalon noir et bottes en daim, a aussitôt posé son sac sur l'autre chaise près de mon fauteuil. Elle est restée debout pour s'assurer que tout le monde trouvait sa place, comme si c'était elle qui accueillait le groupe.

Il y avait trop de visages en face de moi pour que je puisse me faire une impression nette de chacun d'eux. Une femme a pourtant attiré mon attention. Elle était en jean, avec un chemisier blanc impeccablement coupé et une veste en daim plutôt défraîchie. Elle transportait avec elle un attaché-case aussi usé que sa veste. Ses yeux regardaient partout — moi, ses camarades, les fenêtres, le sol, les tableaux accrochés aux murs. Je n'ai pas mis son attitude sur le compte de la nervosité, il m'a plutôt semblé qu'elle avait l'habitude d'observer. Il se dégageait d'elle une intense sensualité qui m'a beaucoup impressionnée.

Plusieurs étaient vêtues de noir, comme Shelby. Il est vrai que c'est un peu l'uniforme des femmes de Manhattan. L'une d'elle était si blonde, mince et pâle, que ses vêtements l'engloutissaient. Elle m'a fait penser à une veuve. Elle se déplaçait avec des gestes lents et a heurté deux chaises avant de se décider à s'asseoir. Ses grandes lunettes noires qui dissimulaient complètement ses yeux n'allégeaient pas le personnage. Elle se cachait. Mais je ne pouvais pas encore dire si c'était de moi, des autres femmes, ou d'elle-même.

Pendant que tout le monde s'installait, j'ai eu le temps de me rendre compte qu'elle n'était pas la seule à porter des lunettes noires. L'une d'elles avait poussé le vice jusqu'à enfiler une casquette de base-ball. Une autre avait dissimulé ses cheveux sous un foulard noué à la Jackie Onassis.

J'avais l'habitude de travailler avec des gens qui ne se connaissaient pas et que je choisissais de rassembler en fonction de leurs personnalités. Semaine après semaine, à mesure qu'ils se dévoilaient, j'avais le plaisir de voir des liens se tisser entre eux. Mais ce groupe-là possédait déjà sa propre dynamique. D'après ce que Shelby m'avait dit, plusieurs de ces femmes appartenaient à Scarlet depuis un certain nombre d'années. Il existait entre elles des interactions et des rapports de force dont j'avais manqué la genèse et cela n'allait pas me faciliter le travail.

Ces femmes étaient étrangement silencieuses. Cela m'a rappelé la fois où j'étais intervenue dans une société, pour un groupe de personnes choquées par la mort brutale d'un collaborateur. Je me souviens que j'avais trouvé l'ambiance particulièrement morose, mais tout de même pas autant qu'aujourd'hui.

En tant que thérapeute, je l'ai sans doute déjà dit, je prête du sens à tout. Je ne crois pas aux coïncidences ni aux associations d'idées gratuites. Si les membres de Scarlet me rappelaient ce groupe en deuil que j'avais pris en charge huit ans plus tôt, il y avait sûrement une raison. Je n'avais plus qu'à attendre patiemment qu'elles me la dévoilent.

# 14

— Je dois d'abord à vous expliquer les règles à respecter entre nous. Vous avez le droit de parler et le devoir d'écouter. Il ne vous est pas permis de juger les autres, mais vous pouvez vous exprimer librement à propos de leurs déclarations. Mon travail consistera en grande partie à analyser la manière dont vous fonctionnez en tant que groupe. Je vais m'intéresser aux comportements qui nuisent à l'ensemble ou aux individus. Bien entendu, je vous rappelle que je ne suis ni votre mère, ni votre amie, ni votre professeur.

J'avais déclamé ma harangue habituelle en prenant soin de les regarder toutes, les unes après les autres. Je percevais nettement leur appréhension, mais ce n'était pas ma déclaration qui les perturbait. Quelque chose de précis tracassait ces femmes. Je le voyais à la façon dont elles remuaient sur leurs sièges, dont elles jouaient avec les lanières de leurs sacs, dont leurs yeux se dérobaient.

— Quand je pose une question, ai-je poursuivi, il n'y a pas de bonne ou de mauvaise réponse. Vous êtes ici pour parler de ce que vous ressentez, ou pour exprimer vos difficultés à parler de ce que vous ressentez. Tout cela paraît probablement familier à celles qui ont déjà participé à une thérapie de groupe. Les autres ne doivent pas hésiter à me demander d'éclaircir les points qu'elles ne comprennent pas. Des questions ?

J'ai attendu quelques minutes, mais personne n'a réagi.

— Très bien. A présent vous allez vous présenter, chacune à votre tour, et me dire pourquoi vous désirez entreprendre ce travail avec moi et ce que vous en espérez.

Je me suis tournée vers la droite et j'ai senti aux mouvements de la femme sur ma gauche, celle en tailleur rouge, qu'elle avait espéré que je commencerais par elle.

Shelby est intervenue avant que ma voisine de droite ait eu le temps d'ouvrir la bouche.

— Docteur Snow, je suggère que nous nous présentions brièvement. Ensuite je vous expliquerai de quoi il retourne. Mais nous voulons d'abord cette lettre d'accord de confidentialité que vous avez reçue avec la cassette vidéo. Vous m'avez dit au téléphone que vous acceptiez de la signer.

J'ai attendu des réactions à cette prise de pouvoir intempestive, mais aucune des participantes n'a paru choquée ou étonnée par l'intervention de Shelby. J'ai tout de même répondu en m'adressant à l'ensemble du groupe, et pas seulement à elle.

— Les liens que nous allons tisser ici doivent être basés sur une confiance réciproque. Je suis tenue au secret professionnel, comme n'importe quel médecin, et ce que vous dites dans cette pièce n'en sortira pas. Il n'existe qu'une seule exception à cette règle. Si je sens que l'une de vous est sur le point d'attenter à ses jours, ou si elle évoque le suicide devant moi et que je sais que c'est sérieux, je ne garderai pas le silence. De même si l'une de vous manifeste l'intention de commettre un meurtre. Je dois tout de même vous rassurer. En onze ans de pratique de la psychiatrie, dont six en tant que sexologue, je n'ai jamais eu à trahir un patient.

Shelby a hoché la tête.

— Nous comprenons parfaitement, docteur Snow. Et nous vous faisons confiance. Mais nous avons tout de même besoin de cette lettre.

Nina avait compris que je désirais plus que tout travailler avec ce groupe. Nous avions longuement parlé de la signature exigée par ces femmes et je m'étais préparée à cet ultimatum. Mais il me restait tout de même en travers de la gorge. Je me suis levée, j'ai marché jusqu'à mon bureau, j'ai sorti la lettre d'une chemise et je l'ai tendue à Shelby. Elle l'a prise et y a jeté un coup d'œil avant de la plier et de la ranger dans son sac.

J'ai regagné mon fauteuil et je me suis tournée de nouveau vers la femme installée à ma droite.

— Nous pouvons peut-être commencer, maintenant, ai-je dit en souriant.

Louise M. s'est présentée. Puis elle a ajouté qu'elle était heureuse que j'accepte de les prendre en charge car elles avaient réellement besoin d'aide.

Une par une, en suivant le demi-cercle, elles ont décliné leurs prénoms. Ginny, Shelby, Martha, Ellen, Bethany, Anne, Liz, Cara, Aimee, Gail et Davina. Je n'ai pas pu mémoriser tous les noms, mais ça ne m'a pas inquiétée. Je savais qu'au bout d'une heure et demie de séance, je n'aurai plus de problèmes.

La femme mince et éthérée, toute vêtue de noir, s'appelait Anne, celle qui portait la veste marron défraîchie et se montrait si attentive à tout, Liz. Près de moi, celle qui portait le tailleur rouge et qui aurait bien voulu parler la première était Ellen.

— Aucune de vous n'a jamais révélé son nom de famille aux autres membres de Scarlet ?

Je connaissais déjà la réponse par Shelby, mais je voulais les amener à parler.

— Exactement, a répondu Ellen.

Je n'ai pas été surprise que ce soit elle qui prenne la parole.

— Nous n'utilisons jamais nos noms de famille et les hommes que nous invitons non plus. Rester anonyme est très important. Nous en avons besoin pour obtenir ce que nous cherchons.

Elle avait déclamé cette dernière phrase avec emphase, d'un ton très véhément, à la limite de la provocation.

Shelby a pris le relais.

— L'ensemble de notre organisation, c'est-à-dire les sections disséminées dans tout le pays, obéissent aux mêmes règles. Quelques-unes d'entre nous se cachent derrière un faux prénom. Nous nous connaissons uniquement dans le cadre restreint de nos activités. Nous ne nous fréquentons pas en dehors de la société. Ce serait beaucoup trop dangereux.

J'ai vu Anne baisser la tête.

— En quoi serait-ce dangereux ?

— Nous avons une famille, un époux, des enfants, une carrière à préserver, a répondu Shelby. Certaines d'entre nous mènent une vie quasi publique.

— Mais vous formez aussi une famille entre vous, non ? Une famille un peu particulière, mais avec des liens très forts.

Un sanglot silencieux a secoué les épaules d'Anne.

— C'est vrai, a-t-elle dit tout bas.

Shelby a aussitôt repris les rênes.

— Ce qui nous rassemble, c'est le désir d'épanouir notre vie sexuelle au-delà des limites fixées par la société. Nous refusons de nier nos désirs.

Décidément, je trouvais que Shelby monopolisait un peu trop la parole.

— Et quel effet cela vous fait de fonctionner selon vos propres règles ? ai-je demandé en parcourant le groupe du regard pour encourager les autres participantes à s'exprimer.

Davina a souri. Elle était grande, bien proportionnée et ses cheveux couleur café coupés court mettaient en valeur son joli minois pointu. Tout en elle était charmant, excepté ses ongles qu'elle rongeait frénétiquement, à en juger par le sang séché collé aux cuticules de certains doigts.

— J'ai l'impression de ne plus avoir de limites, a-t-elle murmuré.

— Quelqu'un veut rebondir sur le sujet ? ai-je insisté.

Martha, qui paraissait la plus jeune du groupe, m'a souri.

— Non, ce qu'elle a dit me semble très juste.

Il y a eu un long silence. Je commençais à comprendre que j'allais avoir du mal à les amener à aborder le problème qui les tracassait.

— L'une d'entre vous pourrait-elle me décrire la mission de votre société ?

Shelby et Ellen se sont mises à parler en même temps. Elles ont échangé un regard. Ellen a acquiescé et Shelby a poursuivi :

— Depuis ses débuts, notre société se propose de créer un environnement adéquat pour les femmes dominatrices. Elle leur offre des lieux où elles peuvent mettre en scène leurs fantasmes avec des hommes consentants.

— Pourquoi ces hommes ne sont-ils pas là aujourd'hui ? ai-je demandé.

— Les hommes ne sont pas des membres de la société,

mais des invités. Nous ne les fréquentons pas en dehors. Nous ne tissons pas avec eux des liens d'amitié, encore moins des liens amoureux. Leur rôle se borne à satisfaire nos désirs. Vous comprenez ?

J'ai hoché la tête en me demandant pourquoi elle s'exprimait avec une telle emphase. Encore une fois, j'aurais préféré qu'elle se taise un peu et qu'elle laisse parler les autres, mais c'était tout de même intéressant de constater à quel point le groupe se réfugiait derrière elle.

— Quel genre d'hommes invitez-vous ?

— Des hommes qui ont réussi. Des hommes forts. Nous les sélectionnons avec soin. Sexuellement, ils ont tous un point commun, le désir de soumission. En général nous invitons deux fois plus d'hommes que de femmes. Cela fait donc environ une trentaine qui viennent régulièrement aux soirées que nous organisons le week-end. Dès qu'un homme a participé plusieurs fois en tant que serveur, trois ou quatre environ, il devient invité actif et est inscrit sur notre tableau de service.

Elle était bien lancée et aurait pu s'étendre indéfiniment sur ce sujet qui avait l'air de la passionner. Heureusement, Cara, l'une de celles qui portaient des lunettes noires, l'a interrompue. Ses cheveux blonds un peu sales étaient tirés en arrière et sa peau olivâtre tendue sur ses os proéminents. Elle s'est exprimée d'une voix basse et douce et j'ai dû me pencher pour entendre ce qu'elle disait.

— La semaine dernière, nous avons appris la disparition d'un de nos invités.

Elle a marqué un temps d'hésitation.

— Et puis nous... Nous avons vu sa photo dans le journal et...

De nouveau, Anne a baissé la tête et une larme est tombée sur son genou. Martha a mis sa main sur sa bouche, comme si elle voulait s'interdire de parler. Les yeux de

Shelby se sont posés sur Cara, qu'elle a regardée avec insistance. Ginny, qui ne s'était pas encore exprimée, a ôté sa grande bague en argent et en onyx, puis elle l'a remise à son doigt, comme si le geste l'aidait à se calmer.

Cara s'était arrêtée au milieu d'une phrase. Elle avait autre chose à dire.

— Poursuivez, ai-je encouragé.

— Il s'appelait Philip Maur, nous l'avons appris en découvrant l'article et la photo. Nous étions inquiètes de sa disparition... Mais depuis vendredi, c'est la catastrophe. Le *New York Times* a annoncé sa mort.

J'ai été bouleversée et choquée. J'ai essayé de le dissimuler en espérant qu'elles ne s'étaient aperçues de rien.

Davina, qui s'était mise à pleurer, m'a demandé :

— Vous avez lu l'article du *Times* ?

— Oui, ai-je dit posément. Je l'ai lu.

Je me souvenais très nettement du foyer des artistes, de ce journal qui traînait sur un fauteuil, du nom de Jordain en première page, dans l'encadré, près de la photo.

— Nous ne savons pas comment gérer cette affaire, intervint Ellen.

J'allais enfin connaître la raison qui les amenait ici.

— Une chose pareille ne s'était jamais produite. Des hommes ont déjà quitté notre société, mais de leur plein gré. Certains ont eu des maladies graves, mais, bon sang, nous n'avions encore perdu personne dans des circonstances aussi brutales et dramatiques. Comment surmonter cette tragédie ? a-t-elle répété d'une voix fébrile.

A présent que le plus dur était fait, elles se sont mises à parler toutes en même temps. J'ai dû réclamer le silence et leur faire remarquer que je ne pouvais pas suivre dans ces conditions.

— Philip participait à nos soirées depuis huit ans, a expliqué Davina. Nous le connaissions bien.

— Nous l'avions toutes choisi au moins une fois, n'est-ce pas ? a demandé Martha en regardant ses compagnes.

Elles ont hoché la tête.

— Nous nous sentons démunies, a murmuré Anne.

Elle avait une jolie voix, posée et très musicale, à la diction parfaite. Je me suis demandé si elle n'était pas actrice.

Louise, dont les lunettes noires dissimulaient un bon tiers de son visage et qui s'exprimait avec un très léger accent de Boston, a pris le relais.

— Nous ne pouvons parler de ça à personne et c'est affreux. Il y a de quoi devenir dingue. Les gens de notre entourage s'interrogent sur notre tristesse, mais nous ne pouvons rien leur dire. Aujourd'hui, au bureau, j'ai éclaté en sanglots devant ma supérieure hiérarchique, une femme qui est aussi mon amie. Elle m'a demandé ce que j'avais. Je n'ai pas su quoi répondre. C'est dur de ne pas pouvoir partager sa peine.

Ses camarades ont hoché la tête en murmurant. Elles étaient d'accord. Elles ne pouvaient pas accomplir seules leur travail de deuil, elles voulaient que je les aide.

— Et ce n'est pas tout, a repris Ellen d'une voix agitée en repoussant ses cheveux en arrière.

Elle paraissait en colère, on aurait dit qu'elle se préparait à affronter un ennemi invisible.

J'ai remarqué les gros rubis plantés dans ses oreilles.

— D'après l'article du *New York Times*, la police n'a aucune piste pour le moment. Et si l'enquête les menait jusqu'à la société ?

Il y a eu un grand silence.

— Vous ne comprenez donc pas ? a dit Martha en me

regardant droit dans les yeux. Nous nous demandons si l'une de nous pourrait être la meurtrière de Philip. Ou si sa mort a quelque chose à voir avec sa participation aux soirées de Scarlet.

# 15

Les agents Tana Butler et Steve Fisher attendaient dans une voiture banalisée garée sur la 65e Rue, entre Madison Avenue et Park Avenue, face à une grande bâtisse blanche datant du début du XIXe siècle.

— On ne se douterait jamais qu'il s'agit d'un institut de sexothérapie, commenta Fisher.

Butler détailla du regard l'architecture de la construction, sa façade élégante, ses grandes portes en fer forgé.

— En effet, répondit-elle sobrement.

— Le nom inscrit sur la plaque est plutôt discret. Butterfly Institute… Il pourrait s'agir de n'importe quoi. D'un groupe d'étude mandaté par le gouvernement, d'une école d'art…

Butler consulta sa montre. Ils poireautaient dans cette voiture depuis 18 h 45 et il était presque 20 heures.

— Tu es bien certain qu'elle n'a pas pu sortir par une autre porte ?

— Sûr et certain, je te dis. J'ai vérifié. Il n'existe pas d'autre issue.

— Mais enfin, c'est invraisemblable… Elle est là-dedans depuis plus d'une heure. Pourquoi porte-t-elle une perruque, d'après toi ?

— Elle mène peut-être son enquête en se faisant passer

pour une patiente et elle aura eu peur qu'on la reconnaisse. Ça ne m'étonnerait pas plus que ça. Il y a une dimension sexuelle, dans cette affaire. Elle veut probablement soutirer des renseignements à un sexologue.

— D'accord… Mais ce groupe qui est arrivé en même temps qu'elle ? Tu ne trouves pas ça bizarre ?

— Tana, c'est un centre de soins. La plupart des gens ont des séances après leur boulot. Ou alors les autres femmes venaient pour une thérapie de groupe, donc à la même heure.

Le téléphone portable de Butler sonna. C'était Jordain. Elle lui expliqua où ils étaient et depuis quand, sans oublier de mentionner que Betsy Young avait cru bon de s'affubler d'une perruque blonde.

Elle raccrocha et transmit à Fisher les consignes de Jordain. Tout en parlant, les deux agents ne quittaient pas des yeux la porte du Butterfly Institute. Un jeune couple en sortit. La femme paraissait à bout de nerfs.

— Tu as déjà consulté un thérapeute ? demanda Butler.

Fisher secoua la tête.

— Non. Et toi ?

— Oui, pendant quelques semaines après que…

Elle s'arrêta net. La porte venait de s'ouvrir de nouveau et, cette fois, Betsy Young se tenait sur le seuil. Elle descendit rapidement l'escalier du porche et tourna à gauche, à l'opposé de leur voiture, pour remonter vers Park Avenue.

Fisher tourna la clé de contact pour mettre le moteur en marche. Il était facile de prendre quelqu'un en filature dans Manhattan sans se faire remarquer, à cause du trafic. Même la nuit, ça ne cessait de rouler.

Mais Betsy repéra tout de même la Sedan qui la suivait.

# 16

L'homme était allongé sur le chariot, des courroies de cuir posées en travers de son corps. On n'avait pas jugé utile de l'attacher car il était incapable de bouger. Il avait les yeux fermés, les joues pâles, la peau couleur de cendre — une couleur qui dénotait justement l'absence de couleur. Il faut avoir vu un corps glabre pour comprendre que la carnation de la peau est faite d'un mélange subtil de tons jaune, pêche et rose.

Timothy Wheaton était exposé nu à l'air conditionné et pourtant il ne frissonnait pas. Il n'avait pas l'air de dormir. Un homme endormi a la tête inclinée d'un côté ou de l'autre. Ou le poing sous le menton. Ou un pied de travers. Lui, non. Il paraissait mort.

Il était minuit. Cela faisait donc très exactement quatre jours que Wheaton attendait sur cette civière. Cela suffisait. Il était temps de passer à l'action.

Un éclair de lumière explosa dans la pièce.

Si cet homme avait été simplement assoupi, la violence du flash lui aurait fait ouvrir les yeux. Mais Timothy Weathon ne cilla pas. Pas même au moment du deuxième cliché.

La silhouette qui tenait l'appareil photo rejoignit la chambre noire. L'un des murs était recouvert d'un panneau de liège sur lequel étaient épinglés une douzaine de clichés de Philip Maur, soigneusement alignés. Trois avaient été envoyés au *New York Times* — les moins compromettants. Car il n'y avait pas que des photographies de corps sans vie. Non. On avait immortalisé toutes les étapes du processus... Depuis la pièce vide qui attendait la victime, jusqu'au moment où on l'avait piégée, maîtrisée, réduite à l'impuissance.

La silhouette développa les photographies de Timothy et les suspendit, encore humides, tout juste sorties du bain révélateur.

Ç'avait été encore plus facile avec celui-là qu'avec le premier. Les choses s'étaient déroulées en douceur, sans anicroche, un vrai jeu d'enfants. Avec le troisième, ça allait encore s'améliorer. S'il y avait un troisième. Ce n'était pas encore certain.

Quelques flatteries avaient suffi à attirer Timothy dans le grand fauteuil où il s'était installé sans méfiance, en sirotant un alcool couleur ambre, pour pérorer et se vanter de ses exploits. Pas plus que Philip, il ne s'était douté que son verre de scotch contenait aussi de la Thorazine.

Ces deux crétins ne s'étaient pas étonnés des premiers effets du médicament qu'ils avaient probablement attribués à l'alcool. Quand leurs paupières étaient devenues lourdes, ils avaient sans doute voulu réagir. Mais il était déjà trop tard. Ils ne pouvaient plus bouger. Ce produit était redoutablement efficace.

Ça n'avait pas été compliqué non plus de les déshabiller. Philip Maur avait vaguement aidé. Il avait même eu une érection. Tripoter un type complètement défoncé, mais qui bandait quand même. Ça avait été agréable.

Mais la drogue avait rendu Timothy Wheaton impuissant.

La silhouette contempla son panneau d'un air songeur

en se demandant quels clichés sélectionner pour le *New York Times*. Quel plaisir de découvrir la photographie de Philip Maur en première page — rien que ça. Dommage... Impossible de la revendiquer. Impossible de s'en attribuer le mérite. Enfin, il fallait s'y résigner. Dommage aussi que le journal n'ait pas jugé bon de publier les deux plus beaux clichés, ceux où l'on voyait le magnifique corps nu de Philip réduit à un cadavre sans vie et sans énergie. Ils n'avaient utilisé que celui qui montrait les plantes de pieds avec le chiffre un tracé en rouge, bien au centre. Un sur le pied gauche. Un sur le pied droit.

Et le *New York Times* publierait bientôt une nouvelle photo avec le chiffre deux. Deux sur le pied droit, deux sur le pied gauche.

Et tout le monde allait penser qu'il fallait s'attendre à un numéro trois.

Tout le monde.

La peur d'être le suivant risquait d'en paralyser plus d'un. Déjà deux morts dans Scarlet. N'importe qui pouvait être le troisième. Ils se sentiraient tous visés. De quoi les faire tous débander. Du moins, c'était le but recherché.

# 17

Il pleuvait ce vendredi-là. Le vent qui soufflait faisait tourbillonner les feuilles et les arrachait des branches. Elles dessinaient sur le sol un tapis glissant, mais coloré et lumineux, qui formait un saisissant contraste avec le béton des rues.

Je n'avais aucune envie de me promener dehors par un temps pareil et j'attendais un nouveau patient à 13 heures. Ça ne me laissait qu'une demi-heure pour manger. J'ai donc décidé de commander une soupe de légumes et du pain aux céréales pour déjeuner dans mon bureau.

Nicky Brooks est arrivé à l'heure, juste quand je venais de terminer mon plateau. Il s'est installé sur le divan et je lui ai demandé comment il avait eu mes coordonnées. J'avais supposé qu'il m'avait vue à l'émission *Today*, mais je me trompais. Il venait sur la recommandation de Shelby Rush.

— Je lui ai confié que je cherchais quelqu'un pour nous aider, ma femme et moi. Shelby nous connaît bien et elle est au courant de ce qui nous arrive. Elle m'a conseillé de m'adresser à vous.

Nicky avait dépassé la trentaine, il portait un élégant costume bleu marine et une cravate avec des bandes bleu ciel. Il avait le front haut, d'épais cheveux châtains, des fossettes et un menton volontaire. Il m'a fait l'effet de quelqu'un qui a l'habitude d'obtenir ce qu'il désire.

— Avez-vous déjà entrepris une thérapie ? ai-je demandé.

Il a hoché la tête.

— Quand ?

— Il y a environ quatre ans.

— Pendant combien de temps ?

— Un an, à peu près.

— Qu'est-ce qui vous amène à consulter aujourd'hui, Nicky ?

— La séparation d'avec ma femme.

Il a regardé la pièce autour de lui. Je me suis demandé s'il s'intéressait vraiment au décor ou s'il cherchait simplement à éviter mon regard.

— Vous étiez mariés depuis combien de temps ?

— Dix-huit mois.

Il s'était tourné vers moi pour me répondre.

— Et de quand date votre séparation ?

— Quatre mois, environ. Nous n'avons même pas tenu deux ans ensemble, a-t-il commenté d'une voix lasse et un peu écœurée.

Eprouvait-il du dégoût pour lui-même ou pour sa femme ?

— Qui a pris l'initiative de la rupture ?

— Daphne.

— Pour quelles raisons ?

— Il y avait un grave problème entre nous.

— Dans quel domaine ?

— Dans notre vie sexuelle.

La façon dont il avait prononcé le mot « notre » m'a intriguée. On aurait dit qu'il n'était pas très sûr que le problème les concernait tous les deux.

— Votre femme est au courant de votre démarche ?

— Oui, elle serait même prête à entreprendre une thérapie de couple.

— J'aimerais entendre votre point de vue au sujet du problème qui vous a séparé. Si vous décidez tous les deux d'entreprendre une thérapie avec moi, je poserai la même question à votre femme. Cela ne vous ennuie pas d'en parler aujourd'hui, en son absence ?

Ma question a eu l'air de le surprendre, comme s'il n'avait jamais pensé qu'on pouvait être gêné de parler d'un problème en l'absence de l'une des personnes concernées.

— Daphne et moi, nous nous sommes rencontrés à Scarlet, il y a trois ans. Elle en était membre.

Il a guetté ma réaction, mais j'avais l'habitude de dissimuler mes sentiments à mes patients pour conserver l'attitude neutre et bienveillante qui est celle d'un bon thérapeute.

Il a poursuivi.

— J'ai connu Scarlet par une femme que je fréquentais et qui m'a proposé d'assister à une soirée.

— Et ça vous a plu ?

— Pour la première fois de ma vie, j'ai été comblé sexuellement.

— Et avant cela ?

— Avant cela j'avais vécu plusieurs fois des situations pénibles.

— Pourquoi, Nicky ?

— C'est parfois délicat d'expliquer ce dont vous avez envie. Ça peut faire fuir certaines femmes.

— Et de quoi avez-vous envie ?

Il s'est adossé au divan et a refermé les bras sur son torse. Il était dans mon bureau depuis vingt minutes et c'était la première fois qu'il manifestait de la réticence à répondre. Son attitude était plus éloquente que tous les mots. Il a baissé les yeux vers la tasse de café qui était posée près de moi, sur la table basse, et il a croisé les jambes.

— Je suis obligé de vous l'expliquer, sinon nous ne pourrons pas aller plus loin, n'est-ce pas ? a-t-il murmuré.

— Oui. Vous dites avoir déjà suivi une thérapie. Vous n'aviez jamais abordé ce sujet ?

— Bien sûr que si, mais sans jamais y apporter de solution. Ensuite j'ai découvert Scarlet et j'ai arrêté ma thérapie. Mon problème n'en était plus un, je n'avais plus besoin de le résoudre.

— Comment expliquez-vous cela ?

Il s'est tu. J'ai senti qu'il avait besoin d'être rassuré.

— Vous n'avez pas à craindre de me choquer, ai-je dit. J'exerce le métier de thérapeute depuis onze ans et celui de sexologue au Butterfly Institute depuis six. La seule chose qui me pose problème, c'est quand les désirs d'un patient l'empêchent de vivre normalement ou mettent son ou ses partenaires en danger.

Il a laissé échapper un profond soupir.

— Je n'ai rien à cacher. J'aime tout simplement qu'on me donne des ordres quand je fais l'amour. Au fond, ce n'est pas si terrible.

Ces arguments ne m'étaient pas destinés. J'ai eu l'impression qu'ils s'adressaient à quelqu'un d'autre. A quelqu'un qui avait voulu le convaincre de cesser de rechercher la soumission.

J'ai acquiescé, pour l'encourager à poursuivre.

— Et Scarlet était un endroit où vous pouviez vivre votre sexualité sans vous sentir jugé…, ai-je proposé.

— Je n'apprécie pas l'ambiance cuir et talons hauts des clubs SM. J'ai essayé. C'est glauque et très cher.

Il a secoué la tête.

— J'en avais assez de faire appel à des spécialistes

vénales. Je voulais partager ma sexualité avec des femmes comme moi, qui n'allaient pas trop loin et ne réclamaient pas d'argent.

J'ai acquiescé de nouveau. Enfin, il se lançait sans retenue. J'espérais qu'il allait continuer.

— Je suis négociant en vins et je dirige plus de cent employés. Je passe ma journée à dire aux gens ce qu'il faut faire. Je dois tout prendre en charge. C'est pourquoi j'ai besoin de lâcher prise de temps en temps. De me laisser commander.

— Vous pouvez être plus précis ? ai-je demandé.

Il a réfléchi quelques instants.

— Une femme, debout derrière vous, qui a faim de vous, de vos caresses, qui vous dit comment vous devez la toucher… Sa bouche s'entrouvre, elle se pourlèche les lèvres… Sa respiration s'accélère… Vous êtes là pour son plaisir avant tout… C'est bon… Et c'est bon aussi de savoir que vous serez puni si vous la décevez.

Il s'est arrêté, comme s'il n'était plus très sûr de vouloir poursuivre.

— Et comment assumez-vous cette sexualité ?

— Maintenant ?

— Maintenant et avant.

— Maintenant ça va, mais ça n'a pas toujours été le cas. J'avais peur de ce que je ressentais. Peur d'être différent. Je me suis même demandé si je ne refoulais pas des tendances homosexuelles. Mais je n'ai pas envie de coucher avec un homme, ni de me mettre dans la peau d'une femme. J'ai juste envie de jouer un rôle et que quelqu'un me dise ce que je dois faire.

— Il vous arrive de regretter d'avoir ce penchant pour la soumission ?

Ma question l'a pris au dépourvu. Il n'a pas répondu

tout de suite. Il a de nouveau croisé les jambes. Puis il a haussé les épaules.

J'ai attendu. Le silence commençait à s'installer. J'entendais la pluie frapper contre les carreaux.

— Je suppose que ma vie serait plus simple, a-t-il dit enfin. Mais c'est comme ça. J'aime qu'on me dise ce que je dois faire.

Cette fois, il m'a regardée droit dans les yeux, sans honte.

J'avais déjà reçu des hommes qui préféraient jouer un rôle passif sexuellement. Certains parvenaient à intégrer ce versant de leur sexualité dans leur couple, avec leur femme ou leur amante, d'autres engageaient des dominatrices qu'ils rencontraient le plus souvent dans des clubs. Deux d'entre eux avaient fini par en arriver à un sado-masochisme extrême. Je les avais adressés à un thérapeute de l'institut spécialisé dans les traitements comportementaux. Comparée à un véritable club SM, Scarlet était un groupe d'enfants de chœur.

— Comment vivez-vous vos préférences dans votre relation avec votre femme ? Vous m'avez dit que vous l'aviez rencontrée à Scarlet.

— En effet. Nous avons enfreint l'une des règles de la société qui interdit de se rencontrer en dehors des salles de jeux — c'est comme ça que nous appelons les appartements où se déroulent les soirées.

J'ai hoché la tête.

— Et comment se passaient vos relations sexuelles avec votre femme, en dehors de ces salles de jeux ?

— Nous n'avons eu de relations sexuelles qu'au bout d'un certain temps. Environ huit semaines avant notre mariage. Au début, on se rencontrait pour faire tout ce qui était impossible à Scarlet. Parler, dîner ensemble, marcher en se tenant par la main, aller au cinéma, s'asseoir sur un banc au crépuscule et commenter la journée que nous venions de passer. Daphne est peintre. Un peintre connu. J'ai posé pour elle. Nu. Elle adorait faire mon portrait. Cela créait entre nous un lien très sensuel, presque aussi fort que le sexe. Mais le sexe, nous le réservions à Scarlet. Nous vivions une double vie — ou plutôt trois vies — et personne ne le savait.

— Trois vies ?

— Dans la première, nous étions un peintre et un négociant en vins. Il y avait ensuite la vie secrète que nous partagions à Scarlet. Doublement secrète, puisque la société n'est connue de personne et qu'à l'intérieur de cette société, tout le monde ignorait que Daphne et moi avions enfreint la règle de base. A cette époque, mes relations sexuelles ont été extraordinaires, meilleures que jamais — avec elle et avec les autres.

Il a soupiré.

— Et puis il y avait la troisième, celle que nous menions à l'écart de tout, a-t-il ajouté d'un ton mélancolique. Et c'était la plus merveilleuse.

Cette remarque ne m'a pas étonnée.

Nous désirons ce qui nous paraît inaccessible. Pas tellement parce que c'est inaccessible, mais parce que le désir inassouvi, l'attente, l'interdit, nous droguent comme des opiacés. Ils magnifient nos vies et exacerbent nos sens. Ils ont de tout temps inspiré les peintres, les sculpteurs, les musiciens, les écrivains. Ils ont poussé des gens à bâtir des villes, à renverser des gouvernements.

Certains prétendent que rien n'est aussi fort qu'une passion secrète, à part l'instinct de survie. Je n'en sais rien. Mais au fil des années, en écoutant les confidences de mes patients, j'en suis venue à penser que c'est peut-être vrai. Dans les amours interdites, l'union sexuelle atteint une dimension mystique. Les liens clandestins qui se tissent dans l'ombre nous paraissent au-dessus des autres expériences. L'homme et la femme deviennent des dieux lorsqu'ils se rencontrent uniquement pour se donner du plaisir. Tout ce qu'ils font est nouveau et ne ressemble à rien de ce qu'ils ont connu.

— Pourquoi avez-vous décidé de vous marier ? ai-je demandé à Nicky.

— Nous pensions que le mariage représentait un fabuleux défi pour un couple tel que le nôtre. Daphne est une femme forte, elle aime dominer. Moi, je préfère être dominé. Nous partagions également le goût de l'art, de la bonne nourriture, du vin. Tout paraissait coller. Nous partagions même notre secret le plus intime.

Il n'a pas dit « Du moins, je le croyais », mais c'était tout comme. Je l'ai entendu au ton de sa voix.

— Et après le mariage ?

Nicky a détourné les yeux vers la fenêtre. J'ai jeté un coup d'œil au réveil posé sur la table basse, près du cendrier en agate. Il ne restait plus que dix minutes de séance. Durant les trente-cinq minutes qui venaient de s'écouler, nous avions bien avancé. Je n'aurais pas été surprise qu'il ne puisse pas aller plus loin pour aujourd'hui.

Mon téléphone a sonné et j'ai jeté un coup d'œil au numéro qui s'affichait. J'interromps une séance pour répondre au téléphone uniquement quand c'est Dulcie qui appelle. Ce n'était pas le cas. J'ai décidé de laisser encore quelques secondes à Nicky et d'attendre avant de le relancer. Il s'est remis de lui-même à parler.

— Daphne s'est trouvée enceinte après trois mois de mariage. Nous avions voulu cet enfant… Malheureusement, elle l'a perdu au bout d'un mois et demi de grossesse. Elle ne l'a pas beaucoup pleuré… Elle n'a pas déprimé non plus. En apparence… Elle s'est mise à travailler comme une folle pour préparer sa prochaine exposition. Elle mettait toute son énergie dans la peinture. Jour après jour, elle devenait de plus en plus exigeante avec elle-même. Elle avait beau prétendre que cette fausse-couche ne l'avait pas affectée et qu'il était facile de surmonter la perte d'un fœtus qui n'avait pas même deux mois, je voyais bien dans ses tableaux qu'elle allait mal. Ils étaient sombres — elle ne cessait de représenter des formes noires et rouge sang, tourmentées, effilochées. Au même moment, elle a commencé à penser à la mort et à fréquenter la synagogue. Elle est juive. Moi aussi. Mais nous ne sommes pas pratiquants. Et brusquement, elle a eu une crise mystique. Elle s'est même plongée dans la Kabbale. Ensuite elle a prétendu que nous devions changer notre façon de vivre. Elle voulait de nouveau essayer d'avoir un bébé. Mais avant, il fallait que nous cessions nos jeux sexuels et elle m'a demandé de quitter Scarlet.

— Je ne comprends pas. Vous étiez mariés et vous fréquentiez toujours Scarlet ?

— Personne ne savait, pour notre mariage. Daphne avait cessé de se montrer aux soirées, mais sans donner ses raisons.

— Quand avait-elle cessé ?

— Quand nous avions décidé de nous marier.

— Vous le lui aviez demandé ?

— Non. Elle disait n'en avoir plus besoin. Mais ça ne la dérangeait pas que je continue à y aller.

Il y avait du ressentiment dans sa voix.

— Elle prétendait accepter que j'aie des besoins différents des siens.

— Donc, elle a cessé de fréquenter Scarlet et vous, vous avez continué ?

— J'ai cessé plus tard. Quand elle a perdu le bébé. J'ai senti que je devais rester près d'elle. Je voulais l'aider. L'aider à redevenir la femme que j'avais rencontrée. Je ne supportais pas de la voir sombrer. Et je voulais aussi fonder une famille avec elle. Après tout, j'avais vécu des années comme tout le monde, sans mettre mes fantasmes en actes, sans savoir de quoi j'avais réellement besoin. Je pouvais m'en passer de nouveau, faire ce sacrifice pour elle. Un petit sacrifice… Au fond, ce n'était pas si terrible, n'est-ce pas ?

Son regard exprimait le chagrin et la colère.

— Vous avez cru pouvoir, mais vous vous trompiez…

Il a acquiescé.

— Avez-vous vraiment essayé ?

De nouveau, il a hoché la tête.

— J'ai essayé de mon mieux. Je n'ai pas mis les pieds aux soirées pendant six semaines.

— Et que s'est-il passé, au bout de six semaines ?

Il a haussé les épaules.

— Quelque chose de précis vous a poussé à y retourner ? ai-je insisté.

Il a encore haussé les épaules, mais, cette fois, il s'est tout de même expliqué.

— J'étais parti en voyage pour participer à une vente aux enchères de vins, en Angleterre. J'ai fait là-bas des affaires incroyables. Je suis rentré gonflé à bloc… Quand je me suis retrouvé à l'aéroport, j'ai filé tout droit à une soirée, au lieu de rentrer à la maison.

— Daphne s'en est doutée ou vous le lui avez dit spontanément ?

— Je le lui ai dit.

Ça ne m'a pas étonnée. Il avait réclamé sa punition. Comme il avait eu besoin de se sentir humilié après son succès d'affaires. S'il poursuivait sa thérapie avec moi, nous allions devoir travailler là-dessus. Sur cette nécessité d'être rabaissé et châtié. Quand il serait prêt…

— Et maintenant ? ai-je demandé.

— Daphne souhaite que nous revivions ensemble. Moi aussi. Mais elle ne veut plus que je fréquente Scarlet et elle m'a posé un ultimatum. Seulement je ne peux pas. Pour arrêter, j'ai besoin d'aide. Daphne pourrait m'aider facilement, en me fournissant ce dont j'ai besoin, en faisant l'amour avec moi comme nous le faisions dans les salles de jeux. Mais elle refuse. Le sexe est d'un ennui mortel avec elle, à présent.

— Elle est d'accord pour participer à cette thérapie avec vous ?

Il a acquiescé en silence.

— C'est très bien, ai-je dit.

Les quarante-cinq minutes étaient écoulées. Je me suis penchée insensiblement vers lui pour le lui annoncer avec délicatesse.

— Nicky, votre démarche prouve que vous avez du courage et une certaine ouverture d'esprit. Ça n'a pas dû être facile pour vous de venir jusqu'ici. Si vous avez toujours envie de travailler sur le problème qui vous préoccupe, je suis prête à vous aider. Avec ou sans votre femme.

Il s'est levé et j'ai retrouvé l'homme calme et sûr de lui qui était entré près d'une heure plus tôt. Il n'avait plus ce regard perdu que j'avais observé pendant toute la séance.

— Je suis certain que vous apprécierez beaucoup Daphne, a-t-il murmuré. C'est une femme formidable et aussi une grande artiste.

# 18

Noah Jordain versa dans une casserole du bouillon de poule et une bonne tasse de riz avec deux cuillerées à soupe d'huile d'olive. Il n'avait plus qu'à attendre que le liquide frémisse, il se servit une petite dose de Maker's Mark pour patienter et en but une gorgée.

Il abandonna la cuisine en emportant son verre et alla mettre un disque dans le salon. Il possédait une chaîne Bose — le haut de gamme. Ce luxe ne correspondait pas au train de vie d'un inspecteur de police, mais Jordain avait quelques revenus complémentaires : il jouait du piano et composait du jazz. Ses droits d'auteur lui avaient permis de s'offrir un loft dans Greenwich Village, de beaux meubles et quelques lithographies art déco.

Il retourna dans la cuisine baisser le feu et couvrir le riz.

Mitonner un bon plat avait toujours apaisé Noah. Il tenait cela de son père et pensait invariablement à lui quand il préparait un jambalaya — l'une des spécialités des Jordain père et fils. André Jordain avait travaillé dans les forces de l'ordre de La Nouvelle-Orléans. Il avait été un policier apprécié et respecté de ses collègues. Jusqu'au jour où il avait démantelé un réseau de trafic de cocaïne avec son partenaire, Pat Nagley. La défense avait soutenu devant le tribunal qu'André et Pat avaient touché des pots-de-vin des trafiquants pendant cinq ans et qu'ils avaient cessé de les protéger quand ceux-ci n'avaient plus voulu payer.

L'avocat avait présenté des preuves, mais Noah et sa famille n'y avaient jamais cru. Oui, André n'avait pas toujours été un mari fidèle. Oui, il lui arrivait de boire et de laisser son tempérament sanguin prendre le dessus. Mais il était un homme honnête, pas un flic véreux. Quelqu'un avait probablement protégé le réseau en échange d'une somme d'argent, mais il ne pouvait pas s'agir d'André Jordain. Noah s'était juré de réhabiliter un jour le nom de son père. Il était à peu près persuadé que le trafiquant était lié à une personne haut placée dans la police de New York. C'était la raison pour laquelle il avait quitté La Nouvelle-Orléans et demandé sa mutation. Il n'avait pas abandonné l'idée de découvrir un jour le véritable coupable.

Noah but une autre gorgée de bourbon, souleva le couvercle, huma la bonne odeur de bouillon épicé et touilla un peu la mixture. Puis il s'occupa des andouillettes qu'il jeta dans une poêle à frire. Il coupa des poivrons rouges et des verts, un bouquet d'échalotes, des tomates. Les andouillettes étaient cuites, il les sortit de la poêle et les enveloppa dans du papier pour absorber le trop-plein de graisse. Des morceaux de poulet allèrent remplacer les andouillettes dans la poêle, il les fit revenir quelques minutes et rajouta les légumes.

En humant la délicieuse odeur qui emplissait la cuisine, il sentit une pointe de nostalgie pour sa Nouvelle-Orléans natale. Mais il n'eut pas le temps de s'apitoyer sur lui-même. Le son strident d'une sonnerie se mêlait malencontreusement à la douce mélodie de la musique de Dizzy Gillepsie qui passait sur la chaîne. Quand on était flic, impossible d'ignorer le téléphone. Même si on avait besoin d'une soirée tranquille. Jordain trouvait parfois cela pesant.

C'était Perez.

— Noah, je viens de recevoir un coup de fil de Betsy Young…

Il n'eut pas besoin de terminer sa phrase.

— Numéro deux ? fit Noah.

— Oui.

— Elle sait de qui il s'agit ?

— Elle prétend que non.

— Bon… Nous avons eu entre cent et deux cents personnes portées disparues dans les derniers jours, c'est bien ça ?

— Oui, au moins.

— Elle a reçu quoi, cette fois ?

— Comme la dernière fois. Trois photos et une mèche de cheveux.

— On ne se déplace pas. Envoie un agent chercher Young et les preuves. On la retrouvera au commissariat.

— Pas de problème.

— Et appelle Butler. Qu'elle accueille Betsy.

— Tu veux que je passe te chercher ? demanda Perez.

Jordain jeta un coup d'œil à sa montre. Il était 20 heures.

— Tu as mangé ?

— Non.

— Tu as faim ?

— Qu'est-ce que tu as préparé ?

— Un jambalaya.

— J'ai faim.

— Parfait. Tu n'as qu'à venir ici. On mangera en vitesse et ensuite on ira rejoindre notre charmante journaliste. On l'affrontera mieux l'estomac plein.

— Elle sera furieuse qu'on l'ait fait attendre.

— On ne la fera pas attendre. Butler lui tiendra le crachoir.

— Mais elle a sûrement un article à écrire d'urgence…, commença Perez.

Il s'interrompit. Il avait compris…

— O.K. Tu veux l'empêcher d'écrire son papier pour demain matin.

Jordain raccrocha en soupirant. L'article annonçant le meurtre de Philip Maur avait mis tout le département de police dans l'embarras. Premièrement parce que les documents étaient d'abord arrivés au journal et deuxièmement parce qu'ils n'avaient pas la moindre piste. Maintenant ils avaient un deuxième cadavre sur les bras et, une fois de plus, le *Times* en avait été informé avant eux.

Il jeta un coup d'œil envieux du côté de la bouteille de Maker's Mark, mais ne se resservit pas. A présent, il était officiellement en service.

Le meurtrier tenait à ce qu'une journaliste du *Times* soit au courant avant les flics.

Pourquoi ?

Ils terminèrent leur deuxième assiette, sans les bières qui auraient si bien accompagné le jambalaya. Pas question de boire de l'alcool, ils seraient au commissariat dans quinze minutes. Quinze minutes durant lesquelles la charmante Betsy allait probablement fulminer.

Ils avaient engouffré leur riz et leurs andouillettes comme s'il s'agissait du dernier repas de leur vie. Enfin, du dernier repas digne de ce nom avant un bon moment. Et c'était peut-être le cas. Les suivants risquaient de leur rester sur l'estomac. Ils n'obtiendraient sûrement aucune information décisive ce soir et on pouvait parier qu'ils n'allaient pas mettre la tête hors de l'eau pendant un ou deux jours.

— Si nous avons deux cadavres numérotés..., commença Jordain.

Ils sortaient dans l'air frais et humide de la nuit pour monter dans la voiture de Perez, direction le commissariat.

— Tais-toi, ne dis rien, supplia Perez.

Mais Jordain avait besoin que ça sorte, besoin d'exprimer son angoisse.

— Il pourrait bien y en avoir un troisième, poursuivit-il. Des meurtres en série... C'est bien la dernière chose dont nous ayons besoin en ce moment. On ne s'est pas encore remis de ceux de cet été.

— Il ne nous reste plus qu'à espérer qu'un cinglé a voulu copier le type de la semaine dernière..., proposa timidement Perez.

— Oui... C'est ça... Et il ne nous reste plus qu'à espérer que tu ne prends pas tes désirs pour des réalités.

# 19

— Si vous recevez encore une enveloppe de ce genre, il faudra attendre la police pour l'ouvrir, fit Jordain à Betsy Young.

Il était 20 h 45 et les deux inspecteurs s'étaient installés en face de Young et de l'agent Butler dans une salle du commissariat — une pièce terne meublée d'une table bancale et de huit horribles chaises plus ou moins vétustes, mais relativement confortables. Il n'y avait pas de fenêtres et les murs autrefois blancs étaient aussi jaunis et tachés que les dents d'un fumeur.

Ils avaient posé par terre, près de leurs sièges, les tasses de café et les canettes de soda light. Les preuves que Young avait apportées avec elle se trouvaient étalées sur la table.

— J'ai perdu beaucoup de temps à vous attendre, râla Betsy en jetant un regard étrange à Jordain. Je vous rappelle que j'ai un article à écrire.

Il n'y avait pas que du défi dans ses yeux. Jordain crut y déceler une sorte d'invite sexuelle agressive. Il en fut à la fois surpris et dérangé.

Mais il n'en montra rien et se pencha vers Betsy — une façon de la défier à son tour et de lui faire comprendre qu'il ne se laissait pas impressionner —, en se forçant à sourire, pour la première fois de la soirée.

— Vous ouvrez ces enveloppes, poursuivit-il comme s'il n'avait pas entendu la protestation de la jeune femme, et vous publiez vos articles avant même que nous puissions démarrer l'enquête. Vous rendez-vous compte que cela nous pose un gros problème ?

Betsy ne répondit pas et baissa les yeux vers les photographies posées sur le plateau rayé de la table en bois. Jordain les avait regardées une bonne douzaine de fois, mais il les balaya de nouveau du regard. Betsy avait finalement reconnu l'homme et ça ne leur avait pas demandé beaucoup de temps de vérifier qu'elle ne se trompait pas. Il s'appelait Timothy Wheaton. Sa femme avait déclaré sa disparition quelques jours plus tôt en fournissant des photos à la police.

Wheaton avait dans les trente-cinq ans. Il était petit, mais bien bâti. Il avait les yeux fermés. De légères égratignures cerclaient ses poignets et ses chevilles et il était aussi raide que l'ange de pierre qui veillait sur la tombe du père de Jordain.

On l'avait allongé dans la même pose que Philip Maur et photographié exactement de la même façon.

Trois clichés. L'un montrait ses plantes de pieds avec le chiffre deux tracé à l'encre rouge. Un autre était centré de façon obscène sur le pénis et le troisième révélait le corps tout entier.

Sur la table, près des trois photographies, il y avait un sac en plastique. Il contenait une mèche blond roux d'environ quatre centimètres.

Betsy recula insensiblement vers le dossier de sa chaise, pour s'éloigner de Noah.

— Nous pourrions conclure un marché, proposa-t-elle. Laissez-moi vous suivre dans votre enquête. Je serai discrète, je me ferai toute petite, vous n'aurez qu'à me glisser dans une de vos poches. Mais je verrai et j'entendrai tout. En direct. Et rien que moi. Pas d'autres journalistes.

La première impulsion de Jordain fut de répondre qu'il n'accordait pas ce genre de passe-droit. La perspective de traîner derrière lui cette arriviste lui déplaisait prodigieusement. Mais la proposition venait de lui donner une idée.

— Et vous nous faxeriez vos articles en échange ? Avant leur parution ?

Betsy hocha la tête. Elle était prête à négocier.

— O.K., fit Jordain.

Perez se tut et demeura parfaitement immobile, mais Jordain vit ses sourcils remuer imperceptiblement. Les yeux de Betsy brillèrent. Son désir d'écrire ses foutus papiers avant tout le monde avait quelque chose de malsain, à vous en donner le frisson. Jordain songea qu'elle imitait les hommes dans ce qu'ils avaient de pire. Pourquoi affichait-elle autant de dureté ? Elle ne savait donc pas que les femmes n'avaient rien à envier à leurs camarades masculins, même lorsqu'elles s'habillaient en rose ? Puis il se demanda pourquoi il lui venait à l'esprit de telles considérations au beau milieu de cet interrogatoire, avec ces atroces photographies sous le nez…

— Autre chose, reprit Betsy. Mon travail, c'est de fournir des nouvelles inédites. Et croyez-moi, c'est de plus en plus difficile avec les chaînes d'informations qui fonctionnent vingt-quatre heures sur vingt-quatre. Promettez-moi que si je vous laisse entrer dans le secret de la salle de rédaction, vous, de votre côté, vous ne ferez aucune déclaration à mes confrères de la presse.

Jordain n'appréciait pas de marchander avec une journaliste et il ne l'avait encore jamais fait. Mais il ne s'était jamais trouvé non plus dans une situation aussi bloquée.

Deux hommes venaient de mourir dans des conditions similaires et la police n'avait aucune piste. Pas la moindre idée de ce qu'ils avaient fait entre leur disparition et le moment de leur décès. Merde et merde. Ils n'avaient vraiment rien à se mettre sous la dent. Rien qui leur permette d'avancer. Deux cadavres et c'est tout. Jordain passa mentalement en revue les questions pertinentes. Deux cadavres… Mais pourquoi les avait-on photographiés ? Pourquoi leur avoir coupé une mèche de cheveux ? Pourquoi ces deux hommes-là ? Y avait-il un lien entre eux et si oui lequel ? Que représentaient-ils pour l'assassin ? Et pourquoi celui-ci envoyait-il les preuves directement au bureau de Betsy Young, journaliste au *New York Times*, plutôt que de les transmettre à la police ?

— Vous avez aisément reconnu ces deux hommes, fit remarquer Perez à Betsy.

Jordain savait à quoi pensait son partenaire. Rien ne prouvait que Betsy Young leur avait montré tout ce qu'elle recevait. Elle pouvait très bien avoir gardé pour elle une lettre ou un e-mail mentionnant le nom des victimes — ou d'autres éléments importants que son instinct pourri de journaliste lui conseillait de garder pour elle.

— Philip Maur occupait un poste élevé, répondit Betsy en haussant les épaules. Nous avions écrit un article sur sa disparition et publié sa photo. Je me suis tout simplement souvenue de son visage.

Elle avait dit cela d'un ton désinvolte — un peu trop au goût de Jordain. Comme quelqu'un qui s'efforce de paraître naturel. Il se promit de ne pas l'oublier.

— Et pour Timothy Wheaton ? insista Perez.

— Pareil. C'est le fils d'un auteur célèbre. J'avais vu passer un avis de disparition avec sa photo.

— Vous aviez écrit un article sur lui ?

Elle secoua la tête.

— Moi ? Non.

— Votre journal en avait parlé ?

— Oui. Mais c'était plus discret que pour Maur.

— Mais vous l'avez tout de même reconnu.

— Pas tout de suite. J'ai vérifié tout ce que nous avions publié récemment sur des personnes disparues, en espérant que ça donnerait quelque chose.

— Et ça a donné quelque chose.

— Oui, fit-elle sèchement.

Perez jeta un coup d'œil à Jordain pour lui faire savoir qu'il n'avait plus de questions. Jordain en avait encore une en tête.

— Betsy, nous avons conclu un marché, n'est-ce pas ?

— Vous me garantissez l'exclusivité ?

— Je ne ferai aucune déclaration à la presse tant que vous n'aurez pas publié vos articles.

— Et vous m'informerez régulièrement des progrès de l'enquête.

— Quand je le jugerai bon, corrigea-t-il.

— Cette restriction ne me convient pas. Notre marché est annulé.

Sur le chemin du commissariat, Jordain avait donné un coup de fil au département légal de la police. Malheureusement, il avait eu confirmation que rien n'obligeait le *New York Times* à se plier à ses exigences. Les enveloppes étaient adressées à Betsy Young, pas à Noah Jordain. Il pouvait demander un mandat pour intercepter le courrier de la journaliste, mais l'avocat lui avait conseillé de composer avec elle.

« Le *Times*, avait-il expliqué, est le journal de référence pour la ville de New York, pour notre Etat, et probablement pour l'ensemble des Etats-Unis. Il serait préférable de ne pas affronter cette vieille dame. Ça soulèverait une polémique, nous ferions la une et cela pourrait dissuader l'assassin d'envoyer des courriers. »

Jordain aurait préféré entendre autre chose. Mais il n'avait pas le choix. Il allait devoir accepter la situation. Ou plutôt louvoyer le plus finement possible.

Il se leva. Presque en même temps que Perez.

— Nous avons fait de notre mieux pour nous montrer arrangeants, dit-il. Mais si vous refusez nos conditions, nous serons obligés de réclamer un mandat pour confisquer votre courrier.

Betsy sortit son téléphone portable et composa un numéro. Elle ne perdit pas de temps à se présenter et annonça à son interlocuteur que l'accord était à l'eau.

Elle écouta la réponse et tendit l'appareil à Jordain.

— Mon patron souhaite vous parler, fit-elle.

Jordain prit le téléphone.

— Bonsoir, monsieur Hastings. Nous avons visiblement un petit problème. Mlle Young n'arrive pas à se mettre dans le crâne que nous courons après un assassin en liberté et qu'elle doit se montrer raisonnable. Je préférerais ne pas avoir à réclamer un mandat pour l'obliger à le devenir.

— On pourrait vous accorder ce mandat, inspecteur, comme on pourrait vous le refuser. L'exclusivité en échange de notre transparence... Ce que vous réclame Mlle Young me paraît au contraire très raisonnable.

— Des vies sont peut-être en jeu et vous persistez à discuter le bout de gras ? rétorqua Jordain qui n'arrivait plus à contenir sa colère.

— Je dirige un journal, inspecteur. Croyez-moi, je m'efforce de me montrer coopérant.

— Non, protesta Jordain tout en regardant Betsy droit dans les yeux. Ce que vous demandez est bien au-delà de ce que je peux vous accorder. Je vais vous faire une offre, Hastings. Une de plus. La dernière. Demain matin, nous enverrons un agent pour réceptionner votre courrier. S'il pense avoir trouvé quelque chose de bizarre il donnera deux coups de fil. L'un à moi ou à l'inspecteur Perez. L'autre à Mlle Young. Et ce sera pareil tous les matins. Si Mlle Young reçoit une enveloppe, elle viendra l'ouvrir au commissariat. Et elle devra attendre notre feu vert pour publier un article.

— Attendre combien de temps ? demanda Hastings.

— Je ne peux pas vous le dire. Je n'en sais rien encore.

— Une attente trop prolongée pourrait nous faire perdre l'exclusivité.

— Je ne pense pas. Si un autre journal recevait des documents, il serait obligé de solliciter mon autorisation pour l'annoncer, comme vous. Et je vous donnerai la priorité, je vous le promets.

— Je n'aime pas beaucoup ça, grommela Hastings.

— Je n'en suis pas surpris, mais, voyez-vous, il ne s'agit pas seulement d'écrire un article. Nous recherchons un meurtrier et nous n'avons rien d'autre que vos documents pour démarrer notre enquête.

— Ce qui me chiffonne dans cette charmante coopération avec le *Times*, commenta Perez après le départ de Betsy, c'est que le tueur a obtenu exactement ce qu'il voulait. Il envoie les photos à un journal pour qu'on les publie. Et nous donnons gentiment la permission de les publier.

— Tu te trompes, corrigea Jordain. C'est la constitution des Etats-Unis qui le permet.

Perez acquiesça en silence. Les lois civiles ne leur facilitaient pas toujours la tâche.

— Tu as raison, nous n'avons pas le choix, commenta-t-il sombrement. Nous devons respecter les lois.

— Les lois n'ont pas prévu tous les cas de figure, rétorqua Jordain d'un ton sérieux.

Mais Perez sentit qu'il jubilait intérieurement.

— Que veux-tu dire par là ?

— Je n'ai pas entendu parler d'une loi qui nous obligerait à appeler Betsy Young pour la tenir au courant des progrès de notre enquête, ni d'une loi qui nous commanderait de nous confier aux journalistes, ni d'une loi qui nous dicterait de nous dépêcher de donner l'autorisation pour publier un article. Et même, Dieu me pardonne, nous pourrions oublier de la donner si nous sommes trop occupés.

— Ils vont t'en vouloir, fit remarquer Perez.

— Je peux vivre heureux sans leur affection, rétorqua Jordain.

— Et s'ils se rebiffent ?

— Ils pourraient effectivement se rebiffer, mais ils s'en garderont bien. Je n'ai pas confiance en Young, mais Hastings ne prendra pas le risque de se mettre les flics à dos. En plus, il sait parfaitement que j'ai raison.

— Donc, la prochaine fois que Betsy Young recevra du courrier, nous la ferons poireauter avec nous dans une voiture, au coin d'une rue déserte, pendant toute la nuit ?

— Je vois que tu as compris. Pendant ce temps-là, le labo analysera les mèches de cheveux et les photographies. En espérant que Betsy Young n'aura pas effacé des preuves en les manipulant.

# 20

Elle m'a appelée le lendemain, à 18 h 47 précises. J'en ai déduit qu'elle savait qu'une séance débute à l'heure pile et se termine quarante-cinq minutes après. Et donc qu'elle avait elle-même suivi une thérapie. Elle s'est présentée comme Betsy Young, journaliste au *New York Times*. Je me suis aussitôt souvenue qu'elle avait signé l'article sur l'affaire qui avait amené les membres de Scarlet à me consulter.

— Que puis-je faire pour vous, mademoiselle Young ? ai-je demandé.

— J'aurais quelques questions à vous poser, accepteriez-vous d'y répondre ?

Elle avait une voix basse et chaude, vaguement familière, mais je n'arrivais pas à savoir où je l'avais déjà entendue.

— Des questions à quel sujet ?

— Au sujet du meurtre de Philip Maur. Avez-vous vu l'article et la photographie publiés par mon journal ?

Ce n'était certainement pas une coïncidence qu'elle s'adresse justement à moi, la thérapeute qui travaillait avec Scarlet. Mais qui avait bien pu la mettre au courant ?

Shelby Rush avait envoyé une note à toutes les femmes qui participaient régulièrement aux soirées de Scarlet.

Cette note me présentait et leur conseillait de s'adresser à moi si la disparition de Philip les perturbait. Un membre de la société en avait peut-être informé la journaliste…

C'était une hypothèse très plausible, mais je ne pouvais poser la question à Mlle Young sans trahir le secret professionnel.

— J'ai lu cet article, oui. Et j'ai vu la photo. Mais je ne vois pas pourquoi vous me contactez à ce sujet.

— Nous n'avons pas publié toutes les photos. Certaines laissent supposer qu'il s'agirait d'un crime sexuel et…

— C'est avec l'inspecteur chargé de l'enquête qu'il faut en parler, mademoiselle Young, ai-je coupé.

— Je l'ai fait, bien entendu. Et lui aussi pense à un crime sexuel. Je voudrais discuter avec vous des éléments précis qui vont dans ce sens.

— Je ne vois pas…

Elle m'a coupé la parole pour se lancer dans une description du cadavre de Philip Maur.

— Le corps portait des traces d'ecchymoses aux poignets, aux chevilles et sur les testicules. L'angle de vue de l'une des photos exagérait les proportions des organes génitaux. Vous croyez que cela pourrait avoir un sens particulier ?

— Je n'en sais rien. Je n'ai pas vu ces photos.

— Si je vous en envoyais un exemplaire, vous seriez d'accord pour les commenter ?

— Non, je regrette.

— L'inspecteur Jordain m'a conseillé de demander l'avis d'un spécialiste.

— Il vous a conseillé de vous adresser à moi ?

Entendre prononcer le nom de Jordain m'avait déstabilisée. J'ai dû me concentrer pour empêcher mon esprit de vagabonder et écouter ce que me disait cette journaliste.

— Vous avez travaillé avec lui dans l'affaire des Marie-Madeleine…

— Je ne tiens pas à commenter cette affaire.

Je n'avais aucune envie de me replonger dans cette sordide histoire ou de penser à l'inspecteur qui avait mené l'enquête. Surtout pendant que je m'entretenais au téléphone avec une journaliste. J'avais besoin de toute ma lucidité pour lui répondre. Je ne voulais pas risquer une maladresse ou un faux-pas.

— Vous n'avez pas répondu à ma question, mademoiselle Young, ai-je dit. Cet inspecteur a prononcé mon nom ?

Je l'ai entendue pousser un soupir de contrariété.

— Je sais que la personne qui a échappé de justesse au meurtrier était en thérapie avec vous. Certains prétendent même que vous lui auriez sauvé la vie. Comme vous êtes sexologue et que cette nouvelle affaire comporte une dimension sexuelle, j'ai tout naturellement songé à vous. Puis-je vous poser deux questions ?

— Posez-les, je ne vous promets pas d'y répondre.

— Avez-vous remarqué sur la photographie du *Times* qu'on avait tracé le chiffre un sur les plantes de pieds du cadavre ?

— Oui.

— En tant que psychiatre, croyez-vous que cela puisse signifier qu'il y aura d'autres victimes ? Un numéro deux, un numéro trois ?

— Oui, mais c'est le simple bon sens qui me le suggère. Pas ma formation de psychiatre.

— Puis-je citer cette réponse dans mon article ?

— Si vous avez envie de me citer, je suppose que vous le ferez.

— Merci. Pourriez-vous me dire maintenant quel type de jeu sexuel laisserait des traces aux poignets, aux chevilles et sur les bourses ?

— Les bleus suggèrent la plupart du temps le sadomasochisme. Le bondage exalte à la fois la domination et la soumission dans les jeux sexuels. Mais, dans le cas de M. Philip Maur, il s'agit avant tout d'un meurtre et on a pu l'attacher pour de tout autres raisons.

— Merci, docteur Snow, a-t-elle dit avant de raccrocher.

Je suis restée un long moment immobile près du téléphone. Je me demandais vraiment pourquoi Betsy Young s'était adressée à moi…

Bien entendu, j'ai fini par penser à Jordain… Je me suis levée d'un bond en repoussant ma chaise.

Je ressentais le besoin de m'éloigner de mes papiers, de mon bureau, de mon téléphone. Pour empêcher mes pensées d'aller dans la direction qu'elles prendraient à coup sûr si je restais assise à rêvasser. Il fallait absolument que j'évite de ressasser ce que j'avais vécu avec Noah.

J'ai décidé d'aller voir Simon Weiss. J'avais besoin de lui parler d'un de mes patients. Je l'avais vu passer quelques minutes plus tôt dans le couloir, je savais donc qu'il était dans son cabinet.

Ça ne m'est pas venu à l'esprit que Betsy Young était déjà en train d'écrire son deuxième article sur Philip Maur. Mais je n'allais pas tarder à l'apprendre.

# 21

Le lendemain, j'ai quitté le Butterfly Institute à 20 h 30, après ma dernière séance. L'air était doux et ma veste en cuir noir suffisait largement à me tenir chaud. J'ai regardé les gens qui marchaient dans l'avenue. Ils rentraient chez eux ou sortaient pour dîner. J'ai fait du lèche-vitrine devant des boutiques de créateurs qui vendaient de beaux vêtements que je ne pouvais pas m'offrir et j'ai bavé d'envie devant une paire de bottes noires et devant un tailleur bleu marine très simple et très bien coupé. Mais les deux étaient trop chers pour moi.

J'avais du temps à tuer. Je m'apprêtais à passer une soirée en solitaire puisque Dulcie dormait chez son père depuis quatre jours. Il la prenait sept jours par mois et un week-end sur deux, mais il allait s'absenter pour un tournage la semaine où elle devait rester chez lui et j'avais consenti une petite entorse au calendrier.

J'avais fait de mon mieux pour rester en bons termes avec mon ex-mari. Je n'avais pas oublié la pathétique séparation de mes parents. Ma mère avait quitté mon père sans préavis et nous avions vécu cachées pendant toute une année dans un appartement minable d'un vieil immeuble de Manhattan Lower East Side. Jusqu'à ce qu'elle meure en me laissant avec l'idée que je n'avais pas été capable de la sauver. Mais j'avais essayé. J'avais essayé de toutes mes forces pendant une année entière.

Ma mère était souvent malade. Et quand elle était malade je faisais pour elle ce qu'elle aurait fait pour moi. Je lui racontais une histoire. Une histoire que je connaissais par cœur. Je m'asseyais près d'elle, sur le vieux canapé du salon qui lui servait de lit, je lui prenais la main, je lui apportais des biscuits salés et une boisson gazeuse au gingembre et je rejouais pour elle les épisodes de la série qui l'avait rendue célèbre. Quand j'ai eu passé tous les épisodes en revue, j'ai commencé à en inventer de nouveaux.

Ça finissait toujours de la même façon, avec les répliques qu'elle échangeait avec son ex-partenaire.

« — Et ensuite, que s'est-il passé ?

— Ils ne vécurent plus jamais heureux », me répondait ma mère d'une voix lointaine.

Peu importait son état, elle se souvenait toujours de sa dernière réplique. Et moi je rêvais qu'elle me répondrait un jour. « Ils vécurent tous heureux. »

Mais elle ne l'avait jamais fait. Plus tard, j'ai compris que ma mère n'avait jamais été malade, mais qu'elle se noyait dans l'alcool et les médicaments. Elle n'avait probablement pas suivi la moitié de ce que je lui avais déclamé avec tant d'application.

Je me trouvais entre Madison Avenue et la VII$^{e}$ Rue quand mon portable a sonné. Tout en continuant à marcher, je l'ai sorti de mon sac. J'avais toujours peur qu'il s'agisse de Dulcie, sinon j'aurais ignoré cette foutue machine. C'est agaçant de ne jamais pouvoir s'isoler complètement du monde.

L'écran affichait « privé ». Il y avait une chance, une petite chance, toute petite, pour que ça vienne de Dulcie. Dans le doute, j'ai préféré prendre l'appel.

— Allô ?

J'étais sur le bord du trottoir, prête à traverser, j'attendais que le feu passe de nouveau au vert pour les piétons. Une chaude voix d'homme a prononcé mon nom.

— Morgan ?

Il l'avait dit avec infiniment de respect et de précaution, comme s'il craignait de mal le prononcer, comme s'il s'agissait d'un mot étranger désignant une épice rare et qu'il avait peur d'écorcher.

J'ai regardé autour de moi comme si je cherchais à m'enfuir, à échapper à cette voix. Mais je n'avais nulle part où aller. On ne peut échapper à soi-même.

— Bonjour, Noah, ai-je répondu.

Je l'ai entendu respirer et, brusquement, j'ai vu son visage, tout près, exactement comme je l'avais vu durant l'unique nuit que nous avions passée ensemble quelques mois plus tôt. Pourquoi un homme dont je n'avais pas eu de nouvelles depuis plusieurs mois faisait-il trembler ma main ? Un simple inspecteur de police venu de La Nouvelle-Orléans… Oui, mais un inspecteur qui jouait merveilleusement du piano, cuisinait comme un grand chef, vous faisait l'amour d'une telle façon que vous aviez l'impression de vivre votre rêve le plus fou. Et surtout un homme qui m'avait devinée mieux que personne.

— Comment vas-tu ? a-t-il demandé.

Le son de sa voix m'a rappelé la caresse de ses doigts sur mon visage, ses bras autour de moi, le goût de ses lèvres. J'ai fait un effort pour arrêter ce déluge de sensations.

— Je vais bien, ai-je répondu. Sauf que je travaille trop, comme toujours. Je suis surmenée.

— Si tu le dis, c'est que ça a déjà atteint un stade avancé.

Il a ri. Ne nous étions-nous vraiment côtoyés que quelques semaines ?

*Arrête de gamberger. Demande-lui ce qu'il veut et raccroche.*

— Que puis-je faire pour toi, Noah ? ai-je demandé d'un ton crispé.

Quand je parlais avec lui, j'avais toujours l'impression de flirter, je voyais des phrases à double sens partout. C'était agaçant.

J'avais hâte qu'il m'explique pourquoi il m'avait appelée, hâte de mettre fin à cette conversation, hâte de raccrocher et de me libérer de lui. Mais il m'a prise de vitesse.

— Je me demandais si tu aurais un peu de temps à m'accorder. Dans ton cabinet, ou au commissariat. Ou, si tu es affamée comme moi, dans un restaurant.

— J'avais l'intention de te rappeler, ai-je lancé étourdiment.

Je ne savais même plus ce que je disais.

— Je n'en crois pas un mot, a-t-il répondu.

Il avait raison, je me suis tue.

— Morgan ?

— Oui ?

— Où es-tu, exactement ? Tu serais d'accord pour dîner avec moi ?

Je m'étais arrêtée de marcher pour m'appuyer au mur de briques rouges de l'église St-James. Le ciel était passé du bleu cobalt électrique de la journée au bleu velouté et sombre de la nuit. J'ai eu la sensation que je pouvais rester à écouter Noah parler jusqu'à ce que le firmament soit constellé d'étoiles. Avec lui, je perdais la notion du temps.

— Je suis là.

Encore une réponse stupide.

— Je suis dans la rue, ai-je repris plus calmement. Pas loin du Butterfly Institute. Je viens d'en sortir.

Ça non plus, ça n'était pas très précis. On voyait que je perdais les pédales.

— Où pourrait-on se rencontrer ? J'ai besoin de te parler. J'aurais des questions à te poser à propos de Timothy Wheaton.

# 22

Vingt minutes plus tard, j'entrais au Nicola's, un restaurant italien de l'Upper East Side, le préféré des gens du quartier depuis trente ans. J'y avais dîné environ une fois par mois avec mon père et Krista lorsque j'étais enfant. C'était un endroit bruyant et chaleureux, sans prétention. Les murs étaient décorés de couvertures de livres et de pochettes d'albums dédicacés par leurs auteurs, ainsi que de photographies des clients célèbres.

Je l'avais proposé à Noah parce que l'ambiance n'avait rien de romantique.

Un serveur m'a guidée jusqu'à une petite table ronde pour deux, au fond de la salle.

Noah était arrivé avant moi et il était parvenu on ne sait comment à se faire attribuer une des meilleures places — un véritable exploit si l'on se fiait à la foule qui patientait au bar. Je me suis bien gardée de lui demander comment il s'y était pris. Je ne voulais pas lui montrer que j'étais impressionnée.

Quand je suis arrivée près de lui, il a levé le nez de la pile de papiers qu'il consultait. Son regard s'est rivé au mien et cela m'a fait l'effet d'une vague de chaleur qui vous pénètre par une froide nuit d'hiver.

Le serveur a tiré ma chaise.

— C'est vraiment merveilleux de te revoir, a dit Noah avec cet accent traînant qui donnait à ses mots tant de douceur et une pointe d'exotisme.

Il avait commandé une bouteille de vin. Mon verre m'attendait, déjà plein.

— Moi aussi, je suis heureuse de te revoir.

La sécheresse de ma voix m'a surprise. Une brise glacée. Il a fait mine de ne rien remarquer.

— Bois un peu de vin, a-t-il dit en me montrant le verre. Avec du pain à l'ail, a-t-il ajouté en me tendant la corbeille. Je parie que tu n'as rien avalé aujourd'hui à part quelques litres de yaourt et la moitié d'un petit pain.

Je n'ai pas répondu. Je ne voulais pas lui donner la satisfaction d'avoir bien deviné.

— Comment va Dulcie ? demanda-t-il. Ses répétitions se passent bien ? C'est bientôt la première, n'est-ce pas ?

J'ai bu une gorgée de vin. Puis une autre.

— Ils jouent à partir de janvier. Elle travaille dur. Trop à mon goût, mais elle est ravie. Ils partent à Boston dans deux semaines pour une avant-première.

— Elle a autant le trac que toi ?

Je l'avais rencontré en juin et je ne l'avais vu qu'une demi-douzaine de fois, la plupart du temps dans un contexte professionnel, dans le cadre de son enquête. Et pourtant il savait exactement ce que je ressentais. Ça m'a prodigieusement agacée.

Je sais parfaitement dissimuler à mes patients ce que leurs confidences m'inspirent. En six ans de vie commune, mon ex-mari n'a jamais pu déchiffrer le masque impassible que j'arbore quand j'ai besoin de me protéger.

Mais avec Noah j'étais sans défense. Il lisait en moi comme dans un livre ouvert.

— Elle a peur, bien sûr, ai-je répondu. Mais elle est folle de joie. C'est un rôle long et important. Elle apparaît dans toutes les scènes sauf deux. Elle a deux solos et six autres chansons avec d'autres membres de la troupe.

J'ai secoué la tête.

— J'avoue que je suis très partagée. Si tout se passe bien pour elle, je crains qu'elle veuille poursuivre une carrière dans le théâtre. Ou pire, dans le cinéma… Ça me déplairait qu'elle rate son enfance.

J'ai pris une autre gorgée de vin. Il était très doux. Une caresse de velours contre mon palais.

— Mais si ça se passe mal, elle risque de souffrir. On est tellement vulnérable, à son âge. Elle n'est plus une enfant et pas tout à fait une adulte non plus.

Il m'écoutait attentivement, en sondant mon visage, mes expressions. Il s'intéressait à ce que je disais, mais aussi à ce que je ne disais pas. Je me suis brusquement souvenue qu'il m'avait séduite en me posant des questions que personne n'avait jamais songé à me poser. Il m'avait demandé ce que je ressentais à écouter à longueur de journée des patients qui me parlaient de leur souffrance. Une souffrance que je devais les aider à surmonter et à transformer. Il avait insisté pour que je réponde franchement et nous en avions longuement discuté, sans fausse pudeur. Je m'étais sentie comme un papillon qui serait resté prisonnier d'un filet pendant quelques heures — une grande partie de sa courte vie — et qui vole de fleur en fleur, ivre de liberté, lorsqu'on le relâche enfin.

J'avais réagi comme une gourmande à qui l'on présente une boîte de truffes et qui mange toute la boîte d'un seul coup. Sur le moment, je ne l'avais pas regretté.

Mais ce soir-là, dans ce restaurant, j'ai eu honte en pensant à tout ce que j'avais confié autrefois à Noah et dont il se souvenait certainement.

J'ai jeté un regard autour de nous. Rien ne nous distinguait des couples qui nous entouraient et qui se retrouvaient pour partager un moment agréable et se raconter leur journée.

Sauf que nous ne formions pas un couple.

Il était inspecteur et il m'avait demandé de venir dans l'espoir de me soutirer des informations. Moi, j'étais sexologue et je n'avais pas le droit de discuter librement de ce qui se passait dans mon cabinet.

De plus, j'ignorais sur quoi je devais exactement garder le silence. Ça ne facilitait pas le dialogue.

Le serveur est venu prendre la commande et Noah a choisi des langoustines, des pâtes linguini et une salade scarole avec une sauce à l'huile d'olive et à l'ail — tout cela sans me quitter du regard. Moi j'ai pris un piccata de veau. Dès que le serveur s'est éloigné et que nous nous sommes retrouvés seuls, Noah a ouvert son porte-documents et il en a sorti un fax qu'il m'a tendu sans un mot.

Il s'agissait d'un article d'une page et demie. J'ai lu le titre.

Et puis j'ai lu le sous-titre.

*Macabres photographies : La disparition du New-Yorkais Timothy Wheaton inquiète la police.*

C'était signé par Betsy Young, la journaliste qui m'avait appelée dans l'après-midi.

J'ai levé les yeux.

— Qu'est-ce que c'est ? ai-je demandé.

— Un article qui paraîtra demain dans le *Times*.

— Comment se fait-il que tu l'aies déjà en main ?

— Ne t'occupe pas de ce détail sans importance. Lis, plutôt.

*Hier après-midi, le New York Times a reçu une enveloppe contenant trois photographies de Timothy Wheaton, vice-président de l'agence de publicité MLM et fils de l'auteur à succès Les Wheaton. Timothy Wheaton, trente-neuf ans, avait disparu depuis la fin de la semaine dernière. Sa femme, Linda Ravitch, avait signalé à la police qu'il n'était pas rentré chez lui après une réunion de travail.*

J'ai allongé la main vers mon verre de vin et pris une gorgée. Puis j'ai levé les yeux de l'article et cherché le regard de Noah. Comme il ne disait rien, je me suis remise à lire. Betsy Young expliquait que les trois photographies étaient à présent en possession de la police qui se refusait pour l'instant à tout commentaire. Le corps de Wheaton, comme celui de Philip Maur, n'avait pas encore été retrouvé.

*L'inspecteur Noah Jordain pense que le meurtre de Timothy Wheaton pourrait avoir un rapport avec celui de Philip Maur. Il interroge en ce moment même plusieurs suspects.*

— C'est vrai ? Tu as des suspects ? ai-je demandé.

Noah a secoué la tête d'un air triste. J'avais déjà vu cette expression sur son visage lors de l'affaire de cet été.

— Nous n'avons pas la moindre piste, a-t-il seulement répondu.

Il m'a fait signe de poursuivre ma lecture. Je m'attendais vaguement à être mentionnée, mais le paragraphe suivant m'a tout de même surprise.

*Le Dr Morgan Snow, une sexologue du Butterfly Institute qui a aidé cet été à résoudre l'affaire des Marie-Madeleine, a accepté de commenter une photographie que nous ne pouvons malheureusement pas publier. Il s'agit d'un cliché pris au niveau des pieds de la victime et qui montre en premier plan ses organes génitaux. Les poignets, les chevilles et les testicules du cadavre portent des marques noirâtres. Ces deux éléments évoqueraient, d'après le Dr Snow, une dimension sexuelle :*

*« Les bleus évoquent la plupart du temps le sado-masochisme, a-t-elle déclaré lors de notre conversation téléphonique. Le bondage exalte à la fois la domination et la soumission dans les jeux sexuels. »*

Je suis passée à la deuxième page du fax. Je me trouvais devant une photographie granuleuse, d'environ huit centimètres de côté. On y voyait les plantes de pieds d'un homme. Elle était quasiment identique à celle qui avait déjà été publiée pour Philip Maur.

Sauf qu'on avait inscrit le chiffre deux, et pas le chiffre un.

J'ai reposé les feuilles sur la table. Noah a tendu la main pour les récupérer et les a rangées dans une chemise qui m'a semblé contenir des photographies. Dans ce restaurant saturé d'effluves de nourriture, j'avais reconnu l'odeur si particulière des produits chimiques utilisés dans les bains révélateurs.

— Tu comprends maintenant pourquoi je voulais te rencontrer, a dit Noah. Cette femme te cite dans son article. J'aimerais savoir pourquoi.

— Elle m'a appelée.

— Et tu l'as rencontrée.

— Non.

Il n'a rien dit, mais ses yeux bleus ont lancé des éclairs.

— Que se passe-t-il ? ai-je demandé. Tu trouves tellement extraordinaire que je réponde aux questions d'une journaliste ?

Il a bu tranquillement une gorgée de son verre, puis il a pris une tranche de pain à l'ail et a mordu dedans. Noah adorait la bonne chère, il adorait cuisiner, réfléchir à ce qu'il allait manger et à la façon de le préparer. Je n'avais pas oublié l'unique soirée qu'il avait passée chez moi… Il n'y avait pratiquement rien dans mon réfrigérateur, mais il avait réussi à nous concocter un plat délicieux, meilleur que ce que nous aurions pu commander dans un restaurant.

— Je vais te dire ce que nous savons, a-t-il enfin répondu. Et ensuite je te poserai quelques questions. J'ose espérer que tu y répondras honnêtement.

— J'y répondrai de mon mieux.

— Très bien. Au cours des deux dernières semaines, Betsy Young, la journaliste qui t'a contactée, a reçu deux courriers anonymes. Le premier contenait des photos du corps de Philip Maur. Le second des photos du corps de Timothy Wheaton. La famille de ces deux hommes avait signalé leur disparition à la police quelques jours plus tôt. Tout ce que nous savons d'eux après cette disparition nous vient de Betsy Young. Bref, une histoire qui pue.

— Pourquoi le tueur envoie-t-il ses photos à une journaliste plutôt qu'à la police ?

Le serveur est arrivé avec notre commande et Noah a attendu qu'il dépose les assiettes et qu'il s'éloigne avant de répondre. Ça sentait très fort la sauce au beurre et à l'ail, et la mer.

Noah a pris sa fourchette et a coupé un morceau de sa langoustine, mais avant de le porter à sa bouche, il m'a fait signe de manger aussi.

— C'est chaud, a-t-il dit. Attaque avant que ça refroidisse.

J'avais hâte d'entendre la suite, mais j'ai saisi mes couverts et j'ai goûté mon veau. La viande était savoureuse et si tendre que j'aurais pu me passer du couteau. Tout en dégustant, j'ai observé Noah. En le regardant manger, je n'ai pas pu m'empêcher de penser à la manière dont il m'avait fait l'amour. Il prenait autant de plaisir avec un bon plat qu'avec une femme. J'ai frissonné en espérant qu'il ne remarquerait pas mon trouble.

— Il veut être absolument certain que son exploit sera mentionné dans la presse, a dit enfin Noah. Il semblerait que ce soit primordial pour lui. Qu'en penses-tu ?

— Je pense que tu as raison, ai-je murmuré en faisant un effort pour me concentrer sur la conversation. C'est la conclusion la plus logique.

— Comment est ton veau ?

— Succulent.

— Tant mieux. Les langoustines aussi. Tu veux goûter ?

Sans attendre ma réponse, il a arraché une patte rose et me l'a tendue. J'ai voulu l'attraper avec ma fourchette, mais il ne m'a pas laissée faire. Il tenait à me la mettre directement dans la bouche. J'aurais pu refuser, mais je l'ai prise entre mes dents. L'ail et le beurre ont aussitôt réjoui mes papilles gustatives.

— Morgan, je vais maintenant te demander un avis professionnel, a déclaré Noah. Aurais-tu une idée des raisons psychologiques qui pourraient pousser le meurtrier à envoyer ces photos à Betsy Young ?

— Il a peut-être des griefs contre la police et cherche à vous mettre dans une position d'infériorité.

Il a hoché la tête.

— Rien d'autre ?

— Rien qui me vienne à l'esprit pour le moment. Puis-je voir les clichés que tu caches dans cette chemise ? Tu les as tous ici ?

— Non, pas tous.

— Tu acceptes de me montrer ceux que tu as ?

— Non.

— Pourquoi ?

— Pourquoi cette femme te cite-t-elle dans son article ?

— Je te l'ai dit. Elle m'a téléphoné.

— Pourquoi toi ? Il y a d'autres psychiatres dans New York.

— A cause de toi.

Il a haussé les sourcils.

— Elle savait que nous avions collaboré au moment de l'affaire des Marie-Madeleine. Ça lui a paru évident de s'adresser d'abord à moi. Du moins c'est ce qu'elle m'a affirmé.

— Et tu l'as crue ?

Il me regardait fixement, avec intensité. Il y avait dans ses yeux une foule de questions silencieuses.

— Oui, ai-je dit. Je n'avais aucune raison de mettre sa parole en doute.

Nous avons continué à boire et à manger, tout en discutant des motivations qui avaient pu inciter Betsy Young à me contacter et de celles qui poussaient le tueur à informer la presse avant la police. J'ai cru comprendre que Noah soupçonnait vaguement Betsy Young d'être coupable des deux crimes, mais quand je lui ai demandé si c'était le cas, il a éludé la question.

— Je ne pense pas qu'une femme soit derrière tout ça, ai-je dit.

— Parce que les femmes sont rarement des meurtrières en série ?

— Oui. Les femmes commettent des crimes passionnels. Un travail comme celui-là, calculé, froidement planifié et organisé, et qui plus est répété. Non. C'est une affaire d'homme.

Après le repas, nous avons commandé deux expressos. Le serveur s'éloignait de la table, lorsque Noah l'a rappelé pour réclamer un sabayon aux fraises qu'il m'a fait goûter avec sa cuillère. J'ai fait mine de ne pas remarquer l'insistance avec laquelle il fixait ma bouche qui s'entrouvrait pour accueillir la crème sucrée, mine de ne pas sentir qu'il caressait mes lèvres au passage avec sa cuillère.

Noah était un véritable gourmet. Il aurait probablement partagé son dessert avec quiconque se serait trouvé à sa table. Venant de lui, il ne s'agissait pas forcément d'une invite.

Et pourtant je savais que c'en était bien une. Cela m'a effrayée parce que je savais aussi qu'il était plus fort que moi. Sa force me faisait prendre conscience de mes faiblesses. Je n'avais pas envie qu'il me rappelle mes faiblesses. Ni lui, ni personne d'autre.

# 23

Quand nous sommes sortis dans la rue, le vent nous a enveloppés. De violentes rafales nous poussaient l'un contre l'autre. J'ai pensé avec appréhension au moment où nous prendrions congé. Allions-nous nous embrasser ou nous serrer la main ?

— Dulcie t'attend à la maison ?

C'était une question très directe et qui m'a prise au dépourvu, même si j'aurais dû m'y attendre venant de lui. J'ai secoué la tête en signe de dénégation. Je me suis aussitôt aperçu que j'avais fait une bêtise, mais il était trop tard.

— Dans ce cas, rien ne t'oblige à rentrer tout de suite.

— Je dois tout de même y aller. Je commence très tôt demain matin.

— Tôt au point de ne pas avoir cinq minutes pour passer au commissariat regarder avec moi les photographies que le *Times* n'a pas publiées ?

A la lueur des réverbères, j'ai vu nettement les coins de sa bouche s'étirer et deux petites lueurs malicieuses flamboyer dans ses yeux. Il souriait, ou plutôt il riait d'un rire silencieux. Il était décidément toujours aussi séduisant et sûr de lui. Il avait probablement fait exprès de me laisser entendre qu'il me proposait de prolonger cette soirée à deux, alors qu'il voulait simplement que je l'accompagne au commissariat. Il avait peut-être besoin de me faire payer ma fuite du mois de juillet. Mais son air amusé montrait qu'il s'agissait d'une petite vengeance dénuée de méchanceté.

Je me sentais déchirée entre l'envie furieuse de voir ces photographies et celle de fuir Noah au plus vite. J'ai inspiré profondément l'air frais de la nuit. J'y ai détecté une odeur familière, mais je n'aurais pas su dire laquelle.

Et puis j'ai reconnu l'eau de toilette de Noah. Un mélange de romarin et de menthe.

Tout en détournant le regard pour l'empêcher de lire dans mes yeux et dans mes pensées, j'ai répondu que oui, j'allais le suivre pour étudier ces photographies.

Il était 22 heures quand nous sommes entrés dans le commissariat, mais le hall était aussi bondé que s'il avait été 10 heures du matin. Noah m'a entraînée dans un dédale de couloirs, puis dans l'escalier, puis de nouveau à travers des couloirs. Et nous sommes entrés dans l'antre qu'il partageait avec Perez.

C'était une pièce banale, avec de vieux meubles de bureau, des vitres sales, des tables rayées, un parquet abîmé. Mais derrière ce terne anonymat, on sentait la présence des deux inspecteurs. Des plantes vert jade et du lierre dans des pots colorés décoraient le rebord de la fenêtre. Etrange idée car le soleil ne devait pas passer à travers les carreaux, mais les plantes n'en souffraient pas, elles paraissaient éclatantes de santé. Un masque de carnaval pendait à la lampe argentée posée sur le bureau de Jordain.

Mais ce fut surtout l'un des murs qui attira mon attention. Il était recouvert de photographies, de cartes et de rapports — un assemblage de paperasses et d'images, dont certaines tellement agrandies qu'elles n'étaient plus que des taches de couleurs et donnaient l'impression, à première vue, d'une mosaïque abstraite.

A première vue seulement.

Noah m'a prise par le bras pour m'entraîner vers le côté droit de ce mur.

— Regarde d'abord par ici, a-t-il dit.

Il y avait deux photos, l'une près de l'autre, prises sous le même angle. Le photographe s'était placé à quelques centimètres des cadavres pour donner une perspective inhabituelle. On voyait des pieds, énormes, au premier plan, puis, le pénis, et enfin le torse et la poitrine qui paraissaient ridiculement petits.

— Ça va ? a demandé Noah.

J'ai hoché machinalement la tête, mais je ne me sentais pas très bien. On n'avait pas simplement tué ces hommes, on les avait brutalisés. Betsy Young m'avait parlé des bleus autour des poignets, des chevilles et sur les testicules, mais je ne les avais pas imaginés aussi violacés. J'ai regardé à l'arrière-plan pour poser mes yeux ailleurs. Et j'ai vu un fond gris et uni, trop uniforme pour qu'il s'agisse d'un mur. Il n'y avait pas de fenêtre, pas de porte, pas de lumière. Ça me rappelait quelque chose.

— Où sont-ils ? ai-je demandé à Noah.

S'il a trouvé curieux que ma première question concerne le décor, il ne me l'a pas fait remarquer.

— Nous ne sommes encore sûrs de rien, mais ce gris, derrière, ça ressemble à une toile de fond de studio photo. La plupart des photographes en possèdent plusieurs, de couleurs différentes, pour produire différents effets.

J'ai acquiescé. Je voyais exactement de quoi il parlait. Mitch avait débuté comme assistant d'un photographe qui réalisait des clichés de nourriture et de dessus de table pour des agences de publicité et des magazines. Je savais ce qu'était une toile de fond.

— Ce truc lui a permis de masquer les murs et le sol de la pièce, poursuivit Noah. Nous ne pouvons donc tirer aucun renseignement de cette photographie.

— Je suppose qu'il ne faut pas en conclure hâtivement que l'assassin est photographe, n'est-ce pas ?

— En effet… Ce serait un peu trop facile. Nous avons demandé à un professionnel d'examiner les clichés et il a trouvé que l'éclairage et le développement sentaient l'amateurisme. D'après lui, l'homme qui a pris ses photos a l'habitude de manier un appareil et possède de bonnes notions de composition, mais il ne vit pas de la photographie.

Je me suis assise sur le fauteuil à l'opposé du bureau de Noah, face à ce panneau coloré dont je n'arrivais pas à détacher mon regard.

— Il peut donc s'agir d'un autodidacte, ou de quelqu'un qui a étudié la photographie pendant un court laps de temps, ai-je commenté. Il a tout de même développé lui-même les épreuves.

— Rien d'étonnant à ça, a répondu Noah. Les tueurs en série sont des solitaires. Ils se sentent isolés, coupés de la société. Incompris. Leurs crimes sont parfois une façon désespérée d'entrer en contact avec le monde — avec leurs victimes ou avec ceux que la mort des victimes va bouleverser. Ils œuvrent seuls, dans leur territoire. Ce type-là possède sa propre chambre noire, j'en suis pratiquement certain.

— Tu parles de tueur en série, mais il n'y a pour l'instant que deux victimes. S'il avait de bonnes raisons de tuer ces deux-là, il n'y en aura peut-être pas d'autres.

Je n'avais toujours pas quitté des yeux les images de ces corps blafards.

Je n'ai pas entendu la réponse de Noah. Je venais de remarquer un détail étrange sur l'un des clichés.

# 24

Paul Lessor était distrait, il se brûla la langue avec son café trop chaud et reposa violemment sa tasse. Un jet de liquide gicla en décrivant un arc de cercle et alla tacher la première page du *New York Times*, à quelques centimètres de l'article qui l'intéressait. La tache s'étala sur le papier, mais toujours en épargnant les lignes qui parlaient de Timothy Wheaton. Paul se demanda s'il fallait y voir un signe.

Son palais était en feu, il allait avoir une cloque, mais il n'avait pas le temps de s'arrêter à ce détail. Il relut en s'arrêtant sur chaque mot, en pensant aux invités de Scarlet qui lisaient aussi, assis à leurs bureaux, devant leur petit déjeuner, dans le métro, à l'arrière de leur voiture avec chauffeur, dans un taxi. Ces crétins devaient commencer à faire dans leur froc.

On en était maintenant à deux. D'abord la victime disparaissait, ensuite des photos de son cadavre sans vie étaient envoyées à un journal. Avec un numéro inscrit sur la plante des pieds. Numéro un. Numéro deux.

Pour la première fois de sa vie, Paul Lessor saisissait toute la portée de l'expression « s'en frotter les mains ». Jamais il ne s'était senti aussi bien. Il tenait sa revanche. Ces salauds n'avaient que ce qu'ils méritaient. Paul ne pouvait plus se rendre aux soirées de Scarlet, mais ça le consolait d'imaginer la tête de ceux qui l'avaient autrefois dévisagé avec pitié et condescendance.

Son sexe ne se dressait plus. Mais le leur non plus. Il n'y avait pas que la Thorazine qui rendait impuissant. La peur produisait le même effet. En ce moment, les invités de Scarlet s'étouffaient avec leur croissant et renversaient leur jus d'orange en se servant. Les plus trouillards transpiraient déjà à grosses gouttes et souffraient de crampes à l'estomac ou de problèmes intestinaux. Ils commençaient sûrement à se demander comment poursuivre leur petite distraction sans s'attirer de gros ennuis. Comment retourner aux soirées sans finir comme Philip Maur et Timothy Weathon ? Ils parviendraient peut-être à surmonter la peur, mais elle risquait de leur gâcher le plaisir.

Paul glissa sa main sous sa robe de chambre et la referma sur son pénis. Il se mit à serrer, secouer, frotter… La joie que lui procurait la lecture de cet article allait peut-être se convertir en une autre sorte d'excitation.

Puisqu'il était de nouveau capable de se sentir heureux, il serait peut-être capable de bander.

Mais rien.

Il essaya encore. Plus fort. Il songea à une femme qui lui ordonnait de se déshabiller. Elle écrasait ses seins dans sa main en lui expliquant comment la caresser. Il s'agenouillait devant elle. Elle poussait son sexe contre son visage.

Mais la tige molle de Paul refusait de réagir. Elle persistait à le trahir. Il retira vivement sa main, comme s'il s'était brûlé les doigts — aussi méchamment qu'il s'était brûlé le palais avec son café, quelques minutes plus tôt.

*Un fantasme… Trouve un autre fantasme.*

Il baissa les yeux vers le journal et relut l'article en s'arrêtant avec délectation sur l'image des plantes de pieds. Sur le numéro deux. Il imaginait à présent un autre cliché portant cette fois le numéro trois. Et encore un autre, avec le numéro quatre.

Ils seraient nombreux, toujours plus nombreux… Et ça ne s'arrêterait jamais.

Il sourit… Il ne pouvait pas jouir, mais il se consolait avec un autre plaisir. Celui-là, personne ne l'en priverait.

Il reprit sa tasse et but lentement. Le café était fort, amer, et à peine tiède. Mais il lui trouva le goût doucereux de la vengeance.

# 25

Je remontais la V$^{e}$ Avenue avec Nina, sur le côté pavé du trottoir, celui qu'il est préférable d'éviter quand on porte des talons hauts. Nous avions l'habitude de nous balader à l'heure du déjeuner, au hasard, sans véritable destination. L'important n'était pas d'arriver quelque part, mais de voyager.

— J'ai lu l'article du *Times* sur Timothy Wheaton, a dit Nina.

— J'ai dans l'idée que Timothy Wheaton était lui aussi un des hommes invités de Scarlet.

— Qu'est-ce qui te permet de l'affirmer ? Tu as revu le groupe de femmes ?

— Non, je le reçois lundi. Le *Times* n'en a pas parlé, mais le corps de Maur portait des marques similaires à celui de Wheaton.

— C'est la journaliste qui te l'a dit ? s'est étonnée Nina.

— Non.

— Qui alors ?

Je regrettais déjà d'avoir baissé ma garde. J'allais maintenant devoir expliquer à Nina que j'avais vu Noah la veille. Nina n'aimait pas les flics.

Elle avait ses raisons.

En 1996, Sam, son troisième mari, était encore directeur du Butterfly Institute. A l'époque, on l'avait soupçonné de se servir de l'établissement pour masquer un réseau de prostitution. Un inspecteur se faisant passer pour un thérapeute s'était introduit dans le personnel. Il avait découvert suffisamment de preuves pour mettre Sam en prison. L'affaire était en appel lorsque Sam était mort d'une crise cardiaque, dans sa cellule.

Nina avait toujours refusé de croire à la culpabilité de son mari et elle rendait la police responsable de sa mort. Elle prétendait qu'il n'avait pas supporté d'être piégé par un flic en civil qui avait trahi sa confiance et que tout cela ne serait jamais arrivé s'ils avaient mené une enquête propre, au grand jour.

J'avais déjà eu l'occasion de me confronter à la haine irrationnelle que Nina nourrissait pour la police au cours de l'affaire des Marie-Madeleine. Je m'attendais donc à une nouvelle explosion.

— Noah Jordain m'a appelée. C'est lui qui m'a parlé des photographies.

— Oh ?

Elle a évité mon regard, mais j'ai senti une imperceptible froideur dans sa voix.

— Il avait déjà l'article en sa possession hier, avant sa publication. Quand il a vu que j'y étais citée, il a voulu savoir pourquoi la journaliste m'avait contactée.

— Et qu'est-ce que tu lui as dit ?

— Je n'avais rien à lui dire. J'ignore pourquoi cette femme a jeté son dévolu sur moi.

Nous arrivions au niveau du Metropolitan Museum, entre la 81e et la 5e. Il y avait toujours des stands qui vendaient de la nourriture et nous nous laissions régulièrement tenter par une spécialité bien new-yorkaise :

des hot-dogs aux saucisses de bœuf et aux épices, avec beaucoup de moutarde.

Nous en avons commandé deux, puis nous nous sommes installées sur les marches de pierre du musée pour les manger, tout en parlant d'un thérapeute qui avait posé sa candidature pour travailler à l'institut. J'étais soulagée que Nina ne se soit pas attardée plus que ça sur l'épineux sujet Noah. J'espérais même qu'elle l'aurait oublié.

Mais elle n'avait pas oublié. Nous nous sommes levées et, pendant que nous époussetions nos vêtements pleins de miettes, elle a lancé :

— Tu n'as rien dit à l'inspecteur Jordain qui pourrait laisser entendre que Philip Maur fréquentait une société un peu particulière, n'est-ce pas ?

— Bien sûr que non. Comment oses-tu me poser une question pareille ?

— Il arrive parfois que l'on transgresse les règles les plus élémentaires.

— Pas moi. Et tu le sais.

— Pas toi, en effet. Du moins ça ne t'est jamais arrivé pour l'instant. Mais tu es un être humain, ma chérie. Tu as vécu une expérience très traumatisante en juin dernier. Noah t'a sauvé la vie et tu pourrais…

— Il ne m'a pas sauvé la vie. Je n'étais plus en danger quand la police est arrivée.

— Bon. Puisque tu le dis.

Mais elle n'avait pas l'air convaincue.

— Tu mélanges tout, Nina. Cette affaire n'a rien à voir avec celle de cet été. Et j'ai l'impression que tu confonds en ce moment ton rôle de directrice avec celui de mère de substitution. Qu'est-ce qui t'inquiète, exactement ? Tu as peur pour moi, pour l'institut, ou pour nos patients ?

Nous avons descendu les marches vers la Ve Avenue. Nina ne disait plus rien. Et moi non plus.

— Tu as raison, a-t-elle enfin avoué.

Je lui ai souri.

— Mais ce serait mieux que tu ne voies plus cet inspecteur, a-t-elle poursuivi. Le terrain est miné, avec lui. Tu t'exposes à la tentation.

— Il n'est pas marié, ai-je rétorqué.

Elle a éclaté de rire.

— Je ne faisais pas allusion à ce genre de tentations. Mais je remarque que c'est à ça que tu as aussitôt pensé. Intéressant.

Moi, je n'avais pas envie de rire.

— N'essaie pas de me psychanalyser, Nina. Dis-moi clairement où tu veux en venir.

— Tu as raison. Ce serait plus honnête. En fréquentant cet inspecteur, tu pourrais être tentée de lui lâcher discrètement une ou deux informations précieuses pour son enquête. Juste pour lui rendre service.

— Il me semble que j'ai déjà prouvé que je n'étais pas du genre à lâcher discrètement des informations.

— Nous ne sommes pas en acier, Morgan. Et nous ne réagissons pas toujours de la même façon. Tu t'es très bien comportée l'été dernier. Tu pourrais te comporter moins bien une autre fois.

— Tu n'as pas à t'en faire. Je n'ai pas l'intention de le fréquenter.

— Très bien. Il s'agit donc d'un problème réglé.

— Absolument, ai-je affirmé avec conviction.

Et je le croyais. Le problème était réglé. Il fallait qu'il le soit.

# 26

Sauf circonstances exceptionnelles, je refuse les consultations à domicile. Mais la femme de Nicky souffrait d'une sévère agoraphobie et j'avais accepté de me déplacer à Greenwich, dans le Connecticut.

Nicky m'avait expliqué qu'elle passait de longues périodes enfermées à travailler seule. Cela expliquait qu'il n'ait pas remarqué le début de sa maladie, ni à quel point celle-ci avait gagné du terrain. Il ignorait également ce qui avait pu la déclencher, d'autant plus qu'il avait déménagé dans un appartement au cœur de la ville et que sa femme restait cloîtrée dans leur ancienne maison, au milieu d'une propriété de vingt acres qui appartenait à sa famille depuis trois générations.

Une fois par semaine, je vais avec Simon, l'un de mes collègues, rendre visite à des prostituées, dans une prison du sud de l'Etat de New York. D'habitude, nous ne prenons qu'une seule voiture et c'est lui qui conduit. Mais ce jeudi-là, j'avais décidé de passer chez la femme de Nicky après la prison. J'avais donc loué un véhicule et pris la direction du comté de Fairfield après avoir vu mes détenues.

A l'entrée de la propriété, une boîte à lettres noires indiquait 26, Pondview Avenue. Suivant les indications de Nicky, j'ai tourné à droite et j'ai roulé pendant cinq bonnes minutes à travers la forêt. Les hauts pins bleu-vert qui bordaient la route ne laissaient pas filtrer le soleil. Cela donnait une étrange lumière crépusculaire, pourtant nous étions en plein milieu de l'après-midi.

La route en lacets aboutissait à une clairière et je me suis retrouvée face à une maison entourée de champs et de forêt.

Je me suis garée près des deux autres véhicules qui se trouvaient là. Une Mercedes gris argent d'une propreté impeccable et une Jaguar verte couverte de poussière et de boue.

J'ai ouvert ma portière et j'ai étiré mes jambes en regardant autour de moi. Le terrain était soigneusement entretenu et très pittoresque. On apercevait au loin un étang, et, derrière, des collines vallonnées à perte de vue.

Le paysage évoquait le calme, le silence. Il devait y avoir des travaux quelque part sur la propriété et le grondement d'une machine mécanique venait déranger la quiétude des lieux. Les oiseaux chantaient, probablement, mais le vilain bruit m'empêchait de les entendre. Il gâchait vraiment l'atmosphère bucolique. L'air était saturé de l'odeur âcre des pins et des senteurs de l'automne. Quelque part, du bois brûlait dans une cheminée.

J'ai toujours vécu dans une ville bruyante et animée. La perspective de tant d'espace et de solitude me paraissait un luxe. Elle m'attirait. Mais elle m'effrayait en même temps.

J'ai emprunté le chemin de pierre menant à la porte d'entrée de la maison. Un charmant jardin anglais le bordait. J'ai remarqué qu'il y avait beaucoup de plantes appréciées des papillons : mélisse, citronnelle, violettes, lavande, fleurs de la passion, ancolie, asters, et buissons de buddleias mauves, blancs et bleus — les seuls qui n'avaient pas terminé leur floraison. J'en avais planté quelques-uns dans le jardin miniature de mon balcon et les papillons venaient encore les butiner.

J'ai appuyé sur la sonnette et un long carillon a résonné à l'intérieur. Puis j'ai entendu des pas et Nicky a ouvert la porte. Il portait une chemise bleu pâle, un pull cashmere noir au col en V et un jean. Il m'a accueilli avec un sourire chaleureux et m'a serré la main en me remerciant d'avoir fait tout ce chemin pour eux.

— Daphne est à l'intérieur, a-t-il dit en me faisant signe de le suivre.

Nous avons traversé l'entrée principale, puis un salon, et nous sommes entrés sur une terrasse fermée, avec des baies vitrées et des Velux pour le toit — comme une sorte de serre. Des cache-pots brun majolique décoraient les tables basses. Les canapés et les fauteuils étaient immenses, rembourrés, et recouverts d'un tissu en chintz rose. Les murs étaient bleu pâle avec un liseré blanc et le carrelage recouvert de tapis d'orients magnifiques, bien qu'usés jusqu'à la corde. Tout évoquait une vieille famille argentée. Très argentée.

Dès qu'elle m'a vue, Daphne s'est levée en me tendant la main.

Je savais qu'on ne repère pas une agoraphobique à son allure, mais je ne m'attendais tout de même pas à une femme de cette trempe.

Elle était blonde, longue et mince, et sa poignée de main m'a paru ferme et solide. Son cou élégant était surmonté d'un visage fin et bronzé. Avec sa montre Cartier, son pantalon en tweed, ses bottes en cuir et son pull jaune citron rehaussé d'un collier en perles, elle avait tout de la jeune femme aisée et bien dans sa peau.

Je me suis présentée en la fixant droit dans les yeux. Ils étaient d'un pâle bleu-vert, intelligents et tourmentés, avec une lueur de provocation. Elle n'avait pas le regard d'une femme qui redoute de mettre le nez dehors. Et, dans l'ensemble, elle n'avait pas l'air d'une femme qui s'effraye aisément.

Puis son visage s'est éclairé d'un doux sourire qui démentait sa dureté.

— Je suis ravie de vous rencontrer, docteur Snow. Nicky m'a beaucoup parlé de vous. Il espère que vous nous aiderez. Voulez-vous du thé ou du café, ou préférez-vous une boisson fraîche ?

Sa voix douce comme le miel allait avec son sourire, pas avec son regard.

— Non, merci, ai-je répondu. Je ne veux rien.

Elle m'a désigné un siège et s'est assise en même temps que moi.

— Je me rends compte que vous faites un effort en vous déplaçant jusqu'ici. Croyez bien que je l'apprécie. Mais j'espère bientôt pouvoir me rendre à New York. Je travaille beaucoup sur mon agoraphobie avec mon thérapeute et nous sentons tous les deux que je vais bientôt en sortir.

Mon fauteuil était trop grand, je me sentais perdue dedans, j'ai regretté mon cabinet. Le couple — s'ils en formaient encore un — s'est installé face à moi, dans un canapé. J'ai trouvé bon signe qu'ils choisissent de s'asseoir l'un près de l'autre.

— Qui est votre thérapeute ? ai-je demandé.

Il était légitime que je lui pose la question, je pouvais être amenée à échanger des informations avec lui.

Daphne a marqué un temps d'hésitation. Je me suis demandé si elle avait une raison particulière pour taire le nom de son psychiatre… Un souffle d'air frais est entré par une des fenêtres ouvertes, apportant jusqu'à moi des effluves de son parfum de femme — du muguet, j'ai jugé que ça lui allait bien. Mais il n'y avait pas que le muguet.

Je flairais autre chose, une odeur aiguë et piquante. Connue. Mais quoi ?

— Il s'appelle William Klein et son cabinet se trouve ici, à Greenwich. Il me suit plus ou moins régulièrement depuis mon adolescence.

J'aurais voulu lui demander pourquoi elle avait consulté au moment de son adolescence, mais il était encore trop tôt. J'ai casé le renseignement dans un coin de ma tête, il me servirait plus tard.

— Depuis combien de temps connaissez-vous Nicky ?

Elle s'est tournée vers lui avant de répondre et je n'ai pas vu l'expression de son visage. J'ai poursuivi avec une série de questions anodines qui visaient simplement à démarrer la séance en douceur et à établir le contact.

— Vous êtes d'accord pour aborder avec Nicky les problèmes qui perturbent votre couple ?

Elle m'a répondu sans hésiter, d'un ton très véhément.

— Oui. Je ferais tout pour que notre mariage marche.

— Pas tout, corrigea Nicky.

— Tout ce qui est en mon pouvoir, a-t-elle concédé.

— Pourriez-vous me parler du problème qui vous a séparés, Daphne ?

— Nicky ne l'a donc pas fait ?

— Il m'a exposé sa version de l'histoire, mais j'ai envie de connaître la vôtre. Ensuite, ce sera de nouveau à son tour de s'exprimer sur le sujet.

— Je crois avoir dit tout ce que j'avais à dire l'autre jour, dans votre cabinet, a protesté Nicky d'un ton agacé.

— Sans doute. Mais je tiens à ce que chacun de vous entende l'autre.

— La seule chose qui nous empêche de vivre une

relation pleinement heureuse, c'est que Nick n'arrive pas à se passer de ces putains de soirées à Scarlet, a déclaré Daphne.

La violence et la grossièreté du mot détonnaient dans cette jolie maison. Je me suis demandée s'il trahissait une franche protestation ou plutôt une colère rentrée.

— Il m'a déjà promis plusieurs fois de ne pas y retourner, mais il ne cesse de rechuter, a-t-elle poursuivi. Je suis prête à considérer le fait comme un symptôme sur lequel nous devons travailler ensemble. Et je refuse de baisser les bras et de le laisser s'absenter deux ou trois nuits par semaine pour aller jouer les pédales. Pas question que je ferme les yeux.

Si elle cherchait à provoquer une réaction, je n'allais pas lui faire ce plaisir.

— Baisser les bras est une solution que vous avez envisagée ? ai-je dit doucement.

— C'est probablement celle qui conviendrait le mieux à Nicky. Il voudrait fonder une famille avec moi, tout en continuant à fréquenter ces soirées où on le traite comme…

— Parlons plutôt de vous, ai-je interrompu. Nicky exprimera ses désirs quand ce sera son tour.

Daphne a croisé et décroisé nerveusement ses mains qu'elle tenait posées sur ses genoux. Elle avait des ongles courts, sans vernis. Sa peau était rouge et rugueuse. Elle a surpris mon regard et a levé ses mains pour me les montrer.

— Les dégâts de la térébenthine, a-t-elle dit en souriant.

La térébenthine… Probablement l'odeur que je n'avais pas réussi à identifier tout à l'heure.

— J'aimerais voir votre travail, ai-je dit.

— Vous appréciez l'art ?

— Oui, bien que je ne sois pas très compétente dans ce domaine, ni très cultivée.

C'était la vérité. Mais ses peintures ne m'intéressaient pas du point de vue artistique. J'étais curieuse de savoir ce qu'elles révélaient de sa personne.

— C'est le mieux, a-t-elle dit. Je préfère les gens qui regardent un tableau et décident s'ils aiment ou non à partir de ce qu'ils ressentent. Les autres, ceux qui s'expriment en fonction de ce qu'un crétin de critique leur dicte de penser, ne m'inspirent que du mépris.

De l'hostilité, à présent. J'aurais aimé explorer plus avant ce sentiment, mais je ne voulais pas trop m'éloigner du thème de leur couple pour cette première séance. Je me suis tournée vers Nicky.

— Nicky, êtes-vous d'accord avec la façon dont Daphne a défini le problème qui perturbe votre relation ?

Il a acquiescé.

— Oui. Je n'arrive pas à laisser tomber. Et c'est ce qu'elle exige de moi.

— Vous n'y arrivez pas… Mais en éprouvez-vous sincèrement le désir ?

— Tout ce que je sais, c'est que je n'y arrive pas.

— Vous avez envie d'essayer ?

— J'ai déjà essayé.

— Seriez-vous d'accord pour essayer de nouveau ?

Daphne ne lui a pas laissé le temps de répondre.

— Non. Il n'est pas d'accord. Il pense au contraire que c'est à moi de changer. Il pense que puisque je faisais partie de ce club, je devrais le comprendre. Mais moi, je veux un mari fidèle.

— Je suis fidèle, Daphne. Ce qui se passe dans ces soirées n'a rien avoir avec l'amour que je te porte.

— Qu'est-ce qui est en jeu, dans ces soirées ? ai-je demandé.

— Le sexe. Rien que le sexe.

— Le sexe n'a donc rien à voir avec l'amour ?

— Le sexe n'a pas obligatoirement à voir avec l'amour. Il s'agit parfois d'une rencontre purement physique. Comme jouer au tennis ou nager.

Daphne a laissé échapper un rire perlé qui m'a surprise. Un rire teinté de méchanceté.

— Il ne raconte que des conneries, a-t-elle murmuré. Je sais ce qu'il veut et …

— Stop ! ai-je dit. Daphne, parlez-moi un peu de Scarlet. Quand êtes-vous devenue membre ?

— Il y a plusieurs années. Une amie à moi y était inscrite et elle m'en a parlé.

— Vous y alliez à quelle fréquence ?

— Environ une ou deux fois par mois. Avec elle, le plus souvent.

— Qu'est-ce qui vous plaisait, dans ces soirées ?

— Je ne vois pas pourquoi vous accordez tant d'importance à ces soirées de merde et…

— J'y accorde de l'importance parce que ça en a pour votre mariage. Vous l'avez dit vous-même, c'est Scarlet qui vous sépare de Nicky. J'ai besoin de comprendre ce qui se joue là-bas.

Elle est restée songeuse quelques minutes et, dans le silence, j'ai entendu résonner le vrombissement d'une machine, accompagné de coups de marteau réguliers. Un toutes les cinq à dix secondes.

— Quelle était exactement votre question ? a repris Daphne.

Je me suis demandé si elle cherchait à gagner du temps ou si elle avait réellement oublié ma question.

— Je voulais savoir quel plaisir vous retiriez à participer aux soirées de Scarlet.

— C'était comme de peindre à la manière d'un autre

artiste. Mes tableaux sont réalistes. Là-bas, j'avais la sensation de faire de l'expressionnisme abstrait. Je n'étais plus moi-même. Ou plutôt, je n'étais plus la même. J'abandonnais le moi que je connaissais.

— Et ça vous faisait quel effet ?

— C'était terriblement excitant et un peu déroutant. Pour la première fois de ma vie, je me trouvais dans un environnement où personne ne savait qui j'étais, qui étaient mes parents, quel genre d'existence je menais. Nous ne parlions jamais de notre vie. Mais je suppose que vous le savez déjà.

J'ai acquiescé.

— J'éprouvais une véritable sensation de liberté. Jusque-là, j'avais évolué dans un milieu où on m'imposait une façon d'agir, celle que l'on considérait comme la bonne. Tout ce que je faisais au sein de la Scarlet allait à contre-courant de ce qu'on m'avait inculqué. Ça a eu une influence très bénéfique sur mon travail. J'ai beaucoup progressé. C'est la meilleure chose qui soit arrivée à mon art.

Je ne m'étais pas attendue à cette remarque.

— La meilleure chose qui soit arrivée à votre art ? Qu'entendez-vous par là ?

— Mon père était juge à la Cour suprême, ma mère membre de la Junior League et des Filles de la Révolution américaine. Quand j'ai eu vingt-cinq ans, mes deux sœurs étaient déjà mariées et avaient eu des enfants, pourtant, elles sont plus jeunes que moi. Mes parents ont accepté que je me consacre à la peinture en pensant que je laisserais tomber une fois adulte. Ils trouvaient très bien que j'étudie l'art, à condition que ce soit à Radcliffe. Ça ne les dérangeait pas que je peigne, du moment que mon studio se trouvait dans l'appartement qu'ils m'avaient acheté sur Park Avenue. S'ils avaient su que je fréquentais Scarlet, ils auraient eu une attaque. Jamais ils n'auraient approuvé une telle entorse aux convenances.

— Et jusque-là, vous n'aviez jamais fait que ce qu'ils approuvaient ?

— Je n'avais jamais eu l'idée de me révolter…

— Lorsque vous étiez enfant, comment réagissaient-ils quand vous faisiez une bêtise ?

Elle répondit aussitôt, sans la moindre hésitation, d'une voix basse et presque murmurante.

— Ils ne m'adressaient plus la parole. Plus du tout. La durée de la punition dépendait de la gravité de la faute. Ça pouvait durer de quelques heures à plusieurs jours. Ils se comportaient comme si j'étais devenue invisible. Ensuite il fallait s'excuser, montrer qu'on se repentait.

— Vous vous sentiez coupable de ce qui se passait dans les soirées de Scarlet ?

— Non. Je vous l'ai dit. Je devenais une autre personne. J'avais même changé de prénom. Ces soirées étaient coupées du reste de ma vie.

— Certains trouveraient compliqué de mener de front deux vies parallèles.

— Vraiment ?

Il y avait quelque chose de sincère et de très naïf dans le ton de sa question. J'ai commencé à m'interroger sur ses capacités à faire la différence entre le fantasme et la réalité.

— Oui, je vous assure. Ça peut l'être.

— Eh bien, ça ne l'était pas pour moi. Et surtout, ça nourrissait mon travail.

Elle a pressé ses mains l'une contre l'autre.

— Ça le nourrissait de quelle manière ? ai-je demandé.

Elle a souri et son visage dur et tourmenté est devenu presque enfantin.

— Le mieux serait de vous le montrer, a-t-elle répliqué en se levant.

Je ne savais pas si c'était vraiment une bonne chose d'interrompre maintenant la séance, mais je devais prendre en compte son soudain enthousiasme.

— Vous êtes d'accord ? ai-je demandé à Nicky.

— Oui, bien sûr que oui, a-t-il répondu. Je vous ai dit que je tenais à ce que vous puissiez voir le travail de Daphne.

J'ai suivi Daphne à travers la terrasse et elle m'a montré quatre natures mortes, des compositions de fleurs et de fruits qu'elle avait réalisées, m'a-t-elle dit, quand elle avait à peine plus de vingt ans. Je les ai jugées parfaites techniquement. On y retrouvait les couleurs de Matisse et le trait de Cézanne, mais sans l'originalité ou la verve d'aucun des deux. D'une telle banalité, en fait, que je ne les avais pas remarquées lorsque j'étais entrée tout à l'heure.

— Voilà ce que je faisais quand j'ai quitté l'université. Je possédais la technique, mais il me manquait l'inspiration. Et je n'ai jamais pu placer une toile dans une galerie du centre-ville. Une vieille galerie ringarde de Madison Avenue avait décidé de me prendre sous son aile, a-t-elle ajouté en riant, mais mes parents se sont arrangés pour tout acheter.

— Quand l'avez-vous appris ?

— Quelques années plus tard. Quand ma mère est morte et que j'ai hérité de la maison, j'ai retrouvé les toiles que je croyais avoir vendues dans la cave, même pas sorties des caisses dans lesquelles on les avait livrées.

— Qu'avez-vous ressenti alors ?

— Je me suis dit qu'ils avaient voulu me faire plaisir. Ça m'a émue.

— Vous n'étiez pas furieuse ?

— Non. J'aurais été furieuse si je m'en étais aperçue sur le moment. Mais maintenant je n'ai plus besoin d'aide pour vendre mon travail. J'ai plutôt du mal à honorer mes commandes.

On aurait pu croire qu'elle avait simplement confiance en elle, s'il n'y avait eu ce ton de fanfaronnade. Je me suis demandé si elle parlait toujours comme cela de son travail ou si elle cherchait à m'épater.

— Regardez bien ces toiles une dernière fois, docteur Snow, a-t-elle dit.

Elle a attendu quelques secondes.

— Et maintenant, a-t-elle repris, je vais vous montrer comment je suis devenue une véritable artiste.

Nous l'avons suivie à travers le salon, puis dans l'entrée. Nous sommes passés devant un grand escalier en colimaçon. Daphne l'a contourné.

Derrière, il y avait un long couloir au plafond recouvert de miroirs qui menait à une sorte de hangar — un grand studio construit dans un bâtiment à part du reste de la maison.

Les murs étaient nus et blancs. Les grands Velux du toit laissaient entrer la lumière naturelle. L'air était saturé de l'odeur de peinture et de diluant que j'avais vaguement sentie sur la terrasse.

Au milieu de la pièce trônait un chevalet sur lequel était posé un tableau. Daphne s'en est approchée d'un pas nonchalant et l'a tourné vers nous pour que nous puissions voir.

La toile mesurait plus d'un mètre vingt de large et presque autant de haut. Les couleurs en étaient profondes et lumineuses, le trait épais et vigoureux. Le décor ressemblait à une cave, ou à une grotte. La source lumineuse provenait d'un des côtés de la scène mais elle éclairait parfaitement le sujet, un homme en érection allongé sur un canapé de velours. Sa pose avait quelque chose d'excessivement féminin, mais qui évoquait la soumission plus que l'homosexualité. L'effet était subtil et je me suis demandé comment elle avait réussi à l'obtenir.

Je me suis forcée à détourner les yeux de cette peinture érotique pour contempler l'artiste qui l'avait réalisée. Elle souriait, ses yeux brillaient, elle avait les lèvres légèrement entrouvertes. Elle ressentait un plaisir presque charnel à me voir découvrir son travail.

Je suis revenue au tableau.

J'avais presque du mal à croire que la femme debout près de moi, avec son collier de perles et son allure de bourgeoise, avait vraiment peint ce que j'avais devant les yeux. Et pourtant son regard me le confirmait. Elle avait réellement du talent, mais ce que je trouvais de plus frappant dans son œuvre, c'était l'intense sensualité qui s'en dégageait. C'en était provocant, presque choquant. Autant que la vidéo du bal que j'avais visionnée dix jours plus tôt.

L'expression de l'homme était de celles que l'on ne contemple que dans une chambre à coucher. Et encore… Certaines personnes ne l'ont probablement jamais vue sur le visage de leur amant.

Il y avait quelque chose de sacrilège à représenter avec tant d'acuité les sentiments intimes de cet homme nu.

Il contemplait l'auteur du tableau avec un désir presque douloureux. On lisait sur son visage qu'il était prêt à tout pour la satisfaire.

— Surprenant, n'est-ce pas ?

Ce n'était pas Nicky, mais Daphne, qui venait de parler. Mais cette fois il n'y avait aucune prétention dans sa voix. Elle observait son œuvre en spectatrice. J'en ai été surprise.

J'ai soigneusement choisi mes mots pour répondre, en guettant sa réaction.

— Oui. C'est très fort. Saisissant.

Et j'étais sincère.

— Avant de fréquenter Scarlet, je crois bien que je n'entendais rien au sexe, a expliqué Daphne. C'était pour moi un domaine obscur, éloigné de la vie, secret. Lorsque je suis entrée de plain-pied dans le monde du fantasme et de la perversion, j'ai commencé à comprendre. Le fait de vivre pleinement ma sexualité a eu une grande influence sur ma personnalité. Je n'avais jamais été aussi créative. Mes expériences à Scarlet m'inspiraient, elles nourrissaient mon travail. Mon œuvre est devenue une partie de moi-même.

— Vous ne fréquentez plus Scarlet et pourtant vous peignez encore ce genre de tableaux…

— Jamais je ne me lasserai de peindre cette expression, ce regard.

J'ai eu envie de lui faire remarquer que c'était un peu contradictoire avec le fait qu'elle ne se montrait plus aux soirées. Qui lui servait de modèle ? Mais le moment n'était pas encore venu de poser la question.

Je me suis tournée vers Nicky pour voir comment il réagissait à ce que sa femme venait de dire. Il contemplait Daphne avec le même regard éploré que l'homme du tableau. Il était visiblement subjugué. Etait-ce parce que Daphne se refusait à lui en ce moment, parce qu'elle évoquait leurs jeux sexuels, ou bien parce qu'il était amoureux d'elle et qu'il admirait son talent ?

# 27

Sur le chemin du retour, tout en conduisant, j'ai dressé mentalement le bilan de cette étrange séance. Nous avions soulevé beaucoup de questions sans apporter aucune réponse. De nombreux détails me tracassaient. Cette histoire d'agoraphobie, notamment, me paraissait bizarre. Je n'y croyais pas vraiment… D'un autre côté, je n'avais aucune raison de mettre en doute la parole de Daphne.

Le temps de déposer la voiture de location, je suis arrivée chez moi vers 16 h 30. Je devais me rendre au studio de répétition de Dulcie, dans le centre-ville, à 19 heures, pour assister à une réunion d'information concernant l'avant-première à Boston. J'avais donc encore deux bonnes heures devant moi. J'ai préparé du café avec ma cafetière à piston — le café, je ne le ratais jamais — et j'ai emporté ma tasse avec moi dans le salon.

J'avais dissimulé la cassette de Scarlet derrière une rangée de manuels de psychiatrie que Dulcie ne touchait jamais. Je l'ai tirée de sa cachette, puis je l'ai mise dans le lecteur. J'ai coupé le son et je me suis confortablement installée dans mon canapé pour étudier le fascinant comportement de prédateurs de ces femmes.

Il ne m'a pas fallu longtemps pour trouver ce que je cherchais.

Tout à l'heure, lorsque Nicky m'avait présenté Daphne, elle m'avait paru familière. Et je ne m'étais pas trompée. Elle était bien là, au bal masqué de Scarlet. Bien sûr, je ne pouvais pas distinguer nettement les traits de son visage, à cause du masque, mais je l'ai reconnue à ses cheveux, à l'allure de son corps long et mince, à son menton pointu et à son long cou.

Elle portait une robe de bal bleu-vert et se tenait en face du groupe d'hommes en smoking qu'elle a lentement apprécié du regard. Puis elle s'est décidée pour l'un d'eux, un grand Noir. Elle a posé doucement une main sur son épaule et lui a adressé un bref signe de tête, puis elle a fait volte-face sans même se retourner pour s'assurer qu'il la suivait et ils sont sortis du champ de la caméra.

J'ai laissé filer la cassette. J'étais médusée. Autant que la première fois. Je n'en perdais pas une miette, tout en sirotant rêveusement mon café.

J'étais capable de dresser une liste exhaustive des perversions sexuelles, des hommes et des femmes me livraient tous les jours les détails de leur vie intime, j'avais donné des cours à de jeunes thérapeutes, j'avais étudié la pornographie. Mais je n'avais jamais eu l'occasion d'observer en direct des gens mettant leurs fantasmes en actes.

Et j'avoue que j'étais excitée par la soumission obéissante des hommes, par leur désir de bien faire, d'être maltraités et méprisés, par leur lent strip-tease. Ils se pliaient sans résistance aux exigences des femmes présentes…

Je n'avais jamais demandé à mon mari de se déshabiller devant moi en se tortillant, ni de déambuler nu pour se laisser admirer. Je ne lui avais jamais demandé non plus de s'agenouiller à mes pieds. A dire vrai, je ne lui avais jamais rien demandé sur le plan sexuel. Nous faisions l'amour sans nous poser de questions, sans scénario préétabli, sans fantasme particulier. Ça ne m'avait pas dérangée. Je crois que je trouvais dangereux de trop investir le sexe. J'étais persuadée que certains jeux abîmaient ceux qui s'y adonnaient et détruisaient les relations.

Depuis que j'étais sexologue, je savais avoir une libido très moyenne et peu de fantasmes. Je m'intéressais peu à ma propre sexualité. Je ne m'étais jamais demandé si je m'ennuyais au lit avec mon ex-mari. Quand on ne perçoit pas le problème, on ne risque pas de chercher à le résoudre.

J'ai un peu honte de l'admettre, mais quand je me comparais à mes patients perturbés par une sexualité trop envahissante, j'étais soulagée de me situer dans la moyenne. Cela me donnait même un léger sentiment de supériorité.

J'avais cru pendant de très longues années que le sexe n'avait pas une très grande importance pour un couple qui s'aimait. Mais j'avais perdu mes illusions lorsque je m'étais séparée de Mitch.

Durant les mois qui avaient suivi notre divorce, j'avais beaucoup réfléchi. Je m'étais aperçue que nous n'avions fait aucun effort pour nous découvrir, pour jouer le jeu de la séduction. Je l'avais regretté. J'avais regretté que deux êtres aussi créatifs que nous aient détruit leur relation par manque de curiosité l'un envers l'autre.

Je ne savais pas comment nous avions pu en arriver là et je m'étais promis de réfléchir sérieusement à la question. Mais plus tard, quand j'en aurais le temps. Et le courage. Quand je serais prête à affronter le passé et à en tirer des enseignements.

Je n'étais pas encore prête, mais l'exemple des femmes de Scarlet me renvoyait à ce problème que je n'avais pas réglé.

L'écran était redevenu noir depuis quelques minutes et

je m'apprêtais à appuyer sur le bouton d'arrêt lorsqu'une nouvelle scène est apparue. Je n'étais pas allée aussi loin la première fois. J'ai remis le son.

La caméra filmait une pièce aux murs recouverts de livres, une bibliothèque, probablement. Six rangées de chaises avaient été disposées pour faire asseoir les femmes. On les voyait de dos et elles faisaient face à une estrade de fortune sur laquelle se trouvait Shelby Rush, derrière une tribune.

« Et maintenant, Tim, le numéro trois », a-t-elle annoncé d'un ton victorieux.

Un homme est entré, sur la gauche. Il s'est avancé au milieu de l'estrade. Il ne portait ni chemise, ni chaussures, juste un jean délavé. Il avait de larges épaules et une poitrine velue. Il s'est arrêté face au public, dans une attitude humble, les paumes ouvertes.

« Tim, veux-tu ôter ton pantalon ? » a demandé Shelby.

Il s'était probablement attendu à cette requête car il s'est exécuté aussitôt sans la moindre gêne. Il n'avait plus que son slip.

« Peux-tu faire durcir ton sexe ? »

Là encore, il n'a manifesté ni surprise ni appréhension et a glissé sa main dans son slip de coton pour se frictionner les bourses, tout en souriant aux femmes qui l'observaient.

Au bout de trente secondes, une grosse bosse est apparue sous le tissu du slip.

« Montre-nous le résultat, à présent », a ordonné Shelby.

Tim a ôté son slip. Il avait un corps splendide, ferme et musclé.

« Est-ce que quelqu'un veut tester Tim avant que je commence les enchères ? » a demandé Shelby.

« Oui, moi », a fait une voix.

Et une rousse s'est levée.

Dans une société où tant d'hommes et de femmes ont recours à la pharmacologie pour raviver un désir inexistant ou refoulé, l'appétit insatiable de ces femmes avait quelque chose de réellement fascinant.

Qu'avaient-elles donc de plus que les autres pour oser ainsi transgresser ce qu'on appelle les bonnes mœurs ? J'avais reçu dans mon cabinet tant d'épouses frustrées qui préféraient mener en couple une vie ingrate et faite de compromis, qui refoulaient leurs fantasmes et se nourrissaient de ceux qu'elles empruntaient dans des romans décrivant des scènes floues et auréolées de romantisme. Elles avaient peur de fouiller les méandres de leur inconscient pour y découvrir ce qui aurait pu vraiment les exciter — faire l'amour en parlant, donner dans le fétichisme, rechercher la douleur.

Mais ce groupe avait surmonté toutes les inhibitions. Les femmes de Scarlet avaient trouvé ensemble un moyen de satisfaire leurs envies. Leurs pratiques étaient inhabituelles, certes, mais étaient-elles pour autant la marque d'une pathologie ? On ne pouvait pas répondre collectivement à cette question. Sans doute oui pour certaines et non pour d'autres. D'ailleurs, les juger ne m'aiderait pas à comprendre comment elles parvenaient à communiquer aussi aisément avec le versant le plus obscur de leur sexualité. Et c'était cela que j'avais envie de savoir.

Tim est descendu de la scène pour s'approcher de la femme rousse. La caméra a avancé vers eux, dépassé la robe gris pâle de la femme, puis elle a pivoté pour s'arrêter en gros plan sur les mains aux ongles manucurés qui s'avançaient pour soupeser les testicules. Une main s'est refermée sur le sexe dur qu'elle a empoigné comme une laisse pour faire circuler Tim au milieu des chaises.

L'image est brutalement passée à une chambre sombre. Le dos de Tim emplissait l'écran et les jambes nues de la femme l'entouraient. Les ongles de ses doigts de pieds étaient peints d'un vernis rouge sang.

« Ne va pas trop vite, a-t-elle dit d'une voix blanche. Prends ton temps. »

Elle lui a enfoncé ses ongles dans le dos et ils ont laissé sur sa peau de profondes marques en forme de croissants.

Une douce lumière d'ambiance éclairait Tim qui bougeait lentement.

« Tu n'es pas là pour ton plaisir, sache-le. Tu n'as pas le droit de jouir. Pas maintenant. Pas avec moi. Tu es bien sûr de pouvoir te retenir ? »

Elle parlait d'une voix basse et tendue. Ses phrases ne visaient pas qu'à donner des instructions à l'homme. Elles visaient aussi à l'exciter, elle.

« Tu seras capable de rester dur aussi longtemps que je te le demanderai ? »

« Oui », a-t-il murmuré d'un ton rauque et respectueux.

Pendant quelques secondes, il n'y a plus eu que le couinement de leurs peaux humides l'une contre l'autre.

« Tu penses tenir combien de temps ? a insisté la femme. C'est bon n'est-ce pas ? »

J'ai dû me pencher en avant pour l'entendre. Sa voix n'était plus qu'un murmure à peine audible. L'homme avait les omoplates luisantes de sueur, les muscles de ses fesses se contractaient et se relâchaient au rythme de son va-et-vient.

« Oui, c'est bon. Mais je pense avant tout à votre plaisir. »

« Pourquoi ? »

« Parce que je sais que j'aurai une récompense. »

« Plus tu prends ton temps, plus tu me donnes de plaisir sans en prendre toi-même, et plus je te récompenserai. C'est ce que tu veux. »

« Oui, oui. S'il vous plaît. »

« Ça ne va pas te rendre dingue de me sentir ruer sous toi ? De sentir que je vais bientôt venir et que tu n'as pas le droit de me rejoindre ? »

« Oui, ça va me rendre dingue. »

« Mais tu tiendras le coup tout de même ? »

« Oui. »

Je retenais ma respiration.

« Et comment vas-tu t'y prendre pour ne pas gicler à l'intérieur de moi ? »

Elle était perdue dans son jeu. Elle ne s'adressait plus à Tim, elle parlait pour elle-même.

« J'y arriverai parce que c'est ce que vous voulez. »

Sa respiration s'est accélérée et elle a commencé à émettre de petits sons rauques. Lui respirait lentement, mais les muscles de son dos se dessinaient nettement sous sa peau. L'effort paraissait lui coûter.

La caméra les filmait toujours en plan fixe.

Il s'efforçait d'aller et venir au rythme des gémissements de la femme et il a laissé échapper un léger soupir.

« Non, a-t-elle protesté. Non. Tu m'entends ? »

« Oui, a-t-il murmuré faiblement. Je suis désolé. »

« Tu es bien certain de te retenir jusqu'au bout ? » a-t-elle insisté.

« Oui. »

Elle a poussé un long cri et l'écran est redevenu noir.

La scène suivante m'a ramenée dans la bibliothèque. Tim était sur la scène, le sexe toujours en érection, la tête baissée.

« Tim a réussi son premier test, les enchères peuvent commencer. »

Je flottais dans une sorte de brouillard sensuel. Et puis, brusquement, une vague de tristesse m'a submergée lorsque j'ai songé que je ne partagerai avec personne ce que je ressentais. A qui pouvais-je confier que j'étais profondément troublée par ces femmes qui évaluaient froidement les prouesses sexuelles d'un homme ?

Pourtant, il y avait quelqu'un qui aurait pu me comprendre. Noah. Noah m'aurait souri — de ce sourire profond et doux comme sa voix —, il m'aurait donné sa main, j'aurais appuyé sa paume contre ma joue et il m'aurait proposé de mettre en scène un de mes fantasmes. N'importe quel fantasme. Il se serait déshabillé avec plaisir devant moi et il aurait obéi à mes ordres.

J'ai eu brusquement devant moi l'image de Noah. Comme un rayon de soleil matinal qui vous dérange quand vous avez encore sommeil et que vous voudriez bien que la nuit ne finisse jamais. Je l'ai vu. Pas tout à fait comme dans un rêve éveillé, non. Je l'ai vu debout devant ce mur couvert de photographies infâmes, au commissariat.

Et là, brusquement, tout ce que je ressentais, toutes les pensées qui me torturaient ont été balayées. Parce que je venais de comprendre quelque chose.

Celui qui avait ôté son pantalon et caressé son sexe à travers son slip, qui avait fait l'amour à une femme sur commande, qui avait accepté de se prêter à des enchères — cet homme était la deuxième victime du tueur recherché par Noah.

Tim. Bien sûr. Tim pour Timothy. Timothy Weathon. J'avais du mal à l'associer au cadavre gris et sans vie que j'avais contemplé sur les photographies, mais c'était bien lui.

D'une main tremblante, j'ai remis la cassette en marche pour revenir en arrière. J'ai appuyé sur *Stop*, puis sur *Play*. J'étais allée trop loin et j'ai fait défiler en accéléré ce ballet érotique qui s'est transformé sous mes yeux en mauvais film comique.

Et puis j'ai trouvé le passage que je cherchais.

Tim, debout, torse nu, ne portant que son jean, face à ce groupe de femmes avides de sexe.

Tim enlevant son pantalon, puis son slip.

Tim exhibant son érection et quittant la pièce avec la petite rousse.

J'ai fermé les yeux pour tenter de revoir les clichés accrochés dans le bureau de Noah. Surtout celui où l'on voyait son visage et que la presse n'avait pas publié. Il était blême et sans vie. Mais je n'ai pas hésité. Il s'agissait bien de l'homme dont je venais de suivre les performances sur la cassette.

Donc. La première victime fréquentait Scarlet.

Et la deuxième aussi.

Il ne pouvait s'agir d'une coïncidence.

# 28

Il faisait encore jour quand j'ai quitté mon appartement pour me rendre au studio de répétition. Pendant que je remontais Madison Avenue pour rejoindre la station de Lexington Avenue, la nuit est tombée doucement. Le crépuscule était sombre et gris. Le sommet des gratte-ciel se perdait dans les nuages et dans l'obscurité. Les feuilles d'automne rouge et or s'agitaient comme des flammes dans la noirceur ambiante.

Dans le métro, je n'ai cessé de penser à Scarlet et à cette sulfureuse cassette. Mais dès que j'ai franchi la porte du studio, je me suis efforcée d'oublier les problèmes du Dr Snow pour ne laisser entrer que la mère de Dulcie.

Les parents et les jeunes interprètes étaient installés sur des chaises pliantes en métal, dans un auditorium improvisé. Les uns buvaient des sodas, les autres du mauvais café ou du vin plus mauvais encore. Tout le monde écoutait religieusement le metteur en scène parler de l'avant-première à venir. Il a distribué un emploi du temps avec les coordonnées de l'hôtel où descendrait la troupe durant le week-end, les heures des spectacles et les horaires du voyage. Puis il a donné des conseils sur la façon dont nous, parents, pouvions aider nos enfants à surmonter le trac qui n'allait cesser d'augmenter à mesure que la date fatidique approcherait.

Assise entre mon ex-mari et moi, Dulcie s'agitait sur sa chaise. Visiblement, aucune position ne lui paraissait suffisamment confortable pour rester immobile plus d'une minute ou deux. Ses yeux ne quittaient pas le metteur en scène et je l'ai surprise plusieurs fois à se mordre l'intérieur de la joue — un tic nerveux dont je pensais qu'elle s'était débarrassée depuis longtemps.

Après la réunion, nous avons dîné tous les trois au Time Out, un restaurant branché à l'ambiance décontractée, à quelques rues du studio de répétition. Dulcie a bu du soda, Mitch et moi avons pris du vin — bien meilleur que celui qu'on nous avait servi au studio.

J'avais gardé de bons rapports avec Mitch. Il avait partagé ma vie pendant plusieurs années et nous avions un but commun : élever notre fille de notre mieux, être pour elle de bons parents. Une rupture est toujours douloureuse, mais la nôtre n'avait pas été violente et nous ne ressentions aucune animosité l'un envers l'autre. Nous avions réussi à rester amis, même pendant la procédure de divorce — probablement en grande partie grâce à Mitch. Il était généreux et se souciait de mon bien-être. Presque autant que de celui de sa fille.

Pour être tout à fait honnête, je dois avouer que je me montrais conciliante parce que je n'avais pas le choix. Je ne pouvais pas me permettre d'être en conflit avec mon ex-mari. Mitch et Dulcie étaient très proches. Ils partageaient la passion du théâtre et du cinéma, ils appréciaient les mêmes livres, ils aimaient tous les deux le ski, l'escalade et la cuisine pas trop épicée. Ils se ressemblaient physiquement aussi. Ils étaient grands, maigres, myopes.

Il m'arrivait parfois d'être jalouse de leur complicité. Pourtant, Dulcie et moi, nous nous entendions bien et je n'avais rien à envier à Mitch. Mais je ne me sentais jamais assez proche de ma fille. Je devais probablement l'étouffer et ma sollicitude la poussait souvent à s'éloigner de moi.

Nous en étions au dessert, ou plutôt Mitch et Dulcie savouraient leur gâteau au fromage blanc pendant que je me contentais d'un expresso. J'avais observé Dulcie toute la soirée en espérant la voir se détendre un peu. Quelque chose la tracassait. Elle était sur le qui-vive.

— Tout va bien ? lui ai-je demandé.

Elle a hoché la tête, puis a jeté un regard en coin à Mitch.

Ce regard de connivence, je le connaissais bien. Quand ma fille avait un problème, elle le soumettait d'abord à son père. Ils me mettaient au courant ensemble, quand ils avaient déjà trouvé une solution.

Je m'en étais plainte à Nina et elle m'avait rassurée. D'après elle, les enfants d'un thérapeute avaient peur d'être trop bien devinés et préféraient s'adresser à celui des deux parents qui ne les jugeait pas à travers le filtre de la psychologie. Nina m'avait aidée à accepter l'alliance secrète qui unissait Mitch et Dulcie, mais cette alliance me rendait toujours malheureuse.

— Morgan, il faudrait que nous parlions du voyage à Boston, a fait Mitch.

Je ne m'étais pas trompée. Sa phrase était une réponse au regard de Dulcie. Je me suis tournée vers elle pour montrer que je n'étais pas dupe.

— Vas-y, ai-je dit en essayant de prendre un ton léger. Crache le morceau.

J'ai décidé de l'écouter calmement jusqu'au bout, sans réagir. Mais je redoutais ce que j'allais apprendre. Et puis je percevais la souffrance de Dulcie car j'absorbais ses émotions comme une éponge — je crois l'avoir déjà signalé — d'une manière étrangement aiguë, et cela depuis qu'elle était bébé.

Elle me communiquait jusqu'à ses douleurs physiques. Si je me trouvais à plusieurs kilomètres d'elle et que j'avais brusquement mal à la gorge, à l'estomac, à une main, j'étais certaine en rentrant à la maison d'apprendre qu'elle avait une angine, qu'elle avait vomi, qu'elle s'était coupée.

Lorsqu'il m'arrivait d'être envahie d'un violent sentiment de nostalgie ou de peur, c'était signe que Dulcie souffrait d'une insomnie, qu'elle faisait un cauchemar, qu'elle avait un chagrin.

Je comprenais à présent pourquoi je m'étais sentie tellement nerveuse depuis le début de la réunion au studio. J'avais cru qu'il s'agissait du trac de Dulcie, mais je m'étais trompée.

— Je voudrais que papa m'accompagne à Boston, a déclaré Dulcie.

Ce n'était donc que cela… J'ai soupiré de soulagement.

— Mais bien sûr, ma chérie. Ça ne me dérange pas. Ce n'est même pas la peine d'en discuter.

Mon ex-mari m'a lancé un drôle de regard, comme pour me dire que je refusais de comprendre ce que Dulcie venait de me dire.

— Quelque chose m'a échappé ? ai-je demandé à Dulcie.

Elle n'a pas répondu. Elle ne desserrait plus les lèvres. Elle attendait que je devine. J'ai deviné.

— Tu préfères que je reste à la maison ?

Elle a acquiescé, puis s'est lancée dans une longue explication.

— Ce n'est pas que je ne veuille pas de ta présence, a-t-elle dit précipitamment. Mais j'ai peur que tu assistes à mes bourdes. Tu viendras quand nous jouerons à New

York. D'ici-là j'aurais eu le temps de faire mes griffes. Tout sera au point.

J'ai acquiescé en silence. Et puis j'ai soudain compris autre chose.

— C'est donc pour cela que j'arrive toujours quinze bonnes minutes après les autres parents quand je viens te chercher. Tu me mens sur l'heure.

Elle a mordillé sa lèvre inférieure d'un air gêné.

— Je ne veux pas que tu me voies jouer tant que ce n'est pas parfait. Attends le jour de la première.

Elle ne me disait pas tout, mais à la manière dont ses grands yeux bleus se sont voilés j'ai su que je ne tirerais rien de plus d'elle. Elle avait aussi hérité quelques-uns des défauts de son père. Entre autres sa manière de refuser toute discussion quand elle avait déjà pris sa décision.

J'ai pris mon verre de vin et j'ai bu une longue gorgée en essayant de maîtriser mon émotion. Mais une idée m'obsédait. Si Dulcie pensait que j'exigeais d'elle la perfection, c'était probablement de ma faute.

J'ai posé mes mains sur les siennes et je me suis penchée vers elle.

— Peu m'importe que tu fasses des erreurs sur scène, ma chérie. Je ne viens pas pour te juger, mais pour te soutenir.

Des larmes ont jailli de ses yeux.

— Si je ne joue pas assez bien, tu ne me laisseras pas continuer.

— Qu'est-ce qui te fait croire ça ?

Cette fois, elle n'a pas pleuré. Elle a simplement haussé les épaules.

— Je t'aime, Dulcie. Peu m'importe que tu chantes aussi bien que Judy Garland ou comme une casserole. Quant à la décision de continuer à jouer, elle ne dépend pas uniquement de ton succès. Nous verrons. Il faudra de toute façon en parler en famille et nous le ferons quand tu en auras terminé avec ce spectacle. Nous prendrons en compte tes résultats scolaires, la manière dont tu gères le stress et un certain nombre d'autres facteurs dont il faudra discuter sérieusement.

Elle a hoché la tête, mais je n'étais pas certaine de l'avoir convaincue. J'ai relégué dans un recoin de mon esprit les pensées qui se bousculaient dans ma tête et que j'allais devoir examiner plus tard, quand je serai seule. Pour l'instant, une seule chose comptait : trouver les mots justes pour alléger le fardeau de Dulcie.

— Je te promets que je ne t'empêcherai pas de poursuivre si tu le désires vraiment. Tu as confiance en ma parole, n'est-ce pas ?

De nouveau, elle a acquiescé.

— Et pour Boston ? a-t-elle insisté d'une voix légèrement émue. Est-ce que tu acceptes que papa m'accompagne seul ? Tu es d'accord pour attendre la première à New York ?

— Si c'est important pour toi…

Je n'ai pas pu terminer ma phrase.

— Oui, ça l'est. Il y a de plus en plus de problèmes aux répétitions. Beaucoup d'enfants ont convaincu leurs parents de ne pas venir à Boston.

J'ai jeté un coup d'œil interrogateur à Mitch, mais ses yeux ne m'ont pas confirmé que Dulcie disait la vérité.

# 29

J'ai attendu de rentrer à la maison. Puis j'ai décidé d'attendre aussi que Dulcie finisse ses devoirs. Et puis d'attendre que nous ayons fini de regarder ensemble un épisode de *Seinfeld* — en riant comme des folles à des gags que nous connaissions par cœur. Ensuite j'ai jugé qu'il était plus sage d'attendre qu'elle ait terminé de se préparer pour aller au lit et qu'elle dorme.

Elle s'est endormie, mais j'ai attendu encore. J'ai mis une casserole d'eau sur le feu, j'ai patienté pendant que le thé infusait et pendant que la cuillère de miel fondait dans le thé infusé. Là, je n'ai plus trouvé d'excuse pour différer plus longtemps et j'ai commencé à réfléchir au problème qui me préoccupait.

Je n'avais pas le droit de livrer des informations à Noah. Le secret professionnel me l'interdisait.

Mais je pouvais lui confier que j'avais remarqué sur les photographies un détail qui lui avait échappé.

Non seulement j'en avais le droit, mais j'en avais le devoir…

Les femmes de Scarlet ne m'en avaient pas parlé, Shelby non plus quand je l'avais reçue seule. Cette information, je ne la devais à personne, elle m'appartenait.

J'ai pris le combiné du téléphone.

Et je l'ai aussitôt reposé.

Et si mon coup de fil fournissait une piste décisive pour la suite de l'enquête ? Si ce détail aidait Noah à comprendre des faits auxquels il n'avait pas encore pu donner un sens ? Je ne cessais de tourner et retourner des questions dans ma tête. Pour un thérapeute, ça n'est pas une démarche facile de contacter la police pour parler d'une affaire en rapport avec des patients. Ce que l'on me confie à l'intérieur des murs de mon cabinet est sacré.

J'ai envisagé le problème sous tous ses aspects. J'ai longuement pesé le pour et le contre. Mais je n'ai pas pu me décider.

J'ai eu beaucoup de mal à m'endormir. Je suis restée longtemps allongée dans mon lit, les yeux ouverts, à réfléchir. L'appartement était calme et silencieux. J'entendais de temps à autre le bruit d'une voiture dans la rue, quatre étages plus bas. Où était l'homme qui avait tué Timothy Wheaton et Philip Maur ? Etait-il l'un de ceux que l'on voyait sur la vidéo que m'avait envoyée Shelby ? L'une des femmes que je recevais en ce moment avait-elle déjà fait l'amour avec lui ? Quel était son lien avec Scarlet ? Devais-je prendre mes responsabilités dans cette affaire ?

J'ai repoussé les draps et je suis sortie pieds nus dans le couloir. J'éprouvais le besoin de vérifier que Dulcie dormait. La porte de sa chambre était entrouverte et mes yeux avaient eu le temps de s'habituer à la pénombre pendant que je m'agitais dans mon lit, incapable de trouver le sommeil.

Dulcie était couchée sur le dos, un bras sous les couvertures et l'autre posé en travers de sa poitrine. Son visage m'a paru serein et détendu. Les cernes qui m'avaient inquiétée tout à l'heure pendant le dîner avaient disparu. Je me suis sentie soulagée. Tout ce que je voulais, c'était qu'elle soit heureuse et en sécurité.

Quelque part dans cette ville rôdait un homme qui avait tué à deux reprises. J'ignorais pourquoi et je ne savais pas quoi faire. Mais je songeais aux enfants que les victimes avaient laissés derrière elles. Des enfants qui auraient eu besoin de leur père et dont la vie ne serait plus jamais la même après ce drame.

Des garçons et des filles perdus.

Et de nouveau, je me suis demandée si j'avais le droit de garder pour moi ce que je savais.

# 30

Le lendemain à l'heure du déjeuner, Nina est venue me proposer de faire un tour.

— Volontiers, ai-je répondu. Mais je dois passer chez Tiffany. J'ai commandé un bijou pour Dulcie et je dois le retirer aujourd'hui.

Elle a acquiescé.

— Je vais chercher ma veste, a-t-elle dit.

Il faisait toujours aussi doux et la promenade aurait dû être agréable. Mais je n'avais pas le cœur à apprécier quoi que ce soit. J'étais préoccupée, épuisée par le manque de sommeil. Bien entendu, ça n'a pas échappé à Nina.

— Qu'est-ce qui te tracasse ? a-t-elle voulu savoir.

Je n'ai pas cherché à nier que j'avais des soucis. Elle me connaissait trop bien. Et depuis trop longtemps.

Je ne savais toujours pas quoi faire de ce que j'avais découvert sur les photographies de Philip Maur et de Timothy Wheaton. J'avais déjà discuté avec Nina de la position à adopter vis-à-vis de la police et il n'était pas question d'aborder de nouveau le sujet avec elle. J'ai préféré naviguer en terrain neutre et je lui ai avoué que Dulcie ne souhaitait pas ma présence à Boston.

Il y avait du monde dans les rues, comme toujours quand il fait doux en automne et que les citadins sortent de chez eux pour profiter des derniers beaux jours, de l'air chargé d'énergie et des quelques feuilles qui frémissent encore sur les branches des arbres.

— Je n'ai pas eu de mère…, ai-je commenté en filant sur Madison Avenue sans même jeter un coup d'œil aux vitrines des magasins. Du coup je me pose sans cesse des questions sur ma relation avec ma fille.

— Tu crois que c'est le fond du problème ? Si tu n'avais pas manqué de présence maternelle, tu saurais comment réagir?

— Oui. Ça te ne semble pas plausible ?

— Je ne sais pas si d'avoir gardé ta mère plus longtemps t'aurait donné des clés pour gérer la situation dont tu viens de me parler.

— J'aurais au moins quelques repères supplémentaires.

— Peut-être. Mais ce n'est pas si simple. Chaque fois que Dulcie évoque son métier d'actrice, ça te renvoie à quelque chose de précis.

J'ai soupiré. J'aurais dû m'attendre à ce qu'elle ne se contente pas d'une explication simpliste. Après tout, Nina était avant tout une thérapeute, elle avait du mal à m'écouter simplement comme une amie.

— De quoi veux-tu parler ? ai-je demandé.

— Lorsqu'elle t'a dit qu'elle ne voulait pas que tu sois près d'elle au moment de l'avant-première, qu'as-tu ressenti ?

— Je ne sais plus très bien. J'ai surtout réfléchi à ce que je devais lui répondre pour qu'elle sache que je désirais avant tout la soutenir, que je la prenais au sérieux, que je l'aimais…

— Stop ! Il y a vraiment des fois où tu me donnes mal à la tête. Mais est-ce que tu t'entends parler ?

Nous avions atteint le bâtiment de pierre grise qui se

trouve à l'angle de la V$^{e}$ Avenue et de la 57$^{e}$ Rue. Ses lignes art déco, simples et harmonieuses, d'une autre époque, m'ont paru d'une familiarité réconfortante. Dans une grande ville comme New York, sans cesse en mutation, on cherche des points d'ancrage. Moi, le stand de hamburgers entre Madison Avenue et la 63$^{e}$ Rue en fait partie, celui où je m'arrêtais déjà avec ma mère lorsque j'avais six ans. Ou Saks, sur la V$^{e}$ Avenue, là où mon père m'emmenait choisir mes cadeaux d'anniversaire. L'arbre de Noël qui décore chaque année le centre Rockefeller me rappelle la période où j'allais admirer avec Dulcie les guirlandes lumineuses. Quand les endroits qui me sont chers disparaissent pour laisser place à de grands buildings, c'est à chaque fois un pan de mon passé qui s'évanouit.

J'ai soupiré.

— On est vraiment obligées de parler de ça maintenant, en pleine rue ?

— Non, pour l'instant nous allons entrer dans ton magasin, bien gentiment, et profiter de l'air conditionné. Nous reprendrons cette discussion quand tu auras acheté ton cadeau. Tu cherches quoi, au fait ?

J'avais commandé une clé en or accrochée à une chaîne. L'héroïne jouée par Dulcie pénétrait dans un jardin oublié, celui qui avait donné son nom à la pièce. La clé représentait une métaphore de son personnage, un hommage à son talent d'actrice.

— Un collier, ai-je dit.

Nous avons poussé les portes vitrées et nous sommes entrées dans l'atmosphère calme et feutrée de Tiffany. J'étais heureuse de pouvoir offrir à Dulcie un bijou dans une jolie boîte bleue enrubannée de satin blanc. Mon père l'avait fait pour moi autrefois dans les grandes occasions — comme l'anniversaire de mes seize ans, la fin de mes années de lycée, l'obtention de mon diplôme de psychologie. Mon alliance et celle de Mitch avaient été commandées ici, ainsi que le premier hochet de Dulcie et sa timbale de bébé.

Nina m'a accompagnée jusqu'au comptoir où le vendeur m'a montré la clé avec, au dos, une inscription : « Pour Dulcie, avec tout notre amour. Papa et maman. ». J'avais également fait graver la date de la première.

Sur le chemin du retour nous nous sommes arrêtées dans un petit café où nous avons par miracle trouvé une table qui venait de se libérer. Nous avons commandé deux cappuccinos et des sandwichs.

— Revenons à nos moutons, a déclaré Nina quand la serveuse s'est éloignée.

— C'est vraiment indispensable ?

Elle a hoché la tête.

— Je ne sais plus où nous en étions, ai-je menti.

— Ça m'étonnerait, a répondu Nina. Mais je veux bien faire semblant de te rafraîchir la mémoire. Je t'ai demandé ce que tu as ressenti quand Dulcie t'a annoncé qu'elle ne voulait pas que tu l'accompagnes à Boston.

Je me suis mise à réfléchir.

— Dis-moi ce que tu penses en ce moment, a protesté Nina. Ne prépare pas ta réponse.

— J'ai eu la sensation qu'elle me rejetait.

— Qui ?

— Ma mère…

Je me suis tue, choquée par mes propres mots. J'avais fait une psychothérapie, j'étais moi-même thérapeute, et pourtant je n'avais pas fait le rapprochement jusque-là.

— Le fait que Dulcie monte sur les planches te renvoie à ce que tu sais de la carrière de ta mère, n'est-ce pas ?

J'avais la gorge nouée. J'ai acquiescé en silence.

— Elle ne vivait que pour son métier, a dit Nina d'une voix émue.

— Je la revois quand elle se préparait pour aller à une audition, ai-je murmuré. Je m'installais sur le rebord de la baignoire, je la regardais se maquiller et se parfumer. Ensuite, j'attendais qu'elle rentre. Elle était toujours survoltée quand elle revenait. Elle me racontait tout dans les moindres détails. Elle disait qu'elle s'était bien débrouillée, qu'elle était sûre que ça marcherait, que nous pourrions bientôt déménager dans un appartement plus grand. Malheureusement…

Mes souvenirs m'entraînaient trop loin. Je n'avais pas envie de repenser à tout ça.

— Nina, elle ne se présentait pas à des auditions, n'est-ce pas ? Elle sortait dans des bars. Elle cherchait des hommes pour lui payer de l'alcool et des cachets.

Nina a hoché la tête.

— Et elles ne vécurent plus jamais heureuses, ai-je dit.

Cette réplique qui avait rendu ma mère célèbre avait été prémonitoire. Après cette série, elle n'avait plus jamais vécu heureuse, elle n'avait cessé de courir après sa gloire perdue. Rien n'avait pu la consoler. Ni son mariage, ni ses amis. Pas même moi.

Et aujourd'hui je laissais ma fille se jeter dans la gueule du loup.

J'ai frissonné.

Nina a pris ma main.

— Dulcie est différente de ta mère, ma chérie. Et elle, elle a une mère. Elle t'a, toi.

# 31

Le lundi suivant, j'ai trouvé les femmes de Scarlet encore plus mornes et silencieuses que la première fois. C'était notre deuxième séance et je n'avais toujours pas la sensation d'avoir réellement établi le contact avec elles.

— Vous avez vu les articles sur la mort de Timothy Wheaton ? m'a demandé Shelby avant même qu'elles soient toutes installées.

J'ai acquiescé.

— Timothy aussi était un de nos invités, a murmuré Shelby.

Je m'attendais à cette révélation, mais j'ai joué la surprise.

— C'est terrible. Je suis vraiment désolée pour vous toutes, ai-je ajouté.

Shelby a hoché la tête, comme si elle acceptait les condoléances au nom du groupe.

— Pouvons-nous commencer ? ai-je demandé.

Elles se sont regardées en silence pendant quelques secondes, puis Anne s'est lancée.

— Il est impensable qu'il s'agisse d'une coïncidence, a-t-elle dit.

Comme la première fois, elle était entièrement vêtue

de noir et portait toujours ces invraisemblables lunettes sombres qui dissimulaient une partie de son visage.

— Et que ressentez-vous ? ai-je dit.

Ellen a répondu du tac au tac, avec une agressivité qui m'a surprise. Elle arborait un tailleur vert, probablement un Chanel, et une grosse émeraude brillait à sa main gauche.

— Que voudriez-vous que nous ressentions ? Nous connaissions ces hommes. Intimement. Nous avons partagé avec eux notre secret pendant des années. Un secret précieux.

— L'article dit que la police n'a toujours pas retrouvé les corps, a commenté Davina.

Sa voix était moins assurée que la semaine précédente.

— Elle les retrouvera, c'est juste une question de temps, a répondu Liz.

Elle était encore jean, avec une chemise négligemment ouverte sous sa veste en daim. Elle avait posé son attaché-case sur ses genoux et y appuyait ses coudes.

Bethany, qui n'avait pratiquement pas ouvert la bouche la première fois, a pris le relais. Elle s'exprimait avec un léger accent du sud et il m'a semblé l'avoir vue sur la cassette envoyée par Shelby.

— Tu te fiches pas mal de cette histoire, a-t-elle reproché en s'adressant à Liz.

Plusieurs femmes se sont raidies. Davina s'est penchée en avant. Ginny a décroisé les bras. Elles se préparaient. Mais à quoi ?

— Que veux-tu dire par là ? a rétorqué Liz d'une voix blanche de colère.

— La mort de Timothy et de Philip te laisse indifférente. Tu te plaignais d'eux depuis des mois. Tu ne les aimais pas.

— Je ne les aimais pas ?

Je ne suis pas intervenue. Cet échange était important. Il me permettait d'observer la façon dont elles communiquaient entre elles.

— C'est ce que tu m'as dit, a assuré Bethany.

— Il s'agissait d'une conversation privée, entre toi et moi.

— Ce serait utile que vous nous rapportiez cette conversation, ai-je dit.

Liz n'a pas répondu.

— Que reprochiez-vous à Philip et à Timothy ?

Ellen a pris la parole.

— Je crois que Liz…

— Je préférerais que Liz nous l'explique elle-même, ai-je interrompu.

Puis je me suis tournée de nouveau vers Liz.

— A présent que tout le monde sait que vous nourrissiez des griefs contre ces deux hommes, le mieux serait de les exposer clairement. Je sais que c'est difficile de se plaindre d'un mort… Et surtout d'assumer la colère qu'il nous a inspirée. Vous devez vous sentir coupable…

— Me sentir coupable ? a protesté Liz d'une voix suraiguë. Ce que nous avons mis en place à Scarlet fonctionne à merveille tant que les hommes nous désirent. Mais quand ce n'est plus le cas, notre position redevient la même que dans la vie de tous les jours et nous n'atteignons plus le but que nous nous sommes fixé.

Il y a eu un moment de silence.

— De quoi parles-tu exactement ? a dit finalement Anne d'un ton solennel.

Liz a croisé les bras comme si elle venait de décider de plus participer à la discussion. J'ai attendu environ trente secondes.

— Qu'allons-nous faire si quelqu'un a décidé d'éliminer

les hommes qui participent à nos soirées ? a demandé Shelby en s'adressant à moi.

— Pourquoi cherchez-vous à changer de conversation ? ai-je répondu.

— Je ne cherche pas à changer de conversation. Je pense simplement qu'il est important d'aborder cette question, a-t-elle protesté.

— Pourquoi ? Vous pensez réellement que quelqu'un a décidé d'éliminer les hommes de Scarlet ?

Du coin de l'œil, j'ai vu que Liz restait immobile comme une statue, avec un visage furieux.

— Deux de nos invités disparaissent dans de mystérieuses circonstances, a insisté Shelby. Ça m'étonnerait qu'il s'agisse d'une coïncidence. Vous croyez aux coïncidences, vous ?

— Non, pas vraiment, ai-je avoué.

— A part ceux qui fréquentent Scarlet, personne ne connaît les membres et les invités, a fait remarquer Martha. Et quand je dis connaître… Nous ne connaissons que nos prénoms.

Elle avait mis aujourd'hui des lunettes teintées, bleues, pas suffisamment sombres pour dissimuler ses yeux, mais assez grandes pour brouiller les traits de son visage. Elle portait un jean, un pull bleu pâle et une veste aux motifs à chevrons.

— Il faut croire que ces deux hommes avaient révélé leur identité à quelqu'un du groupe, a-t-elle poursuivi.

— Philip n'aurait jamais enfreint nos règles, a protesté Anne. N'oublie pas qu'il avait une femme, des enfants, une position sociale importante. Pourquoi aurait-il compromis tout ça ? Il avait intérêt à se taire et à continuer à fréquenter nos soirées dans le plus grand secret.

— Oui, c'est logique, fit Davina. Nous avons tous et toutes intérêt à protéger le secret.

— Oui, renchérit Ginny.

De nouveau, il y a eu un moment de silence.

— Que devons-nous faire, à présent ? a repris Anne. Vous croyez qu'on peut poursuivre les soirées ? Vous croyez que nous devrions dissoudre la société ?

— Non, a fait Shelby d'un ton cassant tout en secouant la tête avec véhémence. Pas question.

Plusieurs femmes ont hoché la tête pour montrer qu'elles partageaient son point de vue.

— Vous me paraissez bien catégorique, ai-je fait remarquer.

— Nous devons absolument avoir confiance, poursuivit Shelby. L'existence même de Scarlet repose sur la confiance. Nous ne devons pas laisser la suspicion s'installer entre nous. Ni avoir peur au point d'abandonner ce que nous avons eu tant de mal à défendre et à mettre en place. Nous ne faisons de mal à personne. Nous sommes dans notre droit.

Avec ce genre de déclaration, Shelby recueillait l'approbation générale. Sans la prendre pour un gourou ni la contempler avec une dévotion aveugle, le groupe se tournait vers elle quand une difficulté survenait. C'était un peu surprenant. Ces femmes avaient assumé leur soif de domination par rapport aux hommes, mais, entre elles, il leur fallait une meneuse.

— L'article ne fait pas allusion à une société à laquelle auraient pu appartenir les deux victimes, a fait remarquer Liz d'un ton réticent, comme si elle ne reprenait la parole qu'à contrecœur. Nous ne pouvons pas affirmer que leur mort ait un rapport avec Scarlet, après tout… Il y a beaucoup d'agressions dans Manhattan.

— Je pense qu'il serait plus utile de parler de vos sentiments par rapport à Philip et à Timothy, que de discourir dans le vague au sujet d'un assassin dont nous ignorons l'identité, ai-je dit.

Le but de ces sessions était de les aider à faire le deuil de ces hommes en leur donnant l'occasion d'exprimer leur souffrance.

Personne n'osait prendre la parole. J'ai attendu patiemment que l'une d'elles se décide. Finalement, Martha a commencé.

— Ce n'est pas facile, a-t-elle dit.

— Parlez-moi d'eux, ai-je encouragé. De ce qu'ils avaient de particulier, de vos souvenirs.

Elle m'a contemplée fixement.

— Philip était capable de…

Sa voix s'est brisée.

— Oui… Capable de quoi ? ai-je insisté.

— Il adorait qu'on lui dise ce qu'il devait faire, qu'on lui demande de se retenir. Plus on lui interdisait de…

Elle a soupiré.

— Je ne me sens pas à l'aise. Je ne trouve pas correct de m'étendre en ce moment sur la façon dont ils faisaient l'amour.

— Pourquoi ?

— Parce que…

Elle s'est tue. Elle ne savait pas pourquoi.

Shelby a courageusement pris le relais.

— Timothy faisait pas mal de musculation, je crois. Il pouvait vous soulever et vous tenir dans ses bras tout en vous pénétrant.

Elle a secoué la tête.

— C'est plus difficile que je ne l'aurais cru, a-t-elle avoué dans un souffle.

— Pourquoi vous sentez-vous gênées de parler de ce que vous connaissiez de ces hommes ? Vous les rencontriez pour faire l'amour. Il est naturel que vous parliez de sexe.

— J'ai aussi discuté avec eux, a dit Anne. Très souvent. Je leur demandais ce qu'ils aimaient dans nos soirées, ce qu'ils ressentaient, comment ils vivaient le fait d'être soumis, ce qu'ils appréciaient chez moi. Mais c'est difficile d'évoquer ce genre de souvenirs quand on sait qu'ils sont morts.

— Ils étaient complètement tarés, a lancé Liz.

Toutes les têtes se sont tournées vers elle.

— Ils étaient censés nous obéir au doigt et à l'œil, mais ils n'en étaient pas capables. En tout cas pas avec tout le monde.

— C'est affreux de dire une chose pareille, a protesté Anne.

— Et pourquoi serait-ce affreux, ai-je rétorqué. Je vous rappelle que vous ne devez pas juger. Par contre, vous pouvez expliquer à Liz ce que vous ressentez quand elle dénigre ces hommes.

— Vous ne comprenez pas, a fait Ellen d'une voix stridente. Liz est jalouse. Elle est plus vieille que la plupart d'entre nous et elle pense que les hommes la désirent moins. Mais s'ils la désirent moins, c'est uniquement à cause de son attitude. De sa façon immonde de les humilier.

— Tu exagères, a protesté Liz.

Elle avait la bouche pincée. On ne voyait presque plus ses lèvres.

— Tu ne cherches pas seulement à les dominer sexuellement, tu veux en faire des esclaves. Tu voudrais les voir à tes pieds, réellement. Tu veux qu'ils aient peur de toi et tu leur demandes parfois des choses écœurantes.

— Comment sais-tu ce que je leur demande ?

Ellen a eu un sourire mauvais. J'ai songé qu'elle attendait depuis un moment l'occasion de placer cette révélation.

— Mark m'en a parlé. Il m'a dit que tu lui avais demandé de te suivre dans la salle de bains et de…

— Ferme-la ! a crié Liz.

Anne s'est mise à pleurer. Martha s'est levée pour la prendre dans ses bras. Ginny a dit quelque chose à Liz, mais, avec toute cette agitation, je n'ai pas pu entendre.

— Asseyez-vous, je vous prie. Shelby, Ginny, asseyez-vous. Et taisez-vous. Vous parlerez chacune à votre tour, que tout le monde puisse en profiter.

Liz s'est levée. Son sac sous un bras, son attaché-case sous l'autre.

— Vous partez ? ai-je demandé. Ce n'est pas terminé. Il reste encore quarante-cinq minutes de séance.

— Je n'ai rien à faire ici, a-t-elle rétorqué. Je n'ai rien à voir avec ces femmes. Elles se prennent pour des dominatrices, mais elles ne sont que des oies blanches, des gamines qui veulent jouer aux adultes.

— Liz, ce serait mieux pour tout le monde que vous acceptiez de vous rasseoir. Votre groupe traverse une passe difficile et ça n'aidera personne, pas même vous, que vous preniez la porte maintenant.

Elle est restée debout et a contemplé les autres femmes de toute sa hauteur. La lumière du plafonnier posait sur son visage des ombres qui en accentuaient la dureté et accusaient le froncement de ses sourcils. Elle n'était pas jolie. Elle avait des traits aigus et une mâchoire carrée, mais des yeux verts ourlés de longs cils et un regard mystérieux, un peu comme celui d'un chat. Ses cheveux blonds frisés détonnaient carrément avec son allure et ne correspondaient pas du tout à sa personnalité.

— Ces hommes recherchaient l'humiliation, a-t-elle enfin déclaré. Ils venaient aux soirées de Scarlet pour recevoir nos ordres, pour que nous les traitions encore plus mal que les hommes traitent en général les femmes. On a beau dire, ce que nous mettons en acte est une perversion. Je n'en suis pas fière, ni heureuse, mais j'ai besoin de ça. Je veux dominer. J'aime qu'un homme avance vers moi en tenant sa bite à la main et qu'il me supplie de le laisser approcher. J'ai eu envie d'aller plus loin que vous, de savoir ce qu'on éprouvait à traiter les hommes en esclaves, oui… Et après ? N'ont-ils pas réduit les femmes en esclavage pendant des siècles ? Nous ne les faisons pas venir pour les aimer, ni pour les admirer, encore moins pour les couvrir de compliments. Nous nous servons de leurs sexes durs et de leurs langues souples. Nous ne ressentons rien pour eux. Ils sont là pour satisfaire nos désirs et ça leur plaît. Ça leur plaît d'être entourés de femmes qui savent ce qu'elles veulent, qui l'exigent, qui n'ont peur de rien. Ça leur plaît de lorgner nos petits culs et nos seins. Vous n'avez pas idée de ce que je ressens quand je les regarde et qu'ils détournent pudiquement les yeux.

Liz s'est arrêté et a contemplé avec insistance Ellen, Anne, Ginny, puis Shelby.

— Vous ignorez ce que je ressens lorsque je les vois trembler de peur devant moi parce qu'ils craignent de ne pas être à la hauteur.

Elle luttait contre les larmes, pas comme une femme, mais comme un homme qui s'interdit de pleurer, qui n'a pas le droit de s'essuyer subrepticement les joues.

Les autres la regardaient en silence, certaines avec compassion, d'autres avec mépris. Shelby qui avait presque son âge s'est levée et s'est approchée d'elle. Elle l'a prise par la main et la reconduite sans un mot jusqu'à son siège.

— Tout cela n'a pas d'importance, a-t-elle dit. Tu appartiens à notre groupe. Nous devons rester solidaires. Surtout en ce moment.

Liz s'est assise, le regard baissé vers son attaché-case qu'elle tenait serré contre elle comme un bouclier.

— Il va y avoir une messe pour Philip vendredi, a dit Ellen. Certaines d'entre nous veulent y assister.

— C'est impossible ! s'est exclamée Shelby sans me laisser le temps de répondre.

Elle paraissait brusquement abattue.

— C'est contre les règles de notre société. Nous montrer en public serait dangereux.

Elle s'est tournée vers moi.

— Nous venons de mettre le doigt sur un problème important. Nous ne savons tout simplement pas quoi faire de notre chagrin. Dire qu'il nous est impossible d'assister à une messe… Vous croyez que vous pouvez nous aider ?

— Pour aujourd'hui, je voudrais que le reste du groupe s'exprime sur ce problème. Je propose de nous concentrer sur cette messe, ai-je dit en m'adressant à l'ensemble des femmes. Quelles sont celles qui souffrent de ne pouvoir y assister ?

— Moi, a murmuré Anne. Nous avons partagé avec Philip des moments forts. Nous comptions pour lui. Certaines pensent que cela n'a aucune importance, mais, pour moi, ça en a. Son odeur m'est familière.

Sa voix s'est brisée et elle a corrigé.

— Son odeur m'était familière. Le goût de sa bouche m'était familier. Le contact de sa peau aussi.

Elle s'est mise à pleurer.

— Tu n'es pas la seule à penser que ça compte, a dit Martha. Je suis du même avis que toi.

Anne lui a lancé un regard surpris.

— Que ressentez-vous quand vous songez que vous ne pouvez vous rendre à cet office et prier pour lui ? ai-je demandé.

— Elle se sent merdique, a répondu Ellen. Pourquoi posez-vous des questions aussi stupides ?

— Je préférerais que vous laissiez Martha répondre, ai-je fait calmement remarquer à Ellen.

Elle m'a lancé un mauvais regard. Son agressivité ne m'a pas étonnée.

Une femme de Scarlet n'était ni timide ni complexée ni introvertie. Il n'y avait dans cette pièce que des personnalités dominantes. C'était par ailleurs tout à fait inhabituel. Quand je choisissais moi-même la composition d'un groupe je m'arrangeais pour mêler les opposés — et notamment pour confronter des personnes actives à des personnes passives.

— Martha ? ai-je insisté.

— Je sais bien que nos invités ne sont là que pour satisfaire nos désirs et que nous les exploitons sexuellement. Mais ce sont tout de même des êtres humains. Et deux d'entre eux viennent de mourir.

Elle a soupiré.

— Je ressens réellement le besoin d'assister à ce service.

— Oh, comme c'est touchant, a craché Cara d'un ton acerbe.

Cara n'avait encore jamais pris la parole. Elle avait un teint olivâtre, des yeux noirs et brillants. Un foulard Hermès à motifs lui couvrait les cheveux.

— Votre remarque ne nous fait pas avancer, Clara, ai-je fait remarquer. Dites-nous plutôt ce que vous ressentez.

— Je trouve ce sentimentalisme déplacé. Nous utilisons ces hommes. Ils ne représentent pour nous que des corps musclés, des mains obéissantes, ils nous servent à obtenir ce que nous désirons et nous le leur demandons sans détours. Avant de les accepter, nous prenons soin de nous assurer qu'ils sont prêts à nous obéir, qu'ils cherchent à être dominés. Les sentiments n'ont rien à voir là-dedans.

— Tu débites des stéréotypes tellement grossiers que c'en est presque risible, a protesté Davina. Ce n'est pas parce que nous les utilisons pour mettre en scène nos fantasmes que nous ne ressentons rien pour eux.

— De toute façon, a fait Anne à Cara, que ce soit normal ou pas d'éprouver de l'affection pour ces hommes, le fait est là, j'en éprouve. Je n'ai pas honte de l'avouer. Je tiens à assister au service en mémoire de Philip et à prier pour que son corps soit retrouvé et qu'il puisse reposer en paix. Je n'arrête pas de penser à son cadavre. Où est-il ? Comment l'a-t-on tué ? Pourquoi ?

— Seigneur..., a murmuré Cara.

Je l'ai regardée droit dans les yeux.

— Cara, je m'étonne que les sentiments d'Anne pour Philip vous dérangent à ce point. Vous le connaissiez en dehors de Scarlet ?

— Bien sûr que non. J'ai baisé avec lui, un point c'est tout.

Elle a lancé un regard noir à ses camarades.

— Tout cela est d'une hypocrisie sans nom. Nous sommes tous des adultes consentants et nos rencontres ont pour unique but le sexe. Scarlet n'est pas une agence matrimoniale... D'ailleurs, la plupart de nos hommes invités sont mariés. Nous ne sommes même pas leurs maîtresses. Ils nous servent. Nous ne sommes pas amoureuses.

— Vous n'avez jamais ressenti le moindre attachement pour aucun de ces hommes ? ai-je insisté.

— Non.

— Vous êtes membre depuis longtemps ?

— Neuf ans.

— A quelle fréquence participez-vous aux soirées ?

— Deux ou trois fois par mois, a-t-elle répondu en s'adossant à sa chaise.

— Et vous choisissez toujours un homme différent ?

— Non, j'ai mes habitués. Mes préférences.

— Des préférences qui se basent sur quoi ?

— Sur leurs performances.

— Est-ce que vous parlez avec les hommes avec lesquels vous faites l'amour ?

— Avec ceux que je choisis pour me servir ? a-t-elle corrigé.

— Oui, avec ceux que vous choisissez pour vous servir.

— Oui, ça m'arrive.

— Et de quoi parlez-vous ?

— Où voulez-vous en venir ? a-t-elle demandé d'un ton venimeux.

— Si tu considères qu'il n'y a pas de problèmes et que tu perds ton temps ici, je te rappelle que rien ne t'obligeait à venir, est intervenue Shelby. Il me semble que j'ai été très claire lorsque j'ai proposé des séances avec le Dr Snow. J'ai dit que ça aiderait celles qui avaient du mal à gérer et à accepter la mort de Philip. Pourquoi es-tu là ?

— Je trouve la question de Shelby très pertinente, ai-je dit.

Elle était pertinente, mais trop directe. J'avais mon idée sur ce qui perturbait Cara, mais ce n'était pas à moi de le dire.

— J'ai l'impression que Cara ne sait pas trop où elle en est, a lancé Davina.

Je n'ai pu qu'admirer sa perspicacité.

Ce n'était pas la première fois que Cara essayait d'interpréter les sentiments des autres. J'ignorais quel était son travail, mais j'aurais parié qu'elle avait suivi des cours de psychologie ou de psychanalyse pendant sa formation universitaire. Ses interventions avaient quelque chose d'impersonnel. Elle se plaçait en observatrice, comme Liz, mais pour des raisons différentes.

— C'est vrai, Cara, vous vous sentez perdue ? ai-je demandé.

— Je me sens perdue si nous remettons en question les règles de Scarlet. Elles sont très claires. Nous ne communiquons pas entre nous en dehors des soirées. Pas de contacts sociaux, pas de relations avec les hommes invités.

— Et vous n'avez jamais enfreint ces règles ? ai-je insisté en espérant que mon instinct ne me trompait pas.

J'avais remarqué qu'elle avait décroisé les bras en tendant les mains dans un geste de supplication — un mouvement discret, mais qui m'avait frappée.

Elle ne répondait pas, j'ai répété ma question.

— Cara, vous n'avez jamais enfreint ces règles ?

Liz est intervenue.

— Bien sur que si, elle les a enfreintes, a-t-elle assuré.

Cara s'est tournée vers elle en lui jetant un regard d'une surprenante violence.

Il y a eu une longue minute de silence.

— Cara, auriez-vous quelque chose à nous dire ?

— Liz ment, a-t-elle répondu.

Liz arborait le sourire coquin d'un jeune garçon qui vient de glisser une grenouille dans le sac de son professeur. Ces deux femmes partageaient un secret dont nous aurions peut-être à parler plus tard. Mais, pour le moment, le groupe avait des problèmes plus urgents à résoudre.

— Cara, vous vous sentez furieuse ?

— C'est exactement ça.

— Contre qui ?

— Contre elle, a-t-elle craché d'un ton mauvais en montrant Liz du doigt.

— Pourquoi ?

— Parce que c'est une menteuse.

— Je ne suis pas une menteuse. Je t'ai vue et…

— Tais-toi, espèce de salope. Tu es jalouse, voilà tout. Tu es jalouse de nous toutes et tu le sais. C'est difficile pour toi, tu le reconnais toi-même. Tu vieillis, tu as beau faire de la musculation, ce ne sera jamais suffisant pour empêcher ton corps de te trahir. Pas moyen d'arrêter le processus, il est irréversible. Tu ne supportes pas le regard que les hommes posent sur toi et…

— Cara, ai-je interrompu. Votre intervention n'est pas positive. Ça ne vous avancera à rien de vous lancer des accusations à la figure. Je voudrais que nous revenions au problème qui nous préoccupe aujourd'hui, à savoir les sentiments que vous inspire la disparition de Philip et de Timothy.

— Tout ce que je ressens en ce moment c'est de la colère. Je suis furieuse à l'idée que certaines songent à se montrer à ce service funéraire.

Elle avait de nouveau croisé ses bras sur sa poitrine. Il n'y avait plus moyen de l'atteindre. J'étais à peu près persuadée qu'elle avait rencontré un des hommes invités en dehors des soirées, mais j'étais obligée d'attendre qu'une occasion se présente pour aborder de nouveau la question.

Pendant le reste de la séance, Cara est demeurée silencieuse et nous avons parlé du service qui devait avoir lieu à la fin du week-end. Finalement, tout le monde s'est mis d'accord pour dire qu'il valait mieux ne pas s'y montrer. La présence de ses anciennes partenaires de Scarlet ne serait d'aucune utilité à Philip et risquait au contraire de trahir son secret. Sans compter qu'un groupe de femmes inconnues risquait d'attirer l'attention de la police et de mettre en péril la société elle-même.

— Nous avons toutes promis en entrant à Scarlet de ne jamais divulguer les activités de notre société, a dit Shelby pour conclure la séance. Et de s'abstenir d'attirer l'attention sur nous. Nous devons rester fidèles à cette promesse, quoi qu'il arrive.

J'étais satisfaite de ce que nous avions accompli ensemble durant ces quatre-vingt-dix minutes. Ces femmes avaient exprimé leur chagrin, leur manque, et aussi leur désarroi devant la perte de deux êtres dont elles avaient partagé l'intimité — mais dont elles ignoraient tout.

Quand elles sont parties, je savais qu'elles tiendraient parole et qu'elles n'assisteraient pas au service en mémoire de Philip.

# 32

Ce mardi-là, le bureau des inspecteurs Jordain et Perez était jonché de papier gras et de gobelets de café tachés d'écume marron. Ils étaient enfermés là-dedans depuis 7 heures du matin.

— Comment se fait-il que l'on ne puisse rien tirer de concret de tout ça ? s'énerva Perez tout en se servant un mélange de café et de chicorée que Jordain venait tout juste de préparer. Comment peut-on tuer deux hommes et dissimuler aussi longtemps leurs corps ? Et maintenant un troisième. Merde. Mais où peuvent-ils bien être ?

— Tu me poses vraiment la question ? fit Jordain.

Perez lui jeta un drôle de regard. Bien sûr que non, il ne lui posait pas la question. Ils étaient tout simplement épuisés, frustrés… Furieux que ce tueur ne leur donne aucune prise.

— Tu crois que notre Dalila serait mécontent s'il savait que nous lui avons trouvé un nom de femme ? demanda Perez.

Ils surnommaient l'assassin Dalila, à cause des mèches de cheveux qui accompagnaient les trois jeux de photographies reçus par Betsy Young.

Parce qu'ils en étaient maintenant à trois. Le dernier était arrivé très tôt ce matin.

— A mon avis, il prendrait ça comme une offense à sa virilité. Il penserait que nous le méprisons.

Pour la seconde fois en moins de cinq minutes, Perez contempla son partenaire d'un air exaspéré.

Le téléphone sonna — il n'avait fait que ça tout l'après-midi, mais Perez et Jordain ne décrochèrent pas. Il s'agissait probablement encore du *New York Times*. Le standard avait pour consigne d'envoyer paître Hastings qui les harcelait pour obtenir l'autorisation de publier le nouvel article sur la troisième victime : Grant Firth, trente-deux ans, chirurgien orthopédique à l'hôpital de New York, père de trois enfants et époux de Donna Firth, journaliste médicale pour le *Wall Street Journal*.

— C'est probablement encore Hastings, annonça Perez.

— Je m'en doute, figure-toi. Il est sur des charbons ardents. Chaque minute qui passe est pour lui une minute perdue. Et à force de perdre des minutes, il risque de perdre pour de bon la une de demain.

Cette affaire les rendait malades, mais faire attendre Hastings leur mettait un peu de baume au cœur.

Les résultats du labo pour les deux premières enveloppes étaient déjà arrivés, mais ils n'avaient rien donné. Rien du tout. Les enveloppes étaient couvertes d'empreintes pour avoir transité par la compagnie postale. On n'avait pas trouvé de salive sur les rabats ni sur les timbres. Pas de cheveux égarés non plus, juste les mèches glissées par l'assassin dans l'habituel sac en plastique.

Dans la deuxième enveloppe, il y avait une fibre de tissu ne mesurant pas plus de trois millimètres et effilochée à l'une de ses extrémités. Mais on ne pouvait rien en tirer de concret.

L'assassin avait utilisé un papier d'une qualité standard, vendu dans tous les magasins et sur tous les sites internet proposant des articles de photographie. Les experts cherchaient tout de même à déterminer de quel stock il provenait. Il ne fallait négliger aucune piste.

Quant aux enveloppes kraft, elles étaient encore plus communes que le papier photo. Le cachet de la poste apportait de maigres renseignements. Le premier envoi venait de Manhattan, le second de Port Chester, dans l'Etat de New York, et le troisième de Harlem.

Un léger bruit de pas se fit entendre dans le couloir, mais il n'échappa pas aux deux inspecteurs qui levèrent la tête avant même que l'agent Butler entre dans la pièce.

Elle arborait un grand sourire. Jordain songea qu'il n'avait rien vu d'aussi beau depuis les dernières trente-deux heures.

— Tu as quelque chose pour nous ? demanda-t-il.

— La mèche de cheveux de Firth…

Jordain et Perez se penchèrent en avant, ils étaient tout ouïe.

— Oui ? firent-ils avec un bel ensemble.

— On a détecté des traces de sang sur la mèche. Et figurez-vous que ce sang contenait de la Thorazine. Nous avons appelé la femme de Firth. Aucun médecin ne lui en avait prescrit. D'ailleurs, il n'avait jamais pris de sa vie d'antidépresseurs ou d'euphorisants. Jamais.

— Ça signifie donc qu'on l'a drogué avant de l'assassiner, dit Jordain. On alors que le produit l'a tué.

Butler hocha la tête.

— Il faudrait savoir si c'est difficile de se procurer de la Thorazine, demanda Perez. Et quelle dose est nécessaire pour tuer quelqu'un.

— Je ne t'ai pas attendu pour me poser ces questions,

répondit Butler. Tu penses bien que j'ai appelé le médecin légiste dès que j'ai lu le rapport.

— Et ?

— Il doit me rappeler. J'attends.

— Encore attendre…, pesta Jordain.

— Ce n'est pas tout, poursuivit Butler.

— Oui ? firent-ils en se tournant vers elle comme un seul homme.

— Il y avait aussi une autre substance chimique dans l'un des cheveux. Les gars du labo ne l'ont pas encore identifiée. Ils poursuivent les tests. Avec un peu de chance, on devrait avoir la réponse dans quelques heures.

— De la chance…, se plaignit Perez. Pour l'instant, nous n'en avons pas eu beaucoup dans cette affaire.

— Justement, la roue va peut-être tourner, dit Jordain.

Perez lui sourit comme les adultes sourient aux enfants qui déposent au pied du sapin des sucreries pour le père Noël.

— C'est vraiment merveilleux de rêver encore à ton âge, dit-il.

— Celui qui renonce à rêver peut renoncer à vivre, rétorqua Jordain.

Il le pensait vraiment. Son boulot de flic, les horreurs qu'il voyait tous les jours, ce qu'il savait des êtres humains et de leur penchant pour le mal… Rien de tout cela n'avait réussi à entamer son âme de poète.

— C'est à cause de ce foutu piano, commenta Perez. Ton foutu piano fait de toi un foutu romantique.

Pour toute réponse, Jordain posa délicatement les mains sur son bureau comme s'il avait un clavier devant lui, puis il se mit à jouer sur des touches imaginaires tout en improvisant avec sa voix. Perez l'avait déjà vu faire des centaines de fois, et Butler aussi, mais ils étaient toujours surpris par la dextérité de ses doigts et par l'émotion qui se dégageait de son chant. Pourtant ils étaient des flics endurcis et ça n'était pas si facile que ça de les émouvoir.

# 33

Mon dernier patient du jeudi n'était sorti qu'à 16 h 55. Je l'avais gardé dix minutes de plus car nous avions abordé un problème crucial et je n'avais pas voulu l'interrompre avant d'avoir fait le tour de la question. Après son départ, je me suis dépêchée de rejoindre les autres. Nous avions une réunion de synthèse et Nina commençait toujours à l'heure. Elle n'attendait pas les retardataires.

L'institut employait huit thérapeutes, tous spécialisés dans la sexologie. Notre réunion hebdomadaire nous permettait d'échanger points de vues et conseils. Nina croyait fermement — comme son mari l'avait cru avant elle — qu'une des grandes qualités de l'institut consistait dans ce partage des compétences. J'avais eu plus d'une fois l'occasion de constater les effets positifs du travail d'équipe. Je me sentais épaulée. Nombre de thérapeutes seraient d'accord sur ce point, j'en suis certaine.

Cet après-midi-là, la discussion portait sur un patient de Nina qui souffrait d'impuissance et pour lequel elle envisageait la pose d'une prothèse. Elle voulait notre avis. La prothèse était le dernier recours.

L'équipe a longuement débattu pour chercher une autre solution au problème de ce patient, mais, apparemment,

Nina avait déjà essayé tout ce qu'on lui proposait. Au bout d'un moment, elle s'est tournée vers moi.

— Tu es bien silencieuse, Morgan, a-t-elle fait remarquer. Pas d'idées ?

— Il me semble que tu as déjà tout tenté, il ne reste donc plus que la prothèse.

Elle a hoché la tête, mais en fronçant les sourcils.

— Nous n'en sommes plus là depuis cinq bonnes minutes.

Je l'ai regardée fixement.

— Nous discutons en ce moment du type de prothèse, a-t-elle précisé. Pas de s'il faut ou non une prothèse.

— Désolée, ai-je dit.

— Comment ça se passe, avec tes patients ? a-t-elle enchaîné.

Il ne s'agissait pas d'une obligation, mais nous avions coutume au cours de cette réunion de faire le point sur les cas difficiles, chacun à notre tour. Malheureusement, je ne pouvais aborder l'unique sujet qui me préoccupait. J'ai essayé de trouver un patient à proposer et une question pertinente à soulever à son sujet, histoire de détourner de moi l'attention de Nina — et aussi le regard perçant de ses yeux verts.

— Morgan ?

Elle attendait toujours, mais je ne trouvais rien à dire. L'angoisse me faisait battre le cœur. J'ai fait un effort pour prononcer le plus calmement possible la phrase fatidique.

— J'hésite à aller trouver la police, ai-je dit.

Nina a haussé les sourcils.

— Je croyais que nous avions déjà discuté de ça et que c'était définitivement réglé.

J'ai secoué la tête en signe de dénégation.

— Pourquoi irais-tu trouver la police ? a demandé Simon Weiss.

Il n'y avait pas de fenêtres dans notre salle de réunion, juste des murs vert foncé, de confortables fauteuils en cuir noir, une table en marbre rappelant la couleur des murs, mais en plus clair, un buffet, et, pour la décoration, des gravures anciennes représentant de vieilles cartes.

De là où j'étais assise, je pouvais contempler des eaux-fortes de l'Europe du XXVIIe siècle. Le bleu de l'océan était légèrement passé, mais les couleurs rouges, marron et jaunes des terres étaient encore vivaces. Je ne pouvais en détacher mon regard. J'ai pris mon souffle et j'ai expliqué d'une traite Scarlet, les meurtres, puis ce que j'avais découvert en contemplant les photos sur le mur du commissariat.

— Morgan oublie de préciser que nous avons déjà débattu de cette question et que je lui ai conseillé de ne plus entrer en contact avec la police, a commenté Nina d'une voix plus sèche que de coutume.

— C'est exact, ai-je répondu. Il se trouve justement que je ne partage pas ton avis.

— Etant donné les circonstances, je ne vois pas ce que tu pourrais faire d'autre, a-t-elle rétorqué.

Simon et les autres membres de l'équipe avaient probablement conscience de ce qui était réellement en jeu dans cet échange. Tout le monde ici connaissait la haine irrationnelle que Nina nourrissait à l'égard de la police de New York.

— Je t'en prie, Morgan. Tu pourrais tout de même me faire confiance.

J'ai regardé Simon, mon meilleur ami dans cet institut, et j'ai imploré son soutien du regard. Il a aussitôt réagi. Ça ne m'a pas étonnée. Je savais pouvoir compter sur lui et je lui ai adressé discrètement un demi-sourire, en attendant de le remercier.

— Nina, quels sont tes arguments ? a-t-il dit. Puisque cette information ne vient pas des femmes du groupe de thérapie et que Morgan l'a découverte par elle-même, aucune déontologie ne lui interdit de la communiquer à la police.

Deux membres de l'équipe ont murmuré en hochant la tête pour marquer leur approbation.

— Je ne suis pas d'accord, a protesté Helen Grant.

Elle était l'une des plus âgée de l'équipe. Sam l'avait engagée au Butterfly Institute avant même d'épouser Nina. Elle était donc aussi la plus ancienne. Elle commençait à se faire vieille et approchait de la retraite, mais elle continuait à venir cinq jours par semaine pour recevoir des patients.

— Morgan ne doit pas livrer cette information, a-t-elle poursuivi. Elle a pris un engagement vis-à-vis du groupe qu'elle reçoit. Si ces femmes tiennent vraiment à ne pas divulguer l'existence de leur société, il ne faut aider la police sous aucun prétexte, a-t-elle ajouté d'une voix véhémente en secouant la tête.

J'ai regardé se balancer les boucles blanches qui encadraient son visage.

— Notre travail n'est pas de démasquer des meurtriers, a-t-elle conclu. Il y a déjà eu suffisamment de publicité autour de notre institut lors de l'affaire des Marie-Madeleine. Les gens vont finir par penser que nous sommes une succursale de la police de New York. Ça ne servirait pas notre réputation.

Nina m'a jeté un regard sévère en fronçant les sourcils — exactement comme je les fronce lorsque Dulcie me pousse à bout.

— Je ne suis pas une gamine, ai-je protesté d'une voix

que j'aurais voulu moins stridente. Je suis parfaitement consciente des limites à ne pas dépasser. Et je persiste à dire que je n'ai aucune raison de cacher plus longtemps aux inspecteurs Jordain et Perez ce que j'ai remarqué sur les photographies du commissariat.

— Très bien, a dit Nina en posant sa tasse sur la table. La réunion est terminée pour aujourd'hui.

Le choc a été bruyant, mais surtout inattendu, et tout le monde a contemplé fixement les éclats de porcelaine de chine et le thé répandu sur la table. Personne n'a bougé, sauf Nina qui s'est penchée en avant pour ramasser les morceaux.

— Ne fais pas ça…

Je voulais la mettre en garde, mais je n'en ai pas eu le temps et ce qui devait arriver est arrivé. Elle s'est entaillé l'index. Une goutte de sang bien rouge est apparue sur sa peau blanche. Elle l'a regardée fixement, d'un air d'incompréhension, comme si elle se demandait ce qu'elle fichait là. Puis, sans même prendre la peine de s'essuyer, en laissant une rigole couler le long de son doigt, elle a levé les yeux vers moi.

— Tu es sur le point de commettre une grave erreur.

Les serviettes en papier étaient sur le buffet, près du café, du thé et des assiettes de biscuits. Je me suis tournée pour en prendre une.

— Tiens, ai-je dit calmement. Il me semble que tu saignes.

Elle me l'a arrachée des mains sans même me remercier. J'ai soudain pris conscience qu'il régnait un silence anormal dans la pièce. J'ai regardé autour de moi. Nous étions seules. Les autres s'étaient discrètement éclipsés.

— Pourquoi avoir abordé ce sujet en réunion ? m'a-t-elle reproché. C'était parfaitement inutile.

— Non, Nina, ça n'était pas inutile.

— Mais je t'ai dit l'autre jour que…

— Il ne s'agit pas d'une décision privée et ce n'est pas à ma mère de substitution que je dois demander conseil. Le problème concerne une thérapeute, un groupe de patientes et deux meurtres. J'en ai parlé devant l'équipe parce que j'avais besoin de l'avis de mes confrères pour me forger une opinion.

Elle a eu l'air accablée, comme si je venais de la poignarder dans le dos.

— Tu sais bien que c'est faux, a-t-elle protesté. Il ne s'agit pas seulement de tes patientes, ni d'une question de déontologie.

Et, sur ces mots, elle est sortie en claquant la porte et elle m'a laissée seule.

# 34

J'ai enfilé mon manteau noir en daim et je suis sortie de l'institut. Une fois dehors, j'ai hésité sur la direction à prendre.

Je ne m'étais jamais disputée aussi violemment avec Nina. Je la connaissais depuis toujours, je la considérais presque comme ma mère… Le fait que nous nous soyons séparées en si mauvais termes me perturbait. Je me suis retournée. Il y avait encore de la lumière dans son bureau.

J'étais tentée de revenir sur mes pas et d'aller la trouver. Mais pour lui dire quoi ? Que j'étais malheureuse qu'elle soit en colère contre moi ? Que je détestais l'idée d'être fâchée avec elle ? Que le ton distant qu'elle venait d'employer m'avait angoissée ? Rien de tout cela ne l'amadouerait. Ce qu'elle voulait entendre, c'était qu'elle avait raison et que je n'irai pas trouver la police.

Seulement je n'étais pas disposée à lui dire ce qu'elle voulait entendre.

Je me sentais seule et désemparée. J'ai songé un instant à appeler Simon sur son portable. Mais commenter avec lui le comportement de Nina m'a paru déplacé. Après tout il s'agissait d'un problème entre elle et moi. Il n'y avait rien de professionnel là-dedans et je n'avais pas à y mêler un autre membre du Butterfly Institute. J'avais des amis en dehors de l'institut, mais pour leur expliquer ce qui s'était passé, j'aurais dû leur parler de Scarlet et des photographies. Et ça, c'aurait été une faute professionnelle.

Au coin de la rue, j'ai attendu pour traverser. Je n'avais toujours rien décidé. J'ai passé en revue les options qui s'offraient à moi. Les plus faciles ne me convenaient pas pour le moment.

Je pouvais toujours rentrer chez moi, mais était-ce vraiment une bonne idée de s'enfermer dans un appartement vide pour broyer du noir ? Dulcie dormait chez Mitch cette semaine. La garde partagée est une excellente solution pour les enfants, mais ma fille me manquait cruellement quand elle ne vivait pas avec moi. Mitch était réalisateur et les relations que mon ex-mari entretenait avec le milieu du cinéma indépendant à New York attiraient souvent Dulcie chez lui en ce moment. Je souffrais d'autant plus de son absence.

J'ai songé un instant à m'enfermer dans un cinéma, mais j'avais l'esprit trop encombré pour suivre un film.

Le feu est enfin passé au vert et j'ai traversé la rue. Au-dessus de moi, le ciel était gris et chargé de nuages orageux. Il soufflait un vent de nord-est qui emportait les feuilles en tourbillons. Les jours avaient raccourci et le froid de l'hiver était arrivé brusquement, presque sans s'annoncer. J'avais l'impression que l'été venait à peine de finir. Sans vraiment l'avoir décidé, j'ai pris la direction du centre-ville. J'avais déjà atteint la 62e Rue quand il s'est mis à pleuvoir. J'étais sortie sans parapluie et je n'avais pas envie d'abîmer mon manteau.

J'ai regardé les enseignes autour de moi en me demandant ce que j'allais faire. Le centre commercial Barney se trouvait à quelques pâtés de maison. Il me restait la solution de courir pour m'acheter là-bas un parapluie.

C'est ce que j'ai fait.

En entrant dans le hall, j'ai vite essuyé les gouttes sur mon manteau. Le centre était ouvert jusqu'à 20 heures. J'avais tout le temps de repérer un parapluie. Je suis passée devant une vitrine remplie de babioles scintillantes présentées sur des étalages recouverts de velours, l'étiquette soigneusement retournée pour qu'on ne puisse pas lire le prix. Ça m'a donné envie de faire les magasins.

J'ai pris la direction de l'escalier roulant. Le parapluie attendrait.

Je savais exactement où j'allais. Au troisième étage. Choisir des chaussures. Voilà qui m'ôterait Nina de l'esprit.

Elles étaient en daim, couleur chocolat, avec des talons hauts. J'ai allongé le bras pour les toucher. Mon doigt a laissé une légère trace sur leur surface lisse et douce. J'ai essayé de me raisonner. Elles n'étaient pas assorties au reste de ma garde-robe presque exclusivement constituée de noir. Donc, si je les prenais, il fallait aussi que j'achète une tenue pour aller avec. Oui, mais j'avais justement envie d'un tailleur marron, légèrement cintré à la taille, au décolleté un peu plongeant, et que j'avais l'intention de mettre pour travailler.

Une vendeuse a interrompu ma rêverie en me demandant si elle pouvait me renseigner. Je lui ai indiqué ma pointure, je me suis assise et j'ai attendu en observant les clientes qui, comme moi, étaient venues oublier leurs ennuis en faisant des achats.

Je me suis demandé ce qui les avait attirées dans ce lieu perdition. Si elles s'étaient disputées avec leurs maris, si elles avaient des problèmes au travail, des garçons en échec scolaire, des filles anorexiques aux cheveux filasse.

Combien d'entre elles avaient réellement besoin de chaussures ? Et moi, en avais-je besoin ? Avais-je besoin du tailleur marron ? Nous ne cessons de nous acheter des vêtements, nous sommes obsédés par notre image, nous nous faisons croire qu'il n'y a aucun mal à consommer à outrance pour remplir les manques de nos vies.

La vendeuse est arrivée avec la boîte et j'ai ressenti une petite décharge d'adrénaline quand elle m'a tendu la chaussure droite pour que je l'essaye.

J'ai enfilé la paire, et je me suis levée pour faire quelques pas et me regarder dans le miroir. Mes jambes n'étaient pas vilaines et ces chaussures les mettaient en valeur. Je n'avais pas porté de talons depuis des années, j'en remettais depuis peu, depuis que l'une de mes patientes m'en avait donné envie. J'avais redécouvert en même temps le plaisir de la belle lingerie et des beaux vêtements. Je voulais me montrer sous mon meilleur jour. Ou plutôt je voulais paraître plus sexy. J'avais besoin que les hommes se retournent sur moi dans la rue.

J'ai sorti ma carte de crédit et j'ai attendu que la vendeuse enregistre l'achat.

Les femmes de Scarlet n'avaient pas abandonné la partie — pas comme moi. Elles se battaient pour vivre pleinement leurs fantasmes dans une société hostile et bourrée d'interdits. Elles avaient réussi dans le domaine professionnel et elles voulaient aussi réussir leur vie sexuelle. Après tout, c'était légitime.

Je suis sortie du magasin avec mon nouvel achat et j'ai continué à arpenter les allées de l'étage pour regarder les vêtements. Je cherchais un tailleur marron.

Je ne l'ai pas trouvé.

J'ai pris l'escalier roulant dans l'intention de poursuivre ma quête à l'étage au-dessus.

Dès que j'ai vu cette robe en velours marron, j'ai su

que je la voulais. Je savais déjà que je la porterais pour l'avant-première de Dulcie, à Broadway, avec les chaussures que je venais d'acheter.

Quand j'ai quitté le centre commercial, il avait cessé de pleuvoir. Le portier a jeté un coup d'œil à mes deux paquets et m'a demandé si je désirais un taxi. J'ai acquiescé et attendu à l'abri pendant qu'il sortait pour en héler un.

J'ai farfouillé dans mon sac et je lui ai tendu un dollar quand il m'a ouvert la portière. Il l'a claquée dès que je me suis assise.

Il ne m'a pas fallu plus de dix secondes pour identifier l'odeur qui flottait dans l'habitacle. Le conducteur venait de fumer un cigare.

— Pourriez-vous arrêter la voiture, s'il vous plaît ? ai-je demandé. Je ne supporte pas le cigare.

Il a obéi en poussant un juron et je suis sortie. Nous n'avions parcouru que quelques mètres.

— C'est quoi votre problème, espèce de cinglée ? m'a-t-il crié tandis que je m'éloignais.

*C'est quoi votre problème, espèce de cinglée ?*

Cette phrase résonnait encore dans ma tête quand j'ai grimpé sur le trottoir. Cinglée… On pouvait traiter n'importe qui de cinglé, c'était facile. Non, je n'étais pas cinglée. Je n'avais pas perdu le contact avec la réalité. Des cinglés, j'en avais rencontré. Ma mère, mes patients. Au mois de juin, j'avais côtoyé un fou, un meurtrier en série, un type qui tuait des prostituées pour sauver leur âme. Cinq femmes étaient mortes.

Et il y avait en ce moment un cinglé en liberté dans la ville qui séquestrait des hommes, les assassinait et prenait ensuite leurs cadavres en photo.

Je m'étais toujours demandé comment un tribunal pouvait déclarer un meurtrier sain d'esprit et responsable légalement. Seul un fou était capable de tuer.

# 35

J'ai parcouru à pied les rues qui me séparaient du commissariat. A chaque pas, je tentais de me convaincre de faire demi-tour. J'ai eu le temps de passer en revue les arguments de Nina et d'autres auxquels elle n'avait pas pensé. Mais aucun ne me paraissait suffisant et je continuais à avancer. Quand je suis arrivée devant le grand bâtiment, je savais exactement ce que je devais taire. Et surtout ce que je pouvais révéler sans trahir la déontologie de ma profession.

Noah était intelligent et il n'essayerait pas de tirer de moi plus que ce que j'étais disposée à lui dire.

Peut-être avait-il déjà découvert par lui-même ce qui m'avait sauté aux yeux l'autre jour… Ça m'aurait arrangée. J'aurais pu repartir chez moi avec mes sacs et cesser de me poser des questions.

Mais j'allais dormir la conscience tranquille quoi qu'il arrive. Nina avait beau dire que je faisais une erreur, mes motivations étaient nobles. Il s'agissait de sauver la vie des prochaines victimes de ce cinglé.

Et personne d'autre que Noah ne serait au courant de ma visite.

Mon cœur battait fort et j'avais la peau moite quand je

me suis présentée au bureau de la réception. J'ai donné mon nom en demandant à voir l'inspecteur Jordain.

— Dites-lui bien que c'est important et que je n'en aurai que pour quelques minutes, ai-je précisé.

Le jeune agent a composé un numéro. Il a parlé à Noah quelques secondes, puis il a raccroché.

— L'inspecteur Jordain vous demande de l'attendre dans son bureau, a-t-il dit. Il vous y rejoindra le plus vite possible. Je vais demander à quelqu'un de vous montrer le chemin.

Comme toujours, il y avait du passage dans les couloirs, et personne n'a prêté attention à moi, pas plus qu'à l'homme qui me précédait. Et puis j'ai vu sortir d'une pièce, au détour d'un couloir, face à nous, les inspecteurs Jordain et Perez. Ils encadraient une femme dont la silhouette m'a paru d'emblée vaguement familière.

On ne se rend pas compte à quel point les synapses du cerveau fonctionnent rapidement. Votre rétine imprime l'image et envoie instantanément l'information à votre cerveau. Vous n'avez pas le temps de vous rendre compte que vous travaillez à analyser ce que vous voyez.

Le jean, la veste en daim marron clair et le sempiternel attaché-case, je les avais tout de suite reconnus. C'étaient les cheveux bruns qui m'avaient troublée.

Dans mon cabinet, elle était Liz, une femme qui fréquentait Scarlet depuis plusieurs années. Une femme blonde. Mais ses yeux n'avaient pas changé et elle me contemplait fixement, aussi surprise que moi. Son regard me posait une question silencieuse. La même que celle que je lui posais, moi.

*Que faites-vous là ?*

J'ai aussitôt compris que j'avais commis une erreur en venant jusqu'ici. L'homme qui m'avait accompagnée était parti, mais je connaissais le chemin. J'ai fait volte-face et j'ai repris le couloir en sens inverse, aussi vite que j'ai pu, en m'efforçant de ne pas courir, avec mes deux sacs qui me battaient les mollets.

Dehors, il pleuvait de nouveau. Je me suis traitée d'idiote pour avoir négligé d'acheter le parapluie, j'ai relevé mon col, baissé la tête, et j'ai continué à marcher en espérant trouver un taxi le plus vite possible. J'en ai rencontré un quelques mètres plus loin.

J'ai donné mon adresse au chauffeur, je me suis installée sur le siège arrière, j'ai ouvert mon sac et sorti mes bonbons. J'en ai pris deux et je les ai mordus. Leur saveur piquante a couvert les odeurs de sueur rance et de renfermé.

J'ai inspiré profondément en savourant le goût de la menthe et je me suis abandonnée aux sensations de ce voyage à travers la nuit, au son de la pluie battante qui frappait contre l'habitacle.

# 36

Il n'était que 20 h 30, mais j'avais eu une journée éprouvante et je me sentais épuisée. Je venais d'arriver chez moi. Les sacs contenant mes chaussures et ma robe en velours se trouvaient toujours dans l'entrée, là où je les avais lâchés en arrivant. Je m'étais changée et j'avais enfilé un collant, un gilet en laine, et une paire de ballerines en daim noir. Je venais de mettre un plat surgelé au four et de me servir un verre de vodka avec de la glace et du citron, quand on a sonné à ma porte.

Ça ne m'a pas étonnée. J'avais eu le temps d'apprendre à connaître Jordain pendant le bref laps de temps où je l'avais fréquenté. Il devait se douter que si je m'étais déplacée jusqu'au commissariat, c'était pour une raison précise. J'étais partie en courant. Il venait me demander pourquoi. Mais quand j'ai ouvert la porte et que je l'ai vu s'encadrer dans l'embrasure, ça m'a tout de même fait un choc.

J'ai contemplé les gouttes de pluie sur la veste en cuir recouvrant ses larges épaules et sur les mèches argentées de ses cheveux. Je n'avais pas envie qu'il s'incruste, mais je ne savais pas comment m'y prendre pour le mettre dehors.

— Tu me laisses entrer ? a-t-il demandé.

Il avait des yeux trop bleus.

— Que feras-tu si je dis non ?

— J'entrerai quand même.

— Je n'en attendais pas moins de toi, ai-je répondu en ouvrant la porte en grand et en lui tournant le dos pour avancer dans le couloir de l'entrée.

— Dulcie est là ?

J'ai secoué la tête.

— Elle est chez son père cette semaine.

Il a acquiescé en regardant autour de lui. Il était déjà venu une fois. On aurait dit qu'il reprenait ses marques dans mon espace, qu'il vérifiait que tout était bien comme dans son souvenir.

— Tu as mangé ? a-t-il demandé.

— Non, je venais de me servir un verre.

— Excellente idée. Je prendrai la même chose que toi.

Pourquoi n'entrait-il pas carrément dans le vif du sujet ? Tandis que je me dirigeais vers le bar, mon esprit tentait de s'accommoder d'une bonne demi-douzaine d'émotions contradictoires. Je commençais entre autres à me demander si Nina n'avait pas eu raison, finalement. Devais-je rester à l'écart de cette enquête et laisser la police se débrouiller pour retrouver les cadavres de ces deux hommes et élucider les mobiles du tueur ? Maintenant que Noah était là, je n'étais plus sûre de rien.

J'ai pris un verre sur les étagères au-dessus du bar. Ma main tremblait. J'ai versé la vodka et le jus de citron. Il manquait encore les glaçons, j'ai laissé Noah pour aller les chercher dans la cuisine. Quand je suis revenue dans le salon, il regardait par la fenêtre. Il s'est retourné en entendant le bruit de mes pas, il est venu vers moi, il a pris son verre, il a goûté, il m'a souri. Et puis, sans lâcher son verre et sans prononcer un mot, il m'a attirée à lui de sa main libre pour m'embrasser.

Il avait les lèvres fraîches, à cause des glaçons. Et le goût du citron dans la bouche. Il fleurait bon le romarin et la menthe. Il a pressé son corps contre le mien et je me suis souvenue à quel point c'était agréable de sentir la vie circuler partout, dans chaque cellule, et pas seulement dans son cerveau. Autour de nous, la pièce est devenue floue. Je ne pensais plus à la raison qui avait guidé mes pas jusqu'au commissariat. J'avais oublié la pluie, les convenances, la déontologie.

La rencontre de deux êtres était un délice, un cadeau des dieux, un miracle de la chimie des corps. Mais un miracle dont la puissance m'effrayait encore. J'ai eu honte de me montrer si timorée. J'ai eu honte aussi de me retenir, d'hésiter à lui rendre ce qu'il m'offrait.

Il m'embrassait toujours.

J'avais la tête qui tournait et j'ai titubé.

Mais son bras m'a retenue.

Sans difficulté.

Je me suis collée à lui.

Il m'a répondu.

Sans cesser de m'embrasser.

Je ne me rappelais pas avoir jamais reçu un tel baiser. C'était aussi bon et aussi fort que de faire l'amour. Comme si j'acceptais Noah en moi. Il respirait dans ma bouche. J'inspirais son souffle. Il n'y avait plus que ce point de contact brûlant entre nous. Le reste n'existait plus. Il m'écrasait les lèvres. Il me faisait presque mal, juste comme il le fallait. Il extirpait de moi toutes ces longues nuits de solitude.

Nos dents se sont entrechoquées. Il avait mis trop de temps à revenir, je lui en voulais pour ça, il fallait qu'il le sache.

Mais je lui en voulais aussi de me mettre à sa merci, de m'empêcher de tenir parole. Il avait attendu patiemment. Il n'avait jamais cru qu'on ne se reverrait pas. Il m'avait piégée.

Il s'est défendu. Sa langue me fouillait méchamment, elle me reprochait de l'avoir évité, d'avoir retardé notre rencontre. Il m'infligeait ce baiser comme une punition et je l'ai accepté, mais mes lèvres argumentaient pour ma défense. Lui aussi était responsable de notre longue séparation. Il ne s'était pas battu pour me garder. A présent, oui, il se battait.

Alors sa bouche s'est faite plus légère, ses lèvres plus douces, sa langue plus caressante. Ce n'était plus une réprimande. Il me demandait pardon. Et il attendait que je demande pardon, moi aussi. Je l'ai fait. J'ai ouvert grand la bouche pour lui et j'ai léché l'intérieur de ses joues. Et de nouveau, notre baiser est devenu une invite silencieuse. Il voulait entrer en moi. Par ce baiser et autrement.

Il a posé son verre, sans cesser de m'embrasser, il m'a guidée jusqu'au canapé et nous y sommes tombés tous les deux sans désunir nos lèvres. Encore. Pendant quelques secondes, ou quelques minutes, comment savoir ?

L'attirance physique, l'amour, la passion — appelez ça comme vous voulez —, nous fait perdre la notion du temps, le contact avec la réalité. Nous confondons le déferlement d'hormones avec les sentiments. Et quand les sentiments existent vraiment, la distorsion s'aggrave. C'était ce qui se passait pour moi avec Noah.

Je l'ai repoussé, je me suis levée, j'ai commencé à arpenter la pièce. Il n'a pas bougé du canapé et ça m'a un peu déçue. J'aurais voulu qu'il insiste. Mais je savais aussi que j'avais bien fait d'interrompre ce baiser. Je me suis installée sur un fauteuil, en face de lui.

— J'aime cette pièce, a-t-il dit. Tes fauteuils sont en excellent état. Ce sont de vrais Grange ?

Noah était un connaisseur en matière de meubles anciens. J'avais pu le constater lorsque j'étais allée dans son bel appartement de Greenwich Village.

— Oui, ai-je répondu en hochant la tête.

Tout mon corps était secoué de frissons, mais j'ai tout de même bu une gorgée de vodka, en suçant un glaçon au passage, dans l'espoir d'engourdir mes lèvres et d'apaiser le feu qui me dévorait l'intérieur de la bouche.

— Ça m'a fait vraiment plaisir de dîner avec toi l'autre soir, a poursuivi Noah.

Seigneur… Il n'avait visiblement pas l'intention de lâcher le morceau.

— Ta visite d'aujourd'hui est donc une visite personnelle ? ai-je dit.

— Tu as de nouveau enfilé ton armure…, a-t-il fait remarquer.

J'ai haussé les épaules.

— Je suis fatiguée. J'ai des soucis.

— Je sais, a-t-il répondu avec une douce sollicitude qui est venue se poser doucement sur mes épaules, comme un voile, pour me réchauffer. Parle-moi, Morgan.

Contrairement aux apparences, l'invite était encore plus sensuelle et érotique que notre long baiser ininterrompu. Ses mots m'ont fait l'effet d'une caresse profonde et intime. Au point que j'ai dû croiser les jambes pour maîtriser le frémissement de mon ventre.

Je passais mon temps à conseiller les autres, à les aider à se repérer dans l'imbroglio de leurs relations amoureuses, mais je ne savais pas quoi dire à cet homme, quoi penser de lui, pourquoi il provoquait en moi un tel trouble. Je ne savais même plus où poser mon regard. Devais-je le fixer, soutenir l'intensité de ses yeux bleus ? Non. Pas si je voulais en sortir indemne. Il possédait le pouvoir de m'avaler, de m'engloutir, d'anéantir mes capacités de raisonnement, de me réduire à une boule de sensations.

— Tu es un mauvais garçon, ai-je dit avec un rire forcé.

— Pourquoi ? Parce que je m'intéresse à toi alors que tu ne veux pas ? Et d'ailleurs, ce n'est pas vrai que tu ne veux pas. Tu te mens à toi-même.

— Ne joue pas au plus fin. Et cesse de me psychanalyser.

— Te psychanalyser… Je n'oserai jamais.

Il se moquait gentiment de moi, mais ça ne m'a pas dérangée. L'espace d'une minute, je me suis prise à rêver qu'il n'était pas inspecteur et que je n'étais pas thérapeute. Que je n'avais pas d'information à lui communiquer au sujet de cette enquête qui l'empêchait de dormir la nuit.

— Noah, que veux-tu ? Qu'es-tu venu faire ici ?

— Je suis venu prendre un verre. M'asseoir avec toi. T'écouter.

L'offre était tentante, mais je ne devais pas oublier qu'il existait entre nous une ligne de démarcation à ne pas franchir… Je devais me méfier de la tentation contre laquelle Nina m'avait mise en garde à si juste titre.

Inutile de rêver. J'étais thérapeute et lui inspecteur. Et il voulait probablement apprendre de moi ce que je n'étais pas autorisée à lui révéler.

Sauf que… Je m'étais déplacée jusqu'au commissariat pour lui proposer mon aide et j'avais pris la fuite. J'avais éveillé sa curiosité. C'était injuste de lui en vouloir parce qu'il venait maintenant se renseigner sur ce que j'avais à offrir. Il n'était probablement pas certain qu'il s'agissait d'un élément en rapport avec son enquête. Peut-être espérait-il autre chose…

Il s'est levé et a marché jusqu'à moi. Puis il s'est penché

pour m'embrasser de nouveau. J'ai levé mon visage vers le sien. Il a enfoui ses mains dans mes cheveux, ses doigts m'ont caressé le crâne. Il m'a soulevée pour que nos corps soient de nouveau l'un contre l'autre, rivés l'un à l'autre. Ses lèvres s'activaient toujours contre les miennes et les miennes contre les siennes. Puis ses mains ont glissé jusqu'à mes épaules, il a déboutonné mon gilet et, chaque fois qu'il touchait un centimètre de ma peau, je prenais conscience de terminaisons nerveuses dont je n'avais pas jusque-là soupçonné l'existence. J'ai frissonné, tellement violemment qu'il s'est éloigné de moi, surpris.

— Je te fais tant d'effet rien qu'avec mes mains ? a-t-il murmuré avec un sourire à la fois enjôleur et reconnaissant.

J'ai hoché la tête en songeant que j'aurais été bien incapable de lui répondre, même si j'en avais eu l'intention.

— Dis-moi, fit-il.

J'ai secoué la tête.

— Dis-moi, a-t-il insisté.

J'ai approché ma bouche de son oreille et il a posé sa main sur mon dos. Elle était chaude. Tellement chaude que j'ai pensé que la marque de ses cinq doigts allait s'imprimer sur ma peau et gonfler, comme une brûlure.

— Dis-moi, a-t-il encore répété.

J'ai commencé à parler. A chuchoter les mots que je ne pouvais plus retenir, comme lui ne pouvait plus s'empêcher de me caresser.

— Je t'ai déjà dit… Je n'aime pas me laisser aller. La passion est un poison qui met la pagaille dans votre vie. La passion affaiblit les femmes, Noah. Je le sais. Elles me le disent. Je fais ce que je peux pour les aider. Pour qu'elles redeviennent elles-mêmes après avoir été englouties par les sensations. Par ce que tu me fais vivre en ce moment…

Il a dégrafé mon soutien-gorge, il me l'a ôté, et puis il a lentement baissé la tête vers mon sein pour le caresser du bout de la langue, en cercles concentriques.

— Continue, a-t-il dit.

Moi aussi je voulais qu'il continue. Mais il avait prononcé le mot avant moi. Il avait envie de m'entendre parler autant que j'avais envie qu'il me caresse.

— Ce que nous ressentons n'est pas réel, ai-je poursuivi. C'est un plaisir fugace, appelé à disparaître. Notre relation ne finira pas comme elle a commencé. Nous allons nous vampiriser l'un l'autre, nous sucer jusqu'à la moelle, et il ne restera plus rien. Ce désir dévorant ne sera plus qu'un souvenir. Et alors il faudra apprendre à vivre avec ça, à s'en contenter, et ce sera impossible mais aucun de nous ne se résoudra à l'admettre.

Il avait pris mon sein dans sa bouche et le suçait goulûment. Mes mots inspiraient ses caresses. Et puis il m'a privée de la chaleur de sa bouche et l'air frais m'a donné la chair de poule. Il a mouillé de salive son index pour tracer de nouveau des cercles sur mon sein, des cercles qui appelaient d'autres mots.

— Je ne peux pas accepter, Noah. Je ne peux pas. Je sais trop bien où ça mène. Lorsque tu me touches, j'entends mes patients. Je les entends me parler de leurs déceptions lorsqu'ils sont retombés sur terre, lorsqu'ils ont compris que les plaisirs des sens n'étaient qu'un mirage.

Il ne m'a pas demandé de me taire. Il m'a déshabillée, et ça signifiait qu'il avait besoin d'en entendre encore.

— Comment les hommes appellent-ils les femmes qui se laissent emporter par leur désir ? Qui ne leur résistent pas ? Qui refusent d'abandonner l'espoir que ça sera pour toujours ?

A présent il était nu. En érection. J'ai regardé son

corps souple et puissant. Et j'ai continué à parler, à peine consciente des mots qui sortaient de ma bouche.

— Ces femmes, elles viennent chez moi pour se reconstruire. Pour faire le tri entre la peur et les sentiments. Pour comprendre comment leurs problèmes personnels entravent leurs relations. Pour gérer leur conflit entre le désir d'être dominées par les hommes et celui de leur résister.

Il m'avait déshabillée et j'étais nue moi aussi, comme lui. De nouveau, j'ai eu droit à cet incroyable sourire. Je n'avais jamais rencontré un homme dont le sourire me bouleversait à ce point. Un sourire qui promettait tout, qui me rassurait, qui m'appelait. Un sourire qu'il ne montrait que dans l'intimité, très différent de celui qu'il arborait en public. Un sourire qui le mettait à nu, plus à nu que son corps nu, qui exprimait une joie profonde, bien qu'atténuée par la conscience aiguë de la fragilité de l'instant.

— Tu veux que je te domine ? a-t-il demandé.

J'ai secoué la tête.

— Tu veux me dominer, alors ?

De nouveau, j'ai secoué la tête.

Nous nous sommes allongés, collés l'un à l'autre de la tête aux pieds, reliés par des milliers de points de contact. Doucement, il a promené ses mains de haut en bas sur ma peau, pour la réchauffer, la réveiller. J'ai senti que je perdais mes repères, que je m'éloignais un peu plus de la réalité. J'essayais de lui parler encore, de lui parler des voix que j'entendais dans ma tête, malgré moi, lorsque je ne voulais plus penser qu'à moi-même. Je voulais encore lui dire à quel point j'avais du mal à oublier mes patients et comme ils revenaient me hanter dès que je m'apprêtais à faire l'amour. Avant. Avant de le rencontrer. Avant de me donner à lui pour la première fois, quelques mois plus tôt. Mais je n'ai pas pu. Je n'arrivais plus à prononcer un mot. Chaque centimètre de mon corps était maintenant brûlant de désir. J'ai senti que j'allais avoir un orgasme. Pas à l'intérieur, pas dans les profondeurs sombres et humides de mon ventre — là où mon sang battait par vagues —, mais à la surface. Ma peau allait jouir. Mes épaules, mon cou, mes reins, le creux de mes genoux, le haut de mes cuisses, mes plantes de pieds, étaient autant d'endroits bourdonnants de sensations. Les mots s'étaient perdus. Le son de nos voix avait laissé la place au souffle de Noah, de plus en plus court et rapide. Avec le mien qui lui répondait, au même rythme. Peut-être encore plus pressant.

— Morgan…

Il avait murmuré si doucement que je me suis demandé si je n'avais pas rêvé.

— Morgan, a-t-il répété comme s'il venait de retrouver un souvenir.

Je n'avais pas rêvé.

# 37

Je me suis détachée de lui.

— Si seulement tu pouvais me sortir de la tête, ai-je dit sans même me rendre compte que je répondais probablement à une question qu'il me posait silencieusement.

Il a vaguement acquiescé. Pas pour me dire qu'il était d'accord. Pour me faire savoir qu'il avait entendu.

— Tu as tort de parler comme ça, Morgan. Tu as besoin de moi. Besoin de me parler. Besoin de mon écoute.

— Tu ne peux pas t'empêcher de me pousser dans mes derniers retranchements, n'est-ce pas ?

— Il y a dix minutes, ça n'avait pas l'air de te déranger que je te pousse dans tes derniers retranchements.

— Tais-toi, ai-je supplié.

J'avais peur. Et bien sûr il le savait. Il s'est écarté de moi, il a allongé le bras vers son verre abandonné et a bu une longue rasade.

— Qu'est-ce que c'est, au fait ?

— Vodka, glaçons, jus de citron vert.

Il a hoché la tête et il a bu de nouveau.

— Pas mauvais, a-t-il approuvé. Tu vois, quand tu veux, tu es capable de préparer quelque chose de convenable.

J'ai souri. Malgré moi.

— En parlant de préparer quelque chose…, a-t-il ajouté.

Il s'est levé, il a remis son pantalon et il est parti en direction de la cuisine. Je l'y ai rejoint après avoir enfilé une robe de chambre. Il venait d'ouvrir le four et sortait en riant le pathétique poulet surgelé que j'avais complètement oublié. Il l'a jeté à la poubelle.

— Ce n'est pas de la nourriture convenable, ça, Morgan. Il te faut quelque chose de plus sérieux.

Il est parti dans le couloir et en est revenu avec un sac de courses que je n'avais pas même remarqué quand il était entré.

De retour dans la cuisine il a sorti ses achats et les a alignés sur le comptoir. Puis il a ouvert les placards pour prendre un mixer, une poêle à frire et une casserole.

Il a mis de l'eau à bouillir et, en attendant, il a pressé le jus de trois citrons dans un verre mesureur.

— Tu as une passoire ? a-t-il demandé sans se retourner.

— Dans le petit placard, sous le tiroir en métal argenté.

J'avais envie de le gifler, de le mettre dehors. Mais, en même temps, j'étais si heureuse de m'asseoir et de voir un homme cuisiner pour moi avec tant de gentillesse que je n'arrivais pas à m'arrêter de sourire. Ce soir. Rien que pour ce soir, j'allais m'accorder l'autorisation d'oublier Nina et ses conseils. Cesser de m'inquiéter au sujet de ce qui se passerait plus tard entre Noah et moi. Cesser de m'inquiéter au sujet des meurtres, des articles de journaux et des femmes de Scarlet.

Il a ouvert une brique de crème fraîche liquide et l'a versée dans la casserole d'eau. Après avoir allumé le feu, il a touillé doucement. Il a regardé, touillé de nouveau, encore une minute, avant d'ajouter le jus de citron qu'il a mélangé en battant vigoureusement avec un fouet. Puis il a éteint le gaz.

Il m'a réclamé quelques ingrédients de base et m'a regardée pendant que je les tirais des placards à mesure qu'il les nommait. Puis il est allé au-dessus de l'évier pour sortir de leur papier d'emballage des coquilles Saint-Jacques fraîches qu'il a entrepris de laver délicatement, en prenant de soin de ne pas les abîmer. Avec tout autant de délicatesse, il les a épongées avec une serviette en papier. Puis ses longs doigts ont pris la chair tendre et l'ont saupoudrée de farine, de poivre et de sel. Ensuite, il a coupé un morceau de beurre et l'a jeté dans la poêle.

Il a ouvert la bouteille de vin qu'il avait apportée et a rempli deux verres. Le beurre commençait à grésiller, il a ajouté les coquilles Saint-Jacques dans la poêle. Tout son corps paraissait concentré sur l'acte de cuisiner. Avec presque autant de présence que tout à l'heure, lorsque nous avions fait l'amour.

L'excellent vin blanc sec qu'il avait choisi accompagnait à merveille les pâtes au citron et les coquilles Saint-Jacques sautées. Les saveurs se sublimaient mutuellement. La chair salée du fruit de mer explosait contre le palais, adoucie par celle des pâtes à la crème fraîche, rehaussée par la pointe de citron. Pendant un moment, je n'ai plus dit un mot, j'ai dégusté en silence.

Mais un certain mécontentement se mêlait à ma reconnaissance des dons culinaires de l'inspecteur Noah Jordain. Ça me déplaisait de l'admirer. Ça me déplaisait aussi de rencontrer ses yeux si bleus, de contempler ses pommettes hautes, de voir ses mains qui voyageaient de son assiette à sa bouche. Ses mains qui me rappelaient…

— Qu'es-tu venu faire ici ? ai-je demandé tristement.

J'étais parfaitement consciente de saboter délibérément ce qui aurait pu être une délicieuse soirée en amoureux.

Mais je n'avais pas le choix.

Il a froncé les sourcils.

— J'espérais que nous aborderions tranquillement le sujet au moment du café. Tu veux retirer ta question pour l'instant ? Tu as le droit, tu sais. Quand on se rend compte qu'on est en train de gâcher un repas, on peut se rétracter. Tu as trente secondes, a-t-il conclu en consultant sa montre.

— J'aimerais bien retirer ma question, mais c'est impossible. Qu'es-tu venu faire ici, Noah ?

— Je suis venu parce que j'ai pensé que tu t'étais déplacée jusqu'au commissariat pour me voir, moi. Pour des raisons personnelles. J'ai cru que le dîner de l'autre soir t'avait fait changer d'avis et que tu souhaitais me revoir. Que tu regrettais de m'avoir laissé tomber.

J'ai secoué la tête.

— Je suis désolée, ai-je dit. Ça n'était pas personnel.

— Tu es désolée, vraiment ? a-t-il murmuré d'une voix brusquement teintée de sarcasme.

Ça m'a fait mal, mais, en même temps, ça m'a soulagée. J'ai senti que je reprenais le contrôle de moi-même.

— Très bien, a-t-il dit.

Il a soupiré, comme si la direction qu'allait prendre notre conversation l'attristait d'avance.

— Dans ce cas, pourquoi es-tu partie presque en courant ? Tu avais demandé à me parler et, brusquement, tu as changé d'avis. Pourquoi ?

J'ai secoué la tête.

— Désolée, Noah. Je ne peux pas répondre.

— Tu ne peux pas ?

Zut. Avec cette simple phrase, j'en avais déjà trop dit.

Noah avait l'esprit vif et aiguisé. Comme un aimant qui détecte un éclat de métal dans un fagot de bois.

— Nous avons suivi Betsy Young et nous savons qu'elle est allée à l'institut. Dans ton cabinet, je suppose… J'ai d'abord cru que c'était pour t'interviewer… Mais j'aurais dû me douter qu'elle était une de tes patientes.

— Je ne connais pas Betsy Young, je te l'ai dit la semaine dernière.

Je ne comprenais pas pourquoi il mettait cette journaliste sur le tapis.

— Mais tu m'as dit qu'elle t'avait posé des questions au sujet des meurtres.

— Oui, par téléphone.

— Tu ne l'as jamais rencontrée en personne ?

— Non, Noah.

— Dans ce cas, pourquoi as-tu fait cette tête en l'apercevant dans le couloir du commissariat ?

Je n'ai rien répondu. J'étais abasourdie. Betsy Young ? Non. La femme que j'avais vue avec Noah était une certaine Liz dont j'ignorais le nom de famille, celle qui participait à la thérapie de groupe de Scarlet, mais avec d'autres cheveux.

Et puis j'ai compris.

Voilà donc pourquoi Betsy Young m'avait appelée pour son article. Ce n'était pas mon intervention dans l'affaire des Marie-Madeleine qui m'avait désignée comme la personne la plus compétente pour lui répondre.

Shelby Rush m'avait prévenue que de nombreuses femmes de Scarlet se déguisaient lors des soirées. Ça ne m'avait pas surprise. Certaines avaient une vie publique et protégeaient jalousement leur anonymat. Comme elles ne pouvaient pas porter toujours un masque, elle se rabattait sur les perruques, les lunettes, ou les chapeaux. Betsy Young avait mis une perruque.

— J'ai cru reconnaître quelqu'un que je connaissais, Noah. Quelqu'un que je ne m'attendais pas du tout à rencontrer dans cet endroit. Ça m'a secouée. J'ai fait demi-tour. Rien de plus.

— La personne que tu as aperçue avec moi est-elle une de tes patientes, Morgan ?

— Tu me connais suffisamment pour savoir que je ne répondrai pas à cette question.

— Tu as raison. Lorsque je t'ai demandé pourquoi tu avais pris la fuite, tu m'as dit que tu ne pouvais pas me le dire. Et ça, c'est déjà une réponse.

Il s'est levé et il a ramassé nos assiettes. Il n'avait pas boutonné sa chemise et j'ai détourné le regard de sa poitrine nue. Ce n'était pas le moment de me laisser distraire.

— Ne te tracasse pas, Noah. Je rangerai tout quand tu seras parti.

— Tu me congédies ?

— Je ne comprends pas ce que tu attends de moi. Tu me fais l'amour et ensuite tu changes de cap et tu essayes de me soutirer des informations. Je suis censée le prendre comment ?

J'ai dû faire un effort pour ne pas crier. Nous mélangions la sphère privée et le domaine professionnel. Nous n'arrivions pas à établir de limites entre les deux. Nous avions déjà été confrontés à ce problème. Et voilà que ça recommençait. J'étais de nouveau tombée dans le panneau. Qu'est-ce qui ne tournait pas rond chez moi ?

Je lui ai arraché les assiettes — mes assiettes — des mains.

— Tu es chez moi. Tu n'as pas à prendre tes aises. Je ne t'ai même pas invité.

J'ai posé les assiettes dans l'évier avec une telle violence qu'il m'a semblé que je les avais cassées. Mais je n'ai pas pris la peine de vérifier.

— Tu as raison, a-t-il répondu d'une voix chaude et enveloppante.

Je l'ai détesté pour ça aussi. Le meilleur moyen de désamorcer la colère de quelqu'un est de s'excuser. Il le savait, donc il s'excusait. Seulement j'avais besoin de ma colère. Elle me permettait de conserver entre nous une distance raisonnable.

Je suis revenue vers la table pour prendre les verres et les couverts. Pendant ce temps, Noah est allé remplir ma bouilloire. Je me suis précipitée pour la lui enlever, mais, comme il la tenait déjà sous le jet du robinet, je nous ai arrosés tous les deux.

— Heureusement que c'était de l'eau froide, a-t-il fait remarquer.

— Tu n'es pas chez toi, ai-je crié. Je crois que je viens de te le dire.

— Qu'est-ce qui te prend de t'énerver comme ça ? Tu adores ce que je cuisine. Et si je me souviens bien, tu adores aussi mon café. J'ai même apporté de la chicorée.

Ce qu'il venait de dire était plein de sous-entendus que je n'avais pas envie de comprendre. Parce que je n'avais pas envie d'y repenser une fois qu'il serait parti.

Il m'a repris la bouilloire des mains avant que j'aie le temps de réagir et il a terminé de la remplir.

— Noah, je crois t'avoir demandé de partir. Laisse-moi seule. Et rends-moi cette bouilloire.

Il m'a ignorée et a posé la bouilloire sur la cuisinière. Puis il a allumé le gaz et il a mis dans ma machine à café du marc frais qu'il avait aussi apporté avec lui.

— Tu devrais t'asseoir et te détendre, a-t-il conseillé. Je ne partirai pas sans avoir bu mon café. Tu me connais…

Son arrogance m'a mise en rage. Ça l'a fait rire. Un rire fait d'éclats lents et tranquilles comme son accent, étirés, comme ses mots, comme ses jambes, comme ses doigts.

Je lui ai tourné le dos. Je préférais ne plus le regarder. Je voulais me calmer.

Mais je n'ai pas réussi.

Pendant ce temps, Noah a tranquillement sorti des gâteaux et les a disposés sur une assiette.

J'ai regardé sans un mot les framboises qui étincelaient dans l'écrin floconneux des tartelettes.

— Tu ne peux pas me mettre dehors, a-t-il fait remarquer. Je suis venu avec ton dessert préféré.

— Comment peux-tu savoir que c'est mon dessert préféré ?

— Tu me l'as dit toi-même. Tu ne t'en souviens pas ?

Je n'ai rien répondu.

La bouilloire s'est mise à siffler et il est allé s'occuper du café.

— Tiens, a-t-il ordonné en me tendant deux assiettes et deux fourchettes.

Puis il a pris la cafetière et deux tasses.

Tout en les posant sur la table, il m'a rassurée :

— Tu n'es pas obligée de me confier quoi que ce soit, Morgan. Mais je te demande de m'écouter. Rien ne m'empêchera de te transmettre toutes les informations que je détiens au sujet de cette affaire de meurtres.

— Ah oui ? En quel honneur ?

Ces framboises m'attiraient irrésistiblement.

— Devine…

J'ai glissé ma fourchette entre deux baies, je l'ai enfoncée dans la crème anglaise et j'ai coupé un petit morceau de pâte.

— Non. Je n'ai pas envie de deviner. Explique-toi.

— Parce que je pense que tu es déjà impliquée dans l'histoire. Le simple fait que Betsy Young soit ta patiente te met en danger. Et si tu as un problème tu ne viendras pas me demander de l'aide parce que c'est contraire à ton éthique professionnelle. J'en profite au passage pour te dire que ton intégrité a quelque chose de très sensuel, même si elle m'agace par ailleurs. Bref, en te tenant informée des progrès de l'enquête, je te donne des armes pour te protéger. Et j'espère aussi que cela t'incitera à venir me trouver si l'affaire atteint un degré de dangerosité qui te libère du secret professionnel.

J'ai levé la fourchette jusqu'à ma bouche. Le moelleux et le croquant de la tarte se disputaient l'avantage. Je me suis concentrée sur les saveurs de la pâte au beurre, des baies et de la crème. Une excuse parfaite pour ne pas répondre.

Avec Noah, c'était toujours la même chose. Je l'avais déjà constaté plus d'une fois. Nos conversations étaient émaillées de non-dits et de sous-entendus. Nous exécutions une danse faite d'avancées et de reculs, comme deux papillons sur le point de s'accoupler.

— Un de ces jours, tu cesseras de lutter contre moi, a murmuré Noah d'une voix si basse que j'ai dû me pencher pour l'entendre.

— Tu as l'air bien sûr de toi, ai-je répondu d'un ton que je voulais irrité.

— Oui, et ça te plaît.

Apparemment, mon air courroucé ne l'avait pas convaincu. Ne sachant quoi répondre, je me suis tue. Et cette fois il n'a pas cherché à me provoquer.

Après avoir terminé la tarte, nous avons quitté la cuisine pour nous installer dans le salon. Noah a choisi le fauteuil près de la fenêtre, une façon de me signifier qu'il avait l'intention de poursuivre sur un sujet sérieux.

— Nous naviguons dans le brouillard, a-t-il dit. A l'aveugle. Merde… Quand je pense qu'on n'a même pas retrouvé les corps. Morgan… Nous n'avons jamais eu à gérer une situation aussi dramatique. J'aurais besoin de tes lumières, d'une piste concrète. Il me faut un point commun entre ces hommes, un indice sur les photos qui donnerait une indication de l'endroit où peuvent se trouver les corps, une idée de la raison qui incite l'assassin à informer la presse avant la police.

— J'ai remarqué quelque chose de bizarre sur les photos.

Il a hoché la tête.

— Les cadavres étaient couverts d'égratignures et de bleus et c'est ce qui attire en premier l'attention, ai-je poursuivi. Mais sur le pied droit de Philip Maur, j'ai remarqué, près du chiffre rouge, une sorte de grain de beauté. Ou une saleté, je ne sais pas. Jusque-là, rien d'anormal, sauf qu'il y avait exactement la même chose sur le pied droit de Timothy Wheaton. Et pratiquement à la même place. Je vois mal par quel hasard ces deux hommes auraient eu un grain de beauté ou une saleté au même endroit.

— Perez et moi n'avons rien vu. Nous aurions dû pourtant…

— Je me trompe peut-être.

Il s'est levé. Il avait l'air pressé de partir, à présent.

J'avais du mal à respirer. Je ne cessais de me répéter les mots que je venais de prononcer. Je n'avais brisé aucun secret, trahi aucune promesse. J'avais simplement communiqué un détail que j'avais remarqué seule. J'ignorais à quoi pouvaient correspondre ces marques. Je n'avais pas posé de question à ce sujet aux femmes de Scarlet, pour la bonne raison que j'aurais été bien en peine de leur expliquer comment j'avais eu sous les yeux des photographies qui n'avaient pas été publiées. Mais je supposais qu'il s'agissait peut-être d'un signe d'appartenance à la société. Ça ne m'aurait pas étonnée que les hommes invités soient accueillis par un rituel au cours duquel on les marquait.

Noah a pris la direction de la sortie. Je lui ai emboîté le pas.

— Dire que j'ai ces clichés sous les yeux toute la journée…

Il avait l'air furieux contre lui-même. Il a attrapé son manteau suspendu à une patère de l'entrée et l'a enfilé prestement. Puis il a marqué un temps d'hésitation et est revenu vers moi.

— J'aurais préféré rester avec toi ce soir, a-t-il dit en se penchant pour déposer sur mes lèvres un baiser aussi léger qu'un battement d'ailes de papillon.

J'ai rendu les armes et, l'espace de quelques secondes, je me suis sentie légère, en apesanteur. Puis, juste avant que je me perde dans la sensation, il s'est détaché de moi et m'a de nouveau asséné ce sourire qui allait sûrement me hanter des jours durant. Ensuite il est parti sans un mot.

# 38

Après le départ de Noah, j'ai sorti la cassette avec l'intention de la visionner une fois de plus. Cette fois, je n'étais pas intéressée par les rituels de ces dames, mais par Liz. Assistait-elle cette soirée ? Etait-elle réellement Betsy Young ? Betsy et Liz étaient deux diminutifs possibles pour le prénom Elisabeth. Liz avait les cheveux blonds et Betsy Young était brune, mais l'une des deux portait sans doute une perruque. Aucune loi ne l'interdisait et les membres de Scarlet avaient l'habitude d'user d'artifices pour se camoufler et préserver le secret de leurs préférences sexuelles. C'était leur droit le plus strict.

L'idée que Liz-Betsy avait rencontré la police ne me dérangeait pas. Après tout, j'avais moi-même conseillé au groupe de réfléchir à cette éventualité.

Par contre, j'avais du mal à comprendre qu'une femme ayant juré de ne jamais révéler l'existence de la société écrive des articles sur les meurtres des hommes invités. Il y avait là un conflit d'intérêts.

D'un point de vue éthique, Betsy aurait dû prendre le risque de tout révéler à son rédacteur en chef, en espérant qu'il l'autorise tout de même à couvrir l'affaire.

L'avait-elle fait ?

J'en doutais.

Bien sûr, elle ne mentionnait pas dans ses articles que les deux victimes appartenaient à une société secrète. Et, d'après ce que m'avait dit Noah, elle n'en avait pas non plus parlé à la police.

Pourquoi ?

Pour publier cette révélation au bon moment — celui qu'elle jugerait favorable —, ou pour protéger Scarlet ? Mais si elle désirait réellement défendre ses camarades, pourquoi contribuait-elle à faire parler de cette affaire avec ses articles sulfureux ?

Tout en réfléchissant, je suivais les enchères… Même si Betsy-Liz se trouvait dans cette assemblée, je n'étais pas sûre de la reconnaître car la plupart des femmes portaient un masque. Timothy s'est avancé en bord de scène. Cette image m'a attristée. Encore plus que la première fois.

Etait-ce une coïncidence que le tueur envoie ses documents à une journaliste participant aux soirées de Scarlet ? Je ne croyais toujours pas aux coïncidences. Betsy Young, alias Liz, avait dû être choisie en connaissance de cause.

Mais pourquoi ?

Au moment où Tim quittait la scène avec la femme qui avait remporté l'enchère, mon téléphone a sonné.

— Allô ?

— Morgan, a fait la voix de Noah. Je voudrais te montrer quelque chose. Tout de suite. Je t'envoie une voiture.

# 39

Pour la deuxième fois en l'espace de cinq heures, un jeune policier m'a escortée à travers les couloirs du commissariat. Cette nuit n'en finissait plus…

— L'inspecteur Jordain va vous rejoindre dans quelques minutes, docteur Snow.

Je me suis installée sur la chaise qui faisait face au bureau de Noah et j'ai contemplé les photos sur le mur. Le collage avait changé, on y avait ajouté un nouveau jeu de clichés. Un autre homme. J'aurais voulu détourner mon regard, mais je n'ai pas pu.

Un café-chicorée passait dans la cafetière et quelques beignets recouverts de sucre en poudre attendaient dans une assiette en porcelaine de chine qui n'appartenait probablement pas au département de police. Je n'ai pas pu m'empêcher de sourire. Puis mon attention s'est de nouveau reportée sur ce mur. Entre les photographies des trois hommes, on avait épinglé des notes, des articles de journaux et des cartes. Je me doutais bien que cet assemblage apparemment désordonné et disparate dissimulait une logique, mais elle m'échappait totalement.

Une fois de plus, la pâleur de ces hommes m'a frappée. Sans elle, on aurait presque pu croire qu'ils dormaient. Contempler la mort est toujours pénible. Mais ces gros plans sur les sexes étaient écœurants et sordides. On souffrait pour les victimes de cette ultime humiliation.

— Comment as-tu fait pour remarquer ces points minuscules ? a fait Noah en entrant.

Il tenait à la main un gros paquet de clichés à la main qui sentaient encore les produits révélateurs.

— Je n'en sais rien, ai-je répondu en haussant les épaules. C'est peut-être parce que je suis plus petite que vous. Depuis ce fauteuil, les pieds des victimes se trouvent à hauteur de mes yeux. Mon regard s'est donc tout naturellement concentré dessus.

— J'ai fait tirer des agrandissements de l'arrière-plan de chaque photo. Nous cherchons un détail qui pourrait nous renseigner sur l'endroit où se trouvent les victimes. Nous avons aussi agrandi les corps et… En fait, tu avais raison, mais…

Il a secoué la tête d'un air accablé. Il ne comprenait toujours pas comment ça avait pu lui échapper.

— Tu avais raison, a-t-il répété.

Il s'est dirigé vers la cafetière.

— Du café ? a-t-il demandé.

— Non.

Au train où allaient les choses, je risquais de rentrer très tard chez moi, probablement après minuit, et je devais me lever à 6 heures le lendemain. Je ne pouvais pas me permettre une surdose de caféine au risque de rester éveillée toute la nuit à penser à Liz, ou à Betsy — peu importait son nom. Et à Noah.

C'était surréaliste de se retrouver assise dans son bureau quelques heures après avoir fait l'amour avec lui. Il ne restait plus rien de notre intimité. Nous ne nous intéressions plus qu'à ces affreuses photographies.

— Tiens, jette un œil là-dessus, a dit Noah en me tendant une demi-douzaine de clichés.

Au même moment, Perez et Butler sont entrés. Nous nous connaissions déjà et nous nous sommes salués sans cérémonie.

A leur allure, j'ai compris que Noah les avait tirés du lit.

— Vous arrivez à point, a dit Noah. Servez-vous du café et asseyez-vous.

Il a attendu qu'ils soient installés pour poursuivre.

— Regardez, a-t-il fait en leur tendant des agrandissements où les pieds apparaissaient en taille réelle.

J'en ai eu le frisson. Réduite, l'image d'un cadavre est moins impressionnante. On peut conserver un semblant de distance. L'horreur que l'on ressent est une construction intellectuelle.

Mais lorsque j'ai contemplé ces grands pieds avec ces chiffres rouges tracés comme des graffitis sur du marbre, ma vision s'est brouillée. J'aurais préféré ne pas voir. Je savais que je ne pourrais plus jamais oublier ces images.

Les autres photographies étaient moins perturbantes. Elles ne montraient que quelques centimètres de peau et faisaient penser à des tableaux abstraits — de ceux que l'on expose dans les galeries d'art conceptuel de Chelsea et qu'un collectionneur n'aurait pas reniés.

Et ce que j'avais remarqué l'autre jour sautait aux yeux.

Un rond brun, ressemblant à un grain de beauté. Placé exactement au même endroit sur chacune des voûtes plantaires.

Noah a posé un troisième jeu de clichés sur le bureau. Le grain de beauté, qui devait mesurer à peine plus d'un centimètre de diamètre dans la réalité, y était agrandi une vingtaine de fois.

Il ne s'agissait ni d'une saleté, ni d'une tache, ni d'un

grain de beauté. Ce n'était plus marron, mais d'un rouge sombre. Un rouge *scarlet*.

Deux serpents rouges délimitant un cercle noir.

— Mais c'est un tatouage ! s'est exclamée Butler d'un ton ahuri.

— On dirait deux serpents entrelacés ! a ajouté Perez en se penchant par-dessus son épaule.

Noah n'a pas fait de commentaire. Il me regardait. Il se demandait pourquoi je ne disais rien, pourquoi je ne posais pas de question.

Je n'en avais pas besoin.

J'étais la seule personne dans cette pièce à savoir exactement de quoi il retournait. Ces deux serpents entrelacés en un cercle représentaient les initiales de *Scarlet Society*. Et pour un homme aussi intelligent que Noah, mon silence était plus éloquent qu'un aveu.

# 40

Ces lumières blanches pointées sur lui l'aveuglaient. Il ne voyait rien. Mais il entendait une voix.

— Ce sera parfait comme éclairage, disait-elle. Pas besoin de filtre pour adoucir ou flatter ton teint. Le but n'est pas de te faire paraître à ton avantage, comme tu t'en doutes. Ces clichés doivent donner la chair de poule. Ceux qui les verront ne pourront plus dormir, ils se retourneront dans leur lit comme des poissons pris dans un filet. Ils ne pourront pas trouver le sommeil. L'angoisse les empêchera de fermer l'œil.

Les paupières de Bruce Levin battirent. Il se sentait sombrer. Il était vivant, mais au bord de l'évanouissement. Il tenta d'ouvrir les yeux pour se faire une idée de l'endroit où il se trouvait, mais il n'y parvint pas. Quelqu'un lui caressa le torse, puis les cuisses, avec des doigts glacés. Seigneur, comme il avait froid… Il songea brusquement qu'il devait être nu. Mais pourquoi ?

— Ne t'en fais pas, murmura la voix.

L'appareil photo s'agitait toujours au-dessus de son visage.

Bruce essaya de répondre, mais il avait quelque chose dans la bouche.

Dans la bouche ?

Mais qu'avait-il donc dans la bouche ?

— Tu ne souffriras pas si tu n'essayes pas de me résister. J'aimerais mieux que tu n'essayes pas... Je déteste la bagarre.

Un rire.

Bruce ne voyait pas ce qui pouvait prêter à rire. Pourquoi l'avait-on emmené ici et attaché ? Et qui ? S'il arrivait à comprendre ce qu'on lui voulait, il parviendrait peut-être à s'en sortir. Mais son esprit était embrouillé, impossible d'aligner deux idées correctes. Il ne savait pas si l'on était le matin ou le soir, depuis quand il se trouvait ici, où et comment il avait rencontré la personne qui l'avait emmené ici. Que s'était-il passé ? Avait-il eu un accident ? Etait-il blessé ? Sur sa bouche, c'était peut-être des pansements, après tout...

Bruce fit un effort pour se concentrer. Il avait l'impression qu'on l'avait amputé d'une partie de ses souvenirs. L'effet d'une drogue, peut-être. Mais quel type de drogue ? Il en avait essayé quelques-unes quand il était étudiant, mais aucune ne l'avait mis dans un tel état.

Il parvint finalement à ouvrir les yeux au prix d'un effort colossal, mais peut-être aurait-il mieux fait de s'abstenir car ce qu'il vit n'avait rien de réjouissant. Autour de lui, il y avait des chariots d'hôpital avec des corps allongés. Des corps silencieux et nus. Pâles. Glacés. Mais comment pouvait-il savoir qu'ils étaient glacés ? Il le supposait. Il faisait tellement froid dans cette pièce...

Le reflet argenté d'une lame de ciseau l'aveugla. Merde, ça faisait mal. Il lutta contre la douleur. Mais la douleur, au moins, était présente, tangible. Elle se détachait du halo de sensations floues dans lequel il flottait. Les ciseaux se rapprochaient. Il les voyait maintenant de très près. Tout près de son visage. Il songea qu'il devait se préparer à ce qui allait se passer. Mais se préparer à quoi ? Comment ?

La peur prenait maintenant le dessus sur tout le reste, elle siégeait surtout dans sa poitrine. Son cœur se mit à battre. Il entendit son rythme sourd s'accélérer lorsque les ciseaux se déplacèrent vers son front.

Cette fois, il eut beau lutter, ses yeux se fermèrent malgré lui.

Puis un crissement résonna à ses oreilles. Des lames. Qui coupaient. Mais qui coupaient quoi ? Un bruissement de cheveux. On lui coupait les cheveux.

Mais pourquoi ?

Il se mit à rêver à une femme avec laquelle il avait fait l'amour. Une femme dont il connaissait parfaitement le corps, mais pas le visage. Le sexe était toujours meilleur avec des étrangers dont on ne savait rien. Rien sur leur patron qui en voulait toujours plus, rien de ce qui les tracassait en ce moment, rien de ce qu'ils allaient vous demander, exiger de vous. Plus de mots, plus d'actes, plus d'engagement.

Il aimait que ses partenaires lui dictent ce qu'il devait faire, qu'elles prennent la direction des opérations. Comme ça, il n'était pas obligé de se creuser la cervelle pour leur plaire. Il suffisait de suivre leurs indications. Le sexe devenait sans risque. Du moins de son point de vue.

Bruce était persuadé que les femmes tombaient amoureuses des hommes qui parvenaient à leur donner du plaisir. Les femmes ne vous demandaient rien et gardaient le silence sur ce qu'elles attendaient. Mais malheur à celui qui tombait juste et qui devenait son héros au lit. Il était fichu. Elles ne le lâchaient plus.

Quand la femme définissait les règles du jeu, c'était différent. A droite, à gauche, lécher, sucer, mordre, venir, attendre… Il n'y avait qu'à obéir. Et elle ne vous contemplait pas le lendemain matin avec des yeux malades d'amour en vous disant qu'elle vous avait attendu toute sa vie.

Parce que vous n'étiez rien de plus qu'un godemiché vivant.

Bruce se rendit compte qu'il avait une érection.

Ici ?

Attaché sur ce chariot d'hôpital ?

Il se gelait les couilles et il mourait de peur, mais il lui restait suffisamment d'énergie pour qu'un rêve érotique provoqué par la drogue le fasse bander… Il délirait.

Mais non. Il ne délirait pas.

Une main gantée lui caressait le sexe. Merde. Elle glissait de haut en bas le long de son pénis, lentement, puis vite, puis lentement, et son corps répondait tout naturellement à cette sollicitation, comme si de rien n'était, comme s'il n'était pas en plein cauchemar.

Il savait déjà que sa bite et son cerveau, ça faisait deux. Il en avait eu la preuve des centaines de fois. Mais, là, c'était vraiment dingue. Son esprit aurait tout de même dû se révolter contre cette réaction malsaine. Mais, apparemment, il n'en était pas capable.

Une langue lui léchait le gland, à présent. Une langue de félin, plutôt agressive. En rythme. Un petit coup sec, une longue léchouille, un petit coup sec. En alternance.

Pourquoi n'arrivait-il pas à lutter ? Il avait honte de son inertie. Honte parce qu'il aurait voulu ne pas ressentir le plaisir qui montait en lui. Irrévocablement.

Et puis cette angoisse au creux de son estomac. Insupportable. Insupportable en dépit des caresses expertes de cette main et de cette langue.

Les caresses s'arrêtèrent brusquement.

Juste quand ça commençait à devenir vraiment bon, Bruce entendit un éclat de rire obscène. Pas besoin de mots pour traduire ce rire qui se moquait de lui et de son pénis, qui semblait le ravaler au rang d'un animal et nier l'existence de son cerveau d'homme.

— Tu n'auras rien de plus, fit la voix.

Bruce frissonna.

Voilà donc où on voulait en venir. On lui coupait les cheveux, on lui léchait la bite, on le prenait en photo… Et ensuite, quand on jugerait le moment venu, quand on en aurait terminé avec ce rituel de malade, on le tuerait. Bruce eut la nausée. Si seulement il avait pu vomir sur cette silhouette avant de se faire étriper. Parce que c'était là que l'autre voulait en venir, pas de doute. Il n'y avait pas d'autre fin possible. Des jeux sexuels, des mutilations, et ensuite un meurtre.

La nausée empirait. Bruce sentit monter et redescendre la bile qui lui laissa un goût acide dans la gorge.

*Pitié…*

Il suppliait un dieu. N'importe lequel. Mais sans grande conviction. Qui que soit ce putain de dieu, il n'était pas avec lui.

Ce fut à ce moment-là qu'explosa un petit bruit sec. Sans doute le dernier qu'il lui serait donné d'entendre dans sa vie.

# 41

Ma deuxième séance avec Daphne et Nicky avait très mal démarré.

Ils s'étaient installés à l'opposé l'un de l'autre, ils ne se regardaient pas, ils ne me regardaient pas non plus.

Parfois, les émotions sont tellement palpables qu'elles dégagent presque une odeur. J'ai toujours pensé que les corps humains émettent des effluves particuliers pour communiquer certains sentiments extrêmes. Exactement comme les animaux sauvages.

Et ce jour-là, dans cette jolie verrière décorée des natures mortes insipides peintes par Daphne avant que son talent se révèle dans des portraits d'hommes nus, je sentais la peur, la colère, le désir.

Ils s'étaient visiblement disputés juste avant mon arrivée et ça n'a pas été facile de les amener à m'en parler.

— Vous n'avez pas envie de raconter ce qui s'est passé ? ai-je tout d'abord demandé à Daphne.

— Pourquoi le ferais-je ? De toute façon, Nicky ne se gênera pas pour tout déformer.

— Gérer les différences d'appréciations entre vous, c'est mon problème, ai-je fait remarquer.

Elle s'est levée, elle a marché jusqu'à un panier suspendu

contenant une immense fougère et elle a machinalement arraché une feuille morte.

— Daphne ?

Elle s'est tournée vers moi en froissant la feuille entre ses doigts.

— Il serait préférable que vous repreniez votre siège, ai-je dit. Vous êtes chez vous et vous trouvez tout naturel de vous lever et de circuler, mais je demande généralement à mes patients de rester assis et j'aimerais bien que nous respections cette règle ici.

Elle est retournée à sa place, à un bout du canapé, sans dire un mot. Elle n'a pas jeté un regard à Nicky au passage. Lui non plus.

— Daphne, nous parlions de ce qui s'était passé avant que j'arrive.

Elle a soupiré.

— Nicky a voulu faire l'amour avec moi.

— Moi ? a explosé Nicky. C'est moi qui ai voulu faire l'amour ? Quand elle est venue m'ouvrir la porte, elle m'a demandé de la suivre à l'étage. Comment aurais-je dû l'interpréter ?

— Vous voyez ? a dit Daphne. Il déforme tout.

— Daphne, quel était votre état d'esprit quand vous avez ouvert la porte à Nicky ?

— J'étais contente de le voir. Je l'aime. Je voudrais qu'il vive de nouveau avec moi.

Tout en parlant, elle malmenait la feuille dont les débris sont venus souiller le sol immaculé.

— Très bien. Donc, il est entré et vous étiez heureuse qu'il soit là. Et ensuite ? L'avez-vous embrassé pour lui dire bonjour ?

— Bien sûr que je l'ai embrassé. Nous sommes toujours mariés.

— Elle oublie de vous dire qu'elle a tenté de me donner un vrai baiser.

J'ai légèrement pivoté dans mon fauteuil pour faire face à Nicky.

— Je préférerais que vous laissiez Daphne me raconter sa version de l'histoire sans l'interrompre. Quand elle aura terminé, j'écouterai la vôtre. Je pense que vous comprenez l'intérêt d'un tel fonctionnement.

— Oui. Et je ne demande pas mieux que de tirer ce quiproquo au clair. Mais elle joue avec moi et…

— Nicky…

Il s'est tu, il a pris une profonde inspiration, puis il a poussé un gros soupir et s'est calé dans son fauteuil pour laisser parler Daphne.

Je n'ai pas été surprise de constater que leurs versions divergeaient sur presque tous les points. D'après Daphne, Nicky avait laissé entendre dès son arrivée qu'il avait envie de coucher avec sa femme. Elle avait accepté et lui avait proposé de monter dans leur chambre. Mais lorsqu'il avait ôté sa chemise, elle avait remarqué des égratignures dans son dos.

— Je lui ai demandé s'il avait participé récemment à une soirée de Scarlet. Il m'a menti et m'a juré que non. Tout ce qu'il voulait, c'était du sexe. Il se fichait pas mal des règles que nous avions établies et de ce que je ressentais.

Nicky, lui, prétendait que sa femme ne lui avait jamais demandé s'il s'était rendu à une soirée de Scarlet. Il avait simplement menti par omission. Ce n'était pas la même chose.

— Qu'appelez-vous mentir par omission ? ai-je dit.

— Elle m'a demandé si je l'aimais. Je lui ai répondu que oui. Ensuite elle m'a demandé si je méritais vraiment qu'elle m'accueille dans son lit. Sans me dire qu'elle avait remarqué les égratignures. Elle m'a tendu un piège.

— Chaque fois qu'il va là-bas, il risque sa vie, interrompit Daphne. Il le sait aussi bien que moi. Mais c'est plus fort que lui. Il cherche à se détruire.

A la fin de la séance, j'avais réussi à obtenir qu'ils arrêtent de s'accuser l'un l'autre et qu'ils acceptent d'écouter calmement leurs griefs réciproques. Je leur ai expliqué que c'était le seul moyen de sortir du cercle vicieux de la colère.

— Daphne, j'aimerais que vous cessiez d'insulter votre mari et que vous lui disiez plutôt ce que vous ressentez.

— J'ai peur pour lui, a dit Daphne.

Nicky l'a regardée tendrement et lui a souri.

— Ne t'inquiète pas, a-t-il répondu. Je suis prudent. Il ne m'arrivera rien.

— Tu crois que Philip et Tim n'étaient pas prudents, eux aussi ? a-t-elle insisté, les yeux pleins de larmes.

Puis elle a mis sa tête entre ses mains et a éclaté en sanglots.

Nicky s'est levé. Il l'a prise dans ses bras et lui a caressé le dos et les cheveux pendant qu'elle continuait à pleurer.

J'aurais voulu faire plus pour eux. Et surtout plus vite. Ce n'était pas la première fois que je regrettais que mon approche de thérapeute m'interdise autre chose que des mots. J'aurais voulu posséder un pouvoir magique pour que ces deux êtres cessent enfin de se déchirer. Pour qu'ils laissent simplement s'exprimer les sentiments positifs qu'ils éprouvaient l'un pour l'autre.

# 42

J'avais promis à Dulcie de ne pas me montrer à l'avant-première de sa pièce à Boston, mais je n'ai pas pu résister. J'ai loué une voiture et j'ai pris la route samedi matin.

Les couleurs des feuilles d'automne flamboyaient sur la route verdoyante du Connecticut. Le ciel sans nuages était d'un bleu pur et vif et le soleil qui filtrait à travers les arbres faisait vibrer la campagne. Mais j'avais du mal à oublier mes préoccupations et à apprécier pleinement la beauté du paysage.

Je m'étais décidée sur un coup de tête.

Après le départ de Dulcie, à 6 h 30, j'étais allée dans le salon, j'avais déplié la table en bois sur laquelle je travaillais un bloc de quartz rose depuis six mois, j'avais enfilé des lunettes protectrices et je m'étais mise à sculpter.

Scultper m'apaise. Je ne prétends pas avoir du talent, même si je l'ai espéré autrefois — avant de découvrir où se nichaient mes vraies capacités. J'ai découvert la sculpture avec Krista, la deuxième femme de mon père. Krista expose chaque année dans une prestigieuse galerie de la 57e Rue. La première fois que j'ai vu ses œuvres, j'ai été tellement subjuguée qu'elle m'a proposé de me donner des leçons — sans doute pour établir la communication avec moi. Je n'avais que douze ans, mais tout me plaisait dans l'acte de sculpter : la matière, les gestes, les outils. La définition que Krista donnait de son travail m'avait fascinée. Elle prétendait révéler les formes dissimulées dans la pierre, les amener à la vie.

Chaque fois que me trouve dans une situation pénible et que je ressens le besoin d'une image maternelle, je pense d'abord à ma mère, morte dans un état second provoqué par l'alcool lorsque j'avais huit ans. Ensuite, je pense à Nina.

Mais je n'oublie pas le lien qui m'unit à ma belle-mère, un lien qui passe par notre amour commun du travail de la pierre.

Mais ce matin-là, la petite fille endormie qui prenait forme dans le quartz rose n'avait pas réussi pas me faire oublier mes préoccupations. J'avais posé mon maillet et mes ciseaux, appelé une société de location de voitures et préparé ma valise en réfléchissant à ce que j'allais dire à Dulcie en arrivant à Boston.

Après une heure et demie de route, je suis sortie de l'autoroute pour entrer dans Wesport, Connecticut, avec l'intention de déjeuner en ville. Il était 12 h 30. Le spectacle était programmé à 20 heures et Boston n'était plus qu'à trois heures de voiture. J'avais tout mon temps.

Je me suis installée dans un Starbucks avec un *caffè latte* et un cake aux noix et au potiron. Tout en mangeant, je réfléchissais à ce que j'étais en train de faire. En allant à Boston, je trahissais la promesse que m'avait arrachée Dulcie. Mais c'était la première fois qu'elle montait sur scène avec une compagnie professionnelle. J'avais besoin d'assister à cette représentation. Pour ne pas me sentir à l'écart. Et aussi pour calmer mon angoisse et mon trac.

J'envisageais plus ou moins de me cacher au fond de la salle et de ne pas me manifester après la représentation. Dulcie ne m'aurait jamais pardonné de l'avoir trahie.

Je ne cessais de tergiverser. J'hésitais entre faire demi-tour et filer à Boston, mais aucune de ces deux directions ne me semblait la bonne.

Et puis mon téléphone portable a sonné.

— Allô ?

— Docteur Snow ? C'est Pam.

Pam était la standardiste qui travaillait à l'institut le soir, les week-ends et les jours fériés. Elle réceptionnait les appels urgents.

— Salut, Pam.

— Je viens de recevoir un coup de fil pour vous. D'une de vos patientes. Elle ne m'a donné que son prénom, Liz. Elle dit qu'elle a absolument besoin de vous parler au plus vite. Que ça ne peut pas attendre.

# 43

Un appel à l'aide d'une patiente mêlée de près ou de loin à la mort de trois hommes, voilà qui réglait mon problème et me dispensait de me poser des questions. Je n'avais plus qu'à remonter dans ma voiture pour retourner à New York.

Remplir mon devoir de médecin me permettait de tenir la promesse faite à ma fille.

Tout en reculant pour sortir du parking et me diriger vers le sud — et pas vers le nord —, j'ai songé que la douleur lancinante qui me vrillait le cœur ne me quitterait pas. Mais je crois bien que je préférais souffrir plutôt que d'affronter le regard accusateur de Dulcie.

La femme qui m'attendait à l'institut portait une perruque blonde. J'en ai été soulagée. Il m'était plus facile de m'adresser à Liz, de Scarlet. Betsy, la journaliste, je n'aurais pas su comment l'aborder.

Elle s'est assise sur le divan et moi dans mon fauteuil.

Je suis aussitôt entrée dans le vif du sujet. Il n'y avait aucune raison de tergiverser.

— Que se passe-t-il ? ai-je demandé.

Nous étions au milieu de l'après-midi. Le soleil qui filtrait à travers les feuilles des arbres dessinait sur le tapis un motif qui changeait à chaque coup de vent. Liz le contemplait fixement. Elle tenait une enveloppe en papier kraft serrée contre sa poitrine, désespérément. Un peu à la façon dont j'avais une fois serré ma fille contre mon cœur un jour où elle était brûlante de fièvre et où j'attendais avec elle, affolée, dans la salle d'attente de notre médecin de famille.

— Il y a une quatrième victime, a-t-elle murmuré.

— Depuis quand le savez-vous ?

— Depuis ce matin.

— Vous en avez parlé à la police ?

Elle a hoché la tête. Puis elle a froncé les sourcils.

— Que faisiez-vous au commissariat l'autre soir ?

— Quel est le rapport avec ce qui nous préoccupe aujourd'hui ?

— J'ai besoin de savoir si je peux vous faire confiance. Vous n'avez pas l'intention de leur parler du groupe ?

— Bien sûr que non.

— Dans ce cas, que faisiez-vous là-bas ?

— Liz, pourquoi vouliez-vous absolument me voir aujourd'hui ? En quoi y a-t-il urgence ?

— Comment être sûre que je peux me confier à vous ?

— Je ne suis pas de celles qui transgressent les règles de déontologie de leur profession.

— Vous avez l'air de dire que moi je les transgresse…

Je ne l'avais pas dit. Pas même insinué.

— Pour quelle raison devrais-je questionner votre éthique professionnelle ? ai-je demandé.

Elle a ricané. Son rire n'avait rien de gai ou de convivial. On sentait plutôt qu'elle était au bord de la crise de nerfs.

— Vous le pourriez... Vous savez que je suis la journaliste qui reçoit ces horribles photos et que j'appartiens à la société secrète dans laquelle les victimes intervenaient en tant qu'invités.

— Et cela vous pose problème ?

Elle s'est levée. Sa main serrait toujours l'enveloppe.

— Asseyez-vous, s'il vous plaît, ai-je demandé.

Elle est restée debout.

— Vous voulez savoir si quelque chose me dérange... Vous plaisantez, je suppose... Voilà des nuits que je ne dors pas. Je ne suis pas honnête avec mon journal. Je ne suis pas honnête avec Scarlet. Et vous croyez probablement, comme la police, que j'ai tué ces hommes.

— Asseyez-vous, ai-je insisté en prenant ma voix la plus douce.

Elle était en pleine crise de nerfs, je ne m'étais pas trompée. Son corps tremblait, elle respirait difficilement. Avant de parler de quoi que ce soit avec elle, il fallait d'abord la calmer.

— Il m'est impossible de vous aider si vous n'acceptez pas de vous installer tranquillement pour m'expliquer ce qui vous met dans cet état.

Elle ne s'est pas assise pour autant et elle a continué à me regarder fixement pendant une bonne minute. Sa respiration s'est encore accélérée et son regard paraissait de plus en plus trouble.

Si elle était responsable ou complice de ces meurtres, je ne pouvais préjuger de ses réactions. Surtout vis-à-vis de moi, puisque j'étais probablement la seule personne au courant de son implication dans l'affaire. Mais cette femme était-elle réellement capable de tuer trois hommes ?

Ou plutôt quatre, puisqu'elle venait m'annoncer l'existence d'un quatrième cadavre.

Ce n'était pas la première fois que je me sentais en danger avec un patient. En semaine, il y avait du passage dans le couloir et il m'aurait suffi de crier pour que quelqu'un vienne aussitôt à mon secours. Mais, là, nous étions samedi après-midi, je me trouvais seule à l'institut et je n'avais pas d'arme pour la maîtriser si elle décidait de m'agresser.

Je me suis levée. J'ai fait un pas dans sa direction. Puis un autre.

Elle n'a pas réagi.

J'ai avancé encore. Nous n'étions plus qu'à quelques centimètres l'une de l'autre. Je fixais son visage, mais j'avais ses mains dans mon champ de vision et j'ai pu constater qu'elles étaient toujours crispées sur l'enveloppe. Si elle les bougeait, j'avais une seconde pour réagir et me protéger. J'avais pris des cours de self-défense auxquels j'avais également inscrit ma fille. Il valait mieux savoir quoi faire si quelqu'un vous sautait dessus. J'ai essayé de me rassurer. Je pouvais maîtriser Liz tant que je conservais mon calme et que je surveillais ses mains.

— Pourquoi refusez-vous de vous asseoir, Liz ?

— Je m'appelle Betsy, a-t-elle hurlé.

Je suis habituée à faire face à des psychotiques en pleine crise. Etait-elle psychotique et en pleine crise ?

— Mon putain de nom, c'est Betsy, a-t-elle répété.

— Betsy, d'accord. Betsy, je vous demande de retourner sur ce divan.

J'ai saisi son bras, fermement, et je l'ai obligée à s'asseoir. Elle n'a pas résisté. Puis je l'ai forcée à desserrer ses doigts qui broyaient l'enveloppe et je la lui ai enlevée.

Une fois libéré de ce fardeau, tout son corps s'est

détendu. Ses traits n'exprimaient plus la colère, mais le désespoir.

— J'ai tué ses hommes, a-t-elle gémi.

Et elle a enfoui son visage dans ses mains.

# 44

Les inspecteurs Jordain et Perez étaient assis dans une berline bleue banalisée garée en face du Butterfly Institute. Ils avaient reçu ce matin un appel de l'agent qui surveillait le courrier du *New York Times*. Une quatrième enveloppe de Dalila était arrivée pour Betsy Young.

L'homme qui apparaissait sur les photographies avait disparu depuis quatre jours. Il s'agissait de Bruce Levin, un agent immobilier dont le nom était aussi connu que ceux des riches célébrités pour lesquelles il négociait des appartements de luxe. Il avait épousé un top model avec qui il avait eu des jumeaux. Tous les tabloïds avaient parlé de leur divorce et de la somme faramineuse réclamée par madame pour s'occuper de ses deux enfants.

Comme les trois envois précédents, celui-ci contenait une mèche de cheveux de Levin dans un sac en plastique et trois photographies prises sous les angles habituels. Levin portait aux poignets et aux chevilles des marques indiquant qu'il avait été attaché.

Et, bien entendu, on avait inscrit en rouge le numéro quatre sur ses plantes de pieds.

Lorsque Jordain et Perez étaient arrivés au commissariat, Betsy Young les y attendait, comme d'habitude.

Elle avait déjà écrit son article et l'avait apporté avec elle. Mais son attitude avait radicalement changé.

Les autres fois, elle s'était montrée très professionnelle — nerveuse, mais maîtresse d'elle-même. Elle n'avait pas hésité à manifester son agacement quand Jordain et Perez retardaient trop la parution de son papier, et aussi parce qu'ils lui interdisaient de révéler tout ce qu'elle savait.

Betsy Young n'aimait pas qu'on lui mette, selon ses propres termes, les bâtons dans les roues.

Mais ce matin-là, les deux inspecteurs avaient trouvé une Betsy Young complètement transformée, humble et visiblement choquée. Après leur réunion, Perez avait proposé de la faire raccompagner en voiture jusqu'à son journal et elle avait accepté sans faire d'histoires. Elle était visiblement trop perturbée pour se rendre compte que c'était pour la police un bon moyen de la garder sous contrôle.

Bien entendu, ils l'avaient mise sous surveillance. Elle était retournée travailler pendant quelques heures, puis elle avait pris un taxi dont elle était ressortie avec une perruque blonde et elle s'était engouffrée dans le Butterfly Institute. Jordain et Perez s'étaient interrogés sur le pourquoi de ce camouflage, lequel, comme tout ce qui touchait à cette affaire, leur paraissait absurde.

Perez but une gorgée de café, mais cela faisait si longtemps qu'ils poireautaient dans cette voiture que le breuvage était tiède. Jordain avait déjà terminé sa tasse et regrettait de ne pas avoir de quoi s'en servir une deuxième. Ils n'étaient pas encore partis…

— On perd notre temps, se plaignit Jordain.

— Je n'en suis pas aussi sûr que toi, répondit Perez.

— Je ne crois pas que Betsy Young soit notre Dalila,

mais j'espère tout de même qu'elle connaît le coupable et qu'elle finira par nous mener jusqu'à lui.

— En tout cas, elle n'était pas dans son état normal ce matin. C'est tout de même bizarre qu'elle reçoive tous ces courriers. Ça cache quelque chose. De toute façon, nous n'avons pas d'autre suspect en vue.

— A propos d'avancer dans cette affaire..., reprit Jordain.

La sonnerie de son téléphone portable l'interrompit.

— Jordain à l'appareil.

— Jordain, c'est Butler. J'ai fait ce que tu m'as demandé.

Les lèvres de Jordain formèrent silencieusement le nom de Butler pour Perez.

— Vas-y, dit-il. Je suis impatient de savoir.

— J'ai bien peur de vous décevoir encore une fois, répondit Butler. Mais je n'ai pu établir aucun lien entre Young et la dernière victime.

— Laisse-moi deviner, fit Jordain d'un ton las. Même chose que pour les trois premiers, c'est ça ? Tu as interrogé les amis de Levin, ses collègues de travail, son concierge... Tu as aussi vérifié les appels qu'il a passés récemment et il n'y avait rien pour le portable de Mlle Young ou pour son bureau.

— Non, rien.

Après avoir raccroché, Jordain mit Perez au courant.

— Elle ne les connaissait peut-être pas, commenta Perez. Mais elle a pu les rencontrer et les choisir pour cible. A nous de déterminer pourquoi. Elle a peut-être voulu les séduire et ils l'ont repoussée...

— Elle les aurait drogués et tués pour se venger ? Non, ça ne tient pas debout. Je t'accorde qu'elle est tenace et combative, mais elle me paraît parfaitement saine d'esprit.

Je ne pense pas qu'elle souffre de la solitude au point d'assassiner les hommes qui refusent ses avances. Non… Si elle a quelque chose à voir avec ces meurtres, il faut chercher dans le domaine professionnel.

Une femme passa près de leur voiture avec un minuscule caniche roux. Elle s'arrêta pour lui laisser renifler le bord du trottoir et jeta un vague coup d'œil à l'intérieur de la voiture. Jordain la remarqua, mais sans y prêter attention.

— On a vérifié que l'immeuble ne possédait pas une autre sortie ?

Perez secoua la tête.

— Non, mais la plupart des constructions de New York n'en ont pas. Si on sort pour vérifier maintenant, on risque de tomber nez à nez avec elle. Je serais d'avis de ne pas bouger. Tu penses attendre combien de temps, si elle ne se montre pas ?

— Les séances durent généralement quarante-cinq minutes. On n'a pas fini.

— Quarante-cinq minutes… Et ça ne déborde jamais ?

— Morgan peut garder un patient plus longtemps si elle juge que c'était indispensable. Elle n'hésite pas à transgresser les règles quand il le faut.

— Mais pour nous, elle refuse de transgresser quoi que ce soit.

— C'est une femme intègre.

— Une femme intègre… Rien de plus ?

Jordain haussa les sourcils.

— Allez, Jordain…, reprit Perez. Ne fais pas l'innocent. Je te connais depuis suffisamment longtemps pour savoir quand quelqu'un t'intéresse. Ça fait un moment que j'attendais ça, tu sais.

— Laisse tomber, râla Jordain.

— Je vous ai observés et…

— J'ai faim, coupa Jordain. Tu n'aurais pas une de ces cochonneries de barres chocolatées dont tu te gaves à longueur de journée ?

# 45

Après s'être accusée des meurtres en série, Betsy est restée un long moment immobile, la tête dans les mains. Pendant ce temps j'ai ouvert l'enveloppe pour en inspecter le contenu. Les photos auraient dû me laisser indifférente puisque j'avais déjà vu pratiquement les mêmes en trois exemplaires au commissariat. Pourtant, j'ai eu la nausée en les découvrant et, quand j'ai lu le numéro quatre sur les plantes de pieds de la victime, ma tête a commencé à me lancer.

— Betsy ?

Elle a levé les yeux.

— Ils ne seraient pas morts si j'avais révélé l'existence de Scarlet à la police.

— Et que leur auriez-vous dit ?

— Comment pouvez-vous rester si calme ? On dirait que tout ça vous laisse parfaitement indifférente.

— Qu'est-ce qui vous fait penser que je suis indifférente ?

— Vous ne connaissiez pas ces hommes. Leur mort ne peut vous émouvoir.

— Tandis que vous, vous les connaissiez, n'est-ce pas ? Vous aviez fait l'amour avec eux.

Elle a hoché la tête.

— Vous ressentiez pour eux de l'affection ?

— Pour Bruce Levin, oui.

J'ai acquiescé en silence. Je n'étais pas surprise que Betsy ait été plus proche de la dernière victime que des autres. Ça expliquait pourquoi elle craquait maintenant.

— Et pourtant je l'ai tué.

— Comment ?

— En ne faisant rien pour le protéger.

— Je ne suis pas d'accord. Vos articles ont été lus par des milliers de personnes et cités par une foule de médias. Les hommes invités de Scarlet étaient forcément au courant pour les meurtres et cela aurait dû les inciter à se montrer prudents. Extrêmement prudents, même.

— C'est aussi ce que je croyais. Mais apparemment, ils n'ont pas pris la menace au sérieux.

— Sans doute que si, mais pas suffisamment.

— Je ne peux pas aller trouver la police.

— Je ne vous ai pas demandé d'y aller.

— Mais vous pensez que je devrais.

— Betsy, je n'ai rien dit. C'est vous, qui en parlez.

— C'est vrai. Mais il m'est impossible de trahir le secret de Scarlet.

— Même si vous savez que ça pourrait sauver la vie d'un homme…

— C'est plus compliqué que ça, a-t-elle répondu.

J'étais bien placée moi aussi pour savoir que c'était compliqué, je me posais les mêmes problèmes de conscience qu'elle.

— Poursuivez, ai-je dit.

— Il ne s'agit pas seulement de Scarlet. Si je raconte tout à la police, je serai virée du *Times*.

— Pourquoi ?

— S'ils apprennent que je faisais partie de Scarlet et que j'ai gardé cette information pour moi…

Elle a laissé sa phrase en suspens.

J'ai attendu un peu et, comme je voyais qu'elle n'avait pas l'intention de poursuivre, je l'ai relancée.

— Même si mon patron ne me vire pas, il exigera de moi que j'abandonne l'affaire à un autre journaliste, a-t-elle murmuré. Je ne peux pas. Pas en ce moment. Ce serait un suicide professionnel.

— Mais vous avez eu une carrière exemplaire, deux prix Pulitzer. Cette erreur remettrait vraiment tout en question ?

— Vous ne comprenez pas. Il m'a fallu des années de travail acharné pour obtenir cet encart en première page. Je ne peux pas l'abandonner comme ça.

— Donc, vous avez déjà pris votre décision. Vous n'irez pas trouver la police.

— Oui, j'ai déjà pris ma décision.

— Dans ce cas, que faites-vous ici ?

J'ai compris à l'expression de son visage qu'elle ne s'était pas attendue à cette question. Mais les réponses aux questions inattendues m'intéressent. Non que j'espère obtenir des réponses sincères — les patients me mentent et se mentent à eux-mêmes. Simplement, lorsqu'il est pris de court, un être humain ne peut pas dissimuler certaines réactions physiologiques qui le trahissent — à moins d'être un vrai mythomane ou un acteur accompli.

Les pupilles du menteur se dilatent ou se rétrécissent, de la sueur perle à son front, il pince la bouche, il éprouve le besoin d'aspirer une goulée d'air avant de parler. Il avale sa salive, il soupire, il cligne des yeux, il plisse les paupières. Autant de signes suggérant qu'il ne dit pas la vérité.

Betsy n'était pas mythomane et elle n'avait pas non plus l'habitude de jouer la comédie. Et elle se comportait en coupable. Quelquefois, quand mes questions la dérangeaient, elle évitait mon regard. En dépit de l'air frais qui entrait par la fenêtre ouverte, elle avait sur le front quelques mèches de cheveux collées par la sueur. Elle avait la bouche sèche, je m'en rendais compte quand elle parlait.

Je me suis demandé si elle jouait la carte de la culpabilité, si elle me confessait un péché bénin pour éloigner mes soupçons de l'autre, le plus grave. Une personne qui se torturait l'esprit parce qu'elle n'osait pas confier à la police qu'elle connaissait les victimes ne pouvait être une meurtrière, n'est-ce pas ? Betsy-Liz cherchait peut-être à me convaincre que, dévastée d'angoisse par le rôle mineur qu'elle avait joué dans la disparition de ces hommes, elle aurait été bien incapable d'en tenir un plus important ?

Peut-être… Je me posais la question.

La femme qui se trouvait ce jour-là dans mon cabinet pouvait être responsable du carnage qui lui fournissait matière à écrire ses articles. Je n'excluais pas cette hypothèse.

Elle ne manquait pas de mobiles.

Nous en avions mis un à jour lors de la précédente séance avec le groupe. Elle vieillissait et les hommes qu'elle choisissait ne l'honoraient pas comme elle l'aurait voulu. Elle le lisait sur leur visage, elle le devinait à la manière dont ils évitaient son regard — comme elle évitait le mien. Betsy était une battante, elle n'aimait pas perdre. Cette situation générait probablement une colère rentrée.

Mais jusqu'où pouvait aller sa colère ?

Je l'ignorais encore.

Les articles qui redoraient son blason de journaliste constituaient un second mobile plausible.

Et puis… Elle prétendait être ravagée par la culpabilité, mais elle n'était pas pour autant disposée à lever le petit doigt pour empêcher un cinquième meurtre.

Mais moi non plus, je n'étais pas disposée à lever le petit doigt.

Et je n'étais pas pour autant la meurtrière de ces hommes.

Betsy était-elle dangereuse ? Souffrait-elle de troubles de l'humeur ? De trous de mémoires ? Avait-elle tendance à passer à l'acte ? Autant de questions dont les réponses m'auraient aidées à me forger une opinion sur son état mental et sur son éventuelle culpabilité. Malheureusement, elle n'était en thérapie avec moi que depuis une semaine et je n'aurais pas su dire si elle était ou non psychotique. Et surtout psychotique au point de commettre des meurtres en série.

Sans compter qu'elle était une femme. Les viols et les meurtres en série, je l'ai déjà dit, sont généralement le fait des hommes. Les hommes n'ont pas besoin d'éprouver de la tendresse pour leur partenaire — tout le contraire des femmes qui confondent le désir et les sentiments. Les membres de Scarlet n'échappaient pas à cette règle. Elles l'avaient prouvé en se désolant de ne pouvoir assister au service funéraire en mémoire de Philip Maur.

Une femme est capable de meurtre, bien entendu. Une épouse délaissée peut agresser, dans un moment d'égarement, le mari qui la délaisse. Mais de là à décider froidement d'éliminer quatre hommes simplement parce qu'ils ne lui ont pas accordé assez d'attention…

Rien n'est impossible, mais je jugeais tout de même cela très improbable.

Betsy était impliquée dans cette affaire… Mais de quelle manière ? Devais-je réagir ? Rien dans son comportement ne me laissait supposer qu'elle risquait d'attenter à ses jours. Elle n'avait pas laissé entendre qu'elle prévoyait de s'en prendre à un cinquième homme. Or seuls ces deux cas de figure m'auraient autorisée à trahir le secret professionnel et à me tourner vers la police.

La loi était très claire à ce sujet.

Le fait que je suive un groupe de femmes qui avaient fréquenté les quatre victimes ne me permettait pas de franchir la porte d'un commissariat. Je pouvais les encourager à y aller elles-mêmes, c'est tout. Et je l'avais déjà fait.

Il ne me restait plus qu'à convaincre Betsy de révéler elle-même toute la vérité.

# 46

Mon ex-mari m'avait appelée le dimanche matin pour me prévenir que ça s'était mal passé pour Dulcie à Boston.

Elle devait rentrer le soir-même. Je m'étais installée dans le salon pour l'attendre. Je guettais son arrivée dans le silence. Lorsque j'ai entendu le cliquetis de sa clé qui tournait dans la serrure, j'ai retenu ma respiration.

Quand elle a ouvert la porte, j'ai eu envie de me précipiter à sa rencontre et la prendre dans mes bras, mais je n'ai pas bougé. J'ai suivi le bruit de ses pas dans l'entrée, puis leur son étouffé sur le tapis du couloir menant à sa chambre.

Ce n'est qu'à ce moment-là que je me suis levée pour la rejoindre.

Elle était assise sur son lit, sa valise posée à ses pieds. Ses yeux étaient cerclés de rouge, ses cheveux plats et mal coiffés.

— Bonsoir, ma chérie, ai-je lancé.

Je l'ai rejointe et je lui ai entouré les épaules de mon bras pour déposer un baiser sur sa joue. Elle a enfoui son visage contre moi. J'ai senti du bout des doigts qu'elle était secouée de sanglots silencieux.

— Je ne veux plus jouer dans ce spectacle, a-t-elle murmuré à travers ses larmes.

— Je sais, ma chérie…

Elle avait calé sa tête sous mon menton. J'en ai terriblement voulu à Mitch de l'avoir poussée à accepter. Je lui avais pourtant dit que la vie de tous les jours apportait son lot de chagrins et que c'était suffisant à gérer, que je ne voulais pas que ma fille gâche son enfance en entrant trop tôt dans un milieu où l'on vous portait aux nues un jour pour vous ignorer le lendemain.

Dulcie pleurait si fort que j'en avais mal au cœur.

J'avais tenu ma mère contre moi, de la même façon. Sauf qu'à ce moment-là c'était moi l'enfant et elle l'adulte. Mais, adulte ou pas, elle rentrait désespérée de ces auditions où elle n'était jamais retenue. Désespérée de ne pas avoir su séduire ces étrangers qui l'avaient regardée jouer. De ne pas avoir su gagner leur amour.

— Je t'aime, Dulcie, ai-je dit.

Elle a hoché la tête et un hoquet l'a secouée.

— Je veux arrêter, a-t-elle répété.

— Je sais, je comprends.

J'étais d'accord pour qu'elle arrête. J'avais hâte d'appeler le metteur en scène pour lui annoncer que j'étais désolée, mais que ma fille avait décidé de ne pas poursuivre l'aventure. Je savais exactement quel ton je devais employer pour qu'il comprenne que je ne plaisantais pas. Deux autres filles avaient appris le rôle de Dulcie. Il n'y avait pas de raisons pour que ses doublures fassent moins bien qu'elle. Elle retournerait dans son ancienne école. La directrice serait d'accord pour la reprendre, j'avais déjà évoqué avec elle cette éventualité. Dulcie avait suivi des cours particuliers depuis le début des répétitions et elle n'avait pas pris de retard. Bien entendu, le metteur en scène allait essayer de me convaincre qu'il serait mieux pour elle qu'elle poursuive. Ou bien il serait soulagé qu'elle s'en aille. Si c'était le cas, il ne manquait pas de culot. Dulcie était parfaite dans le rôle de Mary Lennox.

J'ai eu envie de rire. J'étais partagée entre mon orgueil de mère et mon désir de protéger ma progéniture.

Je l'ai serrée plus fort contre moi.

— C'est l'heure de dîner, ai-je dit. J'ai cuisiné ton plat préféré.

— Cuisiné ?

Elle m'a jeté un regard méfiant à travers ses cils mouillés. Elle était déprimée, mais ça n'entamait son sens de l'humour. Je n'avais jamais été aussi heureuse d'entendre ses sarcasmes.

— Oui. Enfin, c'est-à-dire que je l'ai acheté, transporté jusqu'ici et mis au four.

— On n'appelle pas ça cuisiner un plat, maman. Tu l'as tout simplement réchauffé…

J'ai ri. Elle a ri aussi, puis de nouvelles larmes sont venues mouiller ses joues.

Nous nous sommes installées à la table de la cuisine et j'ai pu constater que ses états d'âmes n'affectaient pas non plus son appétit.

— Je me sentais plutôt bien, a-t-elle commencé.

J'ai hoché la tête en silence, prête à écouter le récit de ce qui s'était passé le samedi soir sur la scène de Boston.

— Je n'avais même pas le trac. Nous avions tellement répété. Je connaissais parfaitement mon texte et mes chansons. J'étais confiante.

J'ai de nouveau acquiescé pour l'encourager à poursuivre.

— Mais quand je me suis retrouvée sur cette scène… Je ne sais pas… Je sentais que je n'étais pas juste. Rien ne passait. J'étais nulle, tout simplement. Ça m'a déstabilisée. J'ai même eu un trou. Et les critiques ne se sont pas gênés pour dire que ma nervosité était visible et que je manquais de professionnalisme.

Elle s'est remise à pleurer et j'ai dû faire un effort pour ne pas pleurer avec elle, par solidarité. Elle a repoussé son assiette et a posé sa tête sur la table pour sangloter comme si tout cela venait de se produire.

J'ai caressé ses cheveux sans un mot. La consoler n'aurait fait qu'étouffer momentanément son chagrin, mais sans l'apaiser vraiment. Je voulais qu'elle aille jusqu'au bout.

Quand elle a relevé la tête quelques minutes plus tard, les traces de larmes sur ses joues m'ont soulevé l'estomac. Bien sûr que j'allais l'autoriser à laisser tomber ce spectacle. Je ne voyais pas pourquoi elle aurait à supporter tout ça. La vie lui réservait probablement suffisamment d'épreuves dans l'avenir.

Celle-là, au moins, je pouvais la lui épargner. Et je le devais.

— Je ne veux plus continuer, a-t-elle dit.

— Très bien. Parlons-en.

— Pas besoin d'en parler. Je vais arrêter, il n'y a rien à dire de plus.

Malheureusement, ça n'était pas si simple, même si j'aurais voulu que ça le soit.

— Dulcie, il s'agit d'une décision très importante et il faut absolument que nous en discutions.

— Papa m'a dit que je ferais comme bon me semble.

— Je suis d'accord avec lui. Mais il faut tout de même en parler. Si tu ne t'en sens pas capable maintenant, nous en discuterons plus tard.

J'ai maudit Mitch pour avoir donné son accord sans m'avoir rien demandé. C'était à Dulcie de décider, mais pas dans cet état, pas sans savoir exactement ce que ça impliquait.

Je me suis levée pour remplir la bouilloire.

— Je vais te préparer un chocolat chaud. Ensuite, nous regarderons un film, si tu veux.

— Je déteste ce chocolat en poudre, a-t-elle déclaré avec une moue écœurée, comme si elle avait déjà le goût dans la bouche.

J'ai soupiré intérieurement. Elle se comportait comme une enfant de son âge, on ne pouvait pas lui en vouloir. Mais j'avais tout de même du mal à le supporter. En tant que mère, j'aurais voulu ne trouver que des qualités à ma fille. Mais elle était têtue, volontaire, cynique, et, quand elle exprimait ces trois volets de sa personnalité à la fois j'avais l'impression qu'elle était possédée par un démon.

J'ai éteint sous la bouilloire et ouvert le réfrigérateur.

— Tu veux un verre de cidre ? Je l'ai acheté ce week-end, je peux te le faire chauffer avec de la cannelle.

Elle raffolait de cette boisson d'automne, mais, bien entendu, elle a dit non.

— Non. Ce que je veux, c'est appeler Raul pour lui dire qu'il ne me reverra plus.

— Tu es sûre que tu ne vas pas t'en mordre les doigts dans huit semaines quand ils joueront la pièce à New York ?

Elle a secoué la tête avec véhémence.

— Je pense tout de même qu'il vaudrait mieux le lui annoncer demain de vive voix, plutôt que ce soir par téléphone, ai-je insisté.

— Non ! a-t-elle hurlé d'un ton hystérique. Je ne peux pas. Je ne veux plus me trouver en face de lui.

Apparemment, cette proposition lui paraissait insupportable… Bizarre… Je suis revenue m'asseoir près d'elle.

— Dulcie, nous nous arrangerons pour le voir seul, si

tu préfères ne pas en parler devant toute la troupe. Mais il est indispensable que tu le rencontres.

— Je t'ai dit qu'il n'en était pas question. Je ne vois pas ce qui m'y obligerait.

— C'est une question de correction. Il t'a choisie, toi, parmi cent cinquante filles. Ça fait des mois qu'il te fait travailler. Tu ne peux pas te contenter de disparaître sans lui expliquer pourquoi.

— Tu te chargeras de lui expliquer pourquoi. Maman…

Elle avait presque crié et le mot « maman » resta en suspens dans les airs. Si elle avait été plus jeune, j'aurais cédé. Mais là, je ne pouvais pas. Je me suis demandé si elle n'était pas en pleine régression. Après avoir traversé une épreuve qui l'avait déstabilisée, elle ressentait peut-être le besoin d'être protégée comme une petite fille…

J'avais du mal à y croire. Même très jeune, Dulcie n'avait jamais été de celles qui demandent à leur mère de se battre à leur place. Elle ne s'était jamais appuyée sur moi quand elle était en conflit avec quelqu'un. Elle n'avait d'ailleurs jamais fui les conflits. Au contraire, elle paraissait encore plus forte face à l'adversité. Comme son père.

— Raul pense que je suis une gamine stupide qui s'est laissée démonter par le trac.

Je me suis redressée. Comme une chatte prête à défendre son petit.

— Il t'a traitée de gamine stupide ?

Elle a secoué la tête.

— Qu'est-ce qu'il t'a dit exactement ? ai-je insisté.

— Il m'a dit…

Elle n'a pas pu terminer sa phrase.

— Dulcie, il faut régler ce problème au plus vite. J'ai besoin de savoir. Qu'on crève l'abcès et qu'on en finisse.

Elle a hésité.

— Il m'a dit…, a-t-elle murmuré.

J'ai pris sa main et je l'ai serrée. Ses doigts étaient presque aussi longs que les miens. J'ai songé avec nostalgie à sa petite menotte d'enfant qui s'agrippait autrefois à la mienne.

— Qu'a-t-il dit, mon cœur ?

— Rien.

— Allez…

Elle a éclaté en sanglots. Jamais je n'aurais cru que son corps puisse contenir tant de larmes. J'ai tiré ma chaise tout contre la sienne, je l'ai prise dans mes bras et je lui ai caressé le dos.

— Je… n'ai… pas… été… capable… de… Oh, maman, il ne voudra plus travailler avec moi, de toute façon.

Je commençais à entrevoir ce qui se passait réellement. Il m'en avait fallu, du temps…

— Dulcie, durant toutes ces semaines où je venais te chercher en retard à la fin des répétitions parce que tu me mentais sur l'heure… C'était uniquement parce que tu ne voulais pas que je voie une répétition, ou bien il y a une autre raison ?

Elle m'a regardée à travers ses longs cils luisants de larmes.

— Je ne voulais pas que tu voies mes erreurs…

— Oui, ça je l'ai déjà compris. C'était probablement une des raisons, mais ce que je te demande, c'est s'il y en avait une autre.

Elle n'a pas eu besoin de me répondre. J'ai compris à la façon dont elle détournait le regard que j'avais vu juste.

Chaque fois que j'étais venue chercher Dulcie, Raul était en train de la faire travailler seule. Il passait visiblement plus de temps à répéter avec elle qu'avec les autres. Je n'en avais pas été surprise, Dulcie avait tout de même le rôle principal. Mais je devinais à présent qu'elle avait sollicité son attention pour des raisons qui n'avaient rien de professionnel.

— Ça ne le dérangeait pas que je reste un peu après les répétitions pour réclamer des corrections, a-t-elle murmuré.

Je la tenais dans mes bras et elle parlait tout contre mon cou. Je sentais son souffle chaud et humide contre ma peau.

— Non, ça ne le dérangeait probablement pas, ai-je répondu.

Dulcie n'était plus une petite fille. Elle avait treize ans. Je venais de comprendre qu'elle était tombée amoureuse de Raul Seeger. Et qu'elle ne supportait pas de l'avoir déçu sur scène.

— Il faut que tu l'appelles, maman, a-t-elle répété d'une voix étouffée. Pour lui annoncer que je laisse tout tomber.

— D'après ton père, les critiques ont trouvé que tu avais une tessiture très étendue et l'étoffe d'une vedette.

— Ils ont dit ça comme ça.

— Puisque tu n'accordes aucune importance aux compliments, pourquoi en accordes-tu tant aux critiques ?

— Je... Je ne sais pas.

Au départ, je n'étais pas d'accord pour que Dulcie joue dans ce spectacle. J'aurais voulu qu'elle termine normalement sa scolarité avant de monter sur les planches. Mais je me trouvais maintenant en position de la persuader de ne pas abandonner. Parce qu'il ne s'agissait pas d'une histoire de trac.

Il s'agissait d'un chagrin d'amour. Son premier chagrin d'amour. Et je n'allais pas laisser ma fille de treize ans abandonner son rêve parce qu'elle avait le béguin pour son metteur en scène.

Elle s'était redressée sur sa chaise, elle ne pleurait plus, mais son visage était encore tout barbouillé de larmes.

— Raul ne peut donc pas t'aider à surmonter le trac ? ai-je demandé. Je suis certaine qu'il a de l'expérience en la matière. Il a déjà fait travailler des enfants.

— Il nous l'a proposé. Il suffisait de lui demander.

— Et ?

— J'ai préféré ne pas lui en parler. Je ne voulais pas qu'il se rende compte à quel point j'étais vulnérable, qu'il pense que je n'étais pas capable de gérer ça sans lui.

Elle m'a regardée droit dans les yeux. La lumière se reflétait dans ses pupilles. Je pouvais m'y voir, accoudée à la table de la cuisine.

— Il n'y a rien de honteux à réclamer de l'aide, ma chérie. Il n'en sera pas choqué. Ça ne changera rien à l'opinion qu'il a de toi.

En m'écoutant parler je me suis aperçue que j'aurais pu prononcer ces phrases pour moi.

— Je ne sais pas…, a répondu Dulcie d'un ton hésitant.

— Mais tu as apprécié de jouer, tout de même ?

Elle a hoché la tête en silence. Elle avait un peu honte. Elle se rendait compte qu'elle n'avait pas été honnête avec moi en me cachant la véritable raison de sa crise de larmes.

— C'est la représentation de samedi soir qui s'est mal passée ? Celle de dimanche après-midi était mieux ? Tu avais moins le trac ?

— Oui, mais j'ai eu plusieurs fois peur de me tromper.

— Et quand tu n'avais pas peur de te tromper ?

Elle s'est levée pour prendre un soda dans le réfrigérateur.

— Je crois que ça allait.

— C'est vague, comme réponse, ai-je protesté en souriant. Comment te sentais-tu ?

Elle a ouvert sa canette et elle s'est tournée vers moi.

— Je n'étais pas vraiment là. Je voyais tout à travers mon personnage. C'était comme si le spectacle était devenu la réalité et que la réalité avait disparu.

Elle avait oublié ses problèmes et ne parlait plus maintenant que de la joie de s'être glissée, le temps d'un spectacle, dans la peau de quelqu'un d'autre, d'avoir été habitée par l'âme de son personnage.

— Ta grand-mère disait exactement la même chose.

J'ai eu un serrement de cœur. Ma mère. Elle me manquait. On ne se remet jamais de la perte de quelqu'un qu'on a aimé, on apprend simplement à vivre avec le manque. Un manque qui contient une partie de l'amour qu'on lui portait, mais qui vous prend quelquefois par surprise et vous transperce.

— Je crois que tu vas devoir continuer ce spectacle, ai-je dit à Dulcie.

— Et pourquoi cela ?

— Parce qu'une actrice a besoin de jouer, ma chérie. Jouer lui permet de se sentir pleinement vivante. Raul peut t'aider. Je suis certaine qu'il en serait ravi.

— Il va falloir que je lui demande de m'aider à surmonter le trac ? a protesté Dulcie en fronçant les sourcils.

— Oui… Même si ça te déplaît de reconnaître que tu as besoin d'aide, lorsque tu en demandes, si tu t'adresses à la bonne personne, c'est-à-dire à une personne qui a de l'affection pour toi, elle est heureuse de te rendre service. Raul sera heureux de s'occuper de toi. Tellement qu'il ne soupçonnera même pas que ça te pose un problème.

# 47

Le mur du salon était tapissé de coupures de presse — près d'une trentaine d'articles qui parlaient tous du même évènement, mais d'une manière différente.

Une fois, en Italie, il était entré dans une église. A Sienne ? Il n'en était plus très sûr, mais il se rappelait être tombé en arrêt devant un mur couvert de morceaux de papier, de tailles et de couleurs différentes, sur lesquels des inconnus avaient écrit à la main des prières. Il y en avait de vieilles et jaunies et d'autres, récentes, à l'encre encore noire et fraîche. Il avait pris une photographie.

Le mur du salon était son mur de prière à lui. Les hommes qui l'avaient tourné en dérision avaient eu ce qu'ils méritaient. Les uns après les autres. La seule chose qui le désolait, c'était que les articles ne publiaient qu'un seul cliché, toujours le même. L'image des plantes de pieds, avec ces numéros en rouge… Ce n'était sans doute pas le meilleur, mais il était bon tout de même. En fait, plus il le regardait, plus il le trouvait accrocheur et intéressant. Terriblement dérangeant. Choquant. S'il avait eu une couverture de livre à proposer pour les meurtres en série, il aurait peut-être choisi ces pieds, qui paraissaient tellement vulnérables, avec le rouge du numéro qui vous sautait à la figure d'une façon obscène.

Son regard passa du 1 de Philip Maur, au 2 de Timothy Weathon, au 3 de Grant Firth. Puis il contempla avec satisfaction le 4 de Bruce Levin.

Un numéro cinq allait peut-être bientôt les rejoindre. On verrait ça. Il fallait se montrer patient.

En attendant, il fêterait ce soir la disparition de Bruce Levin. Celui qui avait été le plus mauvais avec lui. Qui avait ri ouvertement de son pénis mou en lui montrant le sien en érection. Salaud de mâle prétentieux. Il l'avait payé cher.

Paul Lessor sourit.

Bruce n'était plus un salaud prétentieux. Il n'était plus un mâle.

Un des grands regrets de Paul était de ne pouvoir raconter ça à personne. Il était tellement content de lui… Il ressentait le besoin de partager son triomphe.

Tous ceux qui avaient osé se moquer de lui mouraient.

Ils tombaient comme des mouches et personne ne savait pourquoi.

A la télévision et dans les journaux, la même question revenait comme un leitmotiv… Quel était le lien entre ces hommes ? Pourquoi ces quatre-là ? Qu'avaient-ils en commun ? Plus la liste s'allongeait et plus la police et les journalistes paraissaient perplexes.

Paul, lui, savait. Il savait que ces quatre hommes avaient en commun un secret. Un secret qu'ils avaient jalousement gardé pour que personne ne se doute de ce qu'ils faisaient de leurs nuits, que personne ne soupçonne le plaisir qu'ils prenaient à se soumettre à des amazones qui leur ordonnaient de les embrasser, de les lécher, de les pénétrer, de les masser, de leur donner un bain. Il y en avait même une qui leur ordonnait de lui essuyer la chatte avec leur langue après avoir pissé.

Ces hommes dirigeaient des sociétés, ils gagnaient beaucoup d'argent, ils commandaient. Bien sûr qu'ils n'avaient pas envie qu'on apprenne qu'ils appartenaient à une société secrète où ils étaient aussi impuissants que des fourmis sous la semelle d'un jardinier. Ils avaient si bien gardé le secret que la police ne risquait pas de le découvrir. Pas plus que les journalistes. Pas plus que leurs familles.

Il était très tard. Plus de 2 heures du matin. Paul songea qu'il était temps pour lui d'aller au lit. Il ne se sentait pas fatigué, mais demain c'était lundi, il se levait tôt pour travailler.

Il prit le feutre rouge sur son bureau et avança jusqu'à son mur de prière pour souligner les passages favoris des articles de ce week-end. Il se demanda vaguement combien de temps ça durerait. Peut-être jusqu'à ce que tous ceux qui avaient ri de lui soient punis. Oui. Pourquoi pas ?

# 48

— Il y a trop de lumière ici, a protesté Anne. Vous pourriez éteindre quelques lampes ?

— Oui, ce serait préférable, a renchéri Ellen.

Il n'y avait pas tant d'éclairage que ça. Juste la lampe de mon bureau et le plafonnier, une ampoule halogène au même niveau que d'habitude. Je me suis tout de même levée pour la baisser un peu. Et puis je suis allée me rasseoir.

Le groupe était déjà installé. Tout le monde était là sauf Betsy, mais je n'étais pas surprise de son absence.

— Commençons, ai-je proposé. Si…

J'avais failli l'appeler Betsy.

— Si Liz arrive, nous lui ferons un compte rendu de ce qui a été dit.

— Nous devrions l'attendre, a fait remarquer Davina. Il ne manque qu'elle. C'est important que soyons toutes présentes.

— Vous avez raison, ai-je répondu. Mais si elle ne venait pas ? Nous avons beaucoup à discuter et pas de temps à perdre. Vous êtes d'accord pour démarrer la séance ? ai-je demandé en m'adressant à l'ensemble du groupe.

J'ai obtenu quelques timides hochements de tête. Seule Shelby a pris la parole.

— Je suis de votre avis, docteur Snow. Mieux vaut commencer le plus vite possible. Il est urgent de parler des derniers évènements.

En trois semaines, l'angoisse de ces femmes n'avait fait qu'augmenter. Elles étaient en état de choc. Perturbées. Perdues. Et terrorisées.

Nous sommes tout de suite entrées dans le vif du sujet. Elles se demandaient pourquoi l'assassin avait jeté son dévolu sur ces quatre-là et pas sur d'autres. Personne n'a réussi à suggérer quelque chose de plausible et nous en avons conclu que les victimes avaient pu être choisies au hasard.

Le groupe s'inquiétait aussi pour certains de leurs invités qui ne s'étaient pas montrés depuis plus de deux semaines. Avaient-ils disparu eux aussi ?

— Il est possible qu'ils s'abstiennent, tout simplement, ai-je fait remarquer. Parce qu'ils ont peur. Avez-vous tenté de les joindre ?

— Oui, mais nous ne pouvons laisser que des messages codés, a répondu Shelby. Et aucun d'eux ne s'est manifesté en retour.

— Moi, je suis plutôt surprise que certains continuent à venir, a murmuré Ginny. Pourquoi ils ne restent pas chez eux ? Pourquoi je ne reste pas chez moi ?

— Que ressentez-vous, quand vous vous rendez à une soirée, en ce moment ? ai-je demandé.

— J'ai la sensation que…

Elle a paru gênée et a hésité un instant avant de poursuivre.

— Je me sens plus vivante que jamais. Chaque fois que nous nous réunissons, c'est comme si nous disions merde au salaud qui cherche à nous nuire.

Plusieurs de ses camarades ont acquiescé en silence.

— Je trouve votre réaction tout à fait saine, ai-je

assuré. Vous voudriez que tout redevienne comme avant. Poursuivre les soirées est pour vous une manière de lutter contre ce qui vous arrive. De le nier, même.

— C'est vrai ! s'est exclamée Anne.Quand je suis aux soirées de Scarlet, c'est comme s'il ne s'était rien passé.

— Je ne partage pas du tout ce point de vue, a protesté Davina. Je crois que je ne vais pas continuer. Tout cela me paraît macabre. Un jeu sexuel macabre, voilà ce qui nous réunit en ce moment.

Shelby a secoué la tête.

— Nous ne sommes pas responsables de ce qui se passe, a-t-elle dit d'une voix un peu trop aiguë. Nous n'avons rien fait.

Anne s'est mise à pleurer.

— J'en ai assez de toute cette tristesse. J'ai l'impression que je ne retrouverai jamais ma joie de vivre. C'était déjà horrible d'apprendre la mort de Philip. Ensuite, ça a été le tour de Tim. Et maintenant ils sont quatre… C'est affreux… Nous devrions réagir.

Shelby a sursauté.

— Je croyais avoir déjà abordé le problème avec toi. Et l'avoir résolu.

— Ce serait peut-être utile d'expliquer à l'ensemble du groupe comment vous l'avez résolu, ai-je suggéré.

Anne m'a regardée droit dans les yeux.

— J'ai dit à Shelby que j'étais d'avis d'aller trouver la police.

J'étais soulagée que quelqu'un remette le sujet sur le tapis. Si personne ne s'en était chargé, j'aurais été obligée de le faire moi-même. Et je ne savais pas comment je m'y serais prise.

Ces quatre hommes n'avaient qu'une chose en commun : leur participation aux activités de Scarlet. La police savait déjà qu'ils portaient le même tatouage, mais ça ne leur servait pas à grand-chose tant qu'ils ignoraient ce que signifiait le tatouage en question.

— Non ! a fait Shelby d'un ton sec. C'est tout simplement impossible. Personne ne connaît l'existence de notre société. Nous ne devons surtout pas nous exposer de la sorte. Ce serait désastreux. Ça signifierait la fin de nos soirées.

Elle avait presque crié la dernière phrase.

C'était la première fois depuis le début de nos séances qu'elle exprimait une telle émotion. Et j'en étais satisfaite.

— Peu importe que ça détruise ou non la société, a rétorqué Anne.

A présent, elle aussi paraissait en colère.

— Il s'agit tout de même de sauver des vies. Et même s'il s'agissait de n'en sauver qu'une seule, nous n'avons pas à hésiter. Nous ne devrions même pas en discuter.

— Tu n'es pas sérieuse, a protesté Ginny. Tu voudrais que ton mari apprenne tout ? Que ton patron aussi ? Tes enfants ? Tes beaux-parents ? Tes amis ? Pas moi. Non. Certainement pas. De toute façon, que ferait la police ? Elle préviendrait nos invités qu'ils sont en danger ? Mais bon sang ! Ils le savent déjà !

— Mais ça ne les a pas protégés, a répondu Anne.

— Cette discussion n'a pas lieu d'être, a coupé Shelby. Nous avons juré de ne pas trahir le secret. Les hommes qui nous ont rejointes l'ont juré aussi. Donc, nous devons continuer à nous taire.

— Je trouve au contraire cette discussion fondamentale, ai-je dit.

Shelby s'est tournée vers moi.

— Vous aussi vous avez promis le secret. Et pourtant vous avez accepté de répondre aux questions de la journaliste du *New York Times*. Pourquoi l'avoir contactée ?

J'ai compris qu'elle essayait de faire diversion et de changer de sujet. Habile manœuvre… Dix paires d'yeux se sont fixées sur moi. J'y lisais de la colère, de la déception, des accusations.

— Je n'ai pas contacté cette journaliste, Shelby. C'est elle qui m'a appelée. Et je n'ai à aucun moment mentionné l'existence de Scarlet. Vous n'avez pas à en douter. Elle m'a posé des questions d'ordre général sur le comportement des tueurs en série et sur les crimes sexuels. Aucune ne concernait les victimes.

— Mais vous êtes peut-être toujours en contact avec elle. Comment savoir ?

Je leur ai expliqué une fois de plus les règles de déontologie que je respectais à la lettre. Je voulais qu'elles comprennent que je n'interviendrais pas dans leur décision d'aller trouver la police. Il fallait absolument qu'elles me fassent confiance pour que je sois en mesure de soulager leurs angoisses, leur honte et leur culpabilité.

— La Cour suprême des Etats-Unis a établi les règles régissant les relations patients-thérapeutes en 1996 par une jurisprudence, lors du procès Jaffee contre Redmond. Ces règles, les psychiatres les suivaient depuis des années, mais elles sont maintenant au niveau d'une loi. Cela faisait cinquante ans que la communauté psychanalytique se battait pour ça.

Le groupe m'écoutait très attentivement. Seule Shelby paraissait m'ignorer. Elle regardait par la fenêtre, à travers l'enchevêtrement des branches éclairées par les réverbères de la rue.

— Un autre cas célèbre a apporté une légère restriction, ai-je poursuivi. Lors de l'affaire Tarassof, la Cour a précisé qu'un médecin avait le devoir de prévenir un tiers si celui-ci était menacé par son patient. Mais nous ne sommes pas ici dans ce cas de figure. Aucune d'entre vous ne m'a cité le nom de la victime à venir. Et, pour autant que je sache, aucune d'entre vous ne le connaît. Donc, je n'ai pas le droit de me manifester auprès de la police.

— Vous dites cela comme si vous pensiez que nous en avions le droit, a fait remarquer Clara.

— Il ne s'agit pas d'un droit, mais d'un devoir, a corrigé Anne.

— Il n'en est pas question, a de nouveau hurlé Shelby. Que leur diriez-vous ? C'est de la folie. Nous avons une promesse à respecter.

— A n'importe quel prix ? a demandé Anne.

Personne n'a répondu.

— Ne vous adressez plus à la presse ! m'a lancé Shelby qui cherchait visiblement à détourner de nouveau l'attention sur moi.

— Je regrette, ai-je dit le plus gentiment possible. Vous n'avez pas à intervenir là-dedans. Ça n'a rien à voir avec notre groupe.

— Bien sûr que si, a crié Shelby. Si nous ne vous avions pas engagée et payée, vous ne sauriez rien du tout à propos de cette affaire. Votre nom ne serait pas cité dans les journaux. En somme, vous vous faites de la publicité sur notre dos. Nous vous apportons de nouveaux patients...

Je ne suis tout de même pas une sainte. Et quand on exagère, je peux moi aussi me mettre en colère. Pourtant, ce jour-là, j'ai fait un effort surhumain pour me maîtriser parce que ces femmes avaient réellement besoin de mon aide — Shelby tout particulièrement — pour surmonter leur stress.

— Shelby, je n'ai pas répondu aux questions de cette journaliste pour me faire de la publicité, ai-je dit doucement. Comment pouvez-vous penser une chose pareille ?

— Vous profitez du pouvoir que nous vous donnons, a dit Shelby.

Dans son monde, le pouvoir était l'enjeu essentiel. Plusieurs de ses camarades ont hoché la tête. Elles étaient d'accord, elles comprenaient. Elles avaient créé cette société pour dominer, pour se placer au-dessus. Scarlet représentait pour elles une métaphore du pouvoir. Autant dire que la problématique les touchait.

— C'est votre point de vue, pas le mien, ai-je rétorqué. Vous venez ici pour que je vous aide à gérer une situation pénible et très perturbante. Le fait que vous m'ayez engagée, comme vous dites, ne me met pas en position d'infériorité par rapport à vous. Je ne vous suis redevable de rien et il ne s'agit pas entre nous d'une lutte pour le pouvoir.

Davina écoutait attentivement depuis le début de la séance, mais elle n'avait pratiquement pas ouvert la bouche.

— Arrête un peu, Shelby, a-t-elle dit. Si on parlait plutôt de ce que nous pouvons faire pour réagir ? De ce que nous ressentons ? De la manière dont nous allons nous sortir de cette merde ? Au bureau, je me défoule sur les autres. Je suis pleine de colère. Et ensuite je me sens désespérée. J'ai envie de pleurer, mais je n'ose pas, j'ai peur que mes amis ou ma famille me demandent ce qui ne va pas. Que dois-je leur répondre ? J'en ai marre de tout ça. Je sens que je ne pourrai pas vivre normalement tant que je n'aurai pas géré ce deuil que je dois cacher. Comment faire ?

— On ne peut pas évacuer le travail de deuil, ai-je dit en regardant intensément chaque femme, l'une après l'autre. C'est ici que vous devez l'accomplir et c'est pour cela que vous devez parler de ce que vous traversez. Ici, vous êtes libre de tout dire. Vous n'avez rien à redouter.

Mes yeux se sont arrêtés sur Ginny.

— Moi j'ai envie de dire quelque chose, a-t-elle murmuré. Je crois que je sais qui pourrait être derrière tout ça.

# 49

Nina avait dû guetter la fin de la séance, parce qu'elle est entrée dans mon cabinet cinq minutes après le départ de la dernière femme du groupe.

— Pouvons-nous parler ? a-t-elle demandé.

J'ai acquiescé.

— Mais pas aujourd'hui. Il faut que je rentre. Dulcie m'attend à la maison.

— Vous avez prévu quelque chose pour dîner ?

— Non.

— Dans ce cas, je pourrais t'accompagner jusque chez toi. Si nous allions à pied ? Ensuite on mangerait toutes les trois ensemble.

Elle n'a pas attendu que nous soyons dans la rue pour parler de ce qui la préoccupait. Elle a commencé dans l'escalier qui menait au rez-de-chaussée.

— Il faut régler notre différend, a-t-elle dit. Cette situation n'est profitable à aucune de nous. Et ce n'est pas bon non plus pour l'équipe.

Cela faisait plusieurs jours que nous nous étions disputées. Nous n'étions jamais restées fâchées aussi longtemps. En général, ça ne durait pas plus de quelques heures.

— Le pire, c'est pour les quatre hommes qui sont morts, ai-je rétorqué.

Elle a poussé sans un mot la lourde porte donnant sur l'extérieur. Il faisait pratiquement nuit, mais, comme souvent en automne, la température restait clémente. Je portais une veste et un pull jeté négligemment sur mes épaules et Nina s'était drapée dans un châle beige.

Les magasins étaient éclairés et, tandis que nous passions devant les vitrines, j'ai observé nos deux silhouettes qui cheminaient côte à côte — une image familière et rassurante.

— Tu as changé d'avis sur ma façon de procéder avec Scarlet ? Tu me fais confiance ?

— Ce n'est pas ton attitude vis-à-vis de Scarlet qui me tracasse. C'est la police. Je regrette que tu aies abordé le problème en réunion alors que tu savais pertinemment ce que j'en pensais.

— Je croyais qu'on pouvait aborder tous les problèmes qu'on voulait, lors de nos réunions. Tu exerces une censure, maintenant ?

— Pourrais-tu cesser de te comporter comme une gamine opposante et laisser tomber ce ton sarcastique ?

— Je peux, mais ça ne suffira peut-être pas à nous mettre d'accord. La situation a empiré…

Je lui ai raconté ce qui s'était passé pendant la dernière séance avec le groupe.

Cela nous a amenées jusqu'à la 74e Rue, où nous nous sommes arrêtées en attendant que le feu passe au vert pour les piétons.

— Nous avons déjà eu des désaccords, Nina, ai-je dit. Mais jamais avec des points de vue aussi divergents. J'aurais besoin de l'avis de quelqu'un qui serait prêt à m'aider à réfléchir sur les options qui s'offrent à moi. Et toi tu restes campée sur tes positions.

Elle a froncé les sourcils et plissé les yeux.

— Tu doutes encore de mon jugement ?

— Tu m'as appris à envisager tous les aspects d'un problème, à ne jamais conclure à la hâte. Mais ce n'est pas ce que tu fais en ce moment.

— Morgan, connaîtrais-tu le nom d'une des prochaines victimes de l'assassin ?

— Tu sais bien que non…

— Celui d'une personne qui pourrait en vouloir aux membres de cette société ?

— Non plus. L'une des femmes du groupe pense avoir sa petite idée. Mais nous ne sommes pas là pour parler du groupe.

Le feu est passé au vert. Nous avons traversé.

— Nous pouvons en parler, justement. Ton travail est d'aider ces femmes à gérer leur chagrin et leur culpabilité. Et, dans le même temps, tu dois réfléchir à ton article sur les tendances dominatrices des femmes qui occupent des postes élevés.

— Je te rappelle qu'un fou en liberté a déjà assassiné quatre hommes. Ça ne te préoccupe pas plus que ça ?

— Morgan, cette remarque est offensante.

— Je n'arrive pas à croire que tu puisses être aussi têtue.

— Têtue ?

— Les hommes qui sont morts n'avaient en commun que Scarlet. La journaliste qui suit l'affaire appartient à cette société, elle a des tendances maniaques et montre des signes d'angoisse et de culpabilité. Elle cache aux membres de la société qu'elle écrit des articles, et à son journal et à la police tout ce qu'elle sait au sujet de ces meurtres. Si l'on rajoute à cela les confidences d'un autre membre qui pense que l'un de leurs anciens invités est maniaco-dépressif, qu'il a quitté le groupe juste avant le début de ce carnage et qu'il paraissait en vouloir aux autres hommes qui assistent aux soirées, ça fait deux suspects. Et la police n'a encore identifié aucun des deux.

— La police connaît la journaliste. Tu me l'as dit toi-même. Je suis persuadée qu'elle est sur leur liste noire.

— Possible, puisqu'elle reçoit le courrier du tueur. Mais ils la surveilleraient sûrement de plus près s'ils savaient qu'elle a couché avec les quatre victimes, qu'elle se sent vieille et plus du tout désirable, et qu'elle est jalouse des femmes plus jeunes qu'elles.

Nous nous étions de nouveau arrêtées à un carrefour. Le vent soufflait. Une rafale a projeté une feuille rouge sang sur le visage de Nina. Elle l'a écartée d'un geste de la main.

— Notre rôle n'est pas de collaborer avec la police, Morgan.

— Nous sommes médecins. Notre rôle est d'aider les gens et de sauver des vies.

— C'est une définition bien naïve. Nous faisons de notre mieux, mais nous ne sommes pas des super-héros.

— Je suis d'accord. C'est pourquoi nous ne pouvons adopter des positions aussi radicales que celle que tu me conseilles. Devons-nous demeurer silencieux à tout prix ?

C'était aux piétons de passer et Nina avait déjà commencé à traverser. Elle n'avait pas entendu ma question. Ou alors elle ne savait pas comment y répondre.

# 50

Il n'avait dormi que quatre heures et très mal, en se réveillant par intermittence. Il était angoissé. On lui livrait le *New York Times* à 5 h 30. Allait-il trouver ce matin un nouvel article ? De nouvelles critiques au sujet de la lenteur de la police et de cette enquête qui n'avançait pas d'un pouce ?

Il alla à pas feutrés dans sa cuisine, enveloppé dans son peignoir de bain en éponge, et mit la bouilloire sur le feu. Pendant que l'eau chauffait, il prit une tasse en porcelaine de Limoges, une soucoupe, une cuillère en argent et une boîte de thé noir. Il mit quelques feuilles de thé dans un petit doseur en bambou, arracha une branche à la menthe plantée sur le rebord de sa fenêtre et la jeta dans sa tasse.

La bouilloire siffla. Il versait l'eau quand il entendit un bruit sourd contre sa porte. Le journal… Il alla le chercher et laissa infuser le thé.

Il s'installa sur son canapé, posa sa tasse sur la table basse, et parcourut la première page. Rien. Cela lui prit cinq minutes pour vérifier qu'il n'y avait rien non plus à l'intérieur sur les meurtres des hommes de Scarlet.

Mais absolument rien.

Sa journée était fichue. L'état semi-dépressif qui ne

le quittait plus allait probablement atteindre un niveau catastrophique.

Non ! Pas question de se laisser aller.

Il abandonna le journal et retourna dans la cuisine pour réchauffer de l'eau, fit griller un petit pain sur lequel il étala de la confiture de framboise qui venait de chez Fauchon et retourna prendre son petit déjeuner dans la cuisine. Il savait comment soulager son angoisse.

Une tartine à la main, il se planta devant son mur de prière et entreprit de tout relire, en commençant par le début, sans sauter une phrase, en s'arrêtant sur les passages qu'il avait soulignés. Certains lui plaisaient, d'autres l'agaçaient.

Il avait déjà lu ces articles des douzaines de fois, mais il ne s'en lassait toujours pas. Il aimait la façon dont l'encre noire se détachait sur le papier blanc, le dessin des pleins et des déliés, celui des lignes et des colonnes — une formation parfaite, comme une troupe de soldats en marche. Il lui arrivait d'oublier les mots, d'oublier qu'ils prenaient sens à plusieurs, puis qu'ils formaient une phrase, que plusieurs phrases constituaient un paragraphe. Il se contentait alors de contempler les formes courbes des lettres disposées en lignes, les points, les virgules, les tirets, les espaces vides. Son doigt suivait lentement le motif, l'agencement de l'article et les trous des alinéas. A cela s'ajoutait la trace rouge, un peu abstraite, de son feutre — l'unique tache de couleur dans cet univers monochrome. Son œil d'artiste appréciait la façon dont le rouge s'imbriquait au noir et blanc pour mettre en avant les commentaires qu'il avait choisis : le moment où les proches avaient vu les victimes pour la dernière fois, le caractère et la personnalité des salauds qui s'étaient moqués de lui, les passages citant la police — et tout particulièrement l'inspecteur Noah Jordain. Celui-là, il s'exprimait bien, mais on voyait qu'il n'avait pas avancé d'un pouce, qu'il n'avait pas le moindre suspect en vue, pas la moindre idée de ce qu'étaient devenus les corps.

Paul avait aussi un faible pour les phrases où la journaliste parlait d'un rouge *scarlet*. C'était vraiment subtil. Il se demanda si la police l'avait remarqué.

*Le chiffre d'un rouge scarlet tracé sur les plantes de pieds…*

A chaque article elle enfonçait le clou. Rouge *scarlet*, rouge *scarlet*. Rouge aurait suffi largement, mais non, elle avait dit rouge *scarlet*. Choix d'autant plus bizarre qu'il ne s'agissait pas d'un rouge *scarlet*, très profond, mais d'un rouge vermillon. Rouge sang aurait pu aller aussi. Un peu trop convenu pour le *New York Times*, mais correct dans le contexte d'un crime.

Mais la journaliste insistait sur *scarlet*.

Savait-elle quelque chose ?

Il songea à se rendre aux bureaux du *Times* pour la rencontrer et tenter de lui faire dire qu'elle connaissait l'existence de Scarlet.

Pas facile. Il n'avait pas la moindre idée de la façon dont il aurait pu s'y prendre pour la piéger.

Il s'intéressa à un autre passage souligné. Deux paragraphes, on l'on citait une sexologue soi-disant très compétente.

*Le Dr Morgan Snow, une sexologue du Butterfly Institute qui a aidé cet été à résoudre l'affaire des Marie-Madeleine, a accepté de commenter une photographie que nous ne pouvons malheureusement pas publier. Il s'agit d'un cliché pris au niveau des pieds de la victime et qui montre en premier plan ses organes génitaux. Les poignets, les chevilles et les testicules du cadavre portent des marques noirâtres. Ces deux éléments évoqueraient, d'après le Dr Snow, une dimension sexuelle :*

*« Les bleus suggèrent la plupart du temps le sadomasochisme, a-t-elle déclaré lors de notre conversation téléphonique. Le bondage exalte à la fois la domination et la soumission dans les jeux sexuels. »*

Le commentaire du Dr Snow plaisait à Paul. Il avait déjà entendu parler du Butterfly Institute, mais il n'y avait encore jamais mis les pieds. Pourtant il figurait sur la liste des établissements qu'il avait sélectionnés pour soigner son impuissance. Il était peut-être temps d'y faire un tour. Ses problèmes personnels justifiaient largement une consultation avec une sexologue. Son cas paraîtrait convaincant, il n'avait pas de souci à se faire de ce côté-là. Et il en profiterait pour essayer de se renseigner discrètement sur ce que cette Young avait dit au Dr Snow, et sur ce que le Dr Snow pensait des motivations du tueur. Il mourait d'envie que quelqu'un lui donne son avis sur la photographie publiée dans le journal. Il avait besoin d'entendre les mots qui décriraient les vilaines marques de ces corps profanés. Il fallait que quelqu'un lui parle des traces violacées qui témoignaient de ce qu'avaient souffert les victimes avant d'être assassinées.

Paul repartit de nouveau dans la cuisine pour mettre de l'eau à chauffer. Mais cette fois il se fit une tasse très légère. Pas la peine de se bourrer de théine dès le matin. Il n'avait pas encore pris ses médicaments. Il avait encore quinze minutes à attendre avant d'ouvrir ce putain de flacon pour en sortir les petits cachets couleur d'ambre qu'il ferait tomber dans le creux de sa main. Le calme qu'ils lui procureraient serait le bienvenu, mais pas le ton morne et plat qu'ils donneraient à toute sa journée. Il hésitait souvent à prendre ces cachets et parfois il les laissait de côté. Et lorsqu'il les laissait de côté, il n'était plus lui-même. Ou plutôt, si, il était vraiment lui-même, plus que jamais. S'il arrêtait définitivement ce médicament, il pourrait de nouveau bander. Il sentirait monter en lui la houle, sa bite se dresserait. Il serait de nouveau maître de son corps, un corps plein de vie et de santé. Mais son esprit ? Sa tête risquait d'exploser. Il aurait envie de se jeter sur le trottoir et de se faire piétiner par les femmes qui passeraient avec leurs talons aiguilles. Envie d'éliminer tous les hommes qui s'interposeraient entre lui et ces femmes. Il serait fou de désir. Et puis il craquerait. La dépression reprendrait de nouveau le dessus. Il n'aurait plus la moindre velléité de rien. Plus rien. Plus manger, plus dormir, ni se lever, se laver, s'habiller.

Il n'en pouvait plus.

Il reposa son insipide tasse de thé et ouvrit un placard dont il sortit un épais annuaire de New York. Dans les pages jaunes, il trouva ce qu'il cherchait. Il tira son marqueur rouge de la poche de son peignoir de bain pour noter l'adresse et le numéro de téléphone du Butterfly Institute.

# 51

En dépit de la douce lumière de cette fin d'après-midi, Paul Lessor n'avait pas enlevé ses grosses lunettes noires.

— J'ai déjà consulté un certain nombre de thérapeutes, m'a-t-il annoncé d'emblée en croisant sa jambe gauche sur sa jambe droite.

Le mouvement a dérangé le pli impeccable de son pantalon.

J'ai eu envie de voir ses yeux.

— La lumière vous gêne, Paul ? Vous voulez que je ferme les volets ?

— Oui, j'aimerais bien.

Je me suis levée pour marcher jusqu'à la fenêtre. Je voyais son reflet dans les carreaux. Il n'a pas tourné la tête pour me suivre du regard, mais il a fixé la porte comme pour vérifier qu'elle était bien fermée. Ses mouvements m'ont paru légèrement ralentis. J'ai reconnu l'effet des psychotropes.

Il allait falloir en parler.

Quand je suis retournée m'asseoir, j'ai constaté avec dépit qu'il n'avait pas ôté ses lunettes.

— J'ai aussi tiré les rideaux, vous pouvez vous débarrasser de ces lunettes, ai-je suggéré.

Il a levé un bras, puis son geste s'est arrêté à mi-chemin et il a reposé sa main sur son genou.

— Je dois changer de médecin, a-t-il dit. Quitter celui qui me suit. Le plus vite possible.

— Parlez-moi de lui et expliquez-moi pourquoi vous n'en êtes pas satisfait. Vous n'êtes pas obligé de me donner son nom si cela vous dérange, mais je préférerais le connaître.

— En quoi est-ce utile de parler de lui ?

— J'aimerais savoir ce que vous lui reprochez avant de vous adresser à un de mes collègues de l'institut. Je ne voudrais pas me tromper.

— Vous avez l'intention de m'adresser à quelqu'un d'autre ?

— Oui, après cette première consultation.

— Mais je pensais que vous accepteriez de me prendre en charge.

— Ce n'est pas exclu si c'est vraiment ce que vous voulez. A condition que je sois le bon médecin pour vous. C'est comme ça que nous travaillons au Butterfly Institute.

Il a secoué la tête et une mèche de ses cheveux blond-roux si bien lustrés lui est retombée sur le front.

— Mais je venais ici pour vous. Tout spécialement pour vous.

Il avait dit cela d'une voix sensuelle, en baissant légèrement le ton sur les derniers mots, avec un air vaguement coquin. A peine, mais ça ne m'a pas échappé. Pas plus que le demi-sourire qui flottait sur ses lèvres.

— J'en suis flattée. Mais puis-je vous demander pourquoi ?

— J'ai lu vos commentaires sur les récents meurtres en série. Et j'ai fait ensuite quelques recherches à votre sujet. Je crois que nous sommes faits pour nous entendre.

Il établissait un peu trop rapidement le transfert. La

séance venait à peine de commencer. Paul Lessor avait décidé tout seul que nous allions nous entendre.

— Vous suivez un traitement médicamenteux ? ai-je demandé.

Il a hésité.

— Non, a-t-il répondu.

J'étais pratiquement sûre qu'il mentait. Si j'avais vu ses yeux, j'aurais pu trancher, mais il me les dissimulait soigneusement.

— En avez-vous déjà suivi un par le passé ?

— Docteur Snow, j'ai une question très importante à vous poser.

J'ai acquiescé.

— Vous connaissez la journaliste qui écrit sur ces meurtres en série ? Les victimes portent un numéro tracé au feutre rouge sur leurs plantes de pieds.

— En quoi est-ce important pour vous ?

— Ces meurtres m'inquiètent.

— Il y a de quoi.

— La journaliste vous a montré des photos ? Vous savez quelque chose que les journaux ne mentionnent pas ? Je vous ai choisie pour ça, parce que Betsy Young vous cite dans son article.

J'ai tenté de conserver un visage impassible, mais une pointe d'angoisse est venue se ficher dans mon ventre. Je me suis penchée en avant pour essayer de capter le regard de l'homme assis en face de moi, mais je ne pouvais pas vraiment, à cause des lunettes.

— Mais en quoi est-ce important pour vous ? ai-je demandé.

— Je suis très inquiet. Je vous l'ai dit.

Mon instinct me disait qu'il avait quelque chose à voir avec les meurtres.

— Vous connaissiez ces hommes ?

— Non.

— Qu'est-ce qui vous inquiète ?

— Vous croyez vraiment que c'est une bonne idée d'aider cette journaliste ? a-t-il enchaîné.

Ce n'était pas la première fois qu'il ignorait mes questions.

— Et pourquoi ne devrais-je pas l'aider ?

— Pour éviter de vous attirer des ennuis.

— C'est très gentil de votre part de vous soucier de ma sécurité, mais je n'ai fait que répondre à quelques questions par téléphone et je ne vois pas en quoi cela me mettrait en danger.

Pendant qu'il réfléchissait, je l'ai observé attentivement. Portait-il un postiche ? Ses lunettes étaient trop grandes, trop larges. Voulait-il dissimuler son visage ?

Il se frottait les mains. Frénétiquement.

— Nous pourrions parler de vous et de ce que vous ressentez en ce moment, ai-je murmuré.

Changer de sujet me permettait de gagner du temps, d'évaluer tranquillement les données de la situation.

— Je ne me suis pas senti aussi heureux depuis bien longtemps, a-t-il répondu.

— Tant mieux. Depuis quand vous sentez-vous de nouveau heureux ?

— Depuis deux semaines.

— Et avant ces deux semaines, comment vous sentiez-vous ?

Il n'a pas répondu. Il paraissait brusquement complètement absent. Il a glissé sa main à l'intérieur de sa veste, puis froncé les sourcils. On aurait dit qu'il avait oublié ma présence.

— Je dois y aller, a-t-il repris sans préambule. Il faut que j'y aille, oui.

— Pourquoi ?

Il a hoché la tête. Plusieurs fois de suite.

— Je voulais simplement vous mettre en garde. Vous dire qu'il ne fallait pas trop fréquenter cette journaliste.

— Mais je croyais que vous cherchiez un nouveau thérapeute.

— Non.

— Vous vous êtes déplacé uniquement pour me mettre en garde ?

Il a acquiescé en silence. Il avait toujours la main glissée à l'intérieur de sa veste, à hauteur de sa poitrine. Il m'a fait penser à Napoléon.

— Vous pourriez vous attirer de gros ennuis, docteur Snow, a-t-il murmuré.

— Comment ?

— En vous mêlant de tout ça. C'est le défaut des thérapeutes. Vous autres, les psy, vous voulez toujours vous mêler de tout, sans savoir exactement de quoi il retourne. En vous basant sur des suppositions. Je suis bien placé pour le savoir. Vous avez assez supposé à mon sujet. Je vous ai essayés les uns après les autres, mais vous n'avez fait que me pomper de l'énergie.

— Vous pomper de l'énergie ? De quelle façon ?

Il a continué à parler comme s'il n'avait pas entendu ma question.

— Savez-vous à quel point on se sent puissant lorsqu'on accepte volontairement de se soumettre ? En acceptant d'obéir à quelqu'un, on devient celui qui le nourrit et le protège. On possède l'autorité sur lui, contrairement aux apparences. Mais le thérapeute que je consulte en ce moment me prive de ça. Quant aux autres hommes, ils ne comprennent rien. J'ai essayé de leur expliquer, mais ils se sont moqués de moi.

J'avais du mal à le suivre.

— Quels autres hommes ?

— Vous ne comprenez pas non plus. Vous me décevez.

— Non, je ne vous comprends pas. Mais je serais heureuse de vous aider à trouver un thérapeute qui vous comprendra.

Il avait toujours la main à l'intérieur de sa veste, pressée contre sa poitrine.

— Ce n'est pas ce que je suis venu vous demander. Je vous l'ai déjà dit, n'est-ce pas ? Je suis venu pour vous avertir d'un danger. Vous ne vous en rendez pas compte ?

— Mais de quel danger s'agit-il ?

— Vous vous mêlez de ce qui ne vous regarde pas. Ce qui doit être fait doit être fait. Et ce n'est pas terminé. D'autres hommes méritent d'être punis. Un conseil, restez à l'écart de tout ça.

Paul s'est levé brusquement et, à ce moment-là, il a laissé tomber un objet brillant que je n'ai pas eu le temps de voir car il s'est prestement penché pour le ramasser. Quand il s'est redressé, sa veste ne s'est pas replacée correctement et j'ai aperçu un rond humide sur sa chemise, là où il posait sa main.

Il arrive que le sein d'une femme qui allaite perde un peu de lait. Je le sais pour avoir nourri ma fille au sein. Les hommes aussi peuvent produire du lait — peu, il est vrai, et surtout dans des conditions très particulières. Brusquement tous les éléments se sont mis en place. Ils étaient si nombreux que j'avais du mal à les prendre en compte tous en même temps. Ça se bousculait dans ma tête. Je savais simplement que je devais absolument retenir Paul Lessor quelques minutes de plus dans mon cabinet. Le temps de prévenir la police. Il avait quelque chose à voir avec les meurtres, je n'en doutais plus.

Du lait gouttait de ses seins. Il s'agissait probablement d'un effet secondaire du médicament qu'il prenait. Ce médicament, je le connaissais et j'avais entendu Noah le mentionner.

Les avertissements de Nina ne me préoccupaient plus. Paul Lessor n'était pas encore mon patient. Il m'avait menacée à mots couverts. J'étais dans mon droit.

— Vous avez sûrement soif, ai-je dit. Il nous reste encore une demi-heure de séance. Vous devriez vous rasseoir en attendant que j'aille demander qu'on nous serve de l'eau. Ensuite vous m'expliquerez un peu plus en détail pourquoi vous me croyez en danger.

Il paraissait agité, mais je l'avais convaincu et il a repris sa place comme je le lui suggérais.

Je me suis éloignée, tout en lui disant ce que je faisais, au fur et à mesure, pour ne pas l'inquiéter.

— Je vais me lever et aller trouver ma secrétaire pour lui demander de nous apporter une carafe d'eau bien fraîche. Avec deux verres.

Tout en marchant, je continuais à lui parler. Puis j'ai ouvert la porte donnant sur le bureau d'Allison et j'ai fait deux pas à l'intérieur.

— Allison, pouvez-vous nous apporter de l'eau, ai-je crié.

Je voulais être certaine que Paul Lessor m'entendait.

Puis je me suis penchée vers elle et j'ai murmuré tout bas, en espérant qu'il ne se douterait de rien.

— Appelle le 911 et appelle aussi l'inspecteur Jordain en lui demandant de venir tout de suite. Son numéro est dans notre carnet d'adresses.

J'ai de nouveau élevé la voix pour ajouter.

— Oui, avec deux verres.

Ensuite je suis retournée dans mon bureau en laissant la porte entrouverte. Il me tournait le dos, il ne l'a pas remarqué.

En allant m'asseoir sur mon fauteuil, je suis passée près

de lui et j'ai aperçu l'objet qui était tombé tout à l'heure et qu'il avait si rapidement ramassé. Il s'agissait d'une lame de rasoir. Il la tripotait comme si elle n'avait pas été plus dangereuse qu'une plume d'oiseau.

— Puis-je voir ce que vous tenez ? ai-je demandé en espérant que ma voix ne trahissait pas ma peur.

J'avais des crampes à l'estomac et je devais faire un effort pour garder la tête froide. Je n'avais aucune raison de m'affoler. Même s'il me sautait dessus en brandissant sa lame, j'étais préparée, j'avais pris des cours d'autodéfense.

Il s'est amusé à capter la lumière du plafonnier avec sa lame pour créer un reflet dansant sur le mur. Puis, brusquement, il l'a inclinée. Le reflet a couru sur le sol et est venu se poser sur mon visage, droit dans mon œil. J'ai battu des paupières. Il a changé d'inclinaison et le reflet a sauté sur la fenêtre.

— A quoi vous sert cet instrument ? ai-je demandé le plus calmement possible.

— Il me sert à mes collages. Mais cette lame n'est qu'un des outils de ma panoplie professionnelle.

On aurait dit un enfant qui expliquait fièrement ce qu'il savait faire.

— Oh... Vous travaillez pour un magazine ?

— Non.

— Que faites-vous exactement ? Vous êtes photographe ?

J'avais presque peur d'entendre sa réponse. J'ai retenu ma respiration. S'il disait oui...

— Je croyais que vous vouliez parler du danger qui vous menace.

— Oui, je veux en parler.

Allison s'est encadrée sur le seuil de la porte. Elle a frappé au battant avant d'entrer.

— Ah, voici notre eau fraîche ! me suis-je exclamée d'un ton satisfait. Merci beaucoup, Allison.

Il a fait volte-face pour la regarder, mais beaucoup plus lentement que quelqu'un qui n'aurait pas pris de médicaments. Il a tout de même eu le réflexe de refermer sa main sur la lame pour la lui dissimuler. J'ai vaguement espéré qu'il se blesse, cela aurait fait diversion.

— Je ne veux personne avec nous dans cette pièce, a-t-il dit en la désignant du menton.

— Elle ne va pas rester avec nous. Elle nous apporte de l'eau, c'est tout. Vous aviez la bouche sèche, n'est-ce pas ? Allison, laissez la carafe et les verres sur mon bureau. Je vous remercie.

— De rien, a répondu Allison.

Ses mains ont tremblé quand elle a déposé le plateau.

— C'est parfait, ai-je dit. Vous pouvez nous laisser, Allison.

Elle m'a regardée fixement. Sans bouger.

— Merci, Allison, ai-je répété. Nous n'avons plus besoin de vous.

Elle est sortie en évitant de regarder l'homme assis sur le divan.

Nous avons entendu le bruit de ses pas s'éloigner.

— Elle n'a pas fermé la porte, a fait remarquer Paul.

— Non, en effet.

— Je préférerais que cette porte soit fermée. Je ne voudrais pas que quelqu'un entre.

Il avait de nouveau sorti sa lame et la contemplait d'un air rêveur. C'était son talisman. Son joujou scintillant. Son pouvoir. Sa force.

Je me suis levée pour aller pousser le battant, tout en me demandant combien de temps s'était écoulé depuis que j'avais demandé à Allison de prévenir la police. Combien de temps avant que Jordain arrive ? Et si Allison n'avait pas réussi à le joindre ? Non, elle me l'aurait fait comprendre. Le numéro que j'avais noté sur notre carnet d'adresses, l'été dernier, était celui de son téléphone portable. Il répondait toujours quand son portable sonnait. Il me l'avait assuré en me tendant sa carte. De plus, tant que je pouvais faire parler Paul Lessor, je n'étais pas en danger. Et je pouvais. C'était mon boulot. J'avais été formée pour ça. Tous les jours je poussais mes patients à laisser tomber leurs barrières, à exprimer leurs émotions.

J'y arriverai avec Paul Lessor.

Et pendant que je sonderai son esprit, il ne songerait pas à me trancher la gorge.

Du moins je l'espérais.

# 52

Jordain, Perez et Butler étaient penchés sur les dernières photos reçues par Young. Ils attendaient encore quelques agrandissements. Mais il y avait tout de même de quoi s'occuper en attendant. Ou plutôt de quoi se sentir frustré. Tous ceux qui travaillaient sur l'affaire Dalila étaient surmenés, épuisés, écrasés par la pression de cette enquête surréaliste qui n'avançait pas.

— Notre Dalila a de la suite dans les idées, geignit Perez. Regardez-moi ça… Ces hommes portent des marques aux poignets et aux chevilles. Des marques similaires et placées exactement au même endroit. On dirait qu'il se sert de sa première photo comme un modèle qu'il reproduit fidèlement.

Jordain soupira. Il ne dormait quasiment plus. Le soir, les images de ces hommes venaient le hanter jusque dans son lit. Il les voyait à l'infini, comme si son cerveau avait été un palais des glaces, avec leurs visages grimaçants qui semblaient lui reprocher de ne rien faire pour eux.

Il se leva pour marcher d'un bout à l'autre de la pièce, en balayant du regard les centaines de clichés qui recouvraient maintenant les murs. Il s'efforça de ne se concentrer sur aucun. Peut-être qu'une attention flottante lui permettrait de remarquer un détail qui leur avait jusque-là échappé.

Un indice. Un seul.

Lui et Perez, aidés de Butler et d'une douzaine d'agents, passaient leur temps à examiner ces putains de photos sous tous les angles pour tenter de dénicher un élément susceptible de les mettre sur la piste des corps ou sur celle du meurtrier.

Il n'avait pour l'instant que ce tatouage, mais ils ignoraient toujours ce qu'il signifiait. Savoir à quoi renvoyait ce dessin les aurait aidés à établir le point commun entre les quatre hommes. Perez avait envoyé des photocopies des deux serpents entrelacés à la police de tout le pays et au FBI. Mais ça n'avait rien donné.

— Putain ! s'exclama Perez en ouvrant une canette de Coca. Il nous faudrait au moins une brèche dans ce mur de silence.

Perez avait mal au dos. Ils travaillaient entre seize et dix-huit heures par jour. Ils n'en pouvaient plus.

— Il va falloir la creuser nous-mêmes, la brèche, rétorqua Jordain. Et vite. Nous ne pouvons plus attendre.

— La creuser comment ? Nous avons déjà fait tout ce qui était possible.

— Nous devons absolument trouver une connexion entre ces hommes, s'énerva Jordain.

Ce n'était pas dans ses habitudes d'élever la voix, mais il n'avait jamais traité une affaire pareille. En quinze ans de carrière…

— Merde, poursuivit-il. Nous n'avons même pas les corps. C'est dingue ça. Je ne comprends pas pourquoi l'assassin les dissimule avec tant de soin alors qu'il livre si volontiers les preuves de son forfait.

Perez ne sut pas quoi répondre.

— Judicieuse remarque, commenta Butler.

— Ce serait une judicieuse remarque si nous pouvions

y apporter une judicieuse réponse, râla Noah en tapant du poing sur la table.

Butler sursauta.

— Tout ça ne nous mènera à rien, protesta Perez.

— De quoi parles-tu ? demanda Jordain.

— De se mettre en colère, de ne pas dormir, de garder toute la journée le nez sur ces photos.

— Rien de nouveau au sujet de Young ? fit Jordain en traversant de nouveau la pièce à grands pas pour aller se resservir une tasse de café.

— Absolument rien, répondit Perez. On la suit vingt-quatre heures sur vingt-quatre et sept jours sur sept, mais il n'y a rien à signaler. Elle va travailler, elle se rend à son club de gym, elle passe de temps en temps chez une amie qui habite sur East End Avenue et chez le Dr Snow avec une perruque. Trois lundis soir de suite, chez le docteur. Plus un samedi après-midi. Je suis à peu près persuadé que ton amie sait quelque chose.

Jordain lui jeta un mauvais regard.

— Tu as raison, nous sommes très fatigués. Il vaudrait mieux nous calmer. Betsy Young et le Dr Snow ne transgressent aucune loi, que je sache. Je suis persuadé qu'elles ne connaissent pas le nom de notre assassin, sinon elles se seraient manifestées. Même une journaliste assoiffée de gloire comme Betsy ne resterait pas tranquillement assise à écrire des articles pendant que les meurtres continuent. Et la remarque vaut aussi pour Morgan. Elle oublierait probablement sa foutue déontologie.

Jordain était furieux que Perez ose insinuer que Morgan leur dissimulait des informations capitales, mais il se sentait en même temps coupable de vouloir la protéger si jamais ça avait été le cas. Morgan Snow… Il se rendait compte qu'il tenait à elle. Mais elle restait distante et il ne savait comment l'atteindre.

En même temps, ça l'agaçait que cette affaire l'oblige à la côtoyer… Enfin, si elle acceptait de le revoir.

Bref, il se débattait avec des émotions pour le moins contradictoires.

Noah avait quarante et un ans. Il ne cherchait plus depuis longtemps la femme idéale… Et pourtant… Morgan…

Il aurait été bien incapable de dire pourquoi les autres ne lui convenaient pas, mais il savait que Morgan était bien la femme de sa vie. Et il savait aussi que dès qu'elle trouverait l'homme qu'il lui fallait, ses blessures se cicatriseraient. Il espérait être cet homme.

Son portable sonna. Il le décrocha de sa ceinture, l'ouvrit, aboya un « Allô » et écouta.

Cela ne dura que quelques secondes.

— Filons, ordonna-t-il en l'éteignant.

Il courait déjà vers la porte.

— Vite ! On a peut-être enfin quelque chose.

Perez n'en était pas certain, mais il lui sembla que Jordain avait peur. Cette voix-là, il ne l'avait entendue qu'une fois. La nuit où Morgan Snow avait été séquestrée dans l'appartement d'un fou dangereux.

# 53

J'avais perdu la notion du temps. Je ne quittais pas des yeux le visage de Paul Lessor, mais les gens qui circulaient dans le couloir passaient dans mon champ de vision comme des ombres. Quand Jordain arriverait, j'en serai avertie. S'il venait…

Pour l'instant, tout était calme et silencieux. J'ai entendu la lointaine sonnerie d'un téléphone. D'autres ombres ont circulé.

Et puis les évènements se sont précipités.

La porte s'est ouverte à la volée et des silhouettes floues sont entrées en courant. Je n'ai eu le temps de rien voir. Quand j'ai repris mes esprits, l'action était terminée et la scène figée.

Jordain tordait le bras de Paul derrière son dos, Perez pointait sur lui un revolver, trois policiers en uniforme s'étaient déployés dans la pièce.

Puis l'image s'est animée de nouveau lorsque Butler est venue passer les menottes aux poignets de Paul Lessor.

— Paul Lessor, vous êtes en état d'arrestation, a déclaré Perez.

Puis il lui a récité ses droits.

Paul me regardait. Il ne cessait de répéter « salope, salope, salope ».

Butler l'a emmené avec un agent que je ne connaissais pas.

Jordain est venu vers moi.

— Ça va ? a-t-il demandé.

J'ai acquiescé en silence. Je ne me sentais pas encore capable de parler. A présent que c'était fini, j'étais submergée par la terreur que j'avais contenue jusque-là et obsédée par l'idée que j'étais restée enfermée dans mon cabinet pendant plus de trente minutes avec un assassin qui jouait avec une lame de rasoir.

— Nous avons besoin de savoir ce qu'il t'a raconté, a dit Jordain. Tu crois que tu es en état de nous accompagner jusqu'au commissariat ?

J'ai fait un effort pour trouver mes mots. Pour me calmer. Le danger était passé. Je ne risquais plus rien.

Jordain s'est agenouillé près de moi. Il a posé ses mains sur mes genoux. La chaleur de ses paumes me brûlait à travers le pantalon. Je n'étais consciente de rien d'autre. Ses mains chaudes. J'ai contemplé mon bureau, la photo encadrée de ma fille... Le visage de Dulcie... Mon Dieu... Et si Paul Lessor m'avait blessée... Pire, s'il m'avait tuée... Dulcie serait restée seule. Pas seule, non, elle avait son père. Mais elle n'aurait plus eu de mère. Elle serait devenue une fille perdue. Une fille qui aurait vécu pour toujours avec ce manque que je connaissais si bien.

— Morgan ?

La voix de Jordain m'a ramenée dans le présent.

— Il est sous Thorazine, ai-je lancé.

— Comment le sais-tu ? a fait Jordain. Il te l'a dit ?

Il s'est redressé d'un bond.

— C'est très important, a-t-il ajouté. Ça correspondrait à l'un des rares éléments que nous possédons. L'un des hommes assassinés a été drogué à la Thorazine.

— Je le sais parce que du lait gouttait de ses seins.

C'est un des effets secondaires de la Thorazine quand on en prend longtemps. Il a glissé sa main sous sa veste. A moment donné, la veste s'est ouverte et j'ai vu une tache sur sa chemise. J'ai compris tout de suite. Je me suis souvenue que tu avais parlé de traces de Thorazine dans la mèche de cheveux d'une des victimes. Et il ne cessait répéter que ces hommes avaient mérité ce qui leur était arrivé. Il venait pour me conseiller de ne pas m'en mêler.

Je parlais trop vite. Je passais du coq à l'âne. Mais Jordain comprenait tout de même. Son regard me soutenait. Je me sentais en sécurité. Parce qu'il était là.

Et ça me déplaisait. Même dans ce moment de détresse, ça me déplaisait de constater une fois de plus qu'il avait du pouvoir sur moi, qu'à lui je pouvais dire ce que je n'aurais dit à personne d'autre, que près de lui j'avais l'impression qu'il ne m'arriverait rien de mal.

— J'ai son permis de conduire et son adresse, a annoncé Perez qui revenait. Il habite New York. J'envoie tout de suite Douglas et Reston chez lui.

— Morgan, tu peux venir avec nous au commissariat ? a demandé de nouveau Jordain.

— J'ai enregistré notre entretien, ai-je répondu.

Je venais de m'en souvenir.

— Pourquoi ?

J'avais l'esprit tellement flou qu'il m'a fallu quelques minutes pour trouver mes mots.

— Nous enregistrons toujours les premières consultations. La personne que nous recevons en est informée. Ça n'a rien d'exceptionnel.

Quand je me suis levée, mes jambes m'ont trahie et Jordain a passé son bras autour de moi pour me soutenir. C'était bon et facile de se laisser porter. Cela m'a surprise. J'ai fait un effort pour rétablir mon équilibre, je me suis dégagée de Jordain, redressée. Et puis j'ai traversé la pièce toute seule. Sans l'aide de personne. Le magnétophone enregistreur était petit, mais bien en vue, sur une étagère de la table basse placée près du divan.

J'ai arrêté la cassette, je l'ai sortie, je l'ai tendue à Jordain.

— Il faudra me la rendre. Tu peux en faire une copie ?

— Oui, a-t-il répondu en me l'arrachant pratiquement des mains.

J'ai regardé ses doigts. Ses doigts qui jouaient du piano, qui avaient joué sur moi quelques nuits auparavant. Je ne les reconnaissais pas.

— Que se passe-t-il ? a fait une voix stridente.

Nina ne m'avait jamais paru aussi furieuse. Elle était tout simplement hors d'elle. Perez et Jordain se sont retournés, mais ils ne lui ont pas répondu. Ils ne lui ont pas répondu parce qu'elle ne s'adressait pas à eux, mais à moi. Notre fragile réconciliation de l'autre jour était plus que compromise. Nina n'allait pas me pardonner de sitôt l'irruption d'un contingent de flics dans son institut et le départ d'un patient menottes aux mains.

# 54

Perez et Jordain venaient de découvrir le mur du salon de Paul Lessor. Un mur qui ressemblait étrangement à celui de leur bureau, au commissariat. Lessor l'avait tapissé d'articles sur les meurtres. Dans l'ordre, soigneusement alignés, avec des passages soulignés au feutre rouge. Rouge sur noir et blanc. L'ensemble était d'un effet saisissant. Jordain avait l'impression de voir la cartographie de l'esprit d'un fou.

Jordain avait commencé sur la gauche, Perez sur la droite. Ils circulaient tout en lisant à voix haute les passages soulignés.

Les deux agents qui étaient arrivés avant eux vinrent leur faire le compte rendu de la fouille de l'appartement.

— Avez-vous trouvé quelque chose qui pourrait nous aider à retrouver les corps ? demanda Perez.

Reston et Douglas n'avaient rien de ce genre, mais ils tinrent à leur montrer le placard rempli de médicaments, dont plusieurs boîtes de Thorazine et tout un échantillon de psychotropes.

— Il a vraiment tout essayé, commenta Perez. C'est une vraie pharmacie ambulante, ici.

Une heure plus tard, ils avaient photographié puis

démantelé le mur de prière de Paul Lessor, morceau par morceau.

Mais toujours rien permettant de l'incriminer directement.

Les tueurs en série conservaient en général un petit souvenir de leurs victimes, mais Paul Lessor n'avait visiblement pas sacrifié à la tradition. Il n'y avait pas non plus d'armes dans son appartement et rien qui aurait pu servir à attacher un homme. Pas de traces de sang non plus sur les vêtements du panier à linge sale, mais ils les emportèrent tout de même pour les confier au labo. Au cas où…

— Cet endroit est trop petit pour qu'il ait tenté d'y cacher les corps, mais relevons les empreintes, fit Jordain. On ne sait jamais. Il a pu y amener les victimes avant de les agresser.

Un gars du labo vint s'en occuper.

— Ce type n'est peut-être pas aussi intéressant que nous le pensions, murmura Jordain après deux heures et demie de recherches infructueuses.

— Que veux-tu dire par là ?

— Tout ce qu'on peut prouver pour l'instant, c'est qu'il était obsédé par les articles.

— Je parierais qu'il ne possède pas que cet appartement, rétorqua Perez. Il est directeur artistique d'une maison d'édition qui marche plutôt bien. Il a sûrement les moyens de se payer une maison de campagne au nord de l'Etat ou même à Hampton.

— Nous serons fixés dès que nous aurons obtenu le mandat pour consulter son compte en banque, ses emprunts et son relevé téléphonique. Ça résoudrait pas mal de problèmes si tu avais raison.

— Et pour une fois ça ne te dérangerait pas que j'aie raison, ricana Perez.

— Ah non… Même pas un petit peu.

Jordain s'était assis au bureau de Paul Lessor. Le plateau était parfaitement dégagé. Quand il était entré dans l'appartement tout à l'heure, il avait tout de suite remarqué à quel point tout était net et bien rangé. Les articles de journaux accrochés au mur avaient été découpés soigneusement, avec des ciseaux, et le même rouge avait été utilisé pour souligner les passages que Lessor avait voulu mettre en évidence.

Jordain ouvrit le carnet d'adresses en cuir bordeaux posé en haut et à droite du sous-main de la même couleur, en cuir lui aussi. Les pages étaient remplies d'une écriture soignée et délicate.

Rien ne dépassait.

— Tu compareras ce qu'il y a là-dedans à nos données, fit-il à Douglas en agitant le carnet.

Butler avait passé plusieurs jours à entrer dans un ordinateur les adresses des carnets des victimes pour rechercher des points communs qui auraient pu les mener au tueur. Ou à une personne connaissant les quatre hommes. Ou au moins à quelqu'un qui aurait pu les aider à établir un lien entre eux.

Pour l'instant ils n'avaient pas mis grand-chose en évidence : un cinéma, le département de police des véhicules à moteur, le magasin Bloomingdale, un restaurant. Rien de très significatif. Ces hommes habitaient New York. Ils étaient tous aisés. Ils pouvaient fréquenter les mêmes endroits.

Mais peut-être que le carnet de Lessor leur en apprendrait un peu plus.

Jordain allait le ranger dans un sac plastique, quand, brusquement, il secoua la tête.

— Bon sang ! s'exclama-t-il.

— Qu'est-ce qu'il y a ? fit Perez en se tournant vers lui.

— Ce qu'on peut être bête parfois…

Il prit son téléphone portable et composa le numéro de Butler. Elle répondit tout de suite.

— Enlève ses putains de chaussures à notre salaud et dis-moi si tu vois un tatouage sous la plante de son pied droit.

# 55

Nina écoutait le récit de ce qui s'était passé durant mon entretien avec Paul Lessor. Son visage s'est rembruni quand je lui ai parlé de la lame de rasoir et de la manière dont il jouait avec les reflets. Elle a eu l'air intéressée quand je lui ai parlé de la tache sur sa chemise au niveau du sein et comment j'avais immédiatement associé cette bizarrerie à un effet secondaire de la Thorazine parce que j'avais entendu Jordain dire que l'une des victimes avait été droguée avec ce médicament.

Nina avait la réputation de se montrer loyale envers ceux qu'elle aimait. Et loyale envers ses patients. Et aussi d'être capable de piquer des colères terribles quand on s'en prenait à eux.

Au cours de mes années de collaboration avec elle, j'avais eu plus d'une fois l'occasion de constater qu'elle n'hésitait pas à défendre avec acharnement les personnes qu'elle suivait, quitte à s'opposer aux autorités, voire aux membres de la famille si elle les jugeait néfastes ou mal intentionnés.

Dernièrement, elle avait désavoué à deux reprises mon attitude. Cet été, lors de l'affaire des Marie-Madeleine. Et dernièrement, parce qu'elle n'était pas d'accord pour que je coopère avec la police.

Mais ça n'était rien comparé à ce qui m'attendait.

Elle m'a laissée parler tranquillement, mais quand j'ai eu fini, ses mots m'ont heurtée avec une incroyable violence. Elle n'a même pas crié. Non. Sa voix n'était qu'un murmure. Un murmure tranchant et glacial.

— Je n'arrive pas à croire que tu as appelé les flics pour qu'ils embarquent un patient, menottes aux poignets.

— Je viens de t'expliquer qu'il ne s'agissait pas d'un patient. Il était venu ici prétendument pour une première consultation, mais en fait c'était pour me menacer, Nina. Il avait une lame de rasoir dans les mains, je te le rappelle.

— Comment peux-tu affirmer qu'il était réellement dangereux ? Il délirait, c'est sûr, mais ça ne veut pas dire qu'il allait passer à l'acte. Cette lame de rasoir ne servait peut-être qu'à le rassurer.

— Possible, mais je ne pouvais tout de même pas prendre de risque avec un type armé.

— Tu as travaillé avec des prisonnières endurcies. Tu as appris les arts martiaux pour te défendre. Comme nous tous. Tu aurais su quoi faire s'il t'avait agressée. S'il avait eu un revolver, j'aurais compris. Mais ce n'était pas le cas. La vérité, Morgan, c'est que tu cherchais depuis plusieurs jours une excuse pour t'en remettre à la police et que tu as sauté sur l'occasion.

— C'est faux ! ai-je protesté.

Elle a haussé ses beaux sourcils.

— Vraiment ?

— Tu m'accuses de te mentir ?

— Non, je t'accuse de te mentir à toi-même.

— Ce n'est pas mon habitude.

— Ce n'est pas ton habitude, mais aujourd'hui, tu l'as fait. Et c'est à cause de ce que tu ressens pour cet inspecteur. Souviens-toi, je t'avais mise en garde…

— Ma réaction n'a rien à voir avec ce que je ressens pour cet inspecteur, comme tu dis. Ce que je devais gérer, c'était ce que je ressentais face à cette série de meurtres.

— Nous en avons déjà discuté, il me semble. Ce que tu sais de Scarlet ne peut pas aider directement la police. Mais tu changes de sujet. Nous parlions du fait que tu as fait venir les flics ici… Dans cet institut.

— Puisque je te dis que cet homme me menaçait. J'ai pensé qu'il était l'assassin et qu'il venait ici pour s'assurer que je n'aidais pas la police à le retrouver. J'ignore ce qui a pu lui faire croire que j'en étais capable, mais c'est comme ça. Sans doute a-t-il trouvé des éléments dans ce que la journaliste a retranscrit de notre conversation. Comment le saurais-je ? D'ailleurs, tout cela n'a plus d'importance. Il est en prison et c'est tout ce qui compte. Nina, je te répète qu'il avait une lame de rasoir et que je me suis sentie en danger. Et s'il s'était jeté sur moi ? Il aurait pu me sectionner une artère.

Son visage s'est légèrement radouci. Etait-elle simplement émue parce qu'elle se souvenait que j'étais un peu sa fille ou commençait-elle enfin à me croire ?

— Tu sais que je serai toujours avec toi, a-t-elle murmuré.

— Tu as une drôle de façon de me le montrer, ai-je rétorqué. Tu ne penses pas à moi, Nina. Tu penses à la réputation de l'institut.

Elle a froncé les sourcils. Je l'avais blessée. Et sa colère reprenait le dessus.

Je me suis levée.

— J'ai un patient qui m'attend et cette discussion ne nous mènera nulle part. Pour une fois, Nina, fais-moi confiance.

Elle s'est levée aussi. Nous étions face à face. Aucune

de nous n'a fait un geste tendre vers l'autre. Nous avons eu tort toutes les deux.

Et puis quelqu'un a frappé à ma porte.

— Docteur Snow. L'inspecteur Jordain est au téléphone. Il souhaite vous parler.

# 56

Dulcie se tenait debout au beau milieu du salon et moi je m'étais allongée sur le canapé, plus détendue que je ne l'avais été depuis des jours. Jordain avait arrêté Paul Lessor. Il n'y avait plus de danger. J'écoutais avec plaisir ma fille me raconter sa dernière répétition.

— Raul nous a fait asseoir en cercle et nous avons parlé des deux représentations de Boston.

A présent, elle ne se contentait plus de raconter, elle mimait, comme si elle s'était trouvée sur scène.

— Il a demandé à chacun de nous de dire ce qu'il en pensait. Et personne n'a parlé de mon moment de panique. Personne.

— Ton père m'a dit que ça avait été très bref et que c'était probablement passé inaperçu aux yeux de la plupart des spectateurs. Je sais que ça t'a paru long, mais ça n'a duré que quelques secondes.

— Peut-être, mais j'ai eu l'impression que ça durait des heures, comme si le temps s'était arrêté. Tout le monde me regardait, il y avait le silence complet, et je ne savais plus ce que j'avais à dire.

— C'est sûrement une affreuse sensation, ai-je concédé. Je comprends très bien ce que tu veux dire parce que ta grand-mère m'avait raconté une mésaventure du même genre.

— Elle avait perdu ses moyens à cause du trac ? s'est étonnée Dulcie. Raul nous a dit que ça arrivait à de grands acteurs, même après des années de métier. Tu te rends compte ? Moi, je ne pourrais pas supporter ça pendant des années. Si ça se produit encore, je laisserai tomber. Tu ne trouves pas que j'ai raison ?

Elle ne m'a pas laissé le temps de répondre. Elle avait beaucoup trop à commenter.

— Raul nous a lu d'autres critiques de la pièce.

— Et alors ?

— Trois articles. Les trois disaient que j'avais l'étoffe d'une star.

— Ils ont parlé de ton blanc sur scène ?

Elle a secoué la tête.

— Non. C'est bizarre. Je ne pensais pas qu'ils le passeraient sous silence.

Cela faisait longtemps que je n'avais vu ma fille aussi calme et sereine. Il restait encore huit semaines avant la première. Les gens qui avaient écrit la pièce remaniaient deux chansons et quelques textes, les acteurs revoyaient avec le metteur en scène les passages qui leur avaient posé problème.

En allant chercher Dulcie tout à l'heure à la répétition, j'avais profité de ce qu'elle rassemblait ses affaires pour échanger quelques mots avec Raul. Il m'avait assuré que sa défaillance n'avait pas été catastrophique et qu'il avait vu bien pire chez des acteurs aguerris.

— A votre place, je ne m'en ferais pas pour elle, m'avait-il dit.

— Si vous connaissez une mère qui ne s'en fait pas pour sa fille, avais-je répondu, présentez-la moi. Ça m'intéresse.

J'avais regardé autour de moi pour m'assurer que Dulcie ne se trouvait pas dans les parages et qu'elle ne risquait pas de m'entendre, et j'avais prudemment annoncé à Raul qu'elle avait probablement un petit béguin pour lui.

— Ça me semble tout à fait normal, avais-je dit. Mais je tenais tout de même à vous le signaler.

— Oh, j'ai l'habitude, avait-il répondu d'un ton détaché. La première fois que ça m'est arrivé, j'étais déboussolé. Mais ça fait un bail. Maintenant, je renifle ça à des kilomètres. Et je sais parfaitement comment garder mes distances, tout en restant un metteur en scène attentif.

Quand Dulcie a eu fini de me raconter sa journée, nous sommes allées dans la cuisine pour préparer un chocolat chaud. Un vrai. Avec du lait et du cacao amer. Nous, c'est beaucoup dire... En fait, Dulcie s'en est occupée pour éviter les catastrophes. Moi j'étais assise et je me contentais de regarder.

C'est à ce moment-là que Noah a appelé pour demander s'il pouvait passer me voir.

— C'est une visite professionnelle ?

— Ou pour le plaisir... ? a-t-il achevé à ma place.

Je n'avais pas osé prononcer le mot parce que Dulcie était à côté de moi.

Et aussi parce que ça m'aurait arrangée qu'il vienne pour son enquête.

— C'est à toi de me le dire, ai-je répondu.

— Ce soir, c'est professionnel. Mais c'est toujours un plaisir de collaborer avec vous, docteur Snow.

Il parlait d'un ton léger et badin. Je comprenais aisément pourquoi. Il devait être terriblement soulagé d'avoir enfin arrêté le tueur qui mettait sens dessus dessous le département de police depuis près d'un mois.

Je ne lui ai pas demandé s'il ne pouvait pas reporter sa

visite au lendemain. S'il avait pu attendre, il ne m'aurait pas dérangée chez moi à cette heure-ci.

— Tu aimes le chocolat chaud ? ai-je demandé.

— C'est toi qui le prépares ?

— Non, c'est Dulcie.

Ils ne s'étaient jamais rencontrés, mais je lui avais souvent parlé d'elle, il avait vu des photos, il s'intéressait à sa carrière d'actrice.

— Dans ce cas, la réponse est oui. J'aime le chocolat chaud.

# 57

— Voilà donc la jeune actrice, a dit Jordain en secouant la main que Dulcie lui tendait. C'est un métier difficile. Tu tiens le coup ?

— Oui, a-t-elle répondu.

Il l'intriguait. Je lui avais dit qu'il venait me voir pour parler d'un de mes patients, mais elle ne m'avait crue qu'à moitié. Elle sentait bien qu'il y avait quelque chose entre nous. Sans doute avait-elle un sixième sens quand il s'agissait de moi, comme moi quand il s'agissait d'elle. Elle avait donc hérité de mon intuition, pas seulement de la passion de sa grand-mère pour le théâtre.

— Les premières sont toujours ratées, a commenté Jordain.

Dulcie m'a regardée en fronçant les sourcils. Ses yeux accusateurs me fusillaient. J'ai secoué la tête.

— Je ne crois pas avoir mentionné les problèmes de la première, inspecteur, a-t-elle fait remarquer d'un ton sec.

— Non, en effet, mais je joue du piano. Du jazz. J'ai fait plusieurs grands concerts et je sais ce que c'est que le trac d'une première.

— Ça vous a pris du temps de le surmonter ? a demandé Dulcie d'une voix ardente.

— Je ne l'ai jamais surmonté, mais j'ai appris à le gérer. Il faut respirer. Se concentrer. Parfois je me demande pourquoi je m'impose cette épreuve… Mais je connais la réponse. J'ai besoin de ma musique. Je veux jouer. Et tant pis pour le public s'il n'est pas content.

Il lui faisait tellement de charme que c'en était presque suspect. J'ai songé avec un certain soulagement que je n'allais plus le revoir maintenant que l'affaire était résolue. Il devait être un sacré baratineur. Je regrettais d'avoir fait l'amour avec lui l'autre soir. C'était une erreur stupide que je me promettais de ne plus reproduire. Il avait profité de mon angoisse et de mon désarroi.

— Il est tard, ai-je fait remarquer à Dulcie quand j'ai vu qu'elle avait terminé son chocolat. Tu devrais te préparer pour aller au lit.

Elle m'a répondu avec la moue qui précédait généralement une discussion et je me suis empressée de prendre les devants.

— Ce n'est pas négociable, ai-je dit fermement.

— Très bien, docteur Péché, m'a-t-elle répondu d'un ton un peu trop sarcastique.

Je n'ai pas relevé et je lui ai simplement suggéré de nouveau d'aller faire sa toilette du soir. En sortant, elle s'est retournée sur le pas de la porte pour s'adresser à Noah.

— Vous m'avez rassurée, a-t-elle murmuré. Merci beaucoup.

— J'ai été heureux de faire ta connaissance, a répondu Noah. Et j'ai hâte de te voir jouer.

— Vous viendrez ?

C'était le cri du cœur. Elle avait l'air sincèrement heureuse qu'il manifeste l'intention d'assister au spectacle et ça m'a vraiment étonnée.

— Si ta mère m'invite.

— Si elle ne vous invite pas, je m'en chargerai.

Elle lui faisait aussi du charme et ça m'a choquée. J'ai songé avec une pointe d'angoisse qu'elle n'allait pas tarder à avoir des flirts. J'ai pensé au moment où j'attendrai, rongée d'inquiétude, le bruit de sa clé qui tournerait dans la serrure.

Dulcie s'est éclipsée. J'ai proposé à Jordain d'aller dans le salon.

— Vous êtes sûrs que c'est Lessor le coupable ? ai-je demandé.

— Pas sûrs, non. Mais nous avons de bonnes raisons de le croire. Figure-toi qu'il porte le même tatouage que les victimes.

— Le tatouage…

Jordain a hoché la tête. Il me regardait fixement. D'un air accusateur. J'aurais voulu détourner les yeux, mais ç'aurait été avouer que je savais. J'avais envie de prononcer les deux mots qui l'auraient renseigné. Mais c'était inutile. Paul Lessor le ferait bientôt à ma place.

— Quelle est la prochaine étape ? ai-je murmuré.

— Vérifier les empreintes trouvées dans son appartement, éplucher son carnet d'adresses et le comparer à ceux des victimes. Nous recherchons toujours le lien entre ces hommes. Nous interrogeons aussi les gens avec lesquels Paul travaille pour essayer de pister ses déplacements au cours des semaines précédentes. Enfin, une foule de petits détails…

Il a étouffé un bâillement.

— Ça fait combien de temps que tu n'as pas dormi plus de quatre heures d'affilée ? ai-je dit.

Il m'a souri. Seigneur… Encore ce langoureux sourire, ce lent étirement de ses lèvres qui me remuait les entrailles.

— Morgan, aurais-tu quelque chose à m'apprendre au sujet de ce tatouage ?

Il savait que je savais. Mais comment ? Qu'il aille au diable. J'ai secoué la tête. Ils avaient l'assassin, à eux de se débrouiller pour le faire parler. Je n'étais plus obligée de trahir mes patientes. J'ai ressenti un tel soulagement que j'en ai presque eu le tournis.

— Tu es au courant, j'en suis certain.

— Noah…, ai-je supplié.

— Merde.

— Si tu me harcèles, je serai obligée de te mettre à la porte.

— Et que dois-je faire pour que tu me demandes de rester ?

Je n'ai pas répondu. J'ai eu l'impression qu'un courant glacé me parcourait le dos. J'ai frissonné.

— Morgan… Pourquoi as-tu peur de moi ?

J'ai secoué la tête.

Mais il était tenace.

— Est-ce que tu le sais, au moins ?

De nouveau, je me suis contentée de secouer la tête.

— J'ai ma petite idée là-dessus, a-t-il dit d'une voix amusée.

Cette fois, j'ai réagi.

— Tant mieux pour toi, ai-je répondu d'un ton acide.

— Tu veux que je t'en parle ?

— Non, mais j'ai la désagréable impression que tu vas m'en parler quand même.

— As-tu déjà eu une liaison régulière depuis ton divorce ?

J'aurais pu lui rétorquer que ça ne le regardait pas. Ou simplement me taire. Mais je savais qu'il n'était pas prêt à me lâcher et je n'avais pas la force de lutter contre lui. Du moins, c'est l'excuse que je me suis trouvée.

— Non, ai-je murmuré.

— Tu crois que c'est un bon exemple pour ta fille ?

— Pardon ?

Nous étions installés l'un près de l'autre sur le canapé, à distance respectueuse, mais suffisamment près pour que je sente l'odeur de son eau de toilette mentholée. Suffisamment près aussi pour qu'il étende le bras et écarte une mèche qui me retombait sur le visage.

— Tes cheveux sont exactement de la couleur de la mélasse que ma mère utilisait pour cuisiner, a-t-il murmuré. Et ta voix me rappelle le chuchotement du fleuve qui courait près de chez nous et que l'on entendait la nuit, quand la fenêtre était ouverte.

— Tu es un dévergondé…

— Je ne suis pas un dévergondé, je suis fou de toi. Depuis le premier jour. Et encore plus depuis la dernière nuit que nous avons passée ensemble. Je ne pensais pas que ce serait si difficile de me débarrasser de toi.

— Tu parles de moi comme si j'étais le virus de la grippe.

— Pas du tout. C'est tout le contraire. Ta présence me rend vivant, terriblement conscient de tout ce qui m'entoure — les couleurs, les goûts, jusqu'à l'odeur de l'air. Chaque fois que je me retrouve seul après t'avoir vue, un air triste chante dans ma tête.

J'ai baissé le nez. Je ne voulais pas qu'il s'aperçoive que je rougissais.

En homme habile, il a ramené la conversation sur le sujet qui l'intéressait.

— Tu crois que c'est bien, pour Dulcie, de voir que sa mère a oublié les hommes ? Une mère esseulée et triste, c'est un poids à porter. C'est même inhibant, pour une adolescente.

— J'ignorais que tu étais diplômé en psychologie.

Il a fait mine de ne pas entendre le sarcasme.

— Et son père, il a quelqu'un dans sa vie ? a-t-il insisté.

J'ai acquiescé en silence.

— Ce n'est pas bon non plus. Elle va avoir l'impression que les hommes sont plus forts que les femmes.

Moi, j'avais l'impression qu'il m'enfonçait des aiguilles sous les ongles, que des insectes me dévoraient les joues. Il me mettait à la torture. Je me suis révoltée.

— Comment oses-tu ?

— Que se passe-t-il ? J'approche un peu trop de la vérité ?

— Je suis une femme forte et je lui en donne chaque jour la preuve. Je n'ai pas sombré au moment de mon divorce. Je ne me suis pas mise à courir après n'importe quel type parce que j'avais peur de rester seule, je ne me suis pas réfugiée dans l'alcool ou les tranquillisants. Je dors bien la nuit et je ne lui ai jamais laissé soupçonner à quel point je me sentais seule.

Ma dernière phrase est restée suspendue au-dessus de nous. J'en avais trop dit, comme toujours avec lui. J'étais gênée.

— Tu ne lui as pas laissé soupçonner… Et toi, qui t'a fait autrefois porter le poids de sa solitude ?

J'ai violemment détourné la tête et j'ai eu honte des larmes qui se sont mises à déborder de mes yeux sans que je puisse les retenir. Il m'avait encore piégée. Une fois de plus, il m'avait poussée à exprimer des idées et des sentiments que je refoulais.

Il a pris doucement mon menton dans sa main pour m'obliger à le regarder et il a essuyé avec son index une grosse larme qui roulait sur ma joue.

— Tu n'as pas besoin de me répondre, Morgan. J'ai deviné. C'est à cause de ce truc fou qu'il y a entre nous. Je sais d'instinct ce qui te concerne. J'ignore pourquoi et, si ça peut te rassurer, le phénomène m'effraie autant que toi.

— Si tu es effrayé, pourquoi ne prends-tu pas tes jambes à ton cou ?

— Parce que cette peur-là m'aide à me sentir en vie, a-t-il murmuré.

Et il s'est penché vers moi pour m'embrasser. Je n'ai pas eu le temps de me dérober.

C'était un baiser généreux, réconfortant. Qui donnait sans réclamer.

Il racontait à mes lèvres son impatience, son désir pour moi, combien il était impuissant quand il s'agissait d'y résister. J'ai tout pris. Sans rien offrir en échange. Et il n'a rien demandé. Rien exigé. Il était heureux de me faire ce cadeau. Ça lui suffisait.

— Un jour tu te donneras, toi aussi, a-t-il dit d'une voix profonde. Je le sais. Je suis sûr de ne pas me tromper. Quand il s'agit de toi, je ne me trompe pas. Ne me demande pas pourquoi, je serais bien incapable de te l'expliquer. Pourtant j'en ai la certitude absolue. C'est comme lorsque j'ai un air dans la tête. Il me faut parfois des mois pour le trouver vraiment. Mais ça ne m'inquiète pas. Je sais que ça viendra. Mes doigts, mes oreilles, mon âme, tout mon être sait que ça viendra, qu'il faut simplement du temps.

Il m'a de nouveau embrassée, mais cette fois il m'a attirée contre lui et m'a serrée dans ses bras.

Pendant quelques secondes j'ai tout oublié. Oublié que j'étais assise sur le canapé de mon salon et que ma fille dormait dans la pièce à côté. Oublié que j'étais une thérapeute et que je détenais des informations que cet inspecteur aurait bien voulu obtenir.

J'entendais son cœur battre, ses bras me protégeaient. Je n'avais besoin de rien d'autre.

Finalement, avant que je m'écarte de lui — parce qu'il

fallait que je m'en écarte —, il m'a lâchée. Il s'est levé et il m'a souri, avec un air mélancolique.

— Tu me fais souffrir, a-t-il dit.

Il ne m'a pas laissé le temps de répondre. Il m'a abandonnée sur mon canapé, hagarde. J'ai regardé autour de moi comme si je découvrais mon salon pour la première fois.

# 58

La mauvaise nouvelle arriva à midi le lendemain. Par téléphone, comme il se doit.

— Merde, s'exclama Perez. Merde.

Il y avait une telle colère dans sa voix que Jordain comprit tout de suite.

— Merde et merde, répéta Perez. Fait chier.

— Une nouvelle victime ? demanda Jordain.

Perez lui fit signe que oui de la tête, mais sans lâcher le téléphone.

— Ne bougez pas, fit-il enfin. On arrive tout de suite.

Il raccrocha.

— C'était Douglas, expliqua-t-il. Young a reçu un nouveau courrier ce matin. On va devoir relâcher Lessor.

— Ne t'emballe pas comme ça. Il a pu poster son enveloppe avant qu'on l'arrête.

— Impossible. Cette fois la mèche de cheveux n'était pas dans un sac en plastique, mais enveloppée dans un article du *New York Times* qui mentionne l'arrestation d'un suspect.

La nouvelle était catastrophique. Jordain se sentait presque au bord du malaise. Mais pas question de se laisser aller. Pas le temps. Il ouvrit un tiroir de son bureau et prit sa bouteille de Pepto-Bismol. Quelques gorgées soulageraient son estomac. Perez le regarda boire au goulot sans faire de commentaires.

— Où était Young la nuit dernière ?

— Elle n'a pas bougé de chez elle.

Jordain lança d'un geste rageur la bouteille vide dans la poubelle et se leva. Ils sortirent du bureau sans un mot.

# 59

Ils avaient passé l'après-midi à étudier les photos que Betsy Young venait de recevoir. Comme il fallait s'y attendre, elles étaient identiques aux précédentes, le modèle était respecté dans les moindres détails. Ils possédaient maintenant cinq exemplaires de ces images qui montraient cinq hommes humiliés, martyrisés, puis assassinés.

Mais comment ?

Ça demeurait un mystère.

Et pourquoi ?

Ils n'avaient toujours pas la moindre piste et la liste des éléments manquants paraissait interminable.

Louis Fenester était allongé sur une civière d'hôpital, comme les autres. L'éclairage était cru et les quelques ombres contrastées qui se dessinaient sur son corps accentuaient le côté anguleux de son physique.

Fenester était un homme très mince, presque maigre Sa petite amie avait signalé sa disparition huit jours plus tôt parce qu'il n'était jamais rentré de son club de gym. Elle avait confié huit portraits à la police. Mais sur les photos que Betsy Young avait reçues, il paraissait décharné. Ses côtes se détachaient nettement et ses pommettes saillaient au-dessus du trou sombre de ses yeux. On aurait dit que son visage avait été taillé dans un bloc de marbre par un sculpteur qui aurait voulu exagérer ses traits. Fenester n'avait plus rien d'humain. Il ressemblait à un masque de sarcophage.

On retrouvait autour de ses poignets et de ses chevilles les mêmes cercles violacés que chez les autres hommes.

Et, bien sûr, il y avait ce tatouage sous le pied droit. Mais qu'est-ce que ce truc-là pouvait bien représenter ? Lessor se refusait obstinément à le leur dire.

Fenester avait été photographié devant le même fond grisâtre que les autres, et probablement dans la même pièce. Et toujours rien qui permette de se faire une idée de ce que cachait ce pan terne et anonyme. Un musée des horreurs sans doute... Mais où ?

La photographie était en couleurs, mais le corps de Fenester restait glabre. Le chiffre cinq tracés en rouge sur les pieds de l'homme se détachait d'autant plus. Rouge vif. Dans le même ton que les feuilles des arbres à cette époque de l'année. Young avait trouvé un adjectif précis pour le définir. Lequel déjà ?

Jordain fit un effort de mémoire.

Elle ne disait pas seulement rouge.

Rouge *scarlet*, voilà.

Quand l'agent Butler entra, les deux inspecteurs levèrent la tête. Elle arborait un sourire satisfait qui leur remonta un peu le moral. Ils avaient vraiment eu une sale journée... Il avait fallu relâcher Lessor, rayer définitivement Young de la liste des suspects, informer la petite amie de Fenester et sa famille, affronter la colère de leur patron qui leur reprochait d'être revenus à la case départ.

— Tu as du nouveau ? demanda Jordain. Dis-nous vite ce que c'est.

Elle acquiesça tout en s'approchant de la table où

étaient étalées les photos et posa une feuille imprimée gribouillée d'annotations rajoutées à la main.

— On a rentré les adresses du carnet de Fenester dans notre base de données et il s'avère que nos cinq victimes plus Paul Lessor ont en commun un numéro.

— Le restaurant ?

— Oui. Chez l'un, c'est *S's*. Chez un autre Shel's. Paul Lessor l'avait noté à la lettre R, avec la mention « Restaurant des amies de Pete ». Fenester, lui, l'a mis à la lettre S. Sans aucune précision, juste le numéro.

— Et je suppose que tu as appelé ? demanda Jordain en se penchant en avant.

Il paraissait tétanisé. Il avait posé ses mains à plat sur la table et ne bougeait plus. Il attendait la réponse.

— Non, je voulais le faire avec vous. C'est un numéro de portable. Et il ne correspond pas à un restaurant, mais à une agence immobilière qui s'appelle Pine Realty. On va bientôt obtenir le détail des communications.

— Passe-moi ce numéro, grogna Jordain.

Il le composa aussitôt sur son propre téléphone.

Ils entendirent tous les trois la lointaine sonnerie, puis un déclic. Butler inspira profondément. Mais personne n'était au bout du fil. Il s'agissait d'un répondeur.

« Personne pour le moment, mais laissez vos coordonnées et nous vous rappellerons. Les dates et horaires de nos manifestations sont également disponibles sur internet. »

Jordain referma son téléphone d'un coup sec.

— Une agence immobilière… ? s'étonna Perez. Les horaires, je veux bien. Mais de quelles manifestations peut-il s'agir ?

— Ils organisent peut-être des visites de maisons modèles pour d'autres agences ? proposa Butler.

— Ne me dites pas que vous croyez à cette histoire d'agence immobilière..., ironisa Jordain.

— Ça nous prendrait combien de temps pour obtenir le nom et l'adresse de la personne qui règle la facture de ce numéro ? demanda Perez à Butler.

— Une bonne heure. Si on a de la chance.

— Ne comptons pas trop sur la chance, rétorqua Jordain. Pour l'instant, dans cette affaire, on n'en a pas eu beaucoup. Par contre, on a cinq corps et aucune idée de l'endroit où ils se trouvent. Plus un malade mental qui refuse de nous aider et dont la fascination pour ces crimes affreux me donne la chair de poule. Ah... J'allais oublier le mystérieux tatouage.

Jordain se leva pour marcher jusqu'à la fenêtre qu'il ouvrit en grand. Puis il se pencha au dehors, les deux mains appuyées sur le rebord en briques de la fenêtre.

En dessous de lui, les Klaxon hurlaient, les gens criaient, les moteurs ronronnaient. C'était l'heure de pointe, mais l'air saturé d'odeurs d'essence et de pots d'échappement lui parut frais et agréable comparé à l'atmosphère confinée de son bureau. Il inspira profondément. Il lui sembla qu'il faisait plus froid que ça d'habitude en octobre. Mais peut-être pas, au fond.

Bon sang, cette affaire, quel cauchemar...

Jamais il n'avait eu à mener une enquête sans corps. Ou plutôt sans les cinq corps. Et sans les lieux du crime, surtout. Les indices provenaient en général du corps et de l'endroit où l'on découvrait les cadavres.

D'abord, on établissait l'identité de la victime et on s'intéressait à son travail, à sa famille, à sa femme et à ses enfants — lesquels resteraient orphelins. Là, on faisait une pause pour avaler sa salive, parce que, même quand on avait l'habitude, c'était toujours pénible. Ensuite on recherchait des indices. Des cheveux, des fibres, des débris de peau sous les ongles, l'arme du crime, du sang, les impacts de balles, le contenu de l'estomac de la victime, ce qu'il ou elle avait dans ses poches, les photos qu'il ou elle conservait dans son portefeuille. Et bien d'autres…

Il suffisait parfois d'un seul de ses éléments pour aboutir à une piste intéressante.

Mais là ils n'avaient nulle part où aller. Quelques clichés écœurants, des sacs plastiques aseptisés — de ceux que les mères utilisaient pour mettre les sandwichs qu'elles préparaient pour leurs gamins —, et des enveloppes kraft tout ce qu'il y avait de plus banal.

— Regarde ça ! s'exclama la voix de Butler.

Jordain revint à la réalité. Butler contemplait un agrandissement d'une partie du corps de Fenester.

— Quoi ? fit-il.

— On dirait une ombre, là, sur la cuisse droite. Enfin, je ne sais pas s'il s'agit d'une ombre, mais je suis certaine qu'il n'y avait pas ça sur les autres photos.

Jordain la rejoignit et se pencha par-dessus son épaule pour regarder ce qu'elle pointait du doigt.

Effectivement, il ne lui semblait pas avoir vu d'ombre sur les autres clichés, mais pour s'en assurer, il prit celui-ci à la main et alla le comparer à ceux qui étaient déjà accrochés au mur.

Ce collage macabre ne lui faisait plus aucun effet — il s'y était habitué —, mais un civil qui serait entré dans le bureau aurait probablement été traumatisé. Des centaines d'images de corps masculins ou de parties de corps, en petit et en grand. Une horreur…

— Effectivement, dit Jordain. Pas d'ombre sur les cuisses des autres types.

Il revint vers Butler, reposa la photo et contempla avec elle la forme allongée qu'elle venait de remarquer.

— Ça n'a pas l'air d'un bleu… Mais ça détonne, il n'y pas de doute. Qu'est-ce que ça peut bien être ?

Jordain ramassa deux clichés au hasard et les posa à l'envers sur la photo suspecte, de façon à former un cadre blanc autour du point qu'ils cherchaient à isoler.

Perez vint se pencher avec eux.

— Qu'est-ce que c'est, bon sang ? fit-il.

Jordain plissa les yeux et déplaça légèrement le cadre blanc.

— Merde…, murmura-t-il.

Butler le contempla d'un air interrogateur.

# 60

Ça n'avait pas été trop compliqué de leur administrer régulièrement leur dose de Thorazine. Il avait suffi d'écraser les cachets dans de l'eau. Ils buvaient sans se faire prier parce qu'ils crevaient de soif. Ensuite ils se rendormaient et restaient allongés, immobiles, comme des zombies. Ils ne risquaient pas de se réveiller. Non. On ne réveillait pas les morts. Pas tant qu'ils foutaient une trouille bleue aux vivants qui lisaient les articles. Les morts servaient à montrer aux vivants qu'il fallait se tenir tranquille. Rester chez soi si on ne voulait pas d'ennuis. Se conduire correctement.

Correctement.

Un mot simple. Et agréable.

Oui, tout avait été très facile. A croire que son action était bénie du Seigneur. Aucun problème. A aucun moment. Les types ne s'étaient pas méfiés de quelqu'un qu'ils connaissaient. Ils étaient venus de leur plein gré. Un peu trop volontiers même. Ça leur apprendrait à se montrer si accommodants.

Et maintenant tout marchait comme sur des roulettes. Le dispositif de surveillance fonctionnait en ce moment. S'il leur arrivait quelque chose, ça s'entendrait tout de suite.

Et de toute façon il ne pouvait rien arriver à cinq morts endormis.

Cinq morts endormis qui avaient tous eu droit à leur portrait en couleurs. Pas de jaloux.

Il avait fallu un certain talent pour régler l'éclairage, faire le point, trouver les bons angles de prises de vue, développer les clichés.

Le résultat avait été excellent, presque professionnel. Vraiment bien pour un amateur.

Ahhhh...

Qu'est-ce que c'était que ce bruit ?

Ahhhh...

On aurait dit un gémissement.

Que se passait-il ?

Vite, lâcher les outils de travail. Un pinceau enduit de rouge s'écrasa par terre en tachant le sol. Aucune importance.

Ahhhh.

Courir. Plus vite. Traverser l'atelier, le couloir, descendre l'escalier, passer par la cave en briques, si fraîche, franchir l'épaisse porte blindée qui donnait dans cette chambre forte conçue pour abriter une famille pendant au moins une semaine. Au cas où...

Ahhhh...

Vite. Vite.

L'homme se tordait sur sa civière. Il se débattait sous ses liens. Il était pâle. Des gouttes de sueur perlaient à son front et dégoulinaient dans ses yeux. On entendait ses cris étouffés par le bâillon.

La notice de la Thorazine mentionnait une longue liste d'effets secondaires plus ou moins graves. Un seul était mortel : la crise cardiaque. L'homme qui se tortillait en ce moment en gémissant ressemblait tout à fait à un homme victime d'une crise cardiaque.

Merde.

Des doigts fébriles défirent les boucles des lanières.

Ils avaient eu leur dernière dose quelques heures plus tôt. C'était bientôt l'heure de la prochaine. Pourquoi la crise se déclenchait-elle maintenant ? Mais là n'était pas la question.

— Tu peux te lever ? Essaye, je vais t'aider.

Ahhhh…

L'homme parvint à se redresser, puis à s'asseoir. Lentement. Il avait l'air de souffrir atrocement…

— Je vais te conduire à l'hôpital. Tout ira bien. Accroche-toi à mon bras, je vais te soutenir.

Prier ?

Oui, prier silencieusement pour que cet homme parvienne à marcher jusqu'à la voiture. Il avançait. Plié en deux par la douleur. Au ralenti. Au ralenti, mais il mettait tout de même un pied devant l'autre. Une marche, une deuxième. Encore une marche. Courage.

Prier pour qu'il tienne le coup jusqu'à l'hôpital. Il ne fallait pas qu'il meure. Non.

Il ne s'agissait pas de se rendre coupable d'un meurtre…

# 61

J'étais ravie que ma séance avec Nicky et Daphne me fournisse une occasion de m'échapper de l'institut. Je ne m'y sentais pas à l'aise depuis ma dispute de la veille avec Nina. Nous avions eu deux — non trois — prises de bec en trois semaines. Et à chaque fois cela était allé un peu plus loin. J'avais passé la matinée enfermée dans mon bureau en évitant autant que possible de circuler dans les couloirs. Je savais pourtant qu'il nous faudrait régler nos problèmes et que ce comportement était à la fois lâche et infantile, mais je n'arrivais pas à surmonter mon appréhension. Pour affronter Nina, il fallait d'abord que j'affronte les sentiments que je ressentais pour Noah, que je sache où j'en étais. Je ne m'en sentais pas capable à ce moment-là.

Au moins, pendant les quarante-cinq minutes de trajet jusqu'au Connecticut, j'allais pouvoir souffler.

Quand je me suis garée devant la maison de Daphne j'avais déjà cinq minutes de retard, mais j'ai eu envie de faire un tour du côté des arbres fruitiers plantés à droite de la maison. J'avais besoin de me dégourdir les jambes et j'ai pensé que Nicky et Daphne ne m'en voudraient pas d'avoir pris mon temps.

Un tapis de feuilles mortes recouvrait maintenant

l'herbe et transformait à perte de vue le paysage en un tableau fauviste.

A l'heure de leur mort, les êtres humains perdent leurs couleurs et leur beauté. J'ai pensé à ma mère inconsciente, amaigrie et pâle. A sa jolie peau qui avait pris un teint cendreux.

Mais les végétaux ne se ternissent pas avant de mourir. Au contraire, ils passent par une magnifique palette de couleurs chatoyantes.

Une rafale a soufflé, emportant avec elle en tourbillon des centaines de feuilles de tremble d'un jaune vif. Elles montaient et descendaient, voletant autour de moi, aussi gracieuses et légères que des papillons.

Lorsque j'étais sortie de la voiture, le ciel était couvert, mais le vent avait chassé les nuages et le soleil illuminait à présent la campagne et la grande propriété de Daphne.

J'ai marché en direction de la maison. En m'approchant, avec cette belle lumière, j'ai pu voir l'intérieur de l'atelier. Plusieurs grandes toiles attendaient sur leur chevalet. Je me suis arrêtée à quelques mètres pour les observer. Ou plutôt, pour être plus précise, ce que j'ai vu m'a stoppée net.

Sur le premier chevalet je distinguais un portrait d'homme. Il était nu. Assis sur une chaise. Sa tête pendait mollement sur le côté. Son visage mou était sans expression, tout son corps relâché.

La peinture était sombre tout autour du sujet et très claire au centre. Et au centre il y avait le centre du corps de l'homme, exhibé comme un diamant aurait pu l'être dans la vitrine d'un joaillier, représenté avec une méticuleuse précision… Un pénis flasque et ridiculement petit.

Quelque chose m'a paru familier dans cette composition. Mais quoi ? Où avais-je déjà vu un tableau similaire ?

Mon regard s'est porté sur le chevalet suivant. Encore un

portrait d'homme nu, debout, mais affalé contre un mur, les épaules tombantes. Il avait un regard suppliant.

Daphne n'était pas seulement un bon peintre, mais une artiste accomplie. Elle savait capter et traduire les émotions de ses modèles d'une manière saisissante.

Comme sur le tableau précédent, un rond de lumière éclairait le centre du corps de l'homme. Et là aussi, le pénis était mou et ratatiné. Pitoyable.

Daphne peignait d'une manière réaliste, avec un grand souci du détail, mais elle mettait un soin particulier dans la représentation des parties génitales.

Et puis mes yeux se sont posés sur le troisième tableau.

J'en ai eu la nausée. Je ne m'étais pas attendue du tout à voir ce que je voyais, à découvrir ce que je découvrais... Mon corps n'a pas pu se défendre contre la violence du choc.

Je me suis accrochée d'une main à une branche d'arbre et j'ai vomi sur le beau tapis de feuilles mortes.

Ensuite, j'ai couru vers l'entrée de la maison.

# 62

Ronny White vit la Mercedes ralentir devant l'entrée des urgences de l'hôpital de Greenwich. Il nota le numéro d'immatriculation. C'était sa petite routine.

Ronny était fier de travailler dans cet hôpital moderne, conçu pour répondre aux besoins d'une population de soixante mille habitants — des riches pour la plupart. L'hôpital de Greenwich ne souffrait pas du manque de personnel comme ceux des grandes villes et il y avait toujours des lits disponibles. Les médecins avaient tous une réputation bien établie. On n'engageait pas n'importe qui pour soigner les gens friqués. Ronny appréciait les gens friqués parce qu'ils lui donnaient de généreux pourboires quand il s'occupait de leurs grosses voitures.

La Mercedes entra dans le parking à toute vitesse, signe qu'il s'agissait d'une urgence. Ronny connaissait son boulot. Il appela aussitôt la réception et demanda à Lucie d'envoyer une équipe pour accueillir l'entrant.

— Je crois qu'on a un problème..., fit-il.

Ronny était consciencieux et pas surchargé de boulot. Dans un grand hôpital ça ne se passait pas comme ça. Quand on arrivait aux urgences, on devait se débrouiller tout seul pour appeler une équipe médicale.

La voiture s'arrêta pile devant Ronny.

— Il a une crise cardiaque, cria la silhouette qui tenait le volant.

Ronny hocha la tête.

— Calmez-vous. L'équipe médicale arrive et…

Il n'eut pas le temps de finir sa phrase. Deux infirmiers sortaient avec un chariot, accompagnés de deux aides-soignants.

Ils sortirent l'homme de la voiture et l'installèrent sur leur chariot. Aussitôt, la voiture fit marche arrière et fila sur les chapeaux de roues.

Ronny prit le papier sur lequel il avait noté le numéro d'immatriculation. Cette voiture était partie bien vite. Pour déposer à l'hôpital un homme qui avait une crise cardiaque et se sauver sans demander son reste, il fallait être un criminel. Ou avoir bu. C'était suffisamment louche pour prévenir la police.

L'équipe médicale poussait maintenant le chariot vers la porte d'entrée.

Seigneur…

Ronny en avait déjà vu de belles depuis qu'il travaillait dans cet hôpital. Les riches gueulaient autant que les pauvres quand ils souffraient. Et ils pleuraient de la même façon. Ils s'asseyaient sur un trottoir du parking, ils se recroquevillaient et ils sanglotaient. Il avait vu des mères affolées amener leur bébé en train de s'étouffer et des ambulances débarquer des blessés dans des états catastrophiques.

Il avait aussi accueilli des jeunes gens — pas plus vieux que les gamins de sa sœur — qui sortaient de leurs belles voitures en écrasant leur mégot, rendaient visite cinq minutes à papa ou à maman, et revenaient en jacassant sur leur portable.

Mais un homme nu comme un ver, avec des marques

aux poignets et aux chevilles… Un homme que l'on jetait comme un chien hors de la voiture…

Non, ça non, il n'avait jamais été témoin d'un truc pareil. C'était la première fois.

Et il espérait bien que ce serait la dernière.

# 63

La porte d'entrée n'était pas fermée à clé. Je l'ai ouverte et j'ai appelé Daphne. Pas de réponse. J'ai traversé l'entrée en courant pour faire le tour du rez-de-chaussée. Personne dans le salon, ni dans la cuisine, ni dans la salle à manger. Tout en cherchant, je ne cessais de crier le nom de Daphne. Je n'arrivais plus à m'arrêter.

— Daphne ? Daphne ? Daphne ?

Mes cris résonnaient dans le silence, mais je n'obtenais toujours pas de réponse.

On ne s'absentait pas d'une maison pareille en laissant la porte ouverte. D'ailleurs, où avait bien pu aller Daphne ? Elle était agoraphobique, elle n'avait pas quitté la maison depuis six mois… Et voilà qu'elle disparaissait à l'heure où notre séance était prévue.

Et Nicky, où était-il ?

Pris isolément, aucun de ces éléments ne m'aurait alarmée, mais après avoir contemplé ces affreuses peintures, je trouvais qu'ils n'auguraient rien de bon. Et, pour tout dire, j'étais franchement inquiète.

Daphne avait peut-être lu les articles du *New York Times*. Elle connaissait sans doute les victimes pour les avoir fréquentées à l'époque où elle participait aux soirées de Scarlet. Elle souffrait de ce qui leur était arrivé. Elle avait voulu exorciser ses cauchemars en les peignant.

Oui, c'était sûrement ça. Je ne voyais pas d'autre explication plausible.

Je suis entrée dans l'atelier. Je pouvais très bien ne pas avoir aperçu Daphne depuis l'extérieur, même si elle y travaillait en ce moment. Et si elle écoutait de la musique avec un casque, elle ne m'avait pas entendue l'appeler.

La lumière du dehors éclairait sans pitié les horribles portraits.

Des portraits d'hommes impuissants.

— Daphne ? Daphne ?

Toujours pas de réponse.

En plus de la porte principale, celle que je venais de franchir, il y avait trois petites portes dans l'atelier. La première donnait accès aux toilettes. Daphne n'y était pas. La seconde ouvrait sur un cagibi où elle rangeait son matériel. Daphne n'y était pas non plus. Au moment où je refermais la porte du cagibi, il m'a semblé entendre un son. J'ai regardé autour de moi. Je n'ai rien vu, mais j'ai repéré une sorte de grésillement qui semblait sortir du manteau de cheminée en marbre. Je me suis approchée de la cheminée. Un dispositif de surveillance y était posé. Pourquoi ? Je l'ai pris avec moi et je me suis dirigée vers la troisième porte que j'ai poussée.

Une petite lumière rouge éclairait faiblement les placards et la table. Il flottait dans la pièce une odeur piquante et entêtante. Je l'avais vaguement sentie la première fois que j'étais entrée dans cette maison, mais elle était couverte par la térébenthine et la peinture et je ne l'avais pas correctement identifiée. A présent, je comprenais.

Daphne m'avait dit qu'elle peignait d'après modèle vivant, mais aussi d'après des photos qu'elle prenait elle-même. Elle possédait donc une chambre noire, j'aurais dû m'en douter.

Le halo rouge des lampes laissait entrevoir les cuves et les flacons contenant les produits révélateurs. Et une douzaine de photographies suspendues à un fil qui courait d'un bout de la pièce à l'autre.

Elles représentaient un visage. Un visage qui exprimait un violent désespoir.

Je l'ai reconnu. C'était le visage d'un des hommes que Daphne avait représentés sur ces tableaux qui m'avaient tellement choquée.

Mais où était Daphne ?

J'avais toujours à la main le dispositif de surveillance que j'avais pris sur le manteau de la cheminée. Soudain, il en est sorti un bruit ressemblant à un grognement de bête. J'ai fait un bond. A un grognement de bête ou au gémissement d'un être humain, je n'aurais pas su le dire.

Ma peur s'est muée en panique. Qu'est-ce que je devais faire ?

J'ai quitté l'atelier en courant pour retourner dans l'entrée. J'ai regardé partout. Je cherchais Daphne. Elle se trouvait à l'autre bout de cet appareil, j'en étais sûre à présent. Oui, mais où ?

J'ai de nouveau passé tout le rez-de-chaussée en revue. Pourquoi ça ne m'est pas venu à l'idée de monter à l'étage, je n'en sais rien. J'étais affolée. Rien dans la salle à manger, rien dans le salon, rien dans la cuisine. Mais il y avait une porte grande ouverte dans le cagibi de la cuisine. Si elle n'avait pas été ouverte, je ne l'aurais pas remarquée. Elle était dissimulée derrière des étagères.

Elle donnait sur un escalier.

Dans ma main, les gémissements sortaient toujours de l'appareil.

En bas de l'escalier, il y avait une cave à vin qui sentait la terre, l'humidité, le vin, le vinaigre.

Et autre chose.

Une odeur écœurante. Une puanteur de corps mal lavé, d'urine et de merde.

— Daphne ?

Le gémissement qui m'a répondu ne venait plus seulement de mon appareil. Je n'étais plus très loin.

L'odeur infecte me donnait des haut-le-cœur, mais j'ai continué à avancer, tout en appelant Daphne et en tendant l'oreille pour déterminer la provenance des gémissements. Daphne ne pouvait pas faire tout ce bruit à elle seule. Il me semblait qu'il y avait plusieurs personnes. Qui était avec elle ? Et où étaient-ils, bon sang ?

Je me suis trouvée devant une autre porte ouverte, dissimulée celle-là derrière une étagère de vin. Encore trois marches à descendre. Je m'enfonçais de plus en plus profondément…

L'odeur d'excréments était à présent insoutenable et j'ai hésité à aller plus loin.

*Respire par la bouche, surtout. Par la bouche. Ne laisse pas passer cette puanteur par tes sinus.*

J'ai sorti mon téléphone portable. Il n'y avait pas de réseau. Merde.

La dernière marche débouchait sur une grande pièce sans fenêtre. Le centre de la terre. Et, tandis que ma vision s'accoutumait peu à peu à la pénombre, j'ai découvert avec horreur qu'il n'y avait vraiment aucune limite à la dépravation de l'âme humaine.

# 64

Quatre hommes étaient attachés sur des chariots d'hôpital. Des cadavres. Un carnage.

Qui les avait amenés ici ? Et où était Daphne ?

Je sentais la sueur dégouliner le long de mon dos. Mes jambes tremblaient tellement que j'avais du mal à tenir debout.

Je n'arrivais plus à réfléchir. J'avais la tête vide.

J'ai entendu un gémissement et j'ai poussé un hurlement. Je n'y comprenais plus rien.

Les morts ne gémissent pas.

Ils ne se plaignent pas.

Mais ceux-là, oui.

Je distinguais maintenant dans la pénombre les chiffres tracés au feutre rouge sur leurs plantes de pieds. Pas au feutre. A la peinture. A la peinture, bien sûr.

2

3

4

5

Bien alignés.

Mais pas de 1.

Et un chariot vide.

Où était le 1 ?

Le concert de lamentations se faisait de plus en plus suppliant. J'ai regardé les hommes allongés. Merde. Leurs visages me rappelaient ceux des malades de l'hôpital psychiatrique que j'avais côtoyés pendant mon internat. Ils étaient drogués, sous sédatifs.

Avec de la Thorazine.

Merde.

Personne n'y avait songé. Nous étions tous partis du principe qu'il fallait rechercher les cadavres des corps photographiés. Une conclusion un peu trop hâtive qui nous avait aiguillés sur une mauvaise piste.

Tout le monde avait cru à l'existence d'un tueur en série. Donc à un monstre qui n'avait aucun respect pour la vie humaine, un monstre capable de tuer plusieurs personnes juste pour le plaisir. Mais nous n'étions pas dans ce cas de figure.

J'avais essayé de déterminer qui dans mon groupe de femmes de Scarlet pouvait correspondre au profil d'une dangereuse psychopathe. Mais je n'avais trouvé personne. Et pour cause…

D'après les statistiques, les tueurs en série sont à quatre-vingt-huit pour cent des hommes de race blanche entre trente et quarante ans. Ils opèrent pour la plupart dans un territoire restreint qu'ils connaissent bien. Une étude psychologique portant sur leur enfance a mis en évidence quelques traits communs : ce sont des rêveurs, ils souffrent de masturbation compulsive et ont tendance à s'isoler.

Ils sont aussi dominateurs et aiment diriger. Certains se prennent pour des justiciers, des dieux vivants. D'autres se croient investis d'une mission sacrée, ils sont persuadés d'obéir aux ordres du Seigneur.

La personne qui avait séquestré et drogué ces hommes

avait commis un crime, mais elle s'était arrangée pour les garder en vie.

Nous avions tous cherché dans la mauvaise direction. Nous ne risquions pas de trouver.

Je me suis approchée des chariots pour vérifier le pouls des silhouettes allongées. Je les ai détachées avec des doigts qui tremblaient — vite. Mais je ne pouvais pas m'en sortir seule. Ils étaient trop nombreux et il y avait trop à faire. Il fallait d'abord s'assurer qu'aucun d'eux n'était en danger de mort. Ensuite s'occuper de les tirer de là.

Non, ils n'étaient pas en danger immédiat.

Complètement drogués, ça oui, mais pas déshydratés ou en train de mourir de faim.

Il me fallait de l'aide.

J'ai de nouveau sorti mon portable, mais toujours pas de signal de réseau. Pas étonnant, la pièce était enterrée trop profondément.

Je devais joindre Jordain à tout prix.

— Je vais appeler des renforts, ai-je dit.

Et je me suis tournée vers les marches sombres qui menaient à la surface.

# 65

Nicky se tenait dans l'embrasure de la porte. Il me barrait le passage, mais ce n'était pas moi qu'il regardait. Il avait la bouche grande ouverte et il était aussi pâle que les hommes allongés derrière moi. Sauf que la pâleur des hommes allongés derrière moi, celle qui donnait sur les photographies l'illusion de la mort, n'était pas naturelle… Daphne était une artiste. Avant de photographier les victimes, elle avait utilisé ses pinceaux et son talent pour camoufler leur chair rosée avec un gris blanchâtre.

Nicky n'avait toujours pas bougé. Je comprenais — parce que je venais d'en passer par là — que son esprit tentait d'assimiler et d'accepter ce qu'il voyait. Sa réaction prouvait qu'il n'avait rien à voir là-dedans.

— Il faut prévenir la police, ai-je dit. Vite.

Il ne réagit pas. Une grosse veine battait au niveau de sa tempe. Fort, mais irrégulièrement.

— C'est Daphne qui a fait ça ? a-t-il enfin demandé d'une voix tremblante.

— Je n'en sais rien.

— Comment…

Il n'a pas pu finir.

Et il m'empêchait toujours de grimper les marches.

— Nicky, nous devons appeler la police. Laissez-moi

passer, je vous en prie. Nous avons aussi besoin d'une ambulance.

Il ne m'écoutait pas.

— Ma femme… C'est ma femme…

— Je n'en sais rien, Nicky, ai-je répété.

— Est-ce qu'ils sont morts ?

— Non, mais ils ont besoin de soins. Daphne aussi a besoin de soins. Et nous, nous sommes en danger. Montons au rez-de-chaussée, Nicky. Nous devons téléphoner à la police et réclamer une ambulance.

— Vous savez où elle est ?

— Non.

— Mais c'est bien elle qui a fait ça ? Vous le savez, n'est-ce pas ?

J'ai hoché la tête.

— Et vous savez aussi pourquoi ?

Lorsque j'étais entrée dans ce cachot et que je m'étais penchée sur ces cadavres vivants pour écouter leurs battements de cœur, je n'avais même pas eu la présence d'esprit de me poser cette question. Et, même si je l'avais eue, j'aurais été bien incapable de répondre. Mais à présent que Nicky était devant moi, oui, je comprenais.

— Oui, ai-je répondu en essayant de l'écarter pour monter.

— Elle voulait m'effrayer et me dissuader de retourner aux soirées de Scarlet. C'est bien ça ?

— Nicky ! ai-je crié. Ce n'est pas le moment. Nous parlerons de tout ça quand nous aurons prévenu la police.

Mais il était trop tard.

— Nicky ! Tu n'as rien à faire ici ! a crié une voix forte et autoritaire.

Celle de Daphne.

# 66

Tout en avançant dans le couloir du commissariat, l'agent Butler passait en revue les agrandissements de la cuisse droite de la cinquième victime. Il y en avait plusieurs et la zone qui les intéressait était de plus en plus grosse et clairement visible de cliché en cliché.

Elle venait de comprendre et affichait un air hébété lorsqu'elle franchit le seuil du bureau où Jordain et Perez l'attendaient.

— Vous n'allez pas en croire vos yeux ! s'exclama-t-elle. On dirait de la chair bien rose. Comme si on avait peint le reste du corps en oubliant cet endroit.

Elle leva les yeux vers les deux inspecteurs. Ils n'avaient rien entendu. Ils étaient justement au téléphone et farfouillaient en même temps dans leurs poches de veste. Jordain avait mis le chorus.

« Oui, oui, fit une voix d'homme. Sur ses plantes de pieds, peint en rouge. Le numéro un. »

— On arrive tout de suite, répondit Jordain.

Il se précipita vers la porte.

— L'hôpital de Greenwich, c'est quelle sortie ? hurla Perez.

« Sortie numéro 3 sur la I-95. »

Butler les suivit. Ils la mirent au courant, tout en

traversant le commissariat au pas de course pour rejoindre leur voiture.

— On a déposé un homme aux urgences de l'hôpital de Greenwich il y a environ une demi-heure, haleta Perez. Crise cardiaque. Il était nu et, comme tu as pu l'entendre, il porte le numéro un sur ses plantes de pieds.

— Ils sont sûrs qu'il s'agit de Philip Maur ?

— Oui. Il était suffisamment conscient pour décliner son identité. Sa femme a été prévenue. Elle est en route.

Ils s'engouffraient déjà dans la voiture. Jordain prit le volant et démarra en trombe.

— Un truc bizarre…, ajouta Perez. Il avait des traînées de peinture grise sur les jambes.

— Je sais, répondit Butler en lui tendant les agrandissements.

# 67

La crise cardiaque de Philip Maur avait bien été provoquée par la Thorazine et n'aurait pas de conséquences graves. Mme Maur était assise près du lit d'hôpital de son mari. Elle lui tenait la main. Elle pleurnichait en ne cessant de répéter :

— Je te croyais mort. Je te croyais mort.

Jordain et Perez parlementaient avec le médecin sur le seuil de la porte.

— Nous resterons le moins longtemps possible, promit Perez.

— Je préfère tout de même assister à l'entretien, insista le médecin. C'est plus prudent. S'il a un problème, j'interviendrai tout de suite.

— Parfait, répondit Perez.

— Savez-vous où vous étiez ? demanda Jordain après s'être présenté à Philip Maur et lui avoir dit à quel point ils étaient heureux et soulagés de le savoir en vie.

Philip hocha la tête.

— Chez elle, répondit-il d'une voix enrouée. Dans sa maison.

Il s'humecta les lèvres à plusieurs reprises. Sa femme lui tendit un verre d'eau qu'il but lentement, jusqu'au bout.

Jordain s'impatientait, mais il n'en laissa rien paraître.

— Chez elle ? Dans sa maison ?

— Nous étions tous dans sa maison.

— Tous ?

— Nous étions cinq. Attachés comme des…

Sa voix se brisa et il éclata en sanglots. Merde. Il ne pouvait pas se retenir. Pas plus qu'il ne pouvait lâcher la main de sa femme.

— Vous et quatre hommes, reprit Jordain. Est-ce que les autres sont morts ?

Philip Maur secoua la tête et ses épaules furent de nouveau secouées de sanglots.

Le médecin vérifia l'appareil qui enregistrait les battements du cœur. Pas de changements. Il fit signe à Jordain de poursuivre.

— Je sais que vous venez de traverser une terrible épreuve, monsieur Maur, et qu'il vous est pénible de parler de ce que vous avez vécu. Mais vous devez nous aider à retrouver la maison. Il faut arrêter la personne qui vous a fait ça.

Phil secouait la tête avec véhémence.

— Ils sont tous vivants. Assommés par je ne sais quelle drogue, mais vivants.

De nouveau, il hoqueta.

— Je suis désolé, reprit-il. Je n'ai jamais pensé que…

Les larmes roulaient sur ses joues. Sa femme le contemplait fixement.

Jordain se rendit compte que Philip ne leur dirait rien de plus tant qu'elle resterait près de lui. Il chercha le regard de Butler et lui désigna discrètement du menton Mme Maur. Elle alla aussitôt lui prendre doucement la main.

— Madame Maur, pourriez-vous me suivre une minute

dans le couloir ? demanda-t-elle gentiment. J'ai quelques questions à vous poser.

Dès qu'elles furent sorties, Jordain prit la place de Cindy Maur, près de Philip.

— Tout ce qui compte pour l'instant, c'est de trouver l'endroit où vous étiez séquestré. Il reste encore quatre hommes à sauver. Vous savez à qui appartient la maison ?

Philip acquiesça.

— Vous connaissez le nom du propriétaire ? insista Jordain.

— Je ne voulais pas…

— Ce n'est pas le moment des explications, monsieur Maur. Le plus urgent, c'est de localiser cette maison et de secourir les autres pendant qu'il en est encore temps.

— Je ne connais que son prénom. Celui qu'elle utilisait.

— Comment ça celui qu'elle utilisait ?

— Je ne suis pas sûr que c'était son vrai prénom. Certaines prennent un pseudonyme.

Jordain avait l'impression d'être enfoncé dans une eau noire et boueuse et de lutter pour remonter à la surface — là où il trouverait enfin un peu de lumière.

Il nota le prénom que lui dictait Philip. Juste un prénom… Pas très utile comme renseignement.

— Vous savez où se trouve la maison ?

— Quelque part dans la campagne… J'étais déjà drogué quand elle m'y a conduit.

— Sauriez-vous dire combien de temps vous avez mis pour arriver à l'hôpital ?

— Des années. J'ai l'impression que ça a duré des années.

# 68

Jordain et Perez discutaient dans le parking de l'hôpital de Greenwich avec la police locale. Ils réfléchissaient à la procédure la plus efficace pour trouver la maison où quatre hommes attendaient encore.

— Greenwich est une ville assez étendue, mais la population n'est pas très nombreuse. Soixante mille habitants pour une commune de soixante-dix-sept kilomètres carrés. Avec beaucoup de campagne quasiment déserte et de grandes maisons dans d'immenses propriétés. Ça prendrait des jours de tout quadriller.

— Surtout que nous n'avons qu'un prénom. Et que nous ne sommes même pas certains que ce soit le bon.

Butler les rejoignit. Elle était accompagnée d'un policier en uniforme et d'un homme vêtu d'un pantalon noir, d'une chemise blanche, et d'une veste noire arborant l'insigne de l'hôpital. Elle le présenta à Jordain et à Perez.

— Je crois que cette fois nous tenons quelque chose de sérieux, dit-elle. M. White surveille le parking et il était là quand la voiture a déposé Philip Maur. Il affirme qu'il s'agissait d'une Mercedes. Et comme chaque fois qu'un véhicule se gare devant les urgences, il a relevé le numéro de la plaque d'immatriculation.

— Vous êtes notre sauveur ! s'exclama Jordain en

prenant le papier sur lequel White avait noté trois chiffres et trois lettres à l'encre noire.

Il le lut, puis il le tendit à l'inspecteur de la police locale.

— Ça ne devrait pas me prendre plus de cinq minutes, assura celui-ci.

— Si ça pouvait en prendre trois, ça serait encore mieux, répondit Jordain.

# 69

Daphne se tenait dans l'ombre, en haut des trois marches. Elle avait les cheveux défaits, le chemisier hors du pantalon, une auréole de sueur sous les aisselles.

— Qu'est-ce que vous faites ici ? m'a-t-elle hurlé en tordant la bouche.

Je devais absolument profiter de l'effet de surprise, me faufiler entre elle et Nicky pour tenter de remonter. Il fallait que je trouve un téléphone. Ou que je m'isole pour appeler de mon portable.

Mais je n'en ai pas eu le temps. Avant que je puisse me rendre compte de ce qui m'arrivait, Nicky est tombé sur moi de tout son poids et il m'a renversée. J'ai ressenti une violente douleur à l'épaule. J'en ai eu la nausée. J'ai compris tout de suite qu'elle était cassée.

Nicky s'est redressé.

— Tu m'as poussé, a-t-il reproché à Daphne d'une voix étonnée.

Ma douleur à l'épaule me donnait le vertige, mais j'ai réussi à m'asseoir, moi aussi.

— Tu m'as poussé, a répété Nicky. Pourquoi ?

Il avait l'air complètement dépassé. Il en était encore à essayer de comprendre. Mais il n'y arrivait pas.

Derrière moi, j'entendais les hommes crier et se plaindre.

Daphne nous dominait de toute sa hauteur. Elle nous regardait fixement, son mari et moi. Une paire de ciseaux brillait dans sa main. Elle avait descendu les marches, mais elle bloquait toujours le passage. Pour atteindre l'escalier, il aurait fallu que je passe devant elle.

— Lève-toi, a-t-elle ordonné à son mari.

Nicky a obéi en silence.

Je me suis levée aussi, très lentement, en luttant contre la douleur qui me vrillait l'épaule, sans quitter des yeux les ciseaux. Quelques mètres seulement me séparaient de Daphne. J'ai songé à lui foncer dessus pour la déséquilibrer. Contre deux personnes, elle ne pouvait pas grand-chose, même avec son arme improvisée. Nicky aurait pu aisément lui arracher les ciseaux. Mais il restait planté là, à se frotter le menton, en contemplant sa femme.

— Nicky ? ai-je appelé.

Il n'a pas répondu.

— Daphne, posez ces ciseaux, ai-je supplié. Appelez la police. Je vous aiderai. Vous n'irez pas en prison. Vous avez besoin de soins. Ces hommes sont vivants. Vous vous en sortirez. Mais oubliez ces ciseaux et laissez-moi passer. Je dois téléphoner.

Elle m'a éclaté de rire au nez.

— Tu as vu, Nicky ? a-t-elle dit. Tu as vu ce que j'ai fait pour toi ? Tout ça c'était pour toi. Je n'avais rien contre ces hommes. Je ne voulais pas leur faire de mal.

Elle a marqué un temps d'arrêt.

— J'avais tout prévu. Je n'ai pas envoyé les photos à Liz par hasard, tu sais. J'avais compris qu'elle vous détestait tous et que ça lui ferait plaisir de vous foutre la trouille. Je savais qu'elle était journaliste parce que je l'avais rencontrée à une soirée. Quel coup de chance… J'ai tout de suite pensé qu'elle allait me servir. J'étais certaine qu'elle ne résisterait pas à la tentation d'un scoop. Qu'elle en dirait le moins possible à la police pour pouvoir continuer à écrire ses articles. Elle n'avait pas envie qu'on trouve le coupable. Elle voulait vous dominer, vous contrôler. Je lui en fournissais le moyen tout en l'utilisant pour vous faire peur. Chaque jour un peu plus. Jusqu'à ce que ça vous coupe l'envie de vous rendre à ces soirées de merde.

Nicky écoutait religieusement en hochant la tête.

— Il faut que tu laisses tomber Scarlet, Nicky. Tu comprends ça ? Je ne veux plus que tu y ailles.

Elle s'exprimait d'une voix stridente que je ne lui connaissais pas et son visage arborait un masque dur et insensible. Rien à voir avec l'épouse aimante et douce que j'avais rencontré les autres fois. Laquelle de ces deux femmes était la vraie Daphne ? Celle qui voulait convaincre son mari de lui rester fidèle et désirait fonder une famille avec lui ? Ou la virago folle de jalousie que j'avais devant les yeux ?

— Daphne, il faut absolument contacter la police au plus vite, ai-je repris d'une voix douce.

J'avais espéré l'émouvoir, l'atteindre à travers sa colère. Mais elle m'a superbement ignorée.

— Nicky ? a-t-elle demandé. Tu as entendu ce que j'ai dit oui ou non ?

Il a hoché la tête.

— Tu vas m'obéir, à présent, Nicky. C'est compris ? Tu vas faire tout ce que je te demande.

Il a hoché la tête de nouveau.

— Viens près de moi.

Il s'est avancé vers elle. Docilement.

Elle a allongé la main pour caresser la bosse de son pantalon.

Brusquement, j'ai eu l'impression que je n'existais plus.

Pas plus que les quatre hommes qui continuaient à geindre et à supplier sur leurs chariots. Daphne ne les entendait pas. Elle était uniquement concentrée sur la caresse qu'elle prodiguait à son mari. Puis un sourire a étiré ses lèvres. Elle avait réussi à provoquer une érection. Lui aussi avait tout oublié. La détresse des pauvres malheureux ligotés derrière nous, la puanteur de cette chambre de torture, l'arme qui brillait dans la main libre de sa femme... Il était sous le charme.

Elle a refermé les doigts sur son pénis et elle l'a pressé à travers le pantalon. Puis elle a fait descendre la fermeture Eclair et elle l'a sorti à l'air.

— Tu vois, a-t-elle dit. Quand tu ne fais pas d'histoires et que tu m'obéis bien gentiment, tout se passe bien. Tu bandes, non ? Tu es gentil, donc tu bandes. Je sais comment te traiter. Tu peux me faire confiance.

Nicky était dans un état second, en transe. Il avait les yeux fermés, les lèvres entrouvertes, le visage complètement relâché. Daphne s'est baissée pour prendre son pénis dans sa bouche. Puis elle a commencé à le sucer, lentement, tout en le caressant avec sa langue.

J'avais une chance. Sans doute la dernière qui me serait offerte. Daphne était absorbée par sa démonstration. Elle voulait prouver à son mari, à elle-même, à moi, aux autres hommes, qu'elle détenait le pouvoir.

Au point de ne pas se rendre compte que j'allais tenter de passer ?

# 70

J'ai fait un pas en avant. Daphne a aussitôt réagi. Elle a lâché le pénis de son mari et s'est redressée en pointant les ciseaux vers moi.

— Tu ne pensais tout de même pas me blouser ?

Nicky avait l'air d'un somnambule. Il regardait fixement les lèvres humides de sa femme. Il ne paraissait pas s'apercevoir — ou s'il s'en apercevait ça ne le dérangeait pas — que son sexe en érection dépassait de son pantalon.

— Nicky, j'ai besoin de votre aide, ai-je supplié.

L'accent pathétique de ma voix m'a surprise.

La main de Daphne est revenue serrer le pénis de son mari. Lui, paraissait tout à fait inconscient de ma présence.

Je ne savais pas comment attirer son attention. Daphne pointait toujours vers moi les ciseaux qu'elle tenait dans sa main droite, sans cesser de caresser Nicky de la main gauche.

Elle m'a jeté un mauvais regard.

— Ne bougez pas, a-t-elle dit.

J'ai inspiré profondément et, d'une voix claire et forte, je me suis adressée à lui.

— Nicky... Elle vous a menti. Elle n'est pas agoraphobique. Mais elle est dangereuse. Elle a besoin d'un psychiatre. Vous êtes le seul à pouvoir la convaincre d'accepter de l'aide. Je sais que vous avez envie qu'elle aille bien. Vous êtes venu me consulter pour que je vous aide tous les deux.

Mais Nicky n'a pas réagi. Il avait renversé la tête en arrière. Il était plus que jamais perdu dans un monde de sensations et ma voix lui parvenait à peine, comme un faible murmure.

Et Daphne faisait tout pour que ça dure en continuant de lui prodiguer ses soins.

De nouveau, j'ai tenté un pas en avant.

Daphne a cessé de caresser Nicky.

Nicky a aussitôt redressé la tête.

— Non, a-t-il pleurniché. Je t'en prie. Continue.

— Je continuerai, promis. Mais il faut d'abord s'occuper d'elle. Nous devons l'attacher. Pour nous protéger.

— Continue, continue.

Il était bouleversé qu'elle songe à différer son orgasme.

— Je t'en supplie…, a-t-il insisté.

— Oui, oui, a répondu Daphne. Dès qu'on aura mis un peu d'ordre dans tout ça.

Il lui fallait garder Nicky dans cet état de transe sexuelle, le couper de la réalité pour le mettre de son côté. Mais elle cherchait en même temps un moyen de me maîtriser définitivement. Les ciseaux tremblaient dans sa main.

— Nicky, il faut l'attacher sur le chariot vide. Aide-moi.

Nicky a tourné vers moi des yeux vagues et embués de désir. En me reconnaissant, il a paru reprendre un peu ses esprits.

J'avais conscience que je devais absolument le convaincre que sa femme avait besoin d'être secourue. S'il l'aimait sincèrement — que son amour soit sain ou pas importait peu —, j'allais devoir parier sur le fait que le désir de la sauver prendrait le dessus sur celui de lui obéir. A condition qu'il soit capable de se soustraire à son influence. Je n'en savais pas encore assez sur leur relation pour déterminer si elle le dominait uniquement sur le plan sexuel ou d'une manière plus complexe.

— Nicky…, ai-je tenté. Nous pouvons faire quelque chose pour Daphne.

Elle s'est approchée de lui pour l'embrasser derrière l'oreille.

— Chut, a-t-elle murmuré. Nicky…

Elle a pris sa main et lui a sucé le pouce.

— Nous avons plein de secrets, Nicky… Toi et Scarlet. Moi et cette maison. Ces secrets, il faut les enterrer. Pour que personne ne les découvre.

De nouveau, elle a repris le pouce de Nicky pour le lécher et le sucer.

Comment comptait-elle enfouir leurs secrets ? Comment l'arrêter ? Je ne voyais aucun moyen de me défendre. Je n'avais que les mots. Je n'avais jamais eu que les mots. Il fallait que je soumette Nicky. Qu'il m'obéisse à moi, et pas à elle. Mais elle avait sur moi l'avantage de son pouvoir sexuel. Et elle le savait.

— Je regrette, a-t-elle dit en se tournant vers moi. Je n'ai pas le choix. Vous en savez trop. Il faut vous allonger sur ce chariot.

Je n'ai pas discuté. J'ai décidé de faire comme si je me résignais à obéir. Je devais temporiser, gagner du temps. Pour augmenter mes chances de convaincre Nicky.

— Daphne, je peux vous soutenir. Je vous défendrai auprès de la police pour que vous n'alliez pas en prison.

— Me soutenir ? a-t-elle ironisé avec un rire mauvais.

J'ai eu un mouvement de recul. C'était un rire de malade. Un rire de folle qui m'a transpercée comme un couteau.

— Je n'ai pas besoin qu'on me soutienne. Je peux me débrouiller seule. Je vais enterrer ce vilain secret. J'ai toujours su qu'il me resterait cette solution de repli en cas de problème. Cette chambre est enfouie à trois mètres sous terre et personne n'en connaît l'existence. Mon grand-père l'avait fait construire pour l'utiliser comme abri anti-atomique. Elle n'apparaît même pas sur les plans. Une fois que nous aurons refermé cette porte, personne ne vous trouvera. Jamais. J'aurais préféré éviter d'en arriver là. Mais je ne peux plus faire autrement.

Nicky a paru surpris de ce qu'elle disait. Je l'ai nettement perçu à la façon dont il plissait les yeux et pinçait la bouche.

— Nicky, ai-je fait d'une voix aussi autoritaire que possible.

Il m'a ignorée.

— Nicky ! ai-je hurlé en mettant dans ces deux syllabes tout le venin de mon être.

Cette fois, il a réagi. Il a tourné son visage vers moi.

— Vous devez m'écouter, Nicky. Daphne vous aime. Elle vous aime assez pour tuer cinq personnes si c'est le prix à payer pour vous garder. Il faut absolument que vous réagissiez et que vous l'empêchiez de vous détruire tous les deux. Son secret va vous démolir. Vous comprenez ce que je dis ? Oui. Bien sûr que vous comprenez. Vous savez ce que c'est que de garder un secret honteux qui fini par vous dominer. Vous avez eu Scarlet. Vous le savez, Nicky, n'est-ce pas ?

Il m'écoutait… A présent, les doigts de Daphne qui caressaient son sexe restaient impuissants à le détourner de ma voix autoritaire, ils ne lui masquaient plus le sens de ce que je disais. Le ton que j'employais obligeait cet homme avide de soumission à m'écouter.

Daphne négligeait le plus important.

Son mari n'avait pas seulement besoin de sexe.

Il avait surtout envie d'être dominé par une femme, envie qu'on lui donne des ordres. Et, là, elle oubliait de se montrer tyrannique. Elle se faisait douce et enjôleuse. Elle le percevait comme son sauveur et ce n'était pas ce qu'il recherchait. Lui, voulait être un esclave. Si elle avait eu la présence d'esprit de rétablir les rôles, de cesser de lui demander de l'aide, elle aurait probablement gagné la partie. Mais elle n'y a pas pensé.

— Ecoute-moi bien, Nicky, ai-je ordonné. Tu m'écoutes, espèce de salaud ? Daphne a besoin de toi. Elle est folle de toi, tu ne t'en rends donc pas compte ? Tout ce qu'elle veut, c'est toi. Elle ne te domine pas, elle est faible. Aussi faible que toi. C'est moi, ici, qui suis la plus forte.

A présent, il paraissait subjugué par mon discours.

— Je t'interdis de donner à Daphne ce qu'elle te supplie de lui accorder. Parce qu'elle supplie, Nicky… Et tu n'as aucune envie de rendre gentiment service à quelqu'un qui te supplie, Nicky. Ce que tu aimes, c'est obéir aux ordres d'une femme forte, qui sait ce qu'elle veut.

La main de Daphne allait et venait fébrilement sur le sexe en érection de son mari.

— Non ! ai-je hurlé.

Je tablais sur le fait que Daphne était trop perdue pour se rendre compte de ce que mijotais, qu'elle ne comprendrait pas pourquoi Nicky changeait brusquement de camp.

Car il se tournait vers moi, de plus en plus. Je ne l'avais pas encore complètement arraché aux caresses de sa femme, mais je sentais que ma voix prenait peu à peu le dessus.

— Nicky ! Je t'ordonne de prendre ces ciseaux. Tout de suite, tu m'entends ?

Il l'a regardée. Il n'a pas hésité. Il a repoussé la main qui caressait son pénis comme s'il s'était agi d'un vilain moustique qui le taquinait et il a tendu le bras vers les ciseaux.

Mais elle a été plus rapide que lui. Elle l'a évité et elle s'est précipitée vers moi, le bras levé, en pointant les ciseaux vers ma poitrine.

— Arrête-la, Nicky, ai-je hurlé.

Il a couru vers elle.

J'en ai profité pour tenter de me réfugier dans un coin. Je ne pensais plus qu'à Dulcie. Il fallait que je m'en sorte. Pour elle. Je devais rentrer à la maison.

Daphne me poursuivait. Elle était folle de rage. Elle était prête à engager la bataille avec moi. Et avec toutes les femmes qui auraient cherché à dominer Nicky. Elle ne voulait pas le partager.

— Nicky ! ai-je hurlé. Il faut la maîtriser. L'empêcher de me faire du mal.

La silhouette floue de Daphne a brutalement disparu de mon champ de vision. Je l'ai cherchée du regard. Nicky l'avait rattrapée. Ils étaient tombés tous les deux, l'un sur l'autre.

J'ai entendu des sanglots. Ceux de Daphne. Nicky était à demi allongé sur elle. Il n'était plus en érection.

— Daphne, a-t-il dit. Le Dr Snow a raison et tu le sais. La situation est bien assez catastrophique comme ça. Il faut absolument te ressaisir.

Elle l'a contemplé fixement d'un air de souverain mépris. Puis elle a froncé les sourcils, ses narines se sont dilatées et, dans un sursaut d'énergie, elle a réussi à dégager son bras. Elle tenait toujours les ciseaux. Elle les a élevés au-dessus d'elle.

Et puis elle les a abaissés. L'extrémité des lames a tracé un arc argenté dans l'air.

Elle a poussé un cri étrange qui a résonné dans la pièce sombre. Le cri d'un animal sauvage pris au piège.

J'ai tressailli.

Daphne ne bougeait plus. Le sang s'est mis à couler et son chemisier rose pâle est devenu rouge.

Nicky a hurlé quelque chose que je n'ai pas entendu et il s'est redressé d'un bond pour s'agenouiller près de sa femme.

— Non, Nicky, non. Ne la touchez pas. Montez au rez-de-chaussée et allez prévenir la police. N'essayez pas d'arracher ces ciseaux, vous pourriez aggraver son état. Courez chercher de l'aide. Tout de suite.

Il s'est tourné vers moi avec un regard implorant.

— Je ne peux pas m'éloigner d'elle, a-t-il gémi.

— Si vous n'appelez pas tout de suite la police ou une ambulance, elle va mourir. Dépêchez-vous, bon sang.

# 71

Mais Nicky n'a pas eu à s'éloigner du corps de Daphne.

La police de Greenwich avait localisé la maison. Jordain, Perez et Butler descendaient déjà l'escalier menant à la cave quand ils avaient entendu le cri de Daphne.

Ils avaient pris la précaution d'amener avec eux des ambulances. Quatre. Pour les quatre hommes. En espérant qu'ils seraient encore vivants.

Il n'avait fallu que dix minutes à l'équipe médicale pour emporter les malheureux, avec Daphne qui était inconsciente, mais en vie. Nicky l'avait suivie après avoir remonté sa fermeture Eclair de pantalon. Il avait refusé de quitter sa femme, refusé de lâcher sa main. Il était parti en refoulant ses larmes, escorté par deux policiers.

L'un des médecins était venu examiner mon épaule. D'après lui, elle n'était pas cassée. Je pouvais bouger et je ne souffrais pas tant que ça. Mais il m'avait tout de même conseillé de passer une radio.

Perez et Butler étaient retournés en bas avec les deux inspecteurs de la police de Greenwich pour mettre sous scellés la pièce où Daphne avait séquestré ses victimes. Mais Jordain avait tenu à s'occuper de moi.

Il m'avait entraînée sous le porche de l'entrée. Nous

étions installés sur les marches, au milieu d'un tapis de feuilles mortes jaunes et rouge *scarlet*.

J'essayais de me calmer et de respirer normalement.

Il me caressait doucement le dos pour m'encourager.

— Respire régulièrement, d'accord ? Un, deux, trois, quatre. Bloque. Expire. Un, deux, trois, quatre. Bloque. Un, deux, trois, quatre.

Cet exercice, c'était moi qui le lui avais appris. Il servait à ralentir les battements cardiaques et à se concentrer.

Je ne savais pas depuis combien de temps j'étais assise sur ces marches, avec Jordain près de moi. Ni quand il m'avait prise dans ses bras. Ni quand j'avais commencé à pleurer.

Peu à peu, je me suis calmée et mes larmes ont cessé de couler.

— Il faut que je retourne en bas, a dit Noah. Je peux te laisser seule quelques minutes ?

J'ai hoché la tête.

— Je ne serai pas long, a-t-il promis.

Mais la panique m'a de nouveau submergée quand il a disparu. Je me suis retournée et je l'ai regardé s'éloigner tout en me répétant intérieurement.

*Je ne serai pas long. Je ne serai pas long.*

J'ai fait un effort pour inspirer longuement. Il fallait absolument que je domine mon angoisse. Tout allait bien, maintenant. Les cinq hommes étaient en vie. La blessure de Daphne ne la mettait pas en danger.

J'ai tendu le bras vers mon sac… Comment se faisait-il que j'aie encore mon sac ? Je ne me souvenais pas de l'avoir ramassé. Perez ou Butler avait dû me le tendre et je l'avais pris machinalement. J'ai sorti mon téléphone portable et j'ai appelé Dulcie, sur une impulsion. Je ne savais même pas pourquoi. Ni quelle heure il était. Et je ne me suis pas demandé si je ne risquais pas de l'interrompre en plein cours, ou au milieu d'une répétition.

Elle a répondu à la troisième sonnerie.

— Maman ?

Elle avait probablement vu s'afficher mon numéro.

Je me suis mordu le poing pour m'empêcher de pleurer.

— Hello, ma chérie…

Ma voix tremblait affreusement. Je ne m'y étais pas attendue. J'ai regretté d'avoir appelé. Je ne voulais surtout pas alarmer Dulcie.

— Maman ? Tu as un problème ?

J'ai secoué la tête. Mais elle ne pouvait pas voir cette dénégation silencieuse, alors j'ai rassemblé mon courage et j'ai fait appel à mes maigres talents d'actrice.

— Non, pas du tout, ai-je répondu d'un ton détaché. Je pensais à toi, c'est tout. Je voulais m'assurer que tu allais bien.

— Ça va, oui. Mais c'est marrant que tu m'appelles maintenant. Il vient de m'arriver un truc vraiment bizarre.

— Ah bon ? Quoi ?

— J'ai terriblement mal à l'épaule. J'ai pris du Tylenol, pour calmer la douleur.

— Ça a commencé quand ?

— Il y a une demi-heure environ.

— Tu ne crois pas que tu devrais consulter un médecin ?

— Non, maman, c'est pas la peine, a-t-elle dit du ton exaspéré de l'adolescente que la sollicitude de sa mère agace.

— Mais tu as eu mal comme ça, brusquement, sans raison ?

— Apparemment… J'ai dû me cogner sans m'en

rendre compte. Je n'en sais rien. Mais avec le cachet, ça va mieux.

Mon épaule m'a lancée. Moi je n'allais pas mieux. Il fallait que je passe une radio.

Je ne croyais pas aux coïncidences. Nous n'avions pas pu nous blesser toutes les deux au même endroit, exactement au même moment…

— Maman ?

— Oui, ma chérie ?

— Il faut que j'y aille. Ils m'attendent sur le plateau.

Après avoir raccroché, j'ai contemplé rêveusement le téléphone que je tenais à la main. J'avais du mal à me concentrer, mais je devais encore passer un coup de fil. J'avais des gens à prévenir. La police allait se charger de la famille des victimes de Daphne. Mais il y avait aussi leurs complices et amies de Scarlet, celles qui partageaient leur secret. Elles aussi s'inquiétaient. Elles méritaient d'être rassurées tout de suite, par moi, pas par la télévision ou par les articles qui paraîtraient demain.

Shelby Rush a répondu aussitôt. Je ne lui ai pas donné tous les détails — elle n'en avait pas besoin et je ne trouvais pas ça correct vis-à-vis de la police, ou de Nicky et Daphne. Je lui ai rapidement résumé la situation et je l'ai rassurée sur le sort des cinq hommes.

Au cours des séances avec le groupe de femmes de Scarlet, Shelby avait toujours joué le détachement.

Pourtant, lorsque je lui ai annoncé que ceux que tout le monde croyait morts étaient bel et bien vivants, elle a éclaté en sanglots. Je l'ai écoutée pleurer sans broncher, un long moment.

— Mais comment a-t-elle fait pour les séquestrer aussi longtemps tous les cinq ? a-t-elle enfin demandé.

— Elle les avait drogués. Ils étaient comme des zombies,

dans un état permanent de semi-conscience. Tout juste capables de boire et de manger.

— Elle les avait attachés, n'est-ce pas ?

— Oui.

— Il nous arrive d'attacher les invités au cours de nos soirées…

Sa voix s'est brisée.

— Mais nous ne leur faisons pas de mal. Nous n'avons jamais blessé ni brutalisé personne. Ils vont tous s'en sortir, vous en êtes certaine ?

— Oui… Elle a tout de même pris soin d'eux. A sa façon…

— C'est horrible. Cinq hommes séquestrés et traités comme des bêtes pendant près de quatre semaines.

— Shelby, je dois vous laisser. Pouvez-vous vous charger de prévenir les autres ?

— Oui, bien sûr.

— Vous voulez bien me faire une faveur et commencer par Liz ?

— Oui. Pourquoi ?

Je ne pouvais pas lui répondre sans trahir le secret que Liz m'avait confié au cours de sa séance individuelle. C'était à Liz-Betsy de lui dire toute la vérité et j'étais certaine qu'elle le ferait. Betsy était une femme bien. Elle avait besoin de réfléchir sur son égocentrisme, mais elle en était capable.

J'ignorais encore à ce moment-là que Jordain avait demandé à Tana de prévenir Betsy Young qui roulait déjà vers Greenwich.

Elle allait pouvoir écrire l'article racontant le dénouement de l'affaire. Et cette fois la police n'exercerait aucune censure. Au contraire, on lui donnerait tous les détails qu'elle réclamerait.

Mon dernier appel a été pour Nina.

— Tu es certaine que ça va ? m'a-t-elle demandé quand je lui ai eu tout raconté.

Il n'y avait plus trace de colère dans le ton de sa voix. Juste de l'inquiétude. Nina me tenait pratiquement lieu de mère et elle réagissait comme une mère. Une mère pardonne tout, elle oublie tout quand elle vous sait en danger. J'étais mère moi-même, je comprenais parfaitement sa réaction.

— Je suis en un seul morceau, ai-je répondu. Je suis tombée sur l'épaule, mais rien de très sérieux. Je crois que je peux attendre demain pour m'en occuper.

— Tu n'es pas seule, au moins ?

— Non. Noah est là.

J'ai levé les yeux vers lui. Il était remonté au rez-de-chaussée et il discutait avec Butler en me jetant de temps en temps des regards inquiets.

— Passe-le moi. Je veux que tu files tout de suite à l'hôpital. Je m'occuperai d'aller chercher Dulcie au théâtre. Tu l'as appelée ?

J'ai raconté à Nina que Dulcie avait eu mal à l'épaule au moment précis où j'étais tombée.

— Comment expliquerais-tu ça ? ai-je demandé.

— L'amour, ma petite. L'amour. Il relie parfois les êtres d'une façon qui défie toute logique. Il ne faut pas chercher à comprendre.

Elle a ri.

— Et maintenant passe-moi Noah. Je veux qu'il te conduise à l'hôpital.

— Nina, je t'en prie... Je sors tout juste de l'enfer. Mon épaule a été un peu secouée, mais je sais que ce n'est pas grave. Je n'ai absolument pas besoin de courir à l'hôpital. J'irai consulter un médecin demain et je passerai une radio. Je me sens bien, je t'assure.

Et c'était vrai.

Enfin… En partie.

— Je l'espère, ma chérie. Tu es courageuse. Courageuse et intelligente. Je suis fière de toi.

Elle cherchait à me réconforter. Ça signifiait qu'elle avait perçu au ton de ma voix que j'étais encore sous le choc et que je tentais de le lui dissimuler — comme je l'avais dissimulé à Dulcie.

Jordain est revenu vers moi au moment où je rangeais mon téléphone.

— On peut y aller ? m'a-t-il demandé.

J'ai hoché la tête et il m'a aidée à me lever. Il a passé son bras sous le mien et nous avons commencé à descendre les marches. Nous quittions enfin cette horrible maison.

J'avais toujours dans les narines la puanteur de la chambre des tortures. J'ai inspiré profondément, plusieurs fois, pour m'en débarrasser. Mais elle persistait. J'ai recommencé, plus fort, plus longuement.

— Qu'est-ce qui te prend, Morgan ? s'est étonné Noah.

Je lui ai avoué pour l'odeur et j'ai eu une nouvelle crise de larmes. Il a gentiment essuyé mes joues du revers de la main, mais sa douceur m'a fait pleurer encore plus fort.

Il a fouillé dans mon sac pour chercher mes bonbons à la menthe et m'en a mis un dans la bouche.

Je me sentais faible, aussi molle qu'une poupée de chiffons. Noah m'avait aidée à me lever, à m'asseoir, il m'avait fourré un bonbon dans la bouche. Je l'avais laissé faire parce que j'avais besoin de son aide. Il fallait bien que je me résigne. Que j'accepte enfin que les gens proches de moi se manifestent quand j'en avais besoin.

Que j'accepte l'aide de Dulcie, de Nina… Celle de Noah.

Et accepter de l'aide, cela signifiait prendre le risque

d'être un jour déçue si j'exigeais plus que ce qu'on était prêt à me donner — ou plus qu'il n'était raisonnable.

Ma fille de treize ans avait appris cette leçon, je pouvais l'apprendre aussi.

Sauf que je n'étais peut-être pas aussi bonne élève qu'elle.

Nous descendions à présent le petit chemin bordé par ce charmant jardin anglais que j'avais admiré la première fois que j'étais venue ici, trois semaines auparavant. Les fleurs avaient depuis longtemps perdu leurs pétales, il ne restait que quelques pâquerettes et un buisson de roses. Je me suis penchée au-dessus du buisson et j'ai respiré. L'odeur était presque trop forte. Trop douce. Ecœurante.

En reculant, j'ai écrasé des pâquerettes. Ça m'a rendue tellement triste d'avoir détruit ces inoffensives fleurs jaunes et blanches que je me suis mise à pleurer de nouveau. Mais d'où sortais-je tant de larmes ?

Le bras de Jordain me guidait le long du chemin. Nous marchions maintenant sur un tapis de feuilles mêlant le pourpre et le rouge vif, le jaune citron et plusieurs tons de brun. Elles venaient des chênes, des érables et des bouleaux qui bordaient l'allée. Nous avons dépassé un massif orangé qui commençait à se faner.

Au milieu de cette végétation s'élevaient les buissons de buddleia. La plante que je connaissais le mieux… Celle qui donne des fleurs blanches, lavande et mauves. Il en restait bien peu et elles allaient périr au prochain gel.

C'est à ce moment-là que je l'ai vu.

Il butinait le dernier nectar de la saison. Je me suis arrêtée pour l'admirer en me demandant si je ne rêvais pas.

Mais je ne rêvais pas, non… Noah aussi s'était arrêté et il contemplait dans un silence respecteux ce monarque dont les ailes orange et rouges vibraient doucement.

Nous sommes restés côte à côte, sans prononcer un mot.

Une fois repu, l'insecte s'est déployé, il s'est élevé au-dessus de la fleur, et il est resté suspendu dans les airs quelques secondes.

J'ai retenu ma respiration.

Il a d'abord hésité, comme s'il attendait de ce vent qui le malmenait un peu un signal mystérieux pour décider de la direction à prendre. Il a fait le tour du buisson, presque timidement, puis, brusquement, comme si son instinct l'avait averti que c'était le moment, il s'est envolé au loin.

Et Jordain m'a ramenée chez moi.

# REMERCIEMENTS

A Donna Hayes, Dianne Moggy, Margaret O'Neill Marbury, et à tout le personnel de Mira, du service des ventes, aux directrices de collection, en passant par les graphistes, par l'équipe de marketing et de publicité — sans oublier l'équipe du courrier. Vous êtes mon deuxième foyer. Merci pour votre travail, votre créativité, votre chaleureux accueil.

A tous mes amis et complices, en particulier Lisa Tucker et Doug Clegg, deux merveilleux auteurs, et à l'infatigable Carol Fitzgerald — ce trio qui m'encourage à écrire et me tient la main.

A Mara Nathan, ma Nina à moi, celle qui me donne les clés de l'univers de Morgan Snow. A Randi Kraft pour ses remarques si pertinentes et son amitié.

A Gigi, Jay, Jordan, Daddy, Ellie, Doug et aussi Winka, pour leur amour. Avec amour.

*Best-Sellers n°341 • thriller*

**Le cercle écarlate - M.J. Rose**

Des hommes nus, aux pieds marqués d'un chiffre rouge : c'est la troisième fois que la journaliste Betsy Young reçoit des clichés de cette mise en scène macabre. La police n'a aucune piste. Seule le Dr Morgan Snow est capable d'établir un lien entre les victimes, car elle reçoit des patientes liées à Scarlet, une société secrète de femmes qui asservissent les hommes à leurs désirs. Morgan, tenue par le secret médical, ne peut révéler cette information à la police. Pas même à l'inspecteur Noah Jordain, qui, sans elle, ne remontera jamais la piste du tueur…

*Best-Sellers n°342 • suspense*

**Les fiancées du Mississippi - Carolyn Haines**

Après la mort d'Annabelle, sa fille de 9 ans, dans un incendie criminel, Carson Lynch a connu la descente aux enfers : elle a quitté son mari, son métier de journaliste, et s'est réfugiée dans l'alcool. Deux ans ont passé. A Biloxi, Mississippi, où le patron du *Morning Sun* a recruté Carson, la découverte de cinq jeunes femmes assassinées 24 ans auparavant fait l'effet d'un coup de tonnerre. A peine sont-elles identifiées que la série noire recommence, avec deux nouvelles victimes. Toutes ont l'annulaire gauche sectionné et portent un voile de mariée. S'agit-il du même tueur ? Pour le savoir, Carson Lynch est prête à tout. Car elle a des raisons très personnelles de vouloir retrouver le criminel…

*Best-Sellers n°343 • suspense*

**Dangereuse vision - Heather Graham**

Chargés de retrouver le *Marie Josephine*, galion espagnol naufragé au XVIIIe siècle, Genevieve Wallace et Thor Thompson ne vont pas seulement devoir apprendre à explorer ensemble les superbes récifs et les eaux cristallines des tropiques au large de Key West. Car Genevieve, confrontée pour la première fois de sa vie à des visions effrayantes qui les guident dans leurs recherches, va, en levant peu à peu le voile sur le mystérieux naufrage, mettre sa vie et celle de Thor en danger…

*Best-Sellers n°344 • roman*

**Le voile des illusions - Jackie Collins**

Trois femmes extraordinaires. Trois carrières prometteuses. Trois divorces imminents.

Dans le monde impitoyable d'Hollywood, où les paparazzi font et défont les stars, Shelby l'étoile montante du cinéma, Lola la bombe latino, et Cat la réalisatrice rebelle, découvrent quelles illusions se cachent derrière le voile du succès. Sous les paillettes éclatent les scandales, les jalousies, les trahisons. Difficile alors, de rester fidèle à soi-même… si ce n'est aux autres.

*Best-Sellers n°345 • roman*

**Retour au lac des saules - Susan Wiggs**

A présent que sa fille a quitté la maison, Nina Romano s'apprête à réaliser son rêve de toujours : racheter et rouvrir l'auberge du lac de Saules. Aussi est-elle furieuse d'apprendre que la propriété vient d'être vendue… à Greg Bellamy, le fils de riches qu'adolescente, elle aimait en secret. De retour après son divorce, il a encore trouvé le moyen de se mettre en travers de sa route ! Mais quand il lui propose de s'associer avec lui, elle hésite, déchirée entre sa méfiance envers ce rival déloyal, et son attirance pour un Greg encore plus séduisant qu'autrefois…

*Best-Sellers n°346 • historique*

**Une passion irlandaise - Brenda Joyce**

*Irlande, 1818.*

Après le mariage de leurs parents respectifs, Eleanor et Sean grandissent ensemble. Mais, au fil des ans, Eleanor tombe amoureuse de Sean qui, lui, la considère comme sa petite sœur et ne rêve que de partir à l'aventure. Eleanor essaie en vain de le retenir. Quatre ans s'écoulent sans qu'il donne signe de vie, et la jeune fille, refusant de céder au chagrin, se fiance à un autre. Mais, à la veille de son mariage, Sean réapparaît. Eleanor, bouleversée, apprend qu'il s'est enrôlé dans la rébellion irlandaise et est recherché par les troupes du roi. Alors, elle n'hésite pas : peu importe le scandale, elle suivra Sean n'importe où, fût-ce au péril de sa propre vie. Sean l'enlève le jour de ses noces…

*Best-Sellers n°347 • suspense*

**Les mains du diable** - Gwen Hunter

Médecin dans le comté de Dawkins, en Caroline du sud, le Dr Rhea Lynch se trouve confrontée à une série d'étranges événements : tandis que les cas de malaises respiratoires se multiplient de manière inquiétante aux urgences, une jeune accidentée dont le corps porte la trace de sévices atroces se livre à des rituels de magie noire au sein de l'hôpital…

*Ce roman est le troisième volet de la série consacrée au Dr Rhea Lynch.*

*Best-Sellers n°348 • roman*

**Le testament des Gerritsen** - Emilie Richards

*La Nouvelle-Orléans, 1965.*

Aurore Gerritsen vient de rendre son dernier souffle. Respectant ses instructions, son avocat réunit les proches de la vieille dame, à qui il ne lira le testament qu'au bout de quatre jours, toute personne partant avant ce délai perdant son droit à l'héritage. Un héritage considérable, qui suscite tensions et convoitises. En huis clos dans le pavillon d'été de Grand Isle, les uns et les autres, à travers à travers les journaux intimes, les secrets de famille enfouis depuis des années, et la lecture du testament, vont alors découvrir le lien secret qui les unit à Aurore Gerritsen …

*Best-Sellers n°349 • suspense*

**Spirale meurtrière** - Meg O'Brien

Agent littéraire à Los Angeles, Mary Beth Conahan se trouve soudain confrontée aux meurtres de son ex-mari et de deux de ses auteurs. Coïncidence ? Au même moment l'une de ses anciennes amies, dont elle était sans nouvelles depuis des années, frappe soudain à sa porte pour lui demander de l'aide…

*Un récit haletant dans lequel secrets et trahisons s'entremêlent pour mieux nourrir le suspense jusqu'au coup de théâtre final.*

Composé et édité par les
*éditions* Harlequin
Achevé d'imprimer en août 2008

BUSSIÈRE
GROUPE CPI

à Saint-Amand-Montrond (Cher)
Dépôt légal : septembre 2008
N° d'imprimeur : 81202 — N° d'éditeur : 13784

*Imprimé en France*